COMME DES CHIENS

Du même auteur
dans la même collection

Dernier battement de cil
Peur de son ombre
Sans merci
Torche humaine

www.lemasque.com

Mark Billingham

COMME DES CHIENS

Traduit de l'anglais par Philippe Loubat-Delranc

ÉDITIONS DU MASQUE
17, rue Jacob 75006 Paris

Titre original
Lifeless
publié par Little, Brown (Grande-Bretagne)

Ouvrage publié sous la direction de
Marie-Caroline Aubert

ISBN : 978-2-7024-3302-7

Pour Mike Gunn.
Et pour son fils, William Roan Gunn.

L'enfer est une ville qui n'est pas sans évoquer Londres.

Percy Bysshe SHELLEY

Personne ne m'avait dit que le chagrin ressemblait tant à la peur.

C.S. LEWIS

PROLOGUE

12 janvier

Je ne vais pas tourner autour du pot en te demandant ce que tu deviens, parce que je le sais, et que je m'en fous. T'en as sans doute rien à battre de moi, et en plus, il faudrait que tu sois vraiment bête pour ne pas deviner que ce n'est pas tout rose pour certains d'entre nous. Faudrait que tu sois vraiment bête (et je sais que tu es loin de l'être) pour ne pas avoir compris où je veux en venir.

Je ne pense pas valoir mieux que toi. Comment le pourrais-je ? Seulement, je suppose que tu t'en sors un peu mieux. Alors, en gros, c'est pour cette raison que je m'adresse à toi. J'ai juste besoin d'un petit coup de pouce. Il ne me reste plus grand-chose à part de mauvais souvenirs. Oh, et la seule trace très concrète, bien entendu. La « preuve » que, j'en suis sûr, chacun d'entre nous a conservée.

Me préoccuper de savoir si ça me rend méprisable, de devoir me tourner vers toi de la sorte, est au-dessus de mes moyens. Le désespoir passe la dignité au rouleau compresseur. En outre, tu ne pourras jamais me détester plus que je me déteste pour ce qui s'est passé là-bas à l'époque. Et de tout faire remonter à la surface aujourd'hui pour quelques centaines de livres.

Je n'ai pas besoin de plus...

Tu remarqueras l'absence d'adresse. Je ne cherche pas à faire des mystères; c'est juste que je n'en ai pas vraiment en ce moment. Je m'emploie à lasser l'hospitalité des rares amis et parents qu'il me reste.

Je t'écrirai de nouveau pour te dire où et quand. On pourra convenir d'une heure et d'un endroit où se retrouver, d'accord ?

L'anonymat, c'est très bien, forcément, très James Bond, mais à moins que tu aies gardé l'œil sur chacun d'entre nous, je ne vois pas comment tu pourrais te douter qui je suis. Lequel je suis, je veux dire. Tu le sauras bientôt, t'inquiète, mais ça ne fait de mal à personne d'entretenir encore un petit peu le suspense, hum ?

Je pourrais être n'importe lequel des quatre, pas vrai ? N'importe quel membre du groupe. Je serais bien étonné qu'un seul d'entre nous s'en soit particulièrement bien sorti.

Donc... en attendant,

Bonne et heureuse année.

PREMIÈRE PARTIE

PETIT DÉJ' ET AVANT

Le premier coup de pied le réveille tout en lui fracassant le crâne.

Il replonge aussi sec dans l'inconscience, mais perçoit tout de même que les intervalles entre chaque coup – qui, en réalité, ne durent pas plus d'une seconde ou deux – se distordent et s'étirent. Ça donne à son cerveau, qui lui aussi commence à se tuméfier, le temps de transmettre une ultime et erratique série de pensées et d'instructions.

Compter. Compter chaque coup dans sa chair et ses os. Compter les étranges et ô combien jouissifs intermèdes.

Deux...

Le froid humide des premières heures du jour. Tenter de crier provoque une douleur atroce tandis que le message envoyé par le cerveau danse entre les fragments d'os de ce qui a été sa mâchoire.

Trois...

La tiédeur du visage du bébé entre ses mains. Son bébé. Du visage de l'enfant avant qu'il grandisse et en vienne à le mépriser. Tendre en vain la main vers la lettre, écornée et graisseuse, dans la poche intérieure de son manteau. Dernier lien avec son ancienne vie. La chercher à l'aveuglette, agitant ses doigts inutiles au bout du bras cassé.

Quatre...

Tourner la tête vers le mur pour tenter de la soustraire à la douleur. Son visage raclant le sol, le frottement de sa barbe de plusieurs jours tel le bris de vagues lointaines. La sensation du sang, tiède et poisseux, entre sa joue et le carton froid. La pensée que l'obscurité qu'il avait entrevue, là où le visage de son agresseur aurait dû se trouver, paraissait plus noire que noir. Glissante, comme le goudron après l'averse. La pensée que c'était sans doute une illusion d'optique.

Cinq…

La sensation que le bout du pied brise le réseau délicat des côtes. La conscience de cette présence à l'intérieur, tapant tous azimuts, détruisant ses organes. Des reins – les siens ? – pulvérisés, éclatant comme des ballons de baudruche.

Sombrer très rapidement à mesure du six, du sept et du huit, dont l'impact lui fait penser à une porte qu'on défoncerait au loin, et dont les vibrations se propagent dans son épaule, dans son dos et jusque dans ses cuisses. Les grognements et les grommellements de l'homme à côté de lui, l'homme qui le frappe à mort, devenant de plus en plus inaudibles, de plus en plus lointains.

Bon Dieu, quel charabia ! Une logorrhée haute en couleur et en son. Qui lui échappe de plus en plus. Qui se brouille, qui s'obscurcit…

Penser. Penser des pensées atroces et désespérantes, si on pouvait encore appeler ça penser. Sentir l'ombre s'éloigner enfin. S'abandonner aux délices de l'intervalle qui se prolonge, puis à la certitude que, Dieu merci, les coups de pied ont bien cessé.

Tout devenu si étrange, si informe, saignant dans le caniveau.

Il reste étendu, immobile. Il sait que ça ne servirait à rien de bouger. Il s'agrippe fermement à son nom et à celui de son unique enfant. Il enroule le peu de conscience qui lui reste autour de ces deux noms, et de celui du Tout-Puissant.

Il prie qu'il puisse se cramponner à l'image du peu de mots qui lui sont chers jusqu'à ce que la mort vienne.

1

Il se réveilla sous un porche en face du Planet Hollywood, avec, à ses pieds, une flaque de pisse qui ne provenait pas de lui, et assailli par la prise de conscience écœurante que c'était bien réel, qu'il n'était pas étendu sur un matelas moelleux. Il échangea quelques mots avec le policier qui, de sa grosse paluche, l'avait secoué sans ménagement. Puis, rassembla ses affaires.

Il se mit en chemin, levant lentement la tête vers le ciel, espérant que le beau temps durerait. Il se persuada que le vide au fond de lui, qui aurait pu être purement et simplement de la peur, devait être tout bêtement la faim.

Il se demanda si Paddy Hayes était déjà mort. Le jeune homme chargé de prendre la décision avait-il eu le cran de le débrancher ?

Déambuler dans le West End qui sortait du sommeil et, peu à peu, prenait vie, était toujours une révélation. Chaque jour, il découvrait un truc qu'il n'avait encore jamais vu.

Piccadilly Circus était magnifique ; Leicester Square mieux qu'il n'y paraissait ; Oxford Street encore plus merdique qu'il ne s'y attendait.

Toujours beaucoup de gens, bien sûr. Énormément de circulation. Déjà à cette heure, ces rues étaient plus fréquentées que la plupart des autres du pays aux heures de pointe. Il se souvint d'un film qu'il avait vu en DVD, qui se passait dans un Londres où une épidémie avait transformé la majorité des habitants en zombies complètement givrés. Il revoyait des scènes étranges où toute la ville semblait totalement déserte, et il ne comprenait toujours pas comment on avait pu y parvenir. Images de synthèse, pour le moins. C'était là – la petite heure durant laquelle la capitale se douchait, se rasait et chiait – ce qui s'en rapprochait le plus. Loin d'être déserte, mais pas mal de zombies errant çà et là.

La plupart des boutiques resteraient fermées encore une heure ou deux. De nos jours, rares étaient celles qui ouvraient avant dix heures. Les cafés et sandwicheries, quant à eux, grouillaient d'animation. Espérant attirer le chaland pour du thé et un sandwich au bacon, du café et des croissants, un peu à la manière dont les stands à hamburgers et les échoppes à kebabs avaient tenté d'attirer ceux qui, quelques heures plus tôt, zigzaguaient jusque chez eux.

Un thé et un sandwich. Normalement, il aurait dû passer la soirée de la veille à réunir assez pour s'acheter de quoi bouffer, mais aujourd'hui, le petit déjeuner lui serait offert.

À mi-hauteur de Glasshouse Street, un homme en costume vert foncé sortit d'un immeuble, lui coupant la route. Ils se poussèrent du même côté du trottoir, puis de l'autre. Se sourirent, gênés.

– Belle matinée pour une danse...

La prise de conscience soudaine qu'il était tombé sur un marginal effaça le sourire de l'homme qui se détourna et baissa la tête. Se dépêcha de passer, marmonnant :

– Désolé... Je ne peux pas...

Il remonta son sac à dos sur son épaule, et poursuivit son chemin, se demandant ce que l'homme en costume ne pouvait pas faire au juste.

Rendre un simple salut ? Lui donner la pièce ? Compatir ?

Il remonta Regent Street, puis tourna à droite, coupant par les rues transversales de Soho en direction de Tottenham Court Road. Une silhouette étrange, mais familière, marchant à sa hauteur, attira son regard. Il ralentit puis s'arrêta, observant l'inconnu qui faisait de même.

Il avança d'un pas et regarda dans le reflet de la vitrine l'homme qu'il était devenu en peu de temps. Ses cheveux lui donnaient l'impression de pousser plus vite qu'avant, le gris plus visible sur le noir. Son bouc habituellement bien taillé s'était amalgamé à la barbe hirsute qui recouvrait à présent jusqu'à sa gorge. Son sac à dos en nylon rouge, déjà immonde, constituait néanmoins l'unique tache de couleur que lui renvoyait la vitrine. Le manteau gris de graisse et le jean foncé étaient aussi neutres, aussi « anonymes » que le visage qui flottait au-dessus d'eux. Il se pencha vers la vitre et fit des grimaces : retroussant les lèvres, haussant les sourcils, gonflant les joues. Le regard pourtant – et c'était le regard de cet homme qui en disait long – demeurait inexpressif et indifférent.

Un clochard. Qui cachait bien son jeu...

Il se détourna de la vitrine et reconnut quelqu'un de l'autre côté de la rue. Un jeune homme – un gamin –, bras autour des genoux, dos contre un mur blanc sale, duvet enroulé autour des épaules. Il lui avait parlé deux ou trois soirs auparavant. Près de l'hippodrome, ou peut-être devant un des grands cinémas de Leicester Square. Il n'en était plus certain. En revanche, il se souvenait que ce gamin s'exprimait avec un fort accent du nord-est : Newcastle ou Sunderland. Il n'avait presque rien compris à ce qu'il avait craché entre ses dents au rythme d'une mitrailleuse. Dodelinant de la tête. Ses doigts tiraillant sur son col pendant qu'il baragouinait. Tellement défoncé à l'ecstasy qu'il donnait l'impression de vouloir s'arracher la gueule à coups de dents.

Il attendit qu'un taxi soit passé, puis s'engagea sur la chaussée. Le gamin leva les yeux à son approche, et serra un peu plus ses genoux contre sa poitrine.

– Ça va ?

Le gamin tourna la tête sur le côté et resserra le duvet autour de ses épaules. La moisissure qui courait tout le long accrocha la lumière ; du rembourrage gris dépassait par un accroc à côté de la fermeture Éclair.

– Je pense pas qu'il va pleuvoir...

– Super, grommela le gamin.

– On n'aura même pas d'eau pour se rincer la dalle.

– T'es qui, un putain de présentateur météo ?

– C'était juste histoire de parler, dit-il, haussant les épaules.

– Je t'ai déjà vu, non ? demanda le gamin.

– L'autre soir.

– C'était toi avec Spike ? Spike et Caroline Un-Jour, peut-être ?

– Ouais, ils étaient là, je crois bien…

– T'es le nouveau.

Le gamin hocha la tête, l'air ravi que ça lui revienne.

– Je me rappelle que tu posais des questions à la con…

– Ça va faire quinze jours que je zone par ici. Putain, j'ai mal choisi mon moment, pas vrai ? Avec tout ce qui se passe.

Le gamin le dévisagea. Il plissa les paupières, puis laissa retomber sa tête.

L'homme resta immobile, tapant le bout d'une de ses chaussures contre le talon de l'autre, jusqu'à ce qu'il soit certain que le gamin ne dirait plus rien. Il envisagea de balancer une autre vanne à propos du temps, au lieu de quoi il se retourna vers la rue.

– Que la chance soit avec toi, dit-il.

Tandis qu'il se dirigeait vers le nord, il fut frappé par le fait que sa rencontre avec ce gamin n'avait été guère plus amicale que celle, juste avant, avec l'homme au costume vert qui s'était ingénié à l'éviter. La réaction du gamin correspondait ni plus ni moins à ce qu'il en était venu à attendre des gens depuis le peu de temps qu'il vivait de la sorte. Pourquoi en aurait-il été autrement ? La prudence, voire la suspicion, était de mise chez la majorité des Londoniens, quelle que soit leur situation. Ceux qui vivaient et dormaient dans la rue étaient, quoi de plus naturel, d'autant plus vigilants face aux inconnus. Il allait de soi qu'ils se méfiaient comme de la peste de qui ne les insultait pas ou ne les fuyait pas tant que l'autre n'avait pas fait ses preuves. Quelle que soit la manière…

C'était, grosso modo, comme en prison. Mêmes règles de vie que derrière les barreaux. Il en savait long sur le sujet.

Ceux qui dormaient à la dure dans le centre de Londres avaient beaucoup de points communs, selon lui, avec ceux qui pionçaient dans des cellules blanchies à la chaux selon le bon plaisir de Sa Majesté. Ces deux communautés avaient chacune leurs propres lois, leur propre hiérarchie et une méfiance bien compréhensible à l'égard de ceux qui n'en faisaient pas partie. Pour survivre en prison, il faut s'intégrer à tout prix ; jouer le jeu. Sans aller jusqu'à bouffer de la merde, évidemment, mais s'il faut aller jusque-là pour s'en sortir, on met les bouchées doubles. Ce dont il était témoin depuis qu'il dormait à la dure lui démontrait que ça se passait plus ou moins pareil dans la rue.

Le café était un boui-boui qui pétait plus haut que son cul. Le genre d'endroit qui s'imaginait que quelques garnitures de sandwich présentées dans des Tupperware en faisaient un traiteur. La réaction, après son entrée à pas traînants et qu'il se fut assis sans intention manifeste de commander quoi que ce soit, ne se fit pas attendre.

– Hé !

Il ne réagit pas.

– Qu'est-ce que ce sera ?

Il prit un magazine oublié sur une table voisine et se mit à le lire.

– C'est pas un foyer d'accueil ici, au cas où tu l'aurais pas remarqué.

Il sourit.

– Tu crois que je plaisante ?

Il adressa un signe de tête à une silhouette familière à l'extérieur de la vitrine, tandis que le gros patron rougeaud contournait le comptoir et venait vers lui. Avec un à-propos remarquable, l'homme à qui il venait de sourire franchit la porte au moment même où le patron se penchait vers lui d'un air menaçant.

– C'est bon, il est avec moi…

L'expression du propriétaire s'adoucit, mais d'un poil seulement, quand il détourna le regard du clochard pour le porter sur la carte de la Met[1] qu'on lui mettait sous le nez.

Le sergent David Holland la rempocha et tira une chaise.

– Deux thés, s'il vous plaît, dit-il.

1. Metropolitan Police Service, ou the Met : ensemble des forces de police responsables du Grand Londres. (Toutes les notes sont du traducteur.)

– Dans des mugs, s'empressa d'ajouter l'homme attablé.

Sur un soupir guttural, le propriétaire regagna le comptoir sans se presser.

– Mon héros, dit le clodo.

Holland posa sa serviette par terre et s'assit. Il jeta un coup d'œil aux deux autres clients : une femme élégante et un homme d'âge mûr en tenue de postier. De retour derrière son comptoir, le propriétaire des lieux le foudroya du regard en prenant deux mugs blancs sur une étagère.

– J'ai cru qu'il allait te vider si je n'étais pas entré à temps. J'ai failli rester dehors pour voir ce qui allait se passer.

– Tu m'aurais vu flanquer une mandale à ce gros lard.

– C'est ça. Et je me serais vu dans l'obligation de t'interpeller.

– Ç'aurait été intéressant…

Holland, avec une moue dubitative, repoussa une mèche de cheveux blond sale de son front.

– Paddy Hayes est mort hier peu après vingt-trois heures trente, dit-il.

– Comment a réagi le fiston ?

– Assez mal sur le moment. Tiraillé, tu vois. Une fois sa décision prise, une fois les machines débranchées, il semblait beaucoup plus calme.

– Ce n'était sans doute qu'une impression.

– Sans doute…

– Quand repart-il dans le Nord ?

– Il prend un train ce matin, dit Holland. Il devrait arriver chez lui au moment où commencera l'autopsie de son vieux.

– Elle ne devrait pas nous réserver trop de surprises.

Tous deux se plaquèrent contre le dossier de leur chaise tandis que le thé leur était servi sans cérémonie. Le gros lard flanqua devant eux deux jeux de couverts enveloppés dans des serviettes en papier. Du bout des doigts, il poussa ostensiblement devant chacun une carte plastifiée, puis se retourna pour vider le cendrier de la table voisine.

– Tu as faim ? demanda Holland.

Son compagnon de table leva les yeux de la carte qu'il avait déjà commencé à lire.

– Pas vraiment. Je me suis farci une énorme assiette de saumon fumé et d'œufs brouillés au réveil. C'est rien de le dire que j'ai faim, putain ! dit-il, reportant le regard sur la carte.

– Cool...

– J'espère pour toi que tu as apporté ton chéquier. L'addition pourrait être salée.

Holland plaqua sa tasse de thé contre son menton, et laissa la chaleur s'élever jusqu'à son visage. À travers cet étroit rideau vaporeux, il observa le personnage débraillé assis en face de lui.

– Je ne m'y habituerai jamais, dit-il.

– À quoi ?

– À ça. À toi.

– C'est toi qui ne t'y habitueras jamais ? Bon Dieu !

– Tu m'as compris. Je ne t'aurais jamais imaginé comme ça, voilà tout. Tu étais bien... tu es bien la dernière personne...

Tom Thorne lâcha la carte, posa les mains dessus et joignit ses doigts crasseux. Sa décision était prise. Son regard demeurait inflexible.

– Les temps changent, dit-il.

2

Bien des choses avaient changé…

Les satanés noms, pour commencer. Quand Thorne avait repris du service, il avait eu la surprise de découvrir que, pendant sa courte absence, on avait décidé de rebaptiser tout ou presque. La Section Crimes Graves, où il était inspecteur au sein d'une des neuf Sections Homicide de la Division Enquêtes Criminelles (ouest), faisait désormais partie de ce qu'on avait affublé du nom risible de Direction centrale de la police judiciaire. « Direction », rien que ça. Les ronds-de-cuir qui prenaient ces décisions pensaient-ils sincèrement qu'un changement d'appellation faisait la moindre différence sur le terrain ?

Direction, groupe, équipe, brigade, section, unité… bande, gang, ramassis, et autres.

Rien qu'une poignée de gens aux capacités inégales où certains se défonçaient au maximum pour tenter d'en arrêter d'autres qui avaient tué. Qui tuaient.

Ou, quand la chance leur souriait, qui projetaient de passer à l'acte.

« Direction centrale de la police judiciaire ». Ça rappelait à Thorne une offre d'emploi passée par une célèbre enseigne de supermarchés qui stipulait comme profil de poste : « renouvellement d'ambiance ». En réalité, le boulot consistait à réapprovisionner les rayons.

Évidemment, on avait également jugé bon de restructurer les services. Chaque Section Homicides comptait désormais trois inspecteurs, chacun d'eux dirigeant une équipe limitée aux mêmes champs de compétences, mais se prenant la tête avec encore plus de paperasses, encore plus de responsabilités administratives, et encore plus de temps passé assis derrière un bureau. Chacun d'eux devant consacrer encore quelques heures de plus de son temps de travail à s'assurer que le moral des troupes restait au beau fixe, que les arrêts maladie restaient au plus bas, et que les actions étaient menées sans dépasser les foutues contraintes impératives de temps, de budget à la con, et patati et patata…

– Je sais qu'il faut bien le faire et le faire bien, mais il y a des priorités, non ? Bon Dieu, j'ai deux mômes indo-pakistanais avec des balles dans la tête, un taré qui semble prendre un malin plaisir à enfoncer un rayon de roue de bicyclette taillé en pointe dans la colonne vertébrale de passants, et on m'empêche d'aller sur le terrain pour agir ?

– Écoute…

– Chaque fois que je mets le pied hors du bureau, l'un ou l'autre de mes soi-disant collègues commence à se plaindre de devoir faire ma part de ce putain de boulot administratif, ça devient ridicule. Je veux juste faire mon travail ! Surtout maintenant. Tu peux le comprendre, non ? Je suis flic, point barre. Ce n'est pas compliqué. Je ne suis ni enquêteur social ni animateur de groupe, pas plus qu'analyste de la perpétration et de la prévention des homicides, putain !

– Tom…

– Tu crois que celui qui a buté ces mômes est gentiment assis chez lui en train de classer ses papiers ? Le cinglé que je cherche à interpeller, tu crois qu'il remplit des formulaires ? Qu'il rédige soigneusement un mémo ? Mieux : qu'il fait bien plusieurs copies d'un mémo soigneusement rédigé sur le nombre des différentes sortes de rayons de bicyclettes dont il s'est servi, sur le prix qu'ils ont coûté et sur le temps exact qu'il lui a fallu pour les rendre tout juste assez pointus pour pouvoir paralyser quelqu'un ? Je n'en suis pas sûr. Oh, que non, putain, je n'en suis pas sûr du tout…

L'homme assis dans le fauteuil portait son sweat-shirt à capuche et son pantalon de treillis habituels. Une variété d'anneaux et de clous ornait ses deux oreilles, et la pointe sous sa lèvre inférieure bougea au gré du mouvement de sa langue dans sa bouche. Le Dr Phil Hendricks était le légiste qui travaillait en étroite collaboration avec l'équipe de Thorne. Il incarnait aussi, pour Thorne, l'homme qui se rapprochait le plus d'un meilleur ami. La mort violente et ses lourdes répercussions avaient forgé un lien fort entre eux. Aussitôt après l'appel de Thorne, Hendricks avait pris un taxi pour venir à l'appartement de Kentish Town.

Il attendit juste assez longtemps pour être sûr que Thorne s'était suffisamment défoulé sans lui laisser le temps de passer à un autre sujet.

– Tu dors bien ?

Thorne avait cessé de faire les cent pas et s'était laissé tomber lourdement sur le bras du canapé.

– Je te parais fatigué ?

– Tu me parais... à cran. C'est compréhensible.

Thorne bondit de nouveau sur ses pieds et marcha d'un pas décidé jusqu'à la cheminée.

– Ne me fais pas le coup de parler à mi-voix, pas à moi, Phil. Comme si je n'allais pas bien. J'ai raison, je te dis.

– Oh, j'en suis sûr. Je ne suis pas là assez souvent pour me rendre compte.

– Tout, absolument tout est différent !

– C'est peut-être toi qui es différent...

– Crois-moi, mec, ce boulot se barre en sucette. Il y a des jours où on a l'impression de bosser dans une banque. À la City, putain !

– Que s'est-il passé quand tu as vu Jesmond ?

Thorne inspira à fond, posa sa main à plat sur sa poitrine, la regarda tressauter. Une fois, deux fois, trois fois...

– J'ai eu droit à un sermon. Apparemment, en ce moment, c'est tolérance zéro pour les ressources humaines superflues.

Bien des choses avaient changé...

Hendricks bougea sur sa chaise, s'apprêta à parler...

– Les ressources humaines superflues, répéta Thorne comme si ces mots appartenaient à une langue étrangère.

Ce n'est pas le comble, venant de lui ? Une tache, ce mec, et coincé en plus !

– Bon, d'accord, il est tout ça, on le sait, mais... toi, tu es peut-être un peu surmené. Tu ne crois pas ? Voyons, tu ne fais même pas correctement le travail, rien de rien.

– Exact, et pour quelle raison, à ton avis ? Qu'est-ce que je viens de te dire ?

– Tu ne me dis rien, tu me hurles dessus. Ce que tu fais, en vérité, c'est te chercher des excuses. Je suis de ton côté, Tom, mais tu dois affronter les réalités. Soit tu t'en fous complètement, soit tu gueules comme un putois, et dans un cas comme dans l'autre, les gens en ont marre de toi. Encore plus marre...

– Quels gens ?

Alors, en dépit de ce que Thorne avait dit un peu plus tôt, Hendricks lui parla tout bas.

– Tu n'étais pas prêt à reprendre le travail.

– N'importe quoi !

– Tu es revenu trop tôt...

Cela faisait à peine plus de deux mois que le père de Thorne était mort dans l'incendie de sa maison. Il souffrait d'une maladie d'Alzheimer avancée, et le feu avait sûrement eu une cause accidentelle. Court-jus d'une synapse. Tragique étourderie.

Toutefois, d'autres possibilités n'étaient pas à exclure. À l'époque, Thorne travaillait sur une affaire dans laquelle étaient impliquées un certain nombre de personnalités puissantes du crime organisé. Il était possible que l'une d'entre elles – notamment, un homme – ait décidé de frapper Thorne via ses proches. Pour lui infliger une douleur qui le fasse souffrir bien plus longtemps qu'une simple lame ou qu'une simple balle ne sauraient le faire.

D'autres possibilités...

Thorne devait encore s'accommoder de bien des choses. Entre autres, du fait qu'il ne saurait peut-être jamais si son père avait été assassiné. De toute façon, Thorne savait qu'il ne devait s'en prendre qu'à lui.

– Je serais revenu plus tôt si j'avais pu, dit-il. Le jour même où je l'ai enterré. Que puis-je faire d'autre ?

Hendricks s'extirpa du fauteuil.

– Tu veux un thé ?

Thorne accepta d'un signe de tête, s'appuya sur la tablette en pin de la cheminée et se regarda dans la glace au-dessus tandis qu'il crachait, entre ses dents :

– Le superintendant en chef Jesmond pense à quelques semaines de « mise au vert ».

Planté devant le bureau de Trevor Jesmond cet après-midi-là, Thorne avait eu la sensation de recevoir un coup de poing dans le ventre. Il avait puisé très loin en lui une espèce de sourire. Et encore plus loin sa repartie. *« Je n'ai qu'un pot de fleurs. »*

À présent, sa colère reprenait le dessus, mais, très vite, celle-ci céda la place à une envie de rire irrépressible face à cet autre euphémisme ridicule.

– « Se mettre au vert », dit-il. Comme c'est joliment tourné. Comme c'est tentant, putain !

Il comprenait la logique de la chose. On pouvait difficilement l'appeler par son nom : un travail de bureau inutile, inventé à la hâte, destiné à se débarrasser d'un fauteur de troubles. « Se mettre au vert », ça sonnait tellement mieux que « grillé » ou « fini ». C'était tellement plus acceptable que « alcoolique », « traumatisé » ou « dépressif ».

Hendricks se dirigea lentement vers la cuisine.

– Je pense que tu devrais accepter, dit-il.

Le lendemain, Thorne s'était rendu compte à quel point la chance n'était pas dans son camp.

– Je suis au rencard, c'est ça ?

Russell Brigstocke, baissant les yeux, avait redressé son sous-main.

– On va tâcher de te trouver quelque chose qui ne te fasse pas trop tourner en bourrique.

Thorne avait alors pointé le doigt sur son inspecteur-chef. Une menace pour rire.

– T'as intérêt.

C'était à qui serait le plus gêné des deux quand, soudain, les larmes avaient jailli. Au coin des yeux. Aussitôt, Thorne y avait pressé la paume de sa main, et, d'un coup de pied, avait fait valser la corbeille à papier jusqu'au milieu du bureau de son supérieur.

– Fait chier...

Scotland Yard.

Le lieu culte de toute l'histoire de la traque des criminels. Le saint des saints associé à la haute intelligence et à la haute technologie en matière de lutte contre la criminalité. Là où les énigmes sont résolues et où sont examinés les méandres de la psyché des criminels les plus retors du monde.

Là où, trois semaines durant, Thorne avait bien été obligé de rester assis dans un placard à balais, devenant fou à petit feu et essayant de déterminer les multiples façons dont un homme pouvait mettre fin à ses jours en se servant seulement du matériel de bureau de base.

Bien entendu, il avait fini par se dire que la lecture de « La démographie du recrutement » ne pouvait pas être aussi chiante qu'il y paraissait. Il se trompait. Pourtant, les premiers jours s'étaient plutôt bien passés. On lui avait expliqué en long, en large et en travers le fonctionnement du logiciel grâce auquel il allait pouvoir condenser des centaines de pages de travaux de recherches en un seul document de présentation dûment complété de diagrammes en bâtons et de camemberts. Son instructeur en informatique était aussi intéressant que Thorne s'y était attendu. Mais, au moins, ça faisait quelqu'un à qui parler.

Puis, livré à lui-même, Thorne avait vite trouvé une façon plus agréable de passer le temps. On le démasqua tout aussi vite. Il ne fallut pas longtemps pour que quelqu'un s'aperçoive que la plupart des sites web visités depuis un certain poste de travail n'avaient aucun rapport avec le recrutement des minorités ethniques, ou avec les raisons pour lesquelles de plus en plus de maîtres-chiens venaient du sud-ouest. Du jour au lendemain, et sans avertissement, l'accès à Internet lui fut retiré, et, dès lors, en dehors du travail en lui-même, Thorne, pour tuer le temps, n'eut d'autre solution que de lire le journal du jour et réfléchir à des moyens de se foutre en l'air.

Tandis que la mort lui faisait face sous la forme de centaines de coupures de presse, un visage apparut par l'entrebâillement de la porte. Il semblait un peu amaigri, et affichait un sourire crispé. Ça faisait un mois que Thorne n'avait pas vu l'homme en partie responsable de sa mise à l'écart. Russell Brigtsocke avait toutes les raisons de ne pas être à l'aise dans ses baskets.

Il leva la main et parla sans laisser le temps à Thorne d'en prendre l'initiative.

– Je suis navré. Je t'invite à déjeuner.

– Bière comprise ?

Brigstocke tiqua.

– Je suis au régime, bordel, mais pour toi, d'accord.

– Qu'est-ce qu'on attend, alors ?

Thorne n'avait pas prêté attention au nom de l'endroit. En sortant du Yard, ils avaient pris la direction de Parliament Square et s'étaient engouffrés dans le premier pub venu. La bouffe était merdique – quand le chili con carne ne restait pas collé au plat, il était tiédasse –, mais les chips et la Stella à la pression valaient le déplacement.

Pendant que la serveuse débarrassait, Brigstocke revint du bar avec d'autres boissons.

– Dis-moi, c'est pour me faire avaler quelle pilule, tout ça ? demanda Thorne.

Brigstocke s'assit. Se pencha sur son verre. But une gorgée d'eau minérale.

– Pourquoi devrait-il y avoir une pilule à avaler ? Deux amis boivent un pot, c'est tout.

– Comme ami, tu te posais là, il y a quelques semaines, dans ton bureau.

Brigstocke chercha le regard de Thorne et le soutint aussi longtemps qu'il le put sans se sentir gêné.

– J'ai agi en ami, Tom.

Le silence un peu contraint qui s'ensuivit fut brisé par les « désolé » et « excusez-moi » murmurés par le gros homme qui, coincé dans le coin à côté de Thorne, se leva et se faufila en rentrant le ventre du mieux qu'il pouvait. Thorne retira son vieux blouson en cuir marron du dossier d'une chaise et le posa sur le banc à côté de lui. Se détendre, occuper l'espace. Le pub était bondé, mais ils jouissaient désormais d'une certaine intimité.

– Soit tu veux te plaindre de quelque chose, dit Thorne, soit tu veux me parler d'une affaire qui t'emmerde.

Brigstocke déglutit, et d'un coup de phalange, remonta ses lunettes.

– Un peu des deux.

– Crise de la cinquantaine ?

– Hein ?

Thorne fit un vague geste avec son verre.

– Nouveaux carreaux branchés. Régime. Aurais-tu une maîtresse, Russell ?

Brigstocke rougit légèrement, passa la main dans ses épais cheveux bruns.

– Je ferais aussi bien, étant donné le temps que je passe à la maison.

– Les meurtres des S.D.F., c'est ça ? demanda Thorne, souriant de plaisir face à l'air étonné de Brigstocke. Ne fais pas cette tête comme si je revenais de Tombouctou. J'ai téléphoné à Dave Holland l'autre soir. J'avais lu un entrefilet dans le journal. Deux cadavres, c'est ça ?

– Il y en avait deux, oui.

– Merde...

– Merde, c'est rien de le dire. On y est jusqu'au cou.

– Vous étouffez l'affaire, alors ? Ce n'était vraiment qu'un entrefilet dans le journal.

– C'était le mot d'ordre jusqu'à hier soir. Il va y avoir un point presse demain après-midi.

– Raconte...

Le premier cadavre avait été découvert exactement un mois plus tôt. Un sans-abri d'une quarantaine d'années assassiné dans une ruelle donnant sur Golden Square. Il n'avait toujours pas été identifié.

– On a interrogé d'autres S.D.F. du coin et on n'a même pas récolté un surnom. Ils pensent qu'il était nouveau, et il est certain qu'il n'avait pris contact avec aucun service social du quartier. Parmi ces gens-là, il y en a qui aiment faire ami-ami, et d'autres qui veulent qu'on leur foute la paix. Comme partout, je suppose.

– Et côté assurance maladie ?

– On vérifie les non-présentations aux convocations, mais je n'en attends rien. Tous ne s'y inscrivent pas, de toute façon. Certains d'entre eux vivent dans la rue parce qu'ils ne veulent pas qu'on les retrouve.

– Mais on a tous un papier officiel ! Pas eux ? Un extrait de naissance ? Quelque chose.

– Peut-être possédait-il une pièce d'identité. Il a pu la laisser quelque part en sûreté, auquel cas elle y restera. Nous devons aussi envisager la possibilité qu'il l'avait sur lui et que son assassin l'a prise.

– Dans un cas comme dans l'autre, tu n'as que dalle.

– Un tatouage, rien de plus. Assez caractéristique. C'est tout ce sur quoi nous pouvons travailler pour le moment…

Il avait été moins problématique de mettre un nom sur le deuxième S.D.F., tué à quelques rues de là quinze jours plus tard : Raymond Mannion, toxico notoire au casier judiciaire éloquent. Quelques années plus tôt, il avait été condamné pour violences volontaires aggravées et, si aucun papier n'avait été retrouvé sur lui, son ADN était fiché.

Mannion et la première victime anonyme avaient été roués de coups de pied à mort. Ils étaient à peu près du même âge, et avaient été tués au petit matin. On avait trouvé sur chaque corps un billet de vingt livres épinglé sur la poitrine.

Thorne dégusta une gorgée de bière.

– Un tueur en série ?

– Ça m'en a tout l'air.

– Il y en a eu un autre ?

– Avant-hier soir. Même quartier, même tranche d'âge, mais il y a des différences. Pas de billet laissé sur le corps.

– À moins que quelqu'un l'ait pris.

– C'est possible, évidemment. Pas d'argent trouvé sur le corps, en tout cas.

– Tu parlais de différences au pluriel. Quoi d'autre ?

– Il vit encore.

Thorne accusa le coup.

– Cela étant, le pauvre bougre ne sait pas grand-chose. Un certain Paddy Hayes. Il est sous respirateur artificiel au Middlesex...

Thorne frissonna, comme si des doigts glacés venaient d'effleurer sa nuque. Lui revint le souvenir d'une jeune femme qu'il avait connue quelques années plus tôt : agressée et laissée aux portes de la mort par un homme qui en avait assassiné trois avant elle. Impuissante, maintenue en vie par des machines. Sur le moment, les policiers avaient cru que l'homme qu'ils recherchaient avaient commis sa première erreur. Thorne avait bientôt compris que, en réalité, ce tueur ne cherchait pas à tuer. Qu'il avait fait subir à cette fille ce qu'il avait vainement tenté de réussir avec ses autres victimes[1]. Ce fut un moment à la fois glaçant et brûlant où Thorne avait mesuré la nature monstrueuse de ce contre quoi il luttait.

Il en avait connu bien d'autres depuis.

– Moralité, tu penses que Hayes s'inscrit dans le mode opératoire ou pas ?

– Le contraire serait une sacrée coïncidence.

– Comment avez-vous su son identité ?

– Là encore, aucun document officiel sur lui, mais on a trouvé une lettre dans une de ses poches. Des gens du centre d'accueil où il va traîner ses guêtres l'ont reconnu et ont confirmé son identité. Mais il a fallu qu'ils y regardent à deux fois : sa tête ressemblait à une cagette de fruits pourris.

– La lettre, quel genre ?

– De son fils. Expliquant à son père quel sale poivrot inutile il était. Qu'il se fichait complètement de ne plus le revoir.

Du bout du doigt, Brigstocke fit tournoyer dans son verre les vestiges d'un glaçon.

– Et maintenant, c'est le fiston qui doit décider si on le débranche ou pas...

Thorne fit la moue.

---

1. Voir *Dernier battement de cil*, premier roman de la série des Tom Thorne (Éditions du Masque, 2004).

– Si j'ai bien compris, dit-il, vous n'êtes pas vraiment sur le point de procéder à une arrestation.

– J'ai tout de suite su que ce serait galère. Quand, au bout d'une semaine, on n'avait toujours pas identifié le premier cadavre, je le sentais mal, et dès qu'on a trouvé le deuxième, tout le monde se défaussait de l'affaire comme on se refile le bébé. C'est là qu'on n'a pas eu de veine : ça nous est retombé dessus. Juste après que tu sois parti « te mettre au vert », en fait.

– Peut-être faut-il y voir une punition divine ?

– En tout cas, c'est sûr que quelqu'un me punit, putain ! J'ai des hommes qui bossent quatorze heures d'affilée depuis trois semaines et on n'est arrivé à rien.

– Mécontentement en haut lieu ?

– Mécontentement partout. On a le chef de la police sur le dos parce que tous les centres d'hébergement et toutes les associations lui mettent la pression. Ils doivent s'imaginer que si l'enquête piétine c'est qu'on n'emploie pas tous les moyens. En gros, qu'on s'en fout.

– Ce n'est pas le cas ?

Brigstocke l'ignora.

– Du coup, c'est devenu un problème politique, et on est baisés parce que la communauté des sans-abri elle-même s'est laissé convaincre que nous ne faisons pas tout notre possible. Conséquence : ils refusent de plus en plus de nous parler.

– On ne peut guère leur jeter la pierre.

– Je ne la leur jette pas ! Je comprends parfaitement qu'ils se méfient.

– Moi, je comprends parfaitement qu'ils aient peur, s'il y a un tueur en vadrouille. Ces gens-là ne peuvent pas verrouiller leur porte, ne l'oublie pas.

Ils demeurèrent silencieux un moment. Dido avait cédé la place à Norah Jones. Thorne se demanda s'il existait un album intitulé *Voilà ce que j'appelle un panier de crabes*.

– Il y a une autre raison pour laquelle ils ne veulent pas nous parler, dit Brigstocke.

Thorne leva les yeux de son sous-bock.

– Dans une des premières dépositions, un jeune à la rue a déclaré qu'un policier lui avait posé des questions.

– Tu m'excuseras, je suis sans doute bouché, mais...

– C'était avant le premier meurtre. Il prétend que ce policier posait des questions la veille de la découverte du premier cadavre. Il montrait une photo. Comme s'il recherchait quelqu'un.

– Et il recherchait qui, au juste ? La victime qui n'a toujours pas été identifiée, c'est ça ?

Brigstocke le lui confirma d'un signe de tête.

– Cet individu n'aurait pas mentionné le nom de la personne qu'il recherchait, par hasard ?

– Nous pourrions le vérifier si nous avions le nom et l'adresse du jeune qui a fait cette déposition. Franchement, là-dedans, rien n'est simple, Tom.

Thorne regarda Brigstocke boire une gorgée d'eau. L'imita.

– Un flic ? dit-il.

– Nous devons marcher sur des œufs.

– Ne pas le communiquer à la presse, tu veux dire ?

– Allons, rétorqua Brigstocke avec humeur, tu sais très bien que ce n'est pas seulement pour ça que nous ne voulons pas le voir à la une de tous les journaux !

– « Il est d'usage de ne pas divulguer les détails du mode opératoire du criminel », récita Thorne, bâillant à s'en décrocher la mâchoire pour conclure cette citation de la toute dernière édition du *Manuel d'enquête criminelle*, la bible de tout policier.

– Exact, ça vaut aussi pour l'argent laissé sur les cadavres. Ainsi, nous savons que les autres meurtres sont signés.

– On ne peut pas en être certain en ce qui concerne Paddy Hayes.

– Non...

Thorne se doutait bien qu'il existait de solides raisons procédurales pour ne pas monter cette affaire en épingle. Il n'ignorait pas non plus que la possibilité même de l'implication d'un policier dans une telle affaire rendrait les grands manitous en haut lieu extrêmement nerveux.

Il comprenait que le point presse du lendemain s'imposait. Le troisième cadavre avait forcément provoqué un changement brutal et radical de la stratégie des médias. Désormais, il fallait – mais seulement jusqu'à un certain point – tenir les citoyens informés. C'était écrit noir sur blanc dans le *Manuel d'enquête criminelle* : il fallait rassurer, conseiller, solliciter les citoyens.

La Met avait aussi l'intelligence d'assurer ses arrières, bien entendu. Surtout, ne pas être accusée, au cas où d'autres cadavres surgiraient, d'avoir oublié que le public devait être « mis en garde ».

– Alors, qu'en penses-tu ? demanda Brigstocke. Des idées lumineuses ?

– J'en pense que tu devrais laisser tomber l'eau minérale, et aller t'acheter une vraie boisson. Un bide de buveur de bière devrait être le cadet de tes soucis.

– Sérieusement...

– Sérieusement ? reprit Thorne, faisant tournoyer le restant de sa bière dans le fond de son verre. Tu aurais dû solliciter ma matière grise avant de me payer trois Stella, mec.

Il gonfla les joues et expira très lentement.

– Mon après-midi de statistiques démographiques du recrutement est d'ores et déjà foutu.

3

C'était à quarante minutes de métro de St James's Park. Ce soir-là, à peine eut-il franchi sa porte qu'il retira le CD de son Walkman et le glissa dans sa platine. Celui-ci faisait partie d'un coffret de titres et de démos studio provenant de *The American Recordings*, sorti quelques mois après la mort de Johnny Cash en 2003. Thorne sélectionna *Redemption Song* – une reprise du classique de Bob Marley que Cash avait enregistrée avec Joe Strummer. Aucun d'eux n'était vivant à sa sortie.

Thorne s'activa dans sa cuisine, préparant du thé, un brin consterné qu'à la fois Marley et Strummer aient pu mourir si jeunes, alors que Mick Hucknall et Phil Collins avaient toujours bon pied bon œil.

Après avoir plaisanté avec Brigstocke, Thorne avait glandé la plus grande partie de l'après-midi, fixé d'un regard éteint des colonnes de chiffres, tapé machinalement sur son clavier, sans jamais cesser de penser à Paddy Hayes et aux appareils qui le maintenaient en vie. À la lettre que cet homme gardait dans sa poche. À l'idée que ceux qui le connaissaient aient dû le regarder à deux fois avant de pouvoir confirmer son identité.

Thorne porta son thé au salon. Il s'assit et réfléchit à tout ce que Brigstocke lui avait débité, et aux raisons de son initiative. Maintenant que les cibles supposées du tueur refusaient de coopérer avec la police, l'enquête piétinerait et, selon toute vraisemblance, se retrouverait vite au point mort.

Il fallait que Russell Brigstocke soit vraiment paumé pour être venu lui demander conseil. D'après ce que Thorne savait de cette affaire, ce sentiment était parfaitement justifié.

Alors, qu'en penses-tu ?

Pendant le silence entre les morceaux, Thorne entendait le bourdonnement lointain du trafic dans Kentish Town Road, le grondement d'un métro sur la ligne aérienne qui menait à Camden Town ou Gospel Oak. Soudain, il eut la nostalgie des quelques mois de l'année pendant lesquels il avait hébergé Phil Hendricks, dont l'appart était alors traité contre l'humidité. Ils avaient vécu à l'étroit et dans le foutoir, Hendricks pieutant sur le canapé, le tout agrémenté de pas mal de coups de gueule. Il n'avait pas oublié leur dispute éthylique au sujet du foot la veille du départ de Hendricks. Ça devait être une quinzaine de jours avant l'incendie…

Avant l'incendie. Pas « avant la mort de mon père ».

Tel était son état d'esprit : quête de tranquillité et de certitudes. Il y avait eu l'incendie. C'était un fait. La mort de son père en était un aussi, bien entendu, mais la formulation même de cette phrase dans son esprit y instillait le doute et le supplice de se prendre la tête un long moment. D'ouvrir une brèche dans la carapace de l'absurdité du quotidien, et de l'élargir à toute force jusqu'à ce qu'elle bée. Jusqu'à ce que Thorne ne puisse que se refermer sur lui-même en attendant que cessent ses crampes d'estomac et les élancements dans son crâne.

Il supposait que Hendricks avait procédé aux autopsies de Mannion et de la première victime. Qu'il se chargerait aussi de celle de Paddy Hayes, le moment venu. Hendricks n'avait pas évoqué cette affaire quand ils s'étaient vus ; Holland lui-même s'était montré très évasif. Thorne savait qu'ils essayaient de le protéger. Ils pensaient qu'il valait mieux pour lui qu'il reste là où il était. Sur la touche.

Tout le monde semblait penser que le chagrin et le travail étaient incompatibles. Que l'un influait sur l'autre.

Des idées lumineuses ?

Peut-être, encore que ça restait à prouver.

Thorne gagna la fenêtre et sentit le courant d'air qui s'insinuait sous le châssis. Il n'y avait pas si longtemps, le pays était resté paralysé une semaine tandis que les températures grimpaient vers des records caniculaires. En cette troisième semaine d'août, en cette fin d'été, il pensa à ceux qui vivaient dans la rue à la merci des saisons. Se dit que ces signes avant-coureurs de l'automne allaient tout changer pour eux. Pour ceux qui dormaient dehors, qui n'avaient pas d'autre choix, un hiver rigoureux pouvait se révéler bien plus dangereux que toutes les tuyauteries percées et toutes les plaques de verglas du monde.

Il n'y avait pas si longtemps...

Thorne cligna des yeux et retrouva la sensation du banc d'église. De sa transpiration sous son costume noir. Pas plus de trois rangs occupés, et la plupart des gens venus pour lui. Une goutte de sueur, derrière son oreille, qui se glisse sous le col blanc qui l'engonce. Savoir qu'il va bientôt devoir se lever et prendre la parole...

Il ne pouvait continuer ainsi, et n'était pas en mesure de reprendre son ancienne activité. Il pouvait travailler malgré son chagrin, ou éprouver du chagrin malgré son travail, mais la culpabilité ôtait tout le sel de la vie.

Il se précipita vers le téléphone et composa un numéro.

– Vous devriez envisager de les infiltrer. Les S.D.F.

Thorne n'aurait su dire si Brigstocke réfléchissait à sa suggestion ou s'il en restait sans voix.

– Ça se tient, poursuivit-il. Plus personne ne veut vous parler. Je ne vois pas d'autres solutions.

– Ce serait trop long à mettre sur pied.

– Je ne vois pas pourquoi. Ce n'est pas compliqué. Vous placez un policier dans la rue, parmi cette communauté. Tout ce qu'il faut mettre sur pied, c'est un moyen de communication simple avec lui.

– Je vais en parler à Jesmond, voir ce qu'il en pense. S'il peut trouver quelqu'un. Merci de ton appel, Tom...

– Réfléchissez-y.

Un silence plus court cette fois, puis dans un soupir :

– Tu en as bu beaucoup d'autres depuis le déjeuner ?

– Je peux le faire, Russell. J'ai suivi le stage...

– Ne sois pas bête, bon sang. Un stage Infiltration Deux ?

– Exact...

– C'était il y a combien d'années ?

Thorne se désintéressa momentanément de Brigstocke. Elvis se frottait contre ses mollets. Il se demanda qui lui donnerait à manger s'il s'absentait un moment. Sa voisine du dessus, s'il le lui demandait gentiment. Elle-même possédait deux ou trois chats...

– Ce n'est pas comme si je devais remonter jusqu'à la tête d'un clan mafieux, si ? dit-il. Je ne vois pas en quoi ce serait un gros risque. Il s'agit de récolter des infos, rien de plus.

– Rien de plus ?

– Non.

– Aurais-tu déjà oublié ce type qui se balade en tabassant ces gens à mort ?

– Je veux vous aider à arrêter ce fumier, oui.

– Quoi, tu penses que tu pourrais... le faire parler, c'est ça ?

– Je ne vois pas comment je le pourrais...

– Une connerie de ce genre ?

– Non.

– En quoi te mettre en danger nous aiderait-il, Tom ? En quoi ça t'aiderait ?

– Je coucherai dehors, c'est tout, bon Dieu ! En supposant une seconde que ce tueur soit toujours dans les parages, pourquoi serais-je en danger s'il ignore que je suis là ?

Le déclic d'un briquet lui parvint depuis l'autre bout de la ligne. Il y eut un silence, puis l'exhalaison bruyante de la fumée de cigarette.

– La souris ne sait pas que le morceau de fromage est sur un piège, dit Brigstocke. Mais ça n'en reste pas moins un appât...

4

Si jamais un homme surgissait devant lui, tenant une tête tranchée dans une main, une hache ensanglantée dans l'autre, et balbutiant qu'il n'avait fait qu'obéir aux voix qu'il entendait, le superintendant en chef Trevor Jesmond ne saurait trop sur quel pied danser. Cependant, il n'était pas de ceux qui trouvaient le *Manuel d'enquête criminelle* ennuyeux, et quand on en venait à la « Stratégie Communication » – chapitre sept, paragraphe sept, article deux (Stratégie Média) –, personne ne lui arrivait à la cheville.

– J'insiste sur le fait que la victime de ce crime méprisable fait partie des membres les plus vulnérables de notre société. Nous pensons que son agresseur a déjà tué à deux reprises. Ne vous y trompez pas, nous ferons tout notre possible pour interpeller cet homme avant qu'il ait eu le temps de frapper de nouveau.

Ils étaient réunis dans la salle de presse du poste de police de Colindale, à cinq minutes du Peel Centre qui abritait la Section Homicides dans Becke House. Thorne, assis dans le fond derrière plusieurs dizaines de journaleux, se penchait tantôt d'un côté tantôt de l'autre pour voir distinctement l'estrade entre un assortiment de caméras sur pied.

– Sa dernière victime va-t-elle survivre ?

– M. Hayes est dans un état critique. Il est actuellement sous assistance respiratoire au Middlesex Hospital. N'ayant pas rediscuté avec les médecins qui le soignent, je ne suis pas en mesure de vous donner de plus amples informations.

Dans la salle, rares devaient être ceux qui n'avaient pas compris que Patty Hayes était foutu.

– Vous avez laissé entendre que la tentative de meurtre contre M. Hayes était liée aux meurtres des deux autres S.D.F. Que cette dernière agression faisait partie d'une série…

Jesmond leva la main, approuvant de la tête. Le but de la manœuvre était de reconnaître que le journaliste avait raison, mais seulement jusqu'à un certain point, tout en lui coupant le sifflet avant qu'il ne s'aventure trop loin sur ce terrain. Il lui fallait bien admettre que ces meurtres étaient liés : alors que les tabloïds avaient fait le rapprochement d'eux-mêmes, la Met ne pouvait risquer de passer pour obtuse en l'infirmant.

– Nous devons supposer qu'ils sont liés, oui, dit Jesmond.

– Il s'agirait donc de meurtres dénués de mobiles ? D'agressions gratuites ?

Petit rictus.

– L'inspecteur-chef Brigstocke et son équipe pensent que le tueur a déjà frappé. L'enquête se poursuit énergiquement dans cette voie.

Il s'en sortait très bien. Trouvait le juste milieu entre rassurer et mettre en garde. C'était primordial pour ne pas provoquer de panique parmi la population.

Thorne, tout autant que Jesmond sans doute, savait que, en dépit de ce qui était dit, les journaux parleraient d'un tueur en série. Ça ferait vendre beaucoup plus que les potins mondains, et les rédacteurs en chef n'avaient aucun scrupule à l'idée de provoquer un vent de panique.

Voilà bien un terme que Thorne exécrait : tueur en série. Il avait arrêté – et aussi laissé filer – un certain nombre de ceux qui avaient assassiné des inconnus, et aucun d'eux ne ressemblait le moins du monde à la créature associée aux mots « tueur en série ». À sa connaissance, les hommes et les femmes qui avaient ôté plus d'une vie avaient agi en ayant, à leurs yeux, d'excellentes raisons de le faire. Aucun d'eux ne se considérait comme surhumain, ni ne traquait ses victimes les nuits de pleine lune. Ils n'avaient pas été enfermés dans une cave et ne s'étaient pas déguisés avec les fringues de leur mère quand ils étaient mômes...

– Comme toujours, nous comptons sur la coopération de la population pour nous aider à mettre un terme à ces agressions sans nom.

Cet appel du pied était un grand classique. Jesmond énonça les principaux faits, martela que toute personne ayant des informations ou s'étant trouvée dans les environs avait le devoir de témoigner – ce qui, selon toute probabilité, resterait sans effet. Il ne devait pas y avoir grand monde qui traînait dans les ruelles sombres au beau milieu de la nuit ; et, de toute façon, il y avait mille raisons pour que les rares quidams qui s'y seraient risqués ne soient pas désireux de se faire connaître. Pourtant, il fallait en passer par là, et ne pas lésiner sur les détails : dates, heures et lieux. Il fallait surtout éviter de lancer un appel vague et général qui ferait passer le mauvais message.

Nous n'avons pas la moindre idée de qui fait cela, mais l'un de vous doit bien savoir quelque chose. Aidez-nous, s'il vous plaît...

– Nous arrêterons cet homme, conclut Jesmond.

La confiance en la population, c'était important, mais la confiance en soi aussi, et il se fit un devoir d'étaler la sienne. C'est en ne mâchant pas ses mots qu'on gagnait les cœurs et les esprits. Son langage corporel et son expression étaient déterminés et dynamiques. Thorne l'imaginait sans peine en train d'apprendre, lors d'un stage de week-end dans un manoir hôtel, comment projeter cette image. On aurait dit qu'il invitait les personnes présentes à prendre bonne note du fichu message qui, en lettres capitales, barrait l'élégant fond bleu de l'écusson de la Met : « POUR UN LONDRES PLUS SÛR ».

Thorne savait que ce n'était qu'un miroir aux alouettes.

Le point presse, comme le reste, servait essentiellement à donner une image de confiance et d'efficacité, mais Thorne n'ignorait pas que l'enquête patinait. C'était très facile de réunir des effectifs, d'aligner un nombre significatif de gradés et d'être tout feu tout flammes en assurant que le tueur serait interpellé quand il s'agissait seulement de faire un show de trois quarts d'heure devant les médias.

Thorne se demanda comment on pouvait s'y laisser prendre.

Il s'attarda au parking, attendant Jesmond. S'efforçant de mettre au point la meilleure approche.

Au bruit de la porte, Thorne leva les yeux et vit deux hommes sortir du poste. Reconnaissant l'un d'eux, il se détourna aussitôt dans l'espoir de passer inaperçu. Peine perdue. Il n'avait plus d'autre choix que de lui sourire et de le saluer d'un petit signe de tête. L'homme qu'il avait espéré éviter lui répondit sur le même mode, et ce fut avec effroi que Thorne le vit se diriger vers lui, entraînant son compagnon, dont le visage lui était vaguement familier.

Steve Norman, l'officier de presse maison, était un homme petit et sec, doté d'un casque brun et bouffi de vanité. Thorne et lui avaient croisé le fer lors d'une enquête deux ans plus tôt.

– Tom...

À deux mètres de lui, Norman tendait déjà la main.

Thorne la serra, se remémorant une rencontre houleuse au cours de laquelle ils avaient failli en venir aux mains...

– Je ne m'attendais pas à vous voir ici, poursuivit Norman.

Ainsi, sa « mise au vert » était de notoriété publique.

– Le point presse s'est bien passé, j'ai trouvé, dit-il.

Norman s'y était beaucoup impliqué, bien entendu. Thorne l'avait aperçu, louvoyant autour de l'estrade, suintant la suffisance, ne pouvant résister au plaisir d'aller, à un moment, glisser quelques mots à l'oreille de Brigstocke.

Norman posa la main sur le bras de son compagnon, et s'adressa à Thorne.

– Vous vous...

Thorne fit un pas vers lui.

– Excusez-moi, dit-il. Tom Thorne.

L'homme lui serra la main vigoureusement. Il avait un peu plus de quarante ans, dépassait Thorne et Norman de quinze bons centimètres, et était le plus balèze des trois.

– Alan Ward, de Sky, dit Norman.

Thorne perçut tout le plaisir qu'il tirait de le lui présenter.

– Enchanté, dit Ward.

Il portait de grosses lunettes à monture métallique sous une masse de cheveux bruns et bouclés aux trois quarts gris. Il remit la main dans la poche de ce qui, aux yeux de Thorne, n'était qu'un blazer en jean.

– De même...

Il s'ensuivit quelques instants de gêne polie typiquement britannique. Thorne les aurait bien plantés là, mais il préféra s'éviter de paraître grossier et, de plus, n'avait nulle part où aller. Norman et Ward, manifestement en pleine conversation, étaient eux-mêmes trop courtois pour prendre congé aussitôt. Ils continuèrent donc de parler en présence de Thorne qui écoutait, comme s'ils formaient un trio de vieux amis.

– Je ne me rappelle pas t'avoir déjà vu à un point presse, Alan, dit Norman.

– C'est de l'info, donc on la couvre.

– Un peu léger pour toi, non ?

Tout en parlant, Ward regardait autour de lui par-dessus la tête de Norman, comme s'il admirait une vue à couper le souffle.

– On n'écrase personne sous les bombes en ce moment, Dieu merci, alors je suis simplement venu remonter le moral de mes troupes. Garder l'œil sur un ou deux nouveaux dans l'équipe.

De petits rires fusèrent, puis le silence se fit. Thorne sentit qu'il se devait de dire quelque chose pour justifier sa présence.

– Que faites-vous sinon, Alan ?

Norman se fit une joie de répondre pour Ward.

– Alan est grand reporter. En général, il travaille dans des endroits un petit peu plus dangereux que Colindale.

– Tottenham ? hasarda Thorne.

Ward s'esclaffa et voulut répondre, mais Norman lui dama le pion.

– Bosnie, Afghanistan, Irlande du Nord, énuméra-t-il si fièrement que Thorne trouva qu'il crânait autant qu'un gamin exhibant sa nouvelle bicyclette. Et que, quel que soit le degré de leur amitié, Norman s'enorgueillissait de le connaître.

Thorne perçut chez Ward une certaine gêne qui lui donna à penser que Norman et lui n'étaient pas réellement des amis proches. Le coup d'œil qu'il lui lança, son discret hochement de tête indiquèrent à Thorne qu'il considérait, tout autant que lui, Norman comme un connard de première. Aussitôt, Thorne éprouva un énorme élan de sympathie pour lui.

Soudain, ce fut au tour de Thorne de se sentir gêné.

– Je pensais bien que votre tête ne m'était pas inconnue. Je viens de comprendre. Je vous ai vu à la télé, c'est ça ?

Norman donna l'impression d'être à deux doigts de jouir.

– Vous êtes abonné à Sky, alors ? demanda Ward.

– J'avoue à ma grande honte que je la regarde surtout pour le foot.

– Vous êtes pour qui, Arsenal ?

– Dieu m'en garde !

À cet instant, Thorne vit, derrière Norman, le superintendant en chef Trevor Jesmond sortir du poste. Celui-ci avisa leur présence, se figea puis, comme Thorne quelques minutes plus tôt, s'empressa de tourner les talons dans l'espoir de filer sans être vu. Thorne leva la main, horrifié à l'idée d'avoir au moins un point commun avec Jesmond.

– Bon, eh bien..., soupira Norman.

Au grand soulagement de l'officier de presse, Thorne prit rapidement congé. Ward lui serra de nouveau la main et lui donna sa carte. En s'éloignant, Thorne l'entendit vaguement parler d'invitations pour des matches.

Il rejoignit Jesmond juste au moment où celui-ci arrivait à sa voiture.

– Vous ne devriez pas être à Scotland Yard ?

– Je me demandais si l'inspecteur-chef Brigstocke vous avait parlé de mon idée, chef.

Jesmond actionna le déverrouillage automatique de sa Rover. Il ouvrit la portière, jeta sa casquette et sa serviette sur le siège passager.

– Étant donné les récents événements, ma compassion vous est acquise…

– Chef…

– Mais s'ils vous affectent au point que votre état émotionnel ne vous permette plus de travailler au sein de mon équipe, qu'est-ce qui vous fait penser que vous pourriez agir efficacement en tant que policier infiltré ?

– Ce que je propose… n'est pas très compliqué. Je pense en être parfaitement capable…

– Oh, c'est peut-être cela alors, l'interrompit Jesmond.

Il cligna des yeux lentement. Ses cils blond-roux se voyaient à peine sur sa peau sèche. Il s'efforçait peut-être de paraître averti et prévenant, mais Thorne vit ses lèvres fines se crisper en un sourire suffisant.

– C'est peut-être précisément votre état émotionnel qui vous fait penser que vous en êtes capable, que vous êtes l'homme de la situation, que cette mission vous conviendrait parfaitement. Ai-je tapé juste, Tom ? Comptez-vous crécher dehors en portant la haire ?

Thorne ne trouva rien à répondre. Il détourna les yeux et regarda des reflets lumineux glisser au bord des clignotants chromés de la voiture et choper les boutons de l'uniforme immaculé de Jesmond.

– Écoutez, je ne suis pas en train de vous dire que cette idée est totalement stupide, dit Jesmond. Vous nous en avez déjà soufflé des pires.

Thorne, percevant une lueur d'espoir, réprima un sourire.

– Celle-ci ne fait même pas partie du top 10, dit-il.

– L'avantage, c'est que, même si vous vous plantez, nous n'avons pas grand-chose à y perdre.

– Vous n'avez même rien à y perdre.

– Dans un ou deux jours, d'accord, dit Jesmond en se plaçant entre Thorne et la portière de sa voiture. De toute façon, je ne suis pas seul juge. Je vais devoir en référer au SO10.

– Je pense vraiment que nous pourrons en tirer quelque chose.

– Comme je viens de vous le dire : dans un ou deux jours.

– Et très vite, en plus, poursuivit Thorne. Pas besoin d'une longue préparation. Il suffit de le faire.

Il fixait Jesmond, se donnant toutes les peines du monde pour afficher un air détendu en dépit des crampes d'estomac qui le tenaillaient.

– Voyons, insista-t-il, vous en avez déjà vu de ces clochards titubants qui tempêtent contre le monde, une cannette de bibine à la main. Vous me connaissez suffisamment pour savoir que ça devrait être dans mes cordes.

5

Au moment de desservir, l'humeur du patron du café s'était nettement améliorée. Holland, qui, chez lui, avait petit-déjeuné de toasts, n'avait pas démérité face à un sandwich au bacon. Thorne, pour sa part, avait fait honneur au petit déjeuner anglais le plus copieux qui soit.

– C'étaient des œufs durs, dit Thorne.

– Et alors ? Tu les as mangés, non ? Si tu n'aimes pas cet endroit, va te faire voir.

– Deux thés, s'il vous plaît.

Le patron se traîna derechef derrière le bar. L'endroit était plus animé à présent, l'homme plus occupé, aussi était-il difficile de savoir s'il avait la moindre intention de les servir.

– Tu ne peux pas trouver un motif d'interpellation pour ce mec ? dit Thorne. Être un ours des villes mal léché, peut-être ?

– Je me demande qui il déteste le plus des flics ou des clochards. Apparemment, on lui casse son ambiance.

– On n'est quand même pas au Ritz, merde !

– J'ai acheté la presse en venant.

Holland sortit les journaux de son sac et les laissa tomber sur la table.

– Notre photo de Victime Numéro 1 fait quasiment toutes les unes, dit-il.

Thorne tira deux journaux vers lui.

– Et côté télé ?

Holland opina de la tête.

– Toutes les infos nationales aussi, oui. Ouverture et fin de *London Tonight.* Très bonne couverture médiatique…

Les yeux de Thorne furent attirés dans *The Mirror*, puis dans *The Independant*, par un regard qui, s'il avait été généré par un logiciel informatique, n'en avait pas moins le pouvoir de capter et de retenir le sien. Victime Numéro 1 était un barbu aux cheveux longs. Ses traits unidimensionnels noir et blanc étaient fins, ses mâchoires et ses pommettes plus exagérées que nature. Mais ses yeux, creusés par les cernes, paraissaient très réels. Foncés, rapprochés et implorant d'être reconnus. Ce visage disait : Dites-moi qui je suis.

– Qu'en penses-tu ? demanda Holland.

Thorne lut les articles qui accompagnaient les photos. Les faits principaux rabâchés : rappel brutal qu'on en savait beaucoup sur la mort de cet homme alors qu'on ignorait tout de la vie qu'on lui avait ôtée.

Puis, la reproduction du tatouage : cette série de lettres, pouvant se révéler d'une importance capitale, trouvées sur l'épaule de la victime. Au début, on avait espéré – Brigstocke l'avait dit à Thorne au pub – qu'il aiderait à identifier le corps, mais cet espoir s'était révélé aussi volatil que le tatouage qui l'avait inspiré était indélébile.

AB-
S.O.F.A.

La décision de ne pas publier la photographie du tatouage avait été prise par souci de respect de la personne humaine. Pareille attention concernant le visage de la victime n'avait pas lieu d'être : ils avaient bien été obligés de recourir à l'infographie, et pas seulement parce que le visage était méconnaissable. On ne voyait même plus que c'était un visage : tous les traits en avaient été effacés à coups de pied ou écrasés à coups de semelle. Le visage lisse que des milliers de gens regardaient à cette minute même en mangeant leurs corn-flakes avait été façonné grâce à une puce informatique uniquement à partir d'os et d'ecchymoses.

– C'est comme à King's Cross, dit Thorne. C'est ce qu'ils avaient fait pour la victime non identifiée.

L'incendie de la station de métro de King's Cross, en novembre 1987, avait fait trente et une victimes, mais seuls trente corps avaient été réclamés par les familles. Un homme était resté anonyme en dépit des nombreux appels à ceux qui pourraient le reconnaître. Ce visage, Thorne s'en souvenait aussi : le portrait affiché dans une centaine de stations de métro ; la reconstruction en argile de la tête finement travaillée et exhibée devant les caméras de télévision. Ironie du sort, ce mort, connu pendant des années sous l'appellation de Victime 115, avait enfin été identifié l'année précédente, et il se trouvait qu'il s'agissait d'un sans-abri. De nombreux journalistes n'en avaient pas été étonnés. Ce ne pouvait être qu'un S.D.F., sinon quelqu'un se serait manifesté bien plus tôt, non ? Thorne n'en était pas si sûr. Il doutait que la situation matérielle soit liée avec le fait de manquer à autrui. Pour lui, il était parfaitement possible d'avoir un toit, une bonne voiture, de prendre de belles vacances deux fois pas an, et de se volatiliser sans que personne ne s'en aperçoive et signale votre disparition si vous aviez la malchance de vous retrouver coincé dans un ascenseur en flammes.

Pour Thorne, cela relevait plutôt du fait de ne pas être aimé que de manquer d'entourage.

– Là, je pense que nous avons plus de chances, dit Holland, regardant la photo. La qualité est très supérieure. Quelqu'un va bien faire le rapprochement.

– Espérons que quelqu'un l'aimait suffisamment pour ça.

Thorne repoussa *The Independant* vers son compagnon de table, et feuilleta *The Mirror* jusqu'aux pages sport, se demandant combien de footballeurs avaient été accusés de viol depuis la dernière fois qu'il avait ouvert un journal.

6

Thorne tendit le cou pour mieux s'examiner dans le petit miroir carré. Une semaine sans rasoir, ni savon, ni shampooing ne semblait pas avoir fait grande différence. Sept jours au fil desquels il s'était efforcé de rentrer dans la peau du personnage, tandis que deux chieurs du SO10 – l'unité qui dirigeait les opérations d'infiltration – s'étaient défoncés pour lui donner un cours de rattrapage.

Il n'y avait rien de bien compliqué. Ainsi que Thorne s'était empressé de le souligner à Brigstocke, la mission consisterait exclusivement à collecter des infos. Il n'y aurait pas besoin de lui inventer tout un passé – une « légende en profondeur » comme on disait dans le milieu. Si nécessaire, on pouvait fabriquer de vrais faux documents d'identité, des déclarations fiscales et une carte d'électeur, mais un montage aussi élaboré ne s'imposait pas dans ce cas-là. Quelle que soit la raison pour laquelle ils avaient échoué dans la rue, ceux qui s'y trouvaient avaient tendance à se réinventer. Ils repartaient de zéro.

Thorne s'évalua du regard une dernière fois, referma la porte du casier en la claquant et mit le sac à dos à l'épaule.

– Au bout de quinze jours dans la rue, tu verras la différence. La crotte au nez et une bonne couche de crasse londonienne qui ne part pas facilement…

Thorne se tourna vers l'homme qui se tenait près de la porte.

– Putain, mais seront-ils dupes, Bren ?

Brendan Maxwell serait la seule personne liée à la communauté des sans-abri à connaître l'identité de Thorne et la nature de sa mission. Il travaillait comme bénévole au *Lift* de Londres, une association caritative qui fournissait soutien psychologique et aide matérielle aux sans-abri, en particulier aux vieux briscards de plus de vingt-cinq ans.

Accessoirement, c'était aussi le petit ami de Phil Hendricks. Depuis quelque temps, Thorne, témoin privilégié des hauts et des bas de leur relation souvent orageuse, en était venu à connaître assez bien cet Irlandais grand et mince. Hormis Hendricks lui-même et les rares policiers chargés de l'enquête à avoir été briefés, Maxwell serait, pour toute la durée de l'opération, le seul vrai lien de Thorne avec son ancienne vie.

– Ne perds pas la clé, dit Maxwell. On n'a pas de double.

Thorne la glissa dans la poche avant de son sac à dos. Le casier où il laisserait ses vêtements de rechange comptait parmi la cinquantaine de ceux laissés à la disposition des usagers de ce centre d'accueil pour sans-abri de tous âges, à deux pas de St Martin's Lane. L'administration se trouvait au dernier étage, les casiers au sous-sol, à côté de la buanderie. Le rez-de-chaussée abritait l'accueil, une salle d'attente et une cafétéria basique qui servait des boissons chaudes et des repas lourdement subventionnés.

Maxwell, cheveux blonds coupés court et chemise marron en velours côtelé enfoncée dans son jean, s'approcha de Thorne, jaugea d'un œil amusé sa tenue qu'il avait, pour le charrier, surnommée sa « panoplie de glandeur ». Le pull et les chaussures venaient de chez Oxfam, mais le vieux jean noir était à Thorne.

Le manteau gris avait appartenu à son père.

– Il y en a de toutes sortes, là-dehors, dit Maxwell avec son fort accent irlandais, et dont le découragement était perceptible sous son côté blagueur. Il n'y a pas vraiment de look. Tu peux très bien porter un costume trois-pièces et des guêtres, mais si tu as une cannette de Tennent's Extra ou une aiguille dans le bras, tu es tout à fait à ta place.

– Je tâcherai de ne pas l'oublier.

Une poubelle métallique balafrée était boulonnée au mur. Maxwell sortit le sac blanc plein à ras bord. Entreprit de le nouer.

– C'est très bizarre...

– Quoi ?

– La première chose que je fais, avec beaucoup de jeunes en tout cas, c'est de les ramener à la réalité. Ils débarquent tout juste, tu vois, ils sont arrivés ici en stop d'on ne sait où, et certains de ces gamins s'imaginent que ce lieu est pavé d'or. Je te jure. Ça fait partie de mon boulot de leur faire comprendre, en douceur, à quel point ils se gourent et ont fait la connerie de leur vie. Le plus souvent, c'est une perte de temps, mais même s'ils me disent d'aller me faire foutre, ils prennent très vite conscience de la réalité par eux-mêmes.

Il pointa le doigt sur une haute fenêtre sale derrière un grillage noir.

– C'est la galère et le désespoir qui cimentent les trottoirs là-dehors. Être ramené à la réalité, tu n'en as pas besoin, toi, hein ?

– Pas vraiment.

Maxwell laissa tomber le sac-poubelle par terre, tira un rouleau de sacs neufs de sa poche arrière, en détacha un.

– Au fait, Phil pense que tu es cinglé.

– Je sais.

– Je dois dire que je suis d'accord avec lui. Pourquoi tout ce cirque à la De Niro ?

– Quoi ?

– Tu m'as très bien compris.

– Qu'est-ce que tu racontes ? J'ai un mobile dans ma poche, et je porte un Thermolactyl.

– C'est de bonne guerre, dit Maxwell en souriant. Cela étant, tu pourrais te ménager un peu en passant les deux ou trois premières nuits à l'hôtel.

– Les hommes qui ont été assassinés dormaient dans la rue. C'est dehors qu'ils sont morts, dit Thorne à qui des odeurs de plats chauds en provenance de la cafétéria vinrent chatouiller les narines. En outre, quitte à le faire, autant aller jusqu'au bout, bon sang !

– Grand bien te fasse, Tom, rétorqua Maxwell, ramassant le sac-poubelle plein avant de se diriger vers la porte, et tu peux compter sur moi si jamais tu as besoin d'aide, mais n'oublie pas : autant tu t'y impliques, autant tu peux laisser tomber à tout moment.

Il ouvrit la porte, puis revint sur ses pas.

– Tu peux devenir crade de la tête aux pieds et passer un bout de temps sur un carton, mais tu as toujours la possibilité de prendre la tangente dès que tu en auras envie. Dès que tu voudras. Hop, dans un taxi et retour à ta musique de cow-boy.

Thorne, qui commençait à s'énerver, ne put réprimer un sourire. *Musique de cow-boy*. Ça, c'était signé Hendricks.

– Je te retrouve en haut, dit-il. Autant que je prenne de la bouffe avant de descendre dans l'arène.

Maxwell acquiesça, puis sortit dans le couloir.

– Le ragoût est un régal...

Ce coin-là lui avait semblé en valoir n'importe quel autre. Trois marches au-dessus du trottoir et relativement abrité. Aussi étrange qu'il lui paraisse de dormir entouré d'immenses photos en noir et blanc d'acteurs et d'extravagantes citations attestant leur sens de la repartie, Thorne s'était dit que l'entrée d'un théâtre était un choix judicieux. Du moment qu'il attendait la fin du spectacle et la fermeture des portes pour la nuit, on le laisserait sûrement tranquille. De plus, les théâtres – contrairement aux boutiques – avaient pris la bonne habitude de ne pas ouvrir dès le début de la matinée.

Plus que deux jours avant septembre, la nuit était plutôt douce, mais au bout d'une demi-heure passée allongé là, Thorne ne sentait plus ses fesses et avait l'impression d'avoir les pieds d'un cadavre nichés dans le creux de son cou.

Il s'emmitoufla dans le sac de couchage et s'adossa contre les portes. À peine une demi-heure plus tôt, il s'était senti gagné par le sommeil. Ayant traîné depuis la fermeture du centre d'accueil, c'était mort de fatigue qu'il était venu prendre possession de son territoire sur le seuil du théâtre. Soudain, il était atrocement réveillé. Il envisagea de rassembler ses affaires et de marcher encore un peu, mais il ne voulait pas courir le risque de perdre sa place. Un peu plus tôt, il avait aperçu deux ou trois mecs qui zonaient dans le quartier et semblaient à la recherche d'un bon coin pour passer la nuit. Un bref instant, il se dit que lire l'aiderait peut-être à s'endormir, puis il se rappela où il était et ce qu'il faisait là. Il eut alors la certitude que, les premiers jours, il connaîtrait de pareils moments d'envie et de prise de conscience. Où il se sentirait un riche garçon pauvre à chaque minute.

Se rappelant, et peut-être oubliant, les milliers de choses de tous les jours dont il devrait se priver.

Musique, télé, bonne bouffe. Mais le problème, ce n'était pas tant ces choses courantes en elles-mêmes. Il mangerait. Et si jamais il était pris d'une envie irrépressible de regarder le *Richard and Judy Show*, il y avait toujours la télé du centre d'accueil. La difficulté, c'était de devoir s'habituer à ce que ces choses-là ne soient pas à sa disposition dès qu'il en aurait envie. C'était une question de priorités, et d'espace. Un endroit où se coucher, se sentir à son aise, pisser...

Il commença à dresser mentalement la liste de toutes ces choses, et ne tarda pas à comprendre ce dont il aurait besoin. Il n'en revenait pas d'avoir été bête au point de ne pas l'avoir prévu. Bon Dieu, chez lui, il en aurait descendu une, non ? Il décida que, dès le lendemain soir, il s'assurerait de garnir son sac à dos de deux cannettes de bière. Voire d'un truc encore plus fort.

Il s'assit. Il en avait marre et il avait peur. Il renversa la tête en arrière contre le bois lustré des portes et regarda les photos qui l'entouraient. Écouta des gens qui criaient et des voitures qui s'éloignaient en accélérant. Sentit l'odeur d'après-rasage dans le manteau de son père.

Il ne devait même pas être encore une heure du matin. De temps en temps, des gens passaient devant ses marches. Thorne se demanda combien de temps il lui faudrait pour ne plus se donner la peine de les regarder.

Avec le recul, son seul regret était d'avoir tué le Conducteur sans avoir laissé le temps à ce pauvre taré de bien le voir. Il aurait bien aimé voir sa réaction de surprise lorsqu'il s'en serait rendu compte, juste une seconde, avant le premier coup de latte...

Bah, à quoi bon ruminer ? Ils étaient, pour la plupart, tellement à l'ouest qu'ils ne s'étaient pas rendu compte de grand-chose. Le Conducteur était dans un tel état que, de toute façon, il ne l'aurait sans doute pas reconnu. Ce pauvre con puait la bière, en plus de l'autre odeur. Celle, infecte, du clodo. Piquante et éventée à la fois, comme si des chats venaient de pisser dans un magasin de bienfaisance.

Il éteignit la salle de bains et pénétra dans l'obscurité de la chambre. Il envisagea de regarder si MTV diffusait du metal, de faire une petite demi-heure de gym. Il y renonça et commença à se dévêtir ; ça passait plus facilement le matin. Il avait dîné tard, et n'avait pas encore eu le temps de digérer.

À Londres, tout s'était raisonnablement bien déroulé jusqu'à présent, alors ça l'agaçait que le dernier, Hayes, ait survécu. À en croire ce qu'il avait entendu aux infos et lu dans la presse, ses jours étaient comptés, mais, n'empêche, ça lui laissait un goût amer. Il pesta face au miroir et flanqua des coups de latte à droite et à gauche. Quand on faisait du bon boulot, on en tirait de la fierté. Ce n'était pas rien. C'était primordial de faire ce qui s'imposait.

Il alluma la télé. La luminosité du petit écran dansa sur ses vêtements tandis qu'il les pliait soigneusement sur la chaise au pied de son lit.

Il était déjà décidé à s'en faire un autre. Celui-là, ce serait rien que pour lui, pour compenser le quasi-plantage du dernier. Ce n'était pas une nécessité absolue, mais personne – enfin presque – ne s'en porterait plus mal. Ça lui coûterait un autre billet, c'est sûr, mais vingt livres l'éclate, ce n'était vraiment pas cher payé pour une telle satisfaction.

Il se glissa sous la couverture en maillot de corps et slip, et pianota sur la télécommande. Après avoir fait défiler toutes les chaînes, il fut certain que rien ne le tentait, mais il ne renonça pas pour autant. Zappant méthodiquement, son coupé.

Une fois qu'il en eut terminé, Thorne se rajusta et se détourna du mur pour découvrir que quelqu'un l'observait.

– Je te conseille de faire gaffe, mec. Y a un ou deux flics dans le coin qui t'embarqueraient rien que pour ça. Quelques secondes de pur plaisir, et…

Il faisait face à Thorne de l'autre côté de la rue, une couverture grise enroulée autour de ses épaules. Thorne lui donnait une vingtaine d'années à tout casser. Il avait des traits fins sous une crête blonde, et ses joues se creusèrent exagérément quand il tira une taffe.

– Je peux te montrer un endroit, un peu plus intime, quoi, c'est à deux pas d'ici et c'est hyper tranquille. C'est sûr, t'as toujours les McDonald's si t'as envie avant minuit, encore que celui vers Trafalgar Square, des fois, il reste ouvert un peu plus tard. Pour pisser, on trouve toujours un endroit, mais y a rien de tel que de voir leur M doré quand t'as envie de chier et que tu peux plus te retenir.

Il sortit une main de sous la couverture et la porta à sa bouche pour en retirer la cigarette.

Thorne demeura silencieux. Le gamin semblait assez sympathique, mais, n'empêche, Thorne sentait que la prudence s'imposait. Qu'elle passerait mieux, en tout cas.

– C'est sûr, finit-il par dire.

Voix éteinte, tout juste un soupçon d'agressivité.

– Tu t'es mis devant le théâtre, c'est ça ? demanda le gamin, regardant sur sa droite. Juste au coin, là ?

Thorne le lui confirma d'un signe de tête et s'éloigna à pas lents dans cette direction.

– Juste pour que tu saches, c'est le coin de Terry T, dit le gamin, prenant la même direction que Thorne en marchant à sa hauteur de l'autre côté de la rue étroite.

– Et alors, il est où ?

– En visite, alors tu risques rien pour le moment. Mais il finira par revenir, et autant que tu saches, hein ? Autant que tu saches que c'est le coin de Terry T.

– Ben, maintenant, je le sais. Merci.

Le gamin traversa la rue, rejoignant Thorne en deux ou trois enjambées, et marcha à ses côtés.

– C'est un bon coin, quoi. Abrité…

– C'est justement pour ça que je l'ai choisi. Je pense bouger de toute façon, tâter le terrain.

– Le truc, c'est que Terry, il peut facilement péter un câble, quoi. Il devient carrément ouf, et comme c'est une baraque et que…

– « Ouf » comment au juste ?

Le gamin jeta sa clope sur la chaussée et partit d'un rire chuintant.

– Je te fais marcher. Je déconne, quoi. Terry, il est cool, et en plus, c'est un pote à moi, alors j'arrangerai le coup si jamais il te prenait la tête.

Thorne l'avait vu venir, mais n'avait pas voulu lui couper l'herbe sous le pied.

– Merci, dit-il.

Ils tournèrent à l'angle de la rue, et Thorne fut soulagé de voir que son sac de couchage et son sac à dos étaient toujours au même endroit. Il avait décidé de prendre le risque de les laisser sur place le temps de satisfaire un besoin naturel. Son soulagement devait être visible.

– T'inquiète, mec, les gens chourent que ce qu'ils peuvent revendre. Y a rien de valeur dans ton sac, hein ?

Thorne fit non de la tête.

– Et t'en fais pas pour ton sac de couchage, tu pourras en prendre un n'importe où. L'Armée du Salut en a des milliers de ces foutus machins, sinon on en voit un peu partout, y a qu'à se servir. Le seul risque, c'est de choper la gale, et ça, c'est pas marrant du tout.

– Génial…

– Évite de trimballer tout ça. Laisse tes affaires ailleurs, quoi, dans un centre d'accueil ou autre. Crois-moi, même un sac plastique contenant de vieux journaux et une paire de chaussettes, ça devient super lourd quand on le porte tout le temps, quoi.

Thorne gravit les marches en marbre et s'assit devant les portes.

– Comment se fait-il que tu sois un tel puits de science ? À douze ans.

Le gamin cracha de nouveau son rire entre ses dents en dodelinant de la tête.

– Tu l'as dit, mec, mais les années comptent comme celles des chiens, dans la rue, alors, si on fait le calcul, je suis beaucoup plus vieux que toi.

– Si tu le dis.

– Ça fait combien de temps que t'es dans le coin ? Je t'avais jamais vu...

– C'est ma première nuit.

– Putain !

Le gamin resserra la couverture autour de ses épaules. Il répéta le mot, étirant respectueusement les deux syllabes.

– Et alors ? C'est toi le comité d'accueil, si j'ai bien compris ?

– Ce qui s'en rapproche le plus, ouais, si tu veux.

Le gamin fouilla sous sa couverture et en sortit une autre cigarette. Thorne prit conscience que ce gosse était beaucoup plus grand qu'il ne l'avait cru de prime abord. Il avait marché les épaules voûtées, les yeux baissés comme s'il savait où il allait rien qu'en regardant les fissures des pavés, les formes des chewing-gums jetés sur le trottoir.

– Tu me fais penser à l'homme sans nom, dit Thorne.

Le gamin finit d'allumer sa clope, souffla un filament de fumée.

– Quoi ?

– Avec ça, dit Thorne, désignant la couverture autour de ses épaules. Comme Clint Eastwood dans le film, tu connais ? *Le Bon, la Brute et le Truand* ?

Le gamin haussa les épaules, cogita un petit moment, se balança d'un pied sur l'autre.

– C'est celui qui a fait les films avec les singes ?

– Aucune importance.

Thorne se glissa dans son sac de couchage.

– Il a choisi le bon moment pour s'absenter, ton pote Terry.

– Ah bon, pourquoi ?

– Ça en fait toujours un de moins pour l'autre taré. Le malade qui tue les S.D.F.

Les joues du gamin s'enfoncèrent à nouveau dans l'ombre comme il tirait une autre taffe. Il garda la fumée dans sa bouche jusqu'au moment où il dut inspirer.

– C'est sûr. Il lui en reste quand même encore beaucoup parmi lesquels choisir.

Soudain, il avait changé d'humeur : peur, méfiance, voire un peu des deux. Thorne aurait eu bien du mal à se prononcer.

– Tu connaissais l'un d'eux ? demanda-t-il, l'air de rien, à travers un bâillement. Un des gars qui se sont fait…

– Je connaissais un peu Paddy, ouais. Un fou furieux, quoi, mais pas méchant du tout. Dieu et la bouteille faisaient son bonheur.

– Donc, tu ne penses pas qu'il ait pu avoir une embrouille avec quelqu'un ? Personne n'avait de raisons de le rouer de coups de pied ?

Le gamin regarda Thorne bien en face, mais comme s'il avait entendu une tout autre question. Il fit non de la tête à deux reprises, très vite. Répéta ce qu'il venait de dire :

– Dieu et la bouteille…

– C'est sûr.

– Comment tu t'appelles ?

Autre brusque changement d'humeur et de ton.

– Tom.

– À la prochaine, Tom…

– Et toi ? Ce n'est pas parce que tu me fais penser à l'homme sans nom que tu n'en as pas un ?

– Spike. À cause des cheveux, quoi. Comme le vampire dans *Buffy*.

Cette fois, ce fut à Thorne que la référence échappa.

– D'accord, mais ton vrai nom, c'est quoi ?

Le gamin inclina la tête, considéra Thorne comme si lui aussi était un vieux toqué mais pas méchant.

– Juste Spike.

Sur ce, il se détourna, rajusta sa couverture et partit vers le nord, en direction de Soho.

7

Le portable fourni à Thorne, réglé par défaut sur vibreur, était enfoui dans le fond de la poche de son manteau. Il avait été convenu que Thorne et Holland se parleraient deux fois par jour, le matin et le soir, mais chacun pouvait contacter l'autre à tout moment en cas de nécessité. Une rencontre, soit avec Holland, soit avec Brigstocke, devait avoir lieu, si tout se passait bien, une fois par semaine.

Thorne avait déjà parlé avec Holland quand il pénétra dans les locaux du *Lift*, tout juste après l'ouverture à neuf heures. Il se retrouva dans un petit sas à l'entrée devant une double porte vitrée. Le jeune Pakistanais à l'accueil le jaugea à travers la vitre pendant une bonne quinzaine de secondes, avant de presser un bouton pour lui permettre de franchir la deuxième porte.

– Ça va ? dit Thorne en s'appuyant contre le comptoir.

– Bien, mec. Et toi ?

Thorne haussa les épaules, griffonna un nom sur le registre qu'on lui tendait. Le réceptionniste, dont le badge d'identité indiquait Raj, pianota sur quelques touches de son ordinateur, puis déverrouilla automatiquement pour Thorne la porte d'accès à la cafétéria.

Un assez grand nombre de chaises en plastique gris ou orange disposées autour de tables ou alignées contre les murs étaient déjà occupées. La plupart des gens assis étaient seuls, tenant entre leurs mains des boissons chaudes, des petits pains, et même si quelques-uns s'étaient attablés en groupe, le raclement des couverts dominait aisément le niveau assourdi des conversations. Étant donné le nombre de personnes qui s'y trouvaient, la pièce était étrangement calme et silencieuse. Au Starbucks d'en face, deux fois moins de monde feraient deux fois plus de bruit.

Thorne gagna la fin d'une petite file d'attente, examina la liste des prix sur un tableau derrière le bar. Il vit une silhouette familière se lever à une table au fond de la salle et le saluer. Spike s'avança jusqu'à lui, se déplaçant un peu plus lentement que la veille au soir.

– T'as vite trouvé cet endroit, finalement ?

– J'ai parlé avec un bénévole, dit Thorne. Il s'est pointé hier soir après ton départ, il m'a dit que si je venais ici en début de matinée, j'aurais un bon petit déj.

Ce deuxième mensonge de la journée lui était venu naturellement. Le premier, il l'avait dit au téléphone une demi-heure auparavant quand David Holland lui avait demandé s'il avait passé une bonne nuit.

Thorne regarda autour de lui. La salle était spacieuse et lumineuse. Un mur était dominé par un immense mural laqué ; des panneaux d'affichage couraient le long d'un autre.

– Tu t'inscris ? demanda Spike.

Thorne acquiesça. Il ne pointerait pas au chômage, mais il avait pris la décision de vivre avec l'équivalent des minima sociaux. Il existerait grâce à la somme princière de quarante-six livres par semaine, et s'il voulait avoir plus, il devrait le trouver par ses propres moyens, au même titre que tous ceux qui vivaient dans la rue.

Il s'approcha du bar, se remémorant l'allusion de Brendan au « cirque à la De Niro ».

– Les petits pains sont pas mauvais, dit Spike. Le bacon pourrait être plus croustillant.

– Je prendrai que du thé.

D'instinct, Thorne mit la main à sa poche pour proposer à Spike de lui en offrir un, mais il étouffa sa générosité naturelle. L'idée, c'était de se fondre dans la masse, et il savait fort bien que personne ici n'aurait ce geste.

Quand ils atteignirent le début de la file, Spike lui passa devant.

– Laisse, c'est pour moi, dit-il.

Thorne le regarda tendre quarante pence pour deux tasses de thé, se disant qu'il ne fallait tenir aucun préjugé pour acquis.

Ils gagnèrent une table, Thorne restant un peu à la traîne, réfléchissant. *Il doit vouloir quelque chose.* Puis : *Merde, je remets ça.*

– Tu as pu dormir ? demanda-t-il.

Grand sourire de Spike.

– Je me suis pas encore couché. Nuit bien pleine, quoi. Je roupillerai deux trois heures tout à l'heure.

– Tu vas t'installer où pour dormir ?

Spike paraissait distrait, hochait la tête. Thorne répéta sa question.

– Le métro sous Marble Arch. Je vais dans le West End que pendant la journée, pour me faire de la thune, quoi.

Son sourire encore, s'étalant au ralenti.

– Mon trajet quotidien de travailleur.

Thorne rit, avala bruyamment une gorgée de thé.

– C'est pas mal ici, dit Spike, baissant d'un ton en se penchant à ras de table vers Thorne qui perçut les vestiges d'un accent du sud-ouest de l'Angleterre. Des centres comme celui-là, y en a pas beaucoup en ville, où les moins de vingt-cinq ans et les plus de vingt-cinq ans sont ensemble. Dans la plupart, c'est soit les uns soit les autres. Ils préfèrent pas les mélanger.

– Pourquoi ?

– Logique, quand on y pense. Les plus vieux, ils ont déjà pris toutes les sales habitudes, non ? Un nouveau venu dans la rue, au bout de quinze jours avec un ancien, il sera devenu un poivrot, ou il se vendra ou autre chose encore.

Cette logique, Thorne la comprenait, mais seulement jusqu'à un certain point.

– Ouais, mais regarde-nous. J'ai une vingtaine d'années de plus que toi, et l'ancien, c'est toi.

Spike s'esclaffa. Thorne écouta sa respiration sifflante, regarda la lumière en tête d'épingle au centre de ses pupilles étrécies, et songea : *Les sales habitudes, c'est toi qui les as prises.*

Il l'avait compris dès la veille au soir : quand la clarté d'un réverbère avait révélé le voile de sueur sur le front de Spike, accentué son teint cireux. Ce matin, il était évident qu'il s'était fait son fixe depuis peu. Sans cela, il n'aurait aucune chance de pouvoir s'endormir.

– Tu ne peux pas te trouver une place dans un foyer ?

– Ça me tracasse pas pour le moment. Le jour où je me réveillerai couvert de givre, je serai partant, c'est sûr, mais je suis bien là où je suis. Des foyers, j'en ai fait pas mal, mais c'est pas pour moi. Je suis trop... « chaotique » – c'est un terme technique. « Chaotique ». Ça le fait pendant quelques jours, tout au plus une semaine, mais après je merde, et je me retrouve de nouveau à la rue, alors...

L'élocution de Spike s'était ralentie à l'extrême, son regard s'était fixé sur un point au-dessus de Thorne, sur la droite. Lentement, il baissa la tête, se détourna, et ce fut comme si ses yeux suivaient le mouvement à regret, avec un instant de retard.

– Je crois que... c'est l'heure d'aller au lit, dit-il.

Thorne haussa les épaules. Le biorythme d'un junkie.

Spike repoussa lentement sa chaise, sans pourtant donner aucun signe de vouloir se lever. À l'autre bout de la pièce, des voix s'élevèrent brusquement, mais, le temps que Thorne regarde dans cette direction, l'agitation était déjà retombée.

– Peut-être à tout à l'heure au déjeuner.

– Peut-être, dit Thorne.

– Déjà marre ? demanda Brendan Maxwell.

Thorne ignora le sarcasme.

– Parle-moi de Spike, dit-il.

Tout de suite après le rush du petit déjeuner, Thorne s'était éclipsé. Un peu plus tôt, Holland l'avait prévenu que Phil Hendricks devait passer, et Thorne tenait à le rencontrer. Ni vu ni connu, il avait mis le cap sur les bureaux administratifs du dernier étage. Maxwell lui avait donné le code d'accès réservé au personnel indispensable pour franchir les portes qui, toutes, étaient sécurisées.

Les bureaux paysagés étant peu propices à la discrétion, Thorne, Maxwell et Hendricks s'étaient rabattus sur une petite salle de réunion à l'arrière du bâtiment. Si quelqu'un surgissait, ç'aurait l'air d'être un entretien travailleur social/client, mais, de toute façon, Thorne n'avait pas l'intention de faire de vieux os. C'était juste une petite session de mise à niveau.

Maxwell s'était perché sur le coin du bureau à côté de Hendricks.

– Spike n'a pas vingt-cinq ans, alors je ne m'occupe pas encore de lui, mais quand bien même ce serait le cas, je ne pourrais rien te dire.

Hendricks lança un regard de biais à son petit ami. Thorne eut l'impression qu'il l'incitait à se lâcher un peu. À faire une entorse au règlement.

– Voyons, Phil, dit Maxwell. Tu sais comment ça marche.

Il reporta son attention sur Thorne.

– J'ai eu une longue conversation avec ton patron. Il y a des questions hautement confidentielles à considérer.

– D'accord, dit Thorne.

Brigstocke lui avait exposé sa position très clairement. À moins d'avoir de bonnes raisons de penser que c'était dans l'intérêt de l'enquête, aucune information personnelle sur les autres sans-abri ne devait être communiquée à Thorne.

– Ce serait tout à fait contraire à notre déontologie. J'ai eu les Samaritains au téléphone, l'autre jour, qui cherchaient à retrouver la trace d'un jeune à la demande de ses parents. Des gens qui veulent juste savoir si leur gosse est vivant ou mort. Même si la personne recherchée est en bas, en train de boire un thé, je ne peux rien dire. Je ne peux pas le leur dire parce que, si ça se trouve, c'est justement à cause d'eux que le gamin est à la rue, tu comprends ?

– Parle avec lui s'il t'intéresse, dit Hendricks.

Maxwell acquiesça avec force, puis s'appuya tendrement contre son compagnon.

– Spike n'est pas un timide, je peux te dire au moins ça. Tu connaîtras l'histoire de sa vie s'il est d'humeur à te la raconter.

Pendant quelques instants, plus personne ne dit mot. D'habitude, Hendricks et Maxwell étaient plutôt démonstratifs, mais Thorne sentit que Hendricks était un peu mal à l'aise que Maxwell l'ait pris par les épaules.

Il y avait eu des périodes, par le passé, où le rapport entre eux trois était devenu un peu compliqué. Thorne trouvait que Maxwell se montrait parfois jaloux de l'amitié platonique qui le liait à Hendricks. À d'autres moments, après deux ou trois bières, Thorne en arrivait à se demander si ce n'était pas lui le plus jaloux des deux. Pour l'heure, il était trop vanné pour réfléchir. Il s'accorda un moment de récupération. Il savait que s'il voulait tenir le coup jusqu'au bout, c'était un niveau de fatigue auquel il lui faudrait s'habituer, et fissa.

– Alors, que se passe-t-il ? demanda-t-il à Hendricks.

Ayant vu Holland, il était quasiment au courant de tout, mais la perception que Hendricks avait de cette affaire, en tant que membre civil de l'équipe, l'intéressait.

– Des choses que je devrais savoir ?

Hendricks réfléchit, puis se lança dans l'énumération des éléments principaux.

– Brigstocke a fait appel à un profiler. Nouvelle enquête de voisinage dans le coin où Paddy Hayes s'est fait agresser. Tout le monde s'attend à la découverte d'un autre cadavre, pour être franc. Oh, et hier soir, défaite des Spurs trois à un contre Aston Villa.

– Génial…

On frappa à la porte. Un homme distingué entra dans la pièce. La cinquantaine, les cheveux bruns très bien peignés et des lunettes. Il portait un jean un chouïa trop moulant, et un blazer bleu par-dessus une chemise écossaise.

Il prit rapidement la mesure de la situation, puis s'adressa à Maxwell.

– Excuse-moi, Brendan. Je pourrai te dire un mot quand tu auras une minute ?

Maxwell s'écarta de la table, mais avant qu'il ait eu le temps de répondre, l'homme quittait déjà la pièce.

– Fait chier, grommela Maxwell.

– Son nouveau patron, chuchota Hendricks à Thorne en un aparté des plus théâtraux.

– Ce n'est pas mon patron, dit Maxwell qui n'avait pas l'air ravi. Rien que le connard de contrôleur budgétaire.

Il gagna la porte, s'immobilisa et se tourna vers Thorne.

– Au fait, je me trompais en te disant que ça te prendrait quinze jours. Tu as déjà l'air bien esquinté.

Il sortit. Thorne le suivit des yeux. Le sourire qu'il arborait n'avait en rien adouci le tranchant de sa remarque.

– Ne fais pas attention, dit Hendricks, frottant rapidement du plat de la main son crâne rasé. Il est d'une humeur massacrante simplement parce qu'il ne s'entend pas avec...

Il pointa le doigt sur la porte.

Thorne hocha la tête.

– Le connard, dit-il. Il avait l'air assez snob.

– Horriblement snob. Depuis peu, un gros consortium chapeaute l'ensemble des services de recherche des personnes qui vivent dans la précarité, et ils veulent un personnel ayant davantage d'expérience commerciale. Brendan et quelques autres ne savent même pas remplir des justificatifs de dépenses, alors ce gars-là reprend tout ça en main. Il y a un peu de tension entre eux.

Hendricks parut frappé par quelque chose de drolatique.

– C'est comme si Brendan était toi, et le nouveau venu Trevor Jesmond.

– Dans ce cas, Brendan a toute ma sympathie.

– En réalité, ce gars-là n'est pas tout à fait aussi odieux que Jesmond.

– Ça me paraîtrait difficile...

– Avant, cette pauvre tache occupait un poste très haut placé dans une banque. Toujours entre deux avions, il voyageait dans le monde entier pour des multinationales, des compagnies pétrolières, ou autres, et il a tout plaqué. Il a accepté une méga réduction de salaire en venant travailler dans le social.

– Quelle âme charitable !

– Et comment ! Même un gratte-papier devrait accepter une perte de salaire.

Thorne s'étira et bâilla bruyamment.

– Je ferais mieux d'y retourner. Tu dois bien avoir des corps à découper en morceaux.

– Je devrais pouvoir trouver quelque chose.

– Brendan m'a dit que tu pensais que j'étais cinglé.

– Tout juste modérément.

– Je ne voyais pas, et ne vois toujours pas, comment faire autrement.

– Ce n'est pas l'enquête en elle-même qui m'inquiète, dit Hendricks, ouvrant la porte.

Tous deux se retournèrent au son de la pluie qui fouettait la fenêtre, échangèrent le regard exagérément revenu de tout d'un duo comique bien rodé.

– Brendan n'approuve pas vraiment cette opération, dit Thorne.

Le silence qui s'ensuivit lui indiqua que Hendricks n'avait nul besoin de cette précision ; que Brendan et lui s'étaient sans doute déjà disputés à ce sujet.

– Ecoute, je sais que Brendan prend son travail très à cœur, et que la seule chose qui l'intéresse, c'est de sortir ces gens de la rue. Alors, dis-lui une chose quand vous vous bécoterez et que vous vous réconcilierez sur l'oreiller…

– Avant ou après ?

– Je suis sérieux, Phil. Rappelle-lui pourquoi nous le faisons, d'accord ? Dis-lui qu'il y a quelqu'un d'autre, là-dehors, quelqu'un qui, lui aussi, veut sortir les sans-abri de la rue, et que ce salaud a une façon bien à lui de s'y employer…

À l'heure du déjeuner, la cafétéria du *Lift* était de nouveau prise d'assaut. On avait rapproché les tables, et une quarantaine de personnes mangeaient ou faisaient la queue au comptoir.

Thorne s'attabla avec son assiette de ragoût et l'attaqua.

Il reconnut quelques visages, échangea des signes de tête avec deux ou trois personnes qu'il avait croisées pendant la journée : un vieux en compagnie de qui il avait marché le long du Strand ; un type de Glasgow édenté coiffé d'une casquette du Chelsea Football Club ; un Gallois hargneux et maigre comme un clou qui était devenu agressif quand il avait cru que Thorne voulait lui voler le coin où il faisait la manche, puis gentil à faire peur dès que Thorne lui eut expliqué que non. Thorne vit Spike de dos, assis à l'autre bout de la pièce, le bras passé autour des épaules d'une fille tout aussi maigre que lui.

Là encore, il y avait moins de bruit qu'on aurait pu s'y attendre. C'était, de loin, le gros bonhomme aux cheveux blancs assis à l'autre bout de la table de Thorne qu'on entendait le plus. Il souriait d'un air ravi puis se rembrunissait, jouant distraitement avec sa nourriture, bien plus concentré sur la conversation qu'il avait avec lui-même grâce à un émetteur-récepteur invisible. Toutes les trente secondes, il imitait les grésillements de parasites, avant de communiquer son message. Puis, quelques instants plus tard, plaquant son autre main en guise de « radio » sur son autre oreille, il se répondait.

– Londres appelle le président, articula-t-il.

Spike alla chercher son pudding au comptoir. Au retour, il vit Thorne et lui cria bonjour. Thorne lui répondit en agitant sa cuiller, et continua de manger. De l'orge perlé épaississait le ragoût et la sauce était insipide, mais à 1,25 £ le menu, il ne pouvait guère demander plus.

Une fois son repas terminé, Spike, main dans la main avec la fille, s'avança jusqu'à sa table.

– Je te présente Caroline, dit-il. Caz.

– Enchanté, moi, c'est Tom.

La fille avait les yeux rougis, et des cheveux poisseux tels des filaments de caramel foncé. Elle portait un maillot de rugby décoloré sous un haut à glissière, et, d'un geste nerveux, faisait tourner autour de ses poignets de fins bracelets de cuir orné de perles multicolores.

– Spike et moi, on est ensemble, dit-elle.

Les deux tourtereaux s'assirent et parlèrent avec Thorne pendant qu'il finissait de déjeuner. Ils lui racontèrent la fois où on les avait bombés de graffitis pendant leur sommeil, et celle où une bande de jeunes leur avait pissé dessus. Qu'une nana de la télé avait fait des avances à Caroline qui l'avait envoyée paître. Qu'ils comptaient prendre un appart ensemble dès qu'ils auraient un petit coup de chance.

– Elle se fait attendre, la pute, tu sais.

– Et comment que je le sais, rétorqua Thorne.

Spike tenait le crachoir. Thorne songea que c'était le plus près de la normale que ce garçon pouvait atteindre : quelques heures d'équilibre, d'engourdissement entre les moments de défonce et de manque. Une ouverture qui, Thorne le savait, deviendrait de plus en plus petite au fil du temps.

– Tout le monde mérite un petit coup de chance, non ?

Lorsque Caroline prit la parole, elle marmonna d'une voix douce avec un léger accent nasal de l'ouest des Midlands dans lequel Throne perçut une influence plus forte.

L'héro avait un accent bien à elle.

Soudain, des sons sifflants et tonitruants résonnèrent à l'autre bout de la table. Le gros bonhomme recevait un autre message. Thorne regarda son visage rougeaud, et ses grosses paluches qui s'agitaient.

– Lui, c'est Radio Bob, dit Spike.

Il se pencha vers lui et gueula :

– Oï, Bob ! Dis bonjour, enfoiré...

Deux petits yeux foncés papillotèrent puis se fixèrent sur Thorne.

– Houston, nous avons un problème, dit Radio Bob.

Spike renifla, puis montra un homme assis à une table voisine.

– Et, lui, c'est Moony. Lui aussi, il connaissait Paddy.

– Ah oui ?

Spike cria, faisant signe d'approcher à un maigrichon à la barbe rousse et clairsemée. Sa tignasse paille dissimulait ses tas de pellicules bien mieux que les larges revers de sa veste sport marron et sale.

– Je te présente Tom, dit Spike.

Moony tripota le haut d'une bouteille de Coca en plastique enfoncée dans sa poche. De fortes chances que ce soit du mauvais sherry, songea Thorne. Ça devait faire un bail que cette bouteille n'avait pas contenu de boisson non alcoolisée.

– Donne-moi une minute, rien qu'une minute, dit Moony d'une voix de fausset en s'asseyant, et je te dirai ce que tu fais. Ou plutôt ce que tu faisais. Dans ta vie d'avant. Je me goure jamais, jamais. Je suis doué pour ça...

Thorne enfourna une cuillerée de ragoût, grommela pour manifester un intérêt tout relatif.

Spike aida Caroline à se lever, puis l'entraîna vers le comptoir.

– Je vais chercher du thé. Et peut-être un *crumpet*, si jamais ils en ont, brailla-t-il, la bouche en cul de poule et prenant des accents snobissimes.

Moony les regarda s'éloigner, l'air inexpressif, caressant le goulot de sa bouteille.

Thorne se demanda si Moony était son vrai nom ou un surnom, mais il se garda bien de lui poser la question. Dans la deuxième éventualité, son origine demeurait équivoque. Visage hâve et criblé de cicatrices de variole, il n'avait sûrement pas une face de lune. Il avait peut-être tendance à montrer ses fesses quand il avait bu quelques verres de trop[1]. Auquel cas une telle vision risquait fort d'être imminente étant donné son état. Et son odeur.

– Tu sais que ce pauvre gars a été démoli à coups de pied, alors ? demanda Thorne sans lever les yeux de son assiette. Haynes, c'est ça ?

– Hayes. Paddy Hayes, ouais. Je le connaissais bien, pour sûr. En réa, selon la télé, mais on sait tous que ça veut dire « légume », pas vrai ?

– C'est sûr.

Le matin même, Thorne s'était enquis de Hayes auprès de Holland. Pas d'amélioration. On n'en attendait aucune.

– Maintenant, il peut plus penser, mais s'il pouvait, je me demande s'il penserait toujours qu'il y a une raison à tout. Je me demande s'il aurait toujours Celui d'en haut à la bonne. Je me demande s'il ne demanderait qu'à pardonner.

---

1. *To moon* : désigne l'acte de montrer ses fesses par provocation.

Il s'étrangla de rire, pointa un doigt vers le Ciel.

– Voies impénétrables, mon cul !

Thorne plia en deux une tranche de pain de mie plus très frais pour saucer le restant de son ragoût.

– La deuxième victime aussi, je la connaissais, tu sais.

Raymond Mannion. Trouvé quatorze jours après le premier meurtre qui avait eu lieu à trois rues de là. Thorne leva la tête, mais juste une fraction de seconde, faisant de son mieux pour ne pas paraître trop intéressé.

– Ray et moi, on parlait beaucoup, dit Moony. Beaucoup.

Thorne s'enfonça un gros morceau de pain imbibé de sauce dans la bouche, se demandant à qui Moony lui faisait penser. Il prit conscience que c'était à Steve Norman, l'officier de presse : Moony dégageait autant de suffisance que Norman lorsque celui-ci lui avait présenté son pote de chez Sky. Il s'éclatait.

– De quoi parliez-vous ? demanda Thorne.

– Quand on a autant de temps devant soi que nous, on a tendance à couvrir tous les sujets. Il se camait à mort, alors des fois il était incapable d'aligner une phrase cohérente, mais on a discuté d'un peu tout à un moment ou à un autre.

– Tu lui as parlé le soir où il a été tué ?

– Quelques heures avant, mec. À peine quelque heures avant.

– Bon Dieu !

– C'est pour ça que je sais qu'il avait peur, précisa Moony, parlant plus bas.

– Peur de quoi ?

– C'était un junkie, je te dis, alors au début, j'ai pensé que c'était ça. Puis, j'ai vu qu'y avait quelque chose qui lui flanquait vraiment la trouille. Ou quelqu'un…

À la façon que Moony avait de le raconter, Thorne ne doutait pas qu'il se faisait mousser, mais il se pensait capable de discerner l'odeur de la vérité de celle de salades.

– Un jour, il m'a raconté qu'un mec lui avait posé des tas de questions. Il m'a dit ça juste après le meurtre du premier gars, celui qui n'a pas été identifié.

– Et lui, tu le connaissais ?

Moony fit non de la tête.

– Qui posait ces questions à ton pote, alors ?

Éclair d'or dans sa bouche, et ricanement qui projeta des relents d'alcool jusque de l'autre côté de la table.

– Justement, c'est le truc. Ray pensait que c'était un flic, il pensait qu'il recherchait le gars qu'on a retrouvé mort deux jours plus tard.

Thorne lui adressa un regard destiné à lui signifier *Je suis impressionné*, tandis que les pensées se bousculaient dans sa tête. Mannion était donc un camé. Les propos qu'il avait tenus à Moony, à en croire celui-ci, pouvaient aisément être dus à une dose de paranoïa quotidienne. Et si jamais ce n'était pas un délire chauffé dans une cuillère à héroïne ? Était-il possible que Raymond Mannion ait été terrifié parce qu'il savait quelque chose ? Pensait-il que l'homme à qui il avait parlé avait tué un sans-abri à coups de pied et pourrait vouloir revenir lui régler son compte ?

– Voilà ce qu'il m'a dit, reprit Moony. Ensuite, chaque fois que je suis tombé sur lui, il me donnait l'impression de ne pas pouvoir décider s'il devait prendre ses jambes à son cou ou faire dans son fute, et voilà-t-y pas que c'est au tour de Ray de se faire éclater le cerveau et d'avoir un foutu billet de vingt livres épinglé à sa poitrine.

Il se laissa aller contre son dossier, content de lui.

– Reconnais que c'est vachement bizarre, dit-il.

Thorne grommela. Bizarre, il trouvait que ça l'était, mais il pensait déjà à autre chose, à ce que Moony venait de dire. Ça ne pouvait avoir qu'un sens…

Il se rendit compte que Moony continuait de parler, et leva la tête.

– Hein ?

– Pas mal, dit Moony avec un signe de tête en direction de Spike et Caroline qui bavardaient avec un des travailleurs sociaux, riant en buvant un thé. Il précisa : Elle. Caroline Un-Jour.

– Pourquoi tu l'appelles comme ça ? demanda Thorne, la curiosité en éveil même s'il avait l'esprit ailleurs.

Moony, une fois encore, paraissait très content de lui, comme s'il se réjouissait par avance de la révélation qu'il s'apprêtait à faire.

– Parce qu'elle arrête pas de nous seriner qu'elle sera clean « un jour ». Et que, quand elle essaie de décrocher, ça ne dure pas plus qu'« un jour ».

Thorne porta le regard sur Caroline qui, l'air absent, faisait courir ses doigts sur le bras de Spike tout en écoutant attentivement le travailleur social qu'elle approuvait avec force hochements de tête.

– Bon, dit-il, repoussant sa chaise. Ta minute, tu l'as eue largement. Alors, qu'est-ce que je faisais avant ?

Moony devint sérieux d'un coup, comme s'il entrait en communication avec quelque chose d'important au plus profond de son être aviné.

– Les affaires, c'est sûr que t'étais dans les affaires. La finance. La comptabilité ou la Bourse. Je pense que t'étais plein aux as, et que t'as perdu ton putain de magot. J'ai raison, pas vrai ? Je me goure jamais, putain !

– Dans le mille, mec. En plein dans le mille. Tu m'en bouches un coin.

Thorne se leva et s'éloigna, laissant Moony qui hochait la tête d'un air entendu, tapotant doucement la bouteille dans sa poche comme si c'était son animal de compagnie. Ou sa muse.

Près de la réception, Thorne faillit bousculer l'homme qui, dans la matinée, était entré pendant qu'il bavardait avec Maxwell et Hendricks. Le nouveau patron de Maxwell…

– Oh, bonjour, je suis Lawrence Healey.

Le ton de sa voix n'avait rien à voir avec celui qu'on employait avec Thorne depuis quelques jours. Sec mais amical, voire respectueux. Healey lui tendit la main, Thorne la serra, se demandant l'espace d'une seconde si l'homme savait qu'il était policier.

– Brendan m'a dit que vous étiez nouveau.

– Déjà plus tout à fait.

– Je sais ce que vous ressentez. Je suis moi-même un petit nouveau. S'il y a quoi que ce soit dont vous ayez besoin, dont vous voudriez parler, surtout vous n'hésitez pas. D'accord ? Vous savez où nous trouver…

Thorne le lui confirma, et lui assura qu'il n'hésiterait pas.

Tandis qu'il se dirigeait vers la sortie, les chuintements et les inepties des communications transmises par Radio Bob lui parvenaient toujours de la cafétéria, de l'autre côté de la porte derrière lui.

« Vous me recevez ? Vous me recevez… ? »

8

Londres puait le désespoir.

À cette heure de la nuit, ça sentait bien d'autre choses aussi : clopes et fast-food, pisse et essence. Pourtant, en dépit de tout l'argent ostensiblement claqué – la richesse étalée à longueur de files de Mercedes, Jags et BMW, et de rangées de restos surfaits –, l'odeur du désespoir venait, d'un peu partout, vous chatouiller les narines. Âcre et reconnaissable entre toutes. Sans distinction de classe, tenace, et bien plus forte que tout ce dont on humecte nos poignets, ce dont on se frotte les aisselles ou ce que des vieilles peaux grotesquement fardées pulvérisent sur la clientèle chez Harrods et Selfridges.

Dans les rues qu'il arpentait, on croisait le désespoir à l'état brut ou affiné. Besoin de chaleur, de nourriture, d'un fixe. Besoin de réconfort. Mais certaines des essences plus rares de cette odeur caractéristique dérivaient à travers tout le West End, à portée d'odorat de qui savait les déceler par-delà la puanteur quotidienne du poulet, de la gerbe et de la bière.

D'Oxford Street à Tottenham Court Road, elle flottait vers le sud – la fétide envie désespérée d'un téléphone dernier modèle ou d'un partenaire plus jeune se mêlant aux besoins plus basiques, plus organiques qui empestaient dans Soho et le Circus –, dérivait dans Piccadilly, où la propension à être mieux habillé, mieux loti et mieux ceci ou mieux cela que tout le monde dégageait la puanteur la plus suffocante de toutes. C'était à des années-lumière des caniveaux et des coupe-gorge, bien sûr – des ruelles qui, pour le moment, étaient sa zone d'opérations –, mais il savait que le désespoir était encore plus capiteux dans Old Bond Street et Burlington Arcade…

Il était évident que, pour lui, la donne avait changé depuis qu'il avait tué le Conducteur. En se baladant dans ce carré grossièrement délimité par Oxford Street, Regent Street, Shaftesbury Avenue et Charing Cross Road, il avait remarqué qu'ils étaient plus nombreux à s'installer par deux. Veillant l'un sur l'autre : l'un endormi et l'autre gardant au moins un œil ouvert.

C'était compréhensible. Mieux : louable.

La nouvelle s'était répandue sûrement plus vite que les poux après l'assassinat du Conducteur. Après le deuxième, c'était certain. Depuis, la télévision et la presse rabâchaient à qui mieux mieux les risques encourus par ceux que les journalistes avaient la fantaisie d'appeler « nos concitoyens les plus vulnérables ». Il était difficile de le voir clairement dans une communauté aussi changeante – aussi fluctuante, disaient-ils –, mais la panique s'installait.

Cette odeur-là, il la connaissait bien mieux que la majorité des gens.

Il était également bien placé pour savoir que la panique ne sauvait personne. La panique, c'est ce qu'on voyait dans les yeux des morts et dans ce qui maculait le sol sous eux.

Dépassant la gare de Charing Cross pour la deuxième fois de la soirée, il poursuivit son chemin en direction de Waterloo Bridge, lançant des coups d'œil dans chaque ruelle transversale et dans chaque flaque d'ombre, fredonnant une chanson des années quatre-vingt. Qui parlait de la panique dans les rues de Londres. Impossible de se souvenir de qui elle était.

De toute façon, il n'aurait aucun problème à trouver un type seul et cuité qui ne demandait qu'à être roué de coups de pied. La nature même de ces gens-là se retournerait contre eux, au bout du compte. S'ils étaient faits pour se serrer les coudes, pour créer des liens entre eux, on les voyait rarement recroquevillés dans une flaque de pisse ou endormis dans leur propre merde, non ?

En trouver un qui se soit mis à l'écart serait assez facile. C'étaient des résidus ; ceux qui avaient tout raté et qui, au final, foireraient la tâche élémentaire de rester en vie. L'échec était leur fort, aussi, tout bien considéré, aider un autre d'entre eux à faire ce pour quoi ils étaient manifestement si doués n'allait pas l'empêcher de dormir.

D'ailleurs, pouvait-on ôter la vie de quelqu'un qui n'en avait pas ?

Moony cuvait ses deux bouteilles de vin et pourtant, il se réveilla à la seconde où la botte se plaqua contre son cou.

– Bon Dieu !

La semelle frotta lentement une joue, puis s'écarta.

– Je croyais que c'était ton pote Paddy qui donnait dans la religion.

Au moment où Moony tournait la tête vers lui, Thorne l'attrapa par les revers opportunément larges de son col et le tira énergiquement de l'autre côté de la ruelle, entraînant morceaux de carton et couvertures dans leur sillage. Moony glapissait comme un chien étranglé par son collier.

– Hé !

À l'autre extrémité de la ruelle, une silhouette se risqua à faire deux pas vers eux.

– Dégage ! cria Thorne.

La silhouette ne se le fit pas dire deux fois.

Thorne, projetant Moony contre un mur tapissé d'affiches pour des boys bands et des boîtes de nuit, le fit tomber lourdement cul par terre et s'accroupit contre lui.

– Oh, Seigneur, murmura Moony, le souffle coupé.

– Encore ! Étrange comme les gens se tournent vers Lui quand ils pensent que le rideau va tomber.

Il plaqua la main sur le cœur de Moony.

– Tu nous fais treize battements à la douzaine, dis-moi.

– Qu'est-ce que…

Trois goulées d'air.

– … tu me veux, putain ?

– Tu as cru que j'étais celui qui avait tué Ray, hein ? Celui qui a explosé le cerveau de Paddy la semaine dernière ? Tu te voyais déjà avec du fric épinglé sur toi, c'est ça ? dit Thorne, martelant de ses doigts la chair molle de la poitrine de Moony.

Moony poussait des petits cris stridents. Il tenta d'agripper le poignet de Thorne, mais celui-ci leva calmement son autre main et le gifla à deux reprises, un peu plus fort qu'il n'aurait frappé quelqu'un pour lui faire reprendre conscience. Moony porta les mains à son visage pour se protéger, et cessa de se débattre.

– C'est l'argent qui me tracasse, dit Thorne. Oh, pas l'argent en soi, mais le fait que tu étais au courant. Tu vois ce que je veux dire ?

Moony fit non de la tête.

– Aux infos, rien n'a été dit sur les billets épinglés sur les victimes. Ni dans les journaux, que je sache.

– Je ne comprends pas…

– À mon avis, c'est un détail que les flics gardent pour eux, tu sais ? Ça leur arrive, des fois. Ils cachent certains faits à la presse pour repérer les farceurs et les copieurs.

– J'ai dû le lire quelque part.

– Non. Faux. Ou il aurait fallu que ce soit sur une cannette de bière. Il n'y a que deux raisons pour lesquelles tu peux savoir que de l'argent était épinglé sur la poitrine des victimes, et comme je ne pense pas que ce soit toi l'assassin… Ce n'est pas toi, hein ?

Moony se mit à pleurnicher.

– Je me disais bien que non. Ce qui veut dire que tu dois être le genre de raclure de bidet qui pique du fric sur le corps d'un mourant.

– Non…

Thorne lui empoigna une oreille et la lui tordit.

– Raconte !

– Je croyais que Paddy était bourré, c'est tout, bredouilla Moony entre ses reniflements et ses cris. Je savais pas qu'il était blessé.

– Tu mens, ordure. Il y avait du sang partout.

Thorne se rendait compte qu'il révélait avoir connaissance de faits ignorés par le public, mais il savait aussi que Moony planait et flippait trop pour le relever et comprendre ce que cela signifiait.

– Je pensais pas que c'était grave à ce point-là...

– Tu t'en foutais, plutôt. Tout ce que tu voulais, c'était le fric.

– J'en avais besoin...

– Tu lui as pris autre chose ?

Moony tenta de tourner la tête, mais Thorne, lui tordant l'oreille encore plus fort, le força à le regarder.

– Y avait une montre.

Vendue depuis longtemps, Thorne ne se faisait aucune illusion, et cet argent – une misère – déjà dépensé en cidre ou en sherry doux.

– Avoir pris le fric et la montre, c'est déjà nul, dit Thorne. Que tu aies volé un mec censé être ton ami, qui se vidait de son sang dans le caniveau, ça m'écœure, mais ça ne me surprend pas. Ce que je n'arrive pas à comprendre, c'est pourquoi tu n'as pas appelé la police. Pourquoi tu n'as pas prévenu quelqu'un...

– Je te l'ai dit, je pensais pas qu'il...

Thorne sentit le cartilage céder sous ses doigts quand il serra le poing autour de l'oreille de Moony.

– Répète ça encore une fois, et je te l'arrache, compris ?

Gargouillis affirmatif de Moony.

– Tu vois, je me dis que si t'avais appelé les secours, s'ils étaient arrivés auprès de Paddy un peu plus tôt, il serait peut-être pas relié à une machine à l'heure qu'il est. Je suis pas médecin, mais il avait encore une chance de s'en tirer.

– Non...

– Non, t'as sans doute raison. Il devait déjà être en état de mort cérébrale quand tu t'es mis à lui faire les poches. Mais ça, tu pouvais pas le savoir, si ? Tu pensais seulement qu'il était... quoi, au juste ? Plus ou moins grièvement blessé ? État grave mais, avec un peu de chance, pas critique ? Alors, tu as pris ce qui t'intéressait, et tu l'as abandonné mourant sur place parce que, en fin de compte, t'en as rien à foutre. C'est aussi simple que ça.

Le bruit reconnaissable d'un moteur diesel se fit plus fort tandis qu'un taxi noir passait lentement au bout de la ruelle, puis il s'arrêta. Thorne entendit le claquement d'une portière, et des éclats de voix avant qu'il ne redémarre.

– Laisse-moi, dit Moony.
– Oui, mais si je te tabassais d'abord ?
– Je t'en prie...
– Si je te blessais d'une façon ou d'une autre ? Je ne sais pas encore comment, qui te laisserait dans un état grave mais, avec un peu de chance, pas critique.
Moony cligna des yeux, puis les ferma. Soudain, Thorne sentit l'odeur âcre de l'urine émaner de son entrejambe.
– Si je le faisais et que je t'abandonne sur place, tu crois que quelqu'un viendrait à l'aide d'un type comme toi ? À ton avis ?
Thorne approcha son visage de celui de Moony.
– Tu t'imagines que quelqu'un en aurait quelque chose à foutre ?

Comme il était inhabituel de voir un sans-abri lambda jacter dans un portable dernier cri, Thorne avait repéré des endroits discrets d'où il pouvait donner signe de vie à Holland. Ce soir-là, il s'en moquait, et, de plus, le téléphone était assez petit pour tenir dans sa paume. Assis devant son entrée de théâtre, main plaquée contre l'oreille, semblant parler tout seul dans un micro invisible, il ne devait pas avoir l'air plus bizarre que Radio Bob...
– Donc, Hayes a été victime du même tueur, il n'y a plus de doute, dit Holland. S'il avait le billet épinglé sur lui.
– Apparemment, répondit Thorne qui avala une gorgée de bière.
– Plus qu'apparemment, non ?
– Ouais...
– On a deux meurtres, non, trois en comptant Paddy Hayes, alors je pense qu'on peut...
– Je ne discute pas.
– Mais la théorie du tueur en série ne te convainc pas, c'est ça ?
– Écoute, Raymond Mannion était terrifié. J'ai un témoin.
– Tu m'étonnes qu'il avait peur !
– Pas de manière générale, mais parce qu'il y avait un tueur en liberté. Il avait peur de quelqu'un. Je pense qu'il a été tué à cause de ce qu'il savait ou de ce qu'il avait vu.

– C'est ce qu'on appelle une conclusion hâtive.

– Dans ce cas, le premier meurtre prend une tout autre signification. Qu'en penses-tu ?

– Ça se peut…

– Voyons, Dave. Pendant qu'ils sont tous en train de rechercher des mobiles pervers de tueur en série, ça vaut la peine d'envisager un cas de figure beaucoup plus élémentaire.

– Seulement, c'est la piste que nous suivons.

– Justement.

– Il le faut bien tant qu'on n'a rien de mieux à se mettre sous la dent, non ?

– À part ça, qu'en dit le profiler de Brigstocke ?

– Pas grand-chose pour le moment.

– Quoi ? Pas même « homme blanc, a pu allumer des incendies et torturer de petits animaux quand il était môme », ce genre de boniment ?

– Que veux-tu qu'on fasse pour Moony ?

– Coffrez-le.

– Pour quel motif ?

– Je m'en fous. Pour connerie aggravée. Trouve quelque chose…

– Difficile de l'inculper de vol en se basant uniquement sur ce qu'il t'a dit. Il n'y a pas de preuve matérielle. Comment es-tu parvenu à ce qu'il te le raconte, au fait, ou vaut-il mieux que je ne le sache pas ?

– Écoute, il est toujours possible que Moony, quand il ne sera pas bourré, se mette à poser des questions gênantes, alors autant l'éloigner de la rue. Donne-lui une bonne petite cellule bien chauffée, une bouteille de cidre et il ne se plaindra pas.

– Dont acte.

Ils bavardèrent encore quelques minutes, mais Thorne ne cessait de penser à ce que Holland venait de dire. À la question qu'il avait posée, plaisantant à demi : *Vaut-il mieux que je ne le sache pas ?*

Pour faire aboutir la précédente affaire, celle sur laquelle il travaillait avant sa mise au vert, Thorne avait participé de manière active à des actes bien pires que de filer quelques baffes pour obtenir des réponses.

Il répondait à Holland, mais il pensait à l'odeur de la chair humaine sous le poids d'un fer à vapeur. À Jesmond qui lui avait suggéré de porter la haire. Au goût si délicieux de la bière…

Il se réveilla en sursaut, certain qu'on l'observait.

Les contours de la pièce devinrent flous, puis disparurent. L'un des hommes présents était son père ; assez proche, mais pas autant qu'avant son Alzheimer. Il n'y avait eu ni brusque changement d'humeur, ni écart de langage. Rien qu'une expression impayable sur le visage de son vieux : un demi-sourire déconcerté à la certitude d'avoir dit un truc drôle sans avoir la moindre idée de ce que ça pourrait être. Du coup, tous les trois – son père, son pote Victor et Thorne lui-même – s'étaient tordus de rire au point d'en oublier tout le reste, au point que les premières fines volutes de fumée qui s'étaient glissées sous la porte leur avaient paru hilarantes.

Thorne se redressa d'un bond, la respiration erratique, la langue et l'haleine chargées. Il ne faisait plus la différence entre cauchemar et réalité, encore moins entre inquiétude et indifférence sur les visages du jeune couple qui le regardait. Alors, il leur gueula dessus, les traitant de connards et leur disant de se casser avant de se laisser retomber lourdement contre la porte derrière lui, et glisser à terre.

Pendant un moment, il contempla la rue à travers un rideau de bruine. Puis il ferma les yeux. Espérant retrouver le chemin de cette pièce pleine de rires et de fumée.

9

Pour Robert Asker, tout avait commencé par la certitude absolue que des gens vivaient sous son bac de douche...

Il avait entendu leurs voix, au début étouffées par le bruit de l'eau, puis un peu plus distinctes, une fois le robinet fermé. Il était resté cloué sur place, ruisselant au-dessus de la bonde, les yeux baissés. Il avait aperçu une très légère lueur orangée, une sorte de petite lumière, plus loin dans les tuyauteries, et il avait tout de suite compris : ils vivaient dans les conduites, autrement dit, ils pouvaient se déplacer très rapidement et lui parler partout dans la maison.

Peu après, ils utilisèrent tout le réseau des canalisations et des égouts pour le suivre quand il était à l'extérieur, loin de chez lui. Puis, un beau jour, les voix se manifestèrent au bureau et dans sa voiture. Il lui semblait que plusieurs voix parlaient en même temps, s'annulant les unes les autres au point qu'il ne comprenait qu'un mot sur dix sans jamais pouvoir saisir la teneur exacte de leurs propos. De ce qu'elles essayaient de lui dire.

Évidemment, tout avait vraiment commencé le jour où il en avait parlé à sa femme. C'est à partir de ce moment-là qu'il n'avait plus contrôlé la situation. Que tout avait basculé pour lui...

C'est peu de temps après le lui avoir dit qu'il avait été licencié. Dès lors, il lui avait été difficile de savoir si l'attitude de sa femme provenait de sa colère contre lui de s'être fait virer ou de l'agacement face à ses radotages, à l'insistance avec laquelle il lui parlait de ce qu'il vivait. En tout cas, une chose était certaine : elle se détachait de lui avec sa fille. Il avait remarqué qu'elle la gardait de plus en plus auprès d'elle, qu'elle lui demandait toujours de l'accompagner, même lorsqu'elle ne sortait que quelques minutes.

Elle avait peur de la laisser seule avec un fou.

Il ne dormait pas. C'était la nuit qu'elles résonnaient le plus. Il arpentait la maison, les mains plaquées contre ses oreilles et la musique réglée si fort que des voisins appelaient régulièrement la police.

Elle l'avait obligé à aller consulter une demi-douzaine de médecins, mais rien de ce qu'ils lui avaient prescrit n'avait changé quoi que ce soit, hormis dérégler son humeur, et c'est alors qu'il avait commencé à crier. Il criait parce qu'il en avait marre que personne ne l'écoute, et aussi pour dominer le bavardage incessant des voix. Dès lors, ce ne fut plus qu'une question de temps avant qu'elle le quitte.

Tout s'enchaîna très vite. Travail, femme, enfant, maison...

Puis il y eut l'hôpital pendant quelque temps, plusieurs établissements. La médication le plongea dans un état second, presque de catatonie, mais les voix étaient toujours là, de plus en plus nombreuses, de plus en plus pressantes. Chahutant tandis qu'il plongeait vers les bons soins de la communauté.

Vers le filet à travers lequel il était destiné à passer.

Ce ne fut qu'une fois dans la rue qu'il découvrit la radio. Livré à lui-même, il apprit à régler la fréquence des voix pour décoder leurs messages, ainsi qu'à baisser leur volume quand il avait besoin de faire un break, et, surtout, il trouva le moyen de leur parler. Il ne coupait jamais la radio ; il ne l'aurait pas pu, même s'il l'avait voulu. Au mieux, il décrochait pendant quelques minutes, mais il préférait l'éviter au cas où il raterait les transmissions qu'il espérait toujours entendre : le message lui rendant son travail ; le message de sa femme lui disant qu'elle comprenait à présent, et qu'elle revenait ; un message de sa fille...

Robert marchait à pas lents le long des magasins et des boutiques de vêtements du Long Acre. Écoutant et parlant. Riant de temps à autre.

Il se sentait bien à présent, malgré tout. C'était merdique, et il lui arrivait d'avoir des coliques et des ulcères de jambe, mais sa radio captait. Radio Bob n'avait jamais été aussi heureux depuis la première fois qu'il avait vu le petit cercle de lumière, liquide et scintillant, dans le ventre d'un tuyau de vidange.

– Y a trois méthodes élémentaires pour faire la manche, expliqua Spike. Y en a deux ou trois autres décalées, les spécialisées, quoi, mais, en fin de compte, y a trois méthodes principales. Je te parle pas de te faire de la thune – ça, y a des tas de moyens. Je te parle juste d'en demander aux gens, d'accord ? Alors, y a le style tout simple sans-abri affamé, c'est ce que je fais le plus souvent. C'est le mieux quand t'as pas la pêche, parce qu'il suffit de rester assis sans rien faire, et, si tu prends un air assez malheureux, les gens te fileront quand même la pièce. C'est l'approche au sentiment, quoi. Sinon, t'as l'approche pot de colle qui implique de faire un minimum de baratin. Faut coller au cul des gens, mais ça, les flics essaient d'y mettre le holà sous prétexte que ce serait antisocial ou je ne sais quoi. Ou alors tu peux, comme Caroline des fois, taxer un ticket de métro et te balader dans la rame en faisant un petit speech et en tendant un gobelet. Là, tu joues sur la corde sensible du pigeon, il peut aussi te filer la pièce juste pour que tu dégages, mais, dans un cas comme dans l'autre, ça marche pas mal. Tu peux aussi adopter l'attaque frontale. Pas « J'ai besoin d'argent pour payer mon hôtel », ou « S'il vous plaît, aidez-moi à me payer un repas chaud », et toutes ces conneries, non, tu regardes quelqu'un droit dans les yeux et tu lui demandes de la monnaie parce que la vérité c'est que t'as super envie d'une cannette de bière cuvée spéciale. Y a des gens qui préfèrent ça…

Thorne réfléchit à la question et en conclut que, lorsque c'était à lui qu'on demandait de l'argent, c'était la méthode à laquelle il était le plus sensible. Cela étant, comme la plupart des gens, sa réaction la plus fréquente en pareil cas consistait à détourner la tête et à marmonner une connerie, ou à faire la sourde oreille. Des mendiants dans le métro, il en avait ignoré plus d'un !

– D'accord, merci, dit-il. Je garderai ça en tête.

Ils étaient assis contre un mur de l'entrée de la station de métro de Tottenham Court Road. « Aidez-nous, s'il vous plaît » était griffonné sur le morceau de carton calé devant eux contre une petite soucoupe en plastique qui contenait une poignée de pièces. De un, deux et cinq pence.

– Explique-moi les autres moyens de se faire du fric, dit Thorne. Tu disais qu'il y en avait des tas.

Spike rejeta la tête en arrière. Une affiche du tout dernier film avec Brad Pitt était rétro-éclairée derrière lui.

– Ouais, y en a quelques-uns. Chanter ou jouer d'un instrument, *The Big Issue*[1], ce genre de trucs…

Chanter ou jouer, c'était hors de question, mais Thorne avait envisagé de vendre *The Big Issue*. Il se demandait combien de gens, parmi ceux qui se faisaient du fric en le vendant, vivaient à la rue.

– Il faut s'inscrire, obtenir un badge, c'est ça ?

Spike secoua la tête, se pencha en avant et redressa le morceau de carton déjà mouillé. Il pleuvait des cordes, le sol autour d'eux devenait de plus en plus trempé à mesure que les usagers de l'heure de pointe apportaient la pluie dans leur sillage en descendant de la rue jusqu'au guichet.

– Y a vendre *The Big Issue* et vendre *The Big Issue*, quoi. Y en a qui mettent la main sur un exemplaire et qui le vendent à l'infini. Tu dis aux pigeons que c'est ton dernier, et la plupart n'auront pas le cœur de te le prendre. C'est un bon plan.

– Je vais peut-être essayer ça.

Thorne regarda une jeune Noire qui descendait l'escalier, venant dans leur direction. Elle s'empressa de détourner les yeux et rasa le mur opposé quand elle passa à leur hauteur avant de s'engager dans l'autre volée de marches.

– Ou alors, tu peux récupérer des cartes de transport périmées, et les vendre. Je l'ai fait pas mal de fois. Ça marche bien, mais c'est de plus en plus surveillé…

1. Journal vendu par les S.D.F., selon le même principe que notre *Macadam*.

– Ouais…

– Oh, merde.

Thorne suivit le regard de Spike et vit un type brun trapu qui descendait l'escalier. Il était vêtu d'un sweat gris à capuche et d'un pantalon treillis noir, mais c'était sa façon de les porter qui, plus vite que n'importe quelle carte, l'identifiait comme étant flic.

– Ça va, Spike ? demanda l'homme.

– Ça allait.

– Sans déc.

Le policier les engloba d'un geste.

– Vous êtes deux, alors vous obstruez la voie publique. Quelqu'un pourrait se blesser.

– C'est ça, ouais, fit Spike.

– Elle est où, ta petite amie, aujourd'hui ?

Spike éluda la question. Il pointa le doigt en direction du couloir qui menait aux quais d'où, depuis une heure voire plus, provenaient les échos pas vraiment mélodieux d'une voix et d'accords de guitare.

– Et si tu te rendais utile en allant emmerder le connard qui massacre *Wonderwall* en bas de l'escalator ?

– Je vais voir ce que je peux faire.

Il s'accroupit à côté de Thorne et le dévisagea.

– Je suis le sergent Dan Britton de la Brigade d'assistance aux personnes sans abri de Charing Cross. Tu es nouveau, hein ?

Il ne donna aucun signe de vouloir montrer sa carte. Il faisait peut-être partie de ces flics qui estimaient que tout le monde ne méritait pas une présentation officielle. Ça et sa voix d'animateur d'émission de soutien psychologique pour enfants ne constituaient pas vraiment les facettes d'une personnalité de gagnant, mais peu importait. Thorne, à sa façon totalement irrationnelle mais entière – celle de la plupart des gens s'ils voulaient bien l'assumer –, l'avait, dès qu'il avait ouvert la bouche, catalogué parmi les grosses taches.

– Plus ou moins, lui répondit-il.

– Si tu as le moindre problème, descends dans la gare et demande à parler à quelqu'un de la brigade d'assistance.

Les paroles de Lawrence Healey revinrent à la mémoire de Thorne. Apparemment, on n'était jamais à court de gens qui proposaient leur aide.

– Tu peux faire quelque chose pour le prix de l'héro ? dit Spike. Ça devient au-dessus de mes moyens, putain…

Britton l'ignora et continua de s'adresser à Thorne.

– Le moindre problème, d'accord ?

– Ouais, ouais.

Les yeux baissés, Spike leva le doigt, lentement, en écolier renfrogné qui aurait une question.

– Justement, y a un truc qui est vraiment gavant…

Thorne perçut de la malice dans la voix traînante de Spike, mais Britton mordit à l'hameçon.

– C'est quoi ?

– C'est le type qui se balade et tue les gens comme moi, et je me demandais, tu vois, si tu pourrais pas faire quelque chose. Sans vouloir te déranger, quoi…

Britton, en dépit de ses efforts, ne parvint pas à masquer ce qui, aux yeux de Thorne, eut tout l'air d'être de la gêne. Il se redressa et, du bout de sa basket, décocha un petit coup dans la jambe tendue de Spike.

– Allez, filez. Il y a de plus en plus de monde, et vous risquez de faire trébucher des gens.

Spike se releva lentement, imité par Thorne.

– Vous en faites pas, dit Thorne. Ils prennent soin de passer le plus loin possible, je me demande bien pourquoi.

Ils flânaient depuis une petite demi-heure dans Oxford Street qui s'assombrissait, parlant peu. Ils avaient croisé quelques visages connus, salué Radio Bob qui soliloquait avec emphase devant l'entrée de chez Borders quand, soudain, Spike avait repris leur conversation précédente comme si elle n'avait jamais été interrompue. Comme si le temps ne s'était pas écoulé.

– Ça devient super dur de faire la manche…

Thorne avait observé la même chose chez son père quand la maladie d'Alzheimer avait commencé son travail de sape. Il savait que les substances chimiques naturelles produites par le cerveau pouvaient être tout aussi puissantes que celles pour lesquelles les gens volaient, tuaient ou se vendaient.

– Ah ouais ?

– Si tu te contentes de rester assis la main tendue, tu te fais virer, et si t'es trop insistant, tu risques de te prendre un ASBO[1].

Thorne était bien placé pour savoir ce dont Spike parlait. La loi sur le comportement antisocial, promulguée en grande pompe en pleine gloire du blairisme, était censée infléchir l'activisme des voisins tapageurs, des ados casse-cou et de tout autre fauteur de troubles qui pourrissaient la vie de la majorité de ceux qui habitaient dans les quartiers défavorisés. La mendicité trop agressive entrait certainement dans le cadre de la loi, mais il était vite devenu évident que certaines municipalités suivaient une interprétation toute personnelle de la notion d'« agressivité » pour mieux chasser les mendiants de tout acabit. Dans le district de Westminster, notamment, on filait des ASBO comme si c'étaient des tickets de parking – faisant un effort soutenu pour criminaliser la mendicité, la consommation d'alcool sur la voie publique et toute autre activité susceptible de choquer. Que Dieu préserve les honnêtes gens de subir de tels comportements indécents en rentrant chez eux où ils pourront frapper leurs enfants et se soûler à mort à loisir derrière leurs portes closes…

– Sans compter les demandeurs d'asile, poursuivit Spike. Beaucoup d'entre eux utilisent leurs mômes, ou ceux des autres, et les pigeons qui vont donner la pièce, y a des chances qu'ils la leur donnent à eux. Alors, tu vois, si tu veux te faire du blé, il te faut être malin. Un peu malhonnête de temps en temps.

– Malhonnête ?

– Ouais, malhonnête. Bon, évidemment, y a des degrés dans la malhonnêteté.

---

1. *Anti-Social Behaviour Order*. Les ASBO, créés par le *Criminal and Disorder Act*, la loi sur le comportement antisocial (1998), sont des ordonnances civiles qui peuvent être prononcées par une juridiction à l'encontre de toute personne âgée de plus de 10 ans ayant un comportement antisocial.

Thorne acquiesça. Il les avait tous vus.

– Parmi ceux qui sont vraiment très accro, y en a qui peuvent aller très loin, tu sais. J'en connaissais un qui mettait un casque et déboulait dans les pharmacies avec un pied de biche. Un jour, je l'ai vu ressortir en courant, il portait sur ses épaules l'armoire des médicaments dangereux. Il a traîné cette grosse boîte métallique dans toute la putain de rue. Un autre pote, lui, il entrait dans les magasins juste avant la fermeture, il se cachait et se laissait enfermer, quoi. Après, il dévalisait l'endroit et ressortait en explosant la vitrine...

– C'est ce qu'on appelle sortir par effraction...

Spike se marra, répétant la vanne deux ou trois fois.

– Je te parle juste de petite choure, quoi. Un peu de vol à l'étalage. Le mieux, c'est Marks & Spencer. Avant, tu leur volais des trucs, tu les leur ramenais et ils te filaient du fric en échange. Maintenant, ils te donnent des bons d'achat, mais t'arrives toujours à les écouler facilement. Vingt livres de bons, tu les revends quinze au pigeon du coin, tu vois. Toi, t'es blindé, et l'autre, il peut s'acheter pour cinq livres de plus en futes ou en chaussettes. Caz, elle est championne pour ça...

Thorne ne doutait pas qu'il devrait trouver le moyen de compléter ses quarante-six livres hebdomadaires, mais n'était pas convaincu que le vol à l'étalage soit la meilleure solution. Ça ne lui posait pas un problème d'éthique – les petits délits étaient tolérés dans le cadre de son infiltration, mais il n'avait vraiment pas envie de s'emmerder à se faire choper. Il n'avait rien chouré depuis ses treize ou quatorze ans, et c'était juste dans le cadre d'une carrière éclair de voleur à l'étalage. Il revoyait encore l'expression de son vieux chez qui un bobby vanné l'avait raccompagné manu militari.

– Ça va ? lui demanda Spike.

– Ouais, ça va.

Il revoyait encore son expression...

– J'ai piqué un album d'Elton John chez Smith's quand j'étais môme.

Thorne l'avait dit sans réfléchir, mais maintenant qu'il s'était lancé, ça lui faisait du bien de partager ce souvenir.

– Au final, ils n'ont pas porté plainte, mais j'ai eu la trouille de ma vie, je te dis pas. Mon père était fou de rage.

– Il t'a foutu une raclée ?

– Non, c'est ma mère qui s'en est chargée.

Thorne se souvenait des efforts maternels en grande partie vains pour lui inculquer un minimum de discipline. Elle le frappait derrière les cuisses du plat de la main ou, parfois, avec une brosse à cheveux bleue aux poils durs, mais elle n'y mettait pas tout son cœur.

– Mais l'expression de mon père, c'était bien pire...

– Tu avais peur de lui ?

Thorne faillit lancer une vanne comme quoi c'était son père qui avait peur de lui, mais il se ravisa. Il se remémora à quel point, sur la fin, son père passait la plupart de son temps à avoir peur. Thorne se hérissa à la perspective que ce soit peut-être ce souvenir-là qu'il garderait de lui.

– Putain de merde ! s'écria Spike. Elton John ?

Thorne fixait d'un air inexpressif le vigile qui les surveillait d'un coin de rue.

– C'était toujours mieux que...

Ils reculèrent dans la rue et restèrent immobiles une petite minute, ne sachant trop quoi faire.

– Ma sœur bosse ici, dit soudain Spike, pointant le doigt dans la direction d'où ils étaient venus, vers Tottenham Court Road et au-delà. Dans la City. Les actions, les obligations, tout ça. Elle a un appart bobo dans les Docklands.

Thorne fut plus surpris par les propos de Spike que par le fait qu'il suive son exemple et parle de sa famille. Il semblerait que Thorne se soit planté en présupposant que les gens qui vivaient comme Spike ne pouvaient avoir de proches parents à proximité.

– Tu la vois ?

– Je l'ai vue deux trois fois depuis que je suis dans la rue. À chaque fois, ça l'a un peu ennuyée.

Il se mit à danser d'un pied sur l'autre, à se balancer d'avant en arrière, comme lors de sa première rencontre avec Thorne.

– Ça va faire un moment que je l'ai pas vue, quoi.

Thorne aurait voulu en apprendre davantage, mais avant qu'il ait eu le temps de parler, Spike s'éloigna rapidos.

– Viens, on va bouffer…

Huit heures que Thorne n'avait rien avalé. Il lui emboîta le pas sans se faire prier.

– Y a un McDo, là, sur la droite, dit Spike, pointant le doigt devant lui. On se fait une folie ?

– J'ai toujours su que cet endroit avait mieux à offrir que la possibilité d'aller chier, dit Thorne.

Il enfourna la dernière bouchée de son cheeseburger et mâcha avec enthousiasme. La bouffe était super bonne.

Spike entamait son troisième Crunchie McFlurry. Chocolat et glace. L'alimentation de base de l'héroïnomane.

– Plan de régime junkie, dit Spike, hilare.

La glace sertissait ses dents, les rendant bien plus blanches que d'habitude.

– Et ce flic Britton, alors ? demanda Thorne. Comment est-il ?

– Réglo.

– Réglo ?

– Ouais, en gros, il est comme les autres, quoi. Aucun de ceux de Charing Cross n'arrivent à décider dans quel camp ils sont, quoi.

Spike parlait plus vite, ses mots se bousculaient. Son teint était devenu gris tout à coup, et Thorne voyait qu'il avait la chair de poule.

– Où est Caroline, au fait ? demanda-t-il.

– Quoi ? grommela Spike.

– Le flic te l'a demandé, non ? Je ne l'ai pas vue de la journée. Vous vous êtes disputés, tous les deux ?

– Elle est allée voir son assistant social. Il insiste lourdement pour qu'elle aille dans un centre d'hébergement, mais ça la branche encore moins que moi.

– Elle aussi est « chaotique », c'est ça ?

– Pas vraiment. C'est juste qu'elle peut pas sentir les institutions. Elle a été longtemps confiée aux services sociaux quand elle était gamine, tout ça. Le placement, elle connaît. C'est ce qui va avec qui a fait qu'elle s'est retrouvée à la rue, si tu vois ce que je veux dire.

Thorne avait sa petite idée.

Il y avait peu de femmes dans la communauté des sans-abri. Jusqu'à présent, Thorne n'en avait vu qu'une dizaine. Il avait posé la question à Brendan Maxwell qui lui avait expliqué qu'un grand nombre d'entre elles finissaient dans la vaste population des sans-abri « invisibles ».

Spike usa d'un langage un peu plus basique.

– Tu vois, beaucoup de filles arrivent à trouver un lit pour la nuit, seulement, elles doivent le partager avec un gros pue-la-sueur que sa femme ne comprend pas. Ils vendent leur cul, elles et des jeunes mecs, tu vois ? C'est ça qui fout les boules aux travailleurs sociaux. Mais t'inquiète pour Caroline. Elle préférerait crever la faim.

– Mais ce n'est pas manger le problème, hein ?

Spike goba une autre bouchée de glace et changea de sujet. Thorne et lui spéculèrent sur le degré de crasse qu'il fallait avoir pour qu'on vous refuse l'accès de tel ou tel restaurant de Londres. Spike décréta que, fringués comme ils l'étaient actuellement, ils ne devraient guère avoir de problèmes chez KFC ou Pizza Hut. Thorne pensait qu'ils n'avaient absolument aucune chance de dépasser les portiers à The Ivy ou au Quaglino's, mais que, chez Garfunkel's, ils disposeraient d'une bonne marge de manœuvre avant qu'on les considère vraiment trop crades.

– McDo, c'est spécial, dit Spike. Je crois qu'ici, tu pourrais commander un burger carrément à poil avec ton slip sur la tête et un étron dans chaque main, qu'on te demanderait encore si tu veux une grande frite.

Thorne rit de bon cœur, mais sans cesser de regarder Spike qui pressait fort ses mains contre ses joues, tirant sur sa peau mouillée de sueur, la pinçant, comme si sa chair n'était plus adaptée à son visage.

Bob avait conscience de l'image qu'il donnait de lui.

Il savait très bien ce que les autres pensaient, mais ça ne le gênait pas. En réalité, il en rajoutait, marmonnant encore plus qu'il ne l'aurait fait sinon, peaufinant son petit numéro, leur en donnant pour leur argent en « Ici Radio Bob, à vous, ici Radio Bob, à vous, Radio Bob appelle vaisseau-mère, à vous », ou autres conneries. Il se rappelait avoir vu un film qui se passait en prison où tout le monde subissait des violences à part les barjos qu'on laissait tranquilles. Ils fichaient la trouille à la plupart des gens. C'est pourquoi il leur laissait croire que c'était inoffensif, qu'il communiquait avec des extra-terrestres, Dieu, ou autre.

Personne ne se doutait de ce qu'il entendait réellement. Personne ne pouvait savoir que les voix qui dominaient le sifflement incessant dans sa tête assénaient des vérités : nouvelles, rumeurs, théories secrètes ; politique, histoire et religion déclamées dans des langues étranges aux accents prononcés. Des choses profondes, saisissantes qui le faisaient tantôt rire tantôt chialer, voire faire dans son fute.

Il ne communiquait jamais ces informations à personne, évidemment. Sinon, on le prendrait pour un fou.

C'est au moment où il s'assoupissait que l'homme se pencha sur lui. Noyé dans le sifflement soporifique uniquement interrompu par instants par des voix très faibles dont les paroles formaient un rythme lointain.

Si l'homme lui parla avant de frapper, Bob ne l'entendit pas.

Quand ça commença, l'ombre telle une matraque, il eut la sensation d'en sentir chaque partie isolément : les lacets et les œillets en métal lui arrachant le pourtour de la bouche et du nez ; la chair de ses lèvres et de son nez aplatie ; la force qui projetait sa tête contre le mur, brisant les os de chaque côté de son crâne.

Puis, finalement, les messages qu'il espérait entendre depuis si longtemps commencèrent à lui parvenir.

Un coup de pied avait dû libérer ou reconnecter un fil car, soudain, la vague de douleur se régla sur une fréquence qu'il n'avait encore jamais captée. Il ne comprenait pas tout ce que disait sa femme, mais ses intonations étaient éloquentes. Les accents du chagrin, indéniables.

Il essaya de se couper de tout le reste – de tout autre son – et tendit l'oreille. Les voix étaient toujours si familières. Il y avait quelque chose de mouillé sur son oreille, et un truc tiède et poisseux sur sa radio. La voix de sa fille était plus grave que dans son souvenir, ce qui était normal puisqu'elle était plus âgée maintenant. À mesure qu'elle se brisait, seul un mot sur trois, puis un mot sur cinq furent audibles, mais ça suffisait. Néanmoins, ça s'estompa avant qu'il ait eu le temps de répondre. D'envoyer un message personnel.

Puis, swing de la jambe de son agresseur. En imagination, car il n'y voyait déjà plus rien. Swing, coups, et souffle atrocement coupé.

Conscient, en ces ultimes secondes avant le noir final. Conscient, pour la première fois d'aussi longtemps qu'il s'en souvienne, que personne ne lui parlait.

10

Le gros patron du bar parvint à tirer encore plus la gueule quand, d'un geste mou, il rendit la monnaie à Holland qui le regarda retourner au comptoir et enfoncer les touches de la caisse.

– Quels sont tes projets, aujourd'hui ?

– Aucun, répondit Thorne. Continuer à zoner, voir sur qui je tombe.

– Un peu comme au bureau, alors ?

– Une journée destructurée, c'est tentant, finalement. Si ce n'étaient le froid et la faim, et n'avoir nulle part où dormir, ce trip sans-abri ne serait pas si désagréable.

– J'en connais qui feraient n'importe quoi pour s'éviter la paperasserie.

– Ça, c'est un plus, pour sûr.

– Quand tout sera terminé, il faudra bien que tu rédiges un rapport. Tu le sais, au moins ?

Thorne fit glisser son avant-bras sur la toile cirée, inclina la soucoupe pour récupérer la monnaie dans sa paume et l'empocha sous le regard de Holland.

– Tu triches, dit celui-ci. Tu aurais dû mendier pendant deux ou trois heures pour te faire ça.

– C'est juste pour l'emmerder, répondit Thorne avec un signe de tête en direction du propriétaire. Tu trouves que c'est mal ? De savoir qu'il n'aura pas de foutu pourboire, il a la tête de quelqu'un qui vient de recevoir une fessée…

En sortant, ils regardèrent le marchand de journaux sur le trottoir d'en face. Un agrandissement de la une du *Sun* était placardé sur la vitrine : « MEURTRES DES S.D.F. : LE VISAGE DE LA PREMIÈRE VICTIME. »

– C'est lui la clé de toute cette affaire, tu sais ? dit Thorne.

– Espérons qu'il y ait une clé.

– En tout cas, ce n'est pas un profiler qui la trouvera. Je vais te dire, tout est lié à la première victime. Le tueur le recherchait.

– Pure spéculation, basée sur des ouï-dire plus que douteux.

– Douteux ou pas, ça donne à penser que la deuxième victime non plus n'a pas été choisie au hasard. Mannion a été tué parce qu'il avait vu ou qu'il savait quelque chose.

Ils s'écartèrent de quelques pas pour laisser passer une femme en tailleur très chic qui entra dans le café.

– Écoute, dit Holland, je comprends que tu fasses une fixette sur la victime non identifiée...

– Je ne fais pas de « fixette »...

– Mais trois autres personnes ont été tuées depuis. Raymond Mannion, Paddy Hayes, Robert Asker. L'auteur de ces meurtres est un tueur en série, que ça te plaise ou non. Entre autres.

– Il n'y a rien d'autre.

– Il y a l'argent laissé sur les corps. Comme s'il pensait qu'ils ne valaient pas plus. C'est sa signature.

– Si on était dans un téléfilm policier en deux parties, je serais peut-être d'accord avec toi. Voyons, Dave, on a déjà recherché des gens de cette trempe, et tu sais aussi bien que moi que leur seule signature, c'est un cadavre. On a affaire à quelqu'un qui nous dit : « Coucou ! Je suis un tueur en série. »

Holland voulut parler, mais Thorne le devança.

– Je sais que c'en est un.

– Même si tu es dans le vrai et si la première victime a été tuée pour des raisons bien précises, on n'en est plus là, si ?

N'obtenant pas de réponse, Holland insista.

– Supposons qu'il ait tué Mannion pour se couvrir, et Hayes pour faire croire à des meurtres gratuits. Qu'en est-il d'Asker, et de celui qui sera le prochain ? Apparemment, il commence à prendre son pied, non ?

– Peut-être...

Ils fixèrent la photo dans la vitrine du marchand de journaux, ce visage qui les regardait du trottoir d'en face. Un visage numérique qui, pourtant, arborait une expression que Thorne avait souvent vue ces dernières semaines. L'autopsie avait permis d'établir que cet homme n'était pas toxicomane, mais c'était bien cet air-là que Thorne avait vu sur le visage de Spike, sur celui de Caroline et consorts. Un air difficile à décrire. Borderline. Au point de rupture entre terrifié et dangereux. Thorne savait bien qu'il faisait des projections, pourtant il était certain d'avoir repéré un petit quelque chose autour de la bouche, et dans le regard, bien sûr, exigeant, implorant. Ou, peut-être, revendicateur...

– Tu dors où, cette nuit ? demanda Holland.

– Je ne sais pas encore.

Thorne avait zoné toute la semaine, couchant ici et là, mais en terme d'abri et de sécurité, son premier choix était, de loin, le meilleur.

– Je retournerai peut-être devant le théâtre.

– Ça fait longtemps que tu n'as pas été aussi près de la culture.

– En ce moment, c'est une comédie musicale d'Andrew Lloyd-Webber. Je serai au plus près que je supporterai de l'être...

Regardant Thorne s'éloigner, Holland dut faire un effort de mémoire pour se dire que l'homme dépenaillé qui repartait à pas traînants en direction du West End était, a priori, toujours son patron. Il n'avait jamais dû lui servir beaucoup de « oui, chef, non chef », sauf les jours où Thorne était vraiment de sale humeur. En règle générale, il n'était pas du genre à exiger, ou à accorder, ces marques de déférence. Il n'empêche que, depuis deux ou trois semaines, Holland avait conscience d'avoir pris le pli de s'adresser à lui différemment, et que cela n'avait rien à voir avec sa récente promotion au grade de sergent.

Il en avait honte, mais s'il devait être tout à fait sincère, son attitude était plus liée à ce que Thorne était devenu, au rôle qu'il jouait, qu'à ce que lui-même vivait.

Il observa Thorne qui rajustait le sac à dos crasseux sur son épaule avant de tourner à l'angle de la rue. Il n'avait jamais été facile de comprendre cet homme, mais physiquement, en tout cas, il était carrément méconnaissable. Cette mascarade ne durait que depuis quinze jours, alors c'était sans doute le fruit de son imagination, mais Holland aurait juré lui avoir vu le dos voûté et la démarche réellement traînante.

Ça l'inquiétait, et pas qu'un peu, car si Tom Thorne dormait devant l'entrée d'un théâtre, pour autant, ça ne faisait pas de lui un comédien.

Dans le train qui le ramenait à Carlisle, Peter Hayes ne pensait à rien de particulier, tout à son impatience d'arriver chez lui et d'embrasser son fils. Il sentit que c'était parce qu'il avait assisté à la mort de son père quelques heures plus tôt, après avoir pris la décision de débrancher l'appareil qui le maintenait en vie.

Pour la énième fois depuis qu'on la lui avait remise, il lissa les pages de la lettre manuscrite et la lut. Les phrases, qu'il avait griffonnées dans la fureur de l'adolescence une dizaine d'années auparavant, lui paraissaient maladroites à présent, leur but étant tout bonnement de blesser.

Il leva les yeux de la page et regarda par la vitre.

Blesser. Il était difficile de concevoir qu'il ait pu en aller autrement. Alors, pourquoi ce connard d'ivrogne avait-il pieusement conservé ça ?

Tu es un traître, tu as filé comme un serpent, comme si on ne valait rien, pour mieux ramper devant une bouteille et oublier complètement notre existence. Espèce de lâche. Tu es un traître d'alcoolo, une épave.

Il relut le passage, dont les pleins et les déliés délavés lui apparurent comme des dents cariées à soigner. Des aphtes à mordiller.

Le chariot de restauration rapide arrivait vers lui. Il décida de prendre un thé et, peut-être, un sandwich. Il verrait bien ce qu'il y aurait.

Il se rendait compte à quel point il lui serait difficile de répondre aux questions qu'il se poserait, et dans quelle mesure elles le tourmenteraient. Les questions sur son jugement de l'époque. Sur le fait qu'il ait renié son père au point que le pauvre bougre n'avait plus eu personne vers qui se tourner excepté Dieu.

Il rangea la lettre.

Il prit un thé et un sandwich au poulet. Il regarda le paysage changer au gré de la vitesse du train, et compta les minutes qui le séparaient du moment où il prendrait son fils dans ses bras.

DEUXIÈME PARTIE

DU SANG ET DU PÉTROLE

1991

Il y a deux groupes de quatre hommes.

Les différences entre les deux groupes sont saisissantes, encore que les plus importantes ne soient pas les plus visibles.

Quatre hommes assis, et quatre debout. Ceux qui sont par terre sont espacés de plusieurs mètres. Hors de portée les uns des autres. Ils portent des tenues en toile grossière vert olive, mais il y a des différences : deux sont chaussés de rangers, les deux autres de sandales ; un est coiffé d'un chapeau, mais les trois autres sont nu-tête. On ne voit d'eux que leurs cheveux bruns plaqués sur leur crâne jusqu'au moment où l'un d'entre eux lève la tête et mord dans ce qui semble être une barre chocolatée. Il mâche mécaniquement.

La pluie et l'obscurité font que tout paraît flou et indistinct.

À la différence du premier groupe, les hommes debout sont vêtus à l'identique. On ne voit pas leur visage sous les lunettes de protection et les *shamags*[1] qui recouvrent leur bouche. Deux sont côte à côte, l'un d'eux feuillette une liasse de documents qui claquent bruyamment dans le vent. Les deux autres se sont positionnés en serre-livres : un à chaque extrémité de la rangée d'hommes alignés sur le sol.

Chacun d'eux pointe un pistolet.

L'homme qui tient les documents les agite à bout de bras et crie quelque chose aux hommes assis sur le sol. Il est difficile de distinguer les mots noyés par le bruit de la pluie : « ... On garde... comprends ? »

---

1. *Shamag* : carré de tissu que l'on peut assimiler à un keffieh.

Le mâcheur assis par terre lève les yeux vers lui, puis les tourne vers les autres hommes assis à côté de lui. Tous lèvent leur visage mouillé. Deux autres hommes mangent, mais tous restent silencieux.

La pluie est drue et noire. Elle crépite et martèle les têtes, les mains et les corps. L'homme aux documents crie plus fort : « Ça, on garde. Tu comprends ? » Le mâcheur acquiesce, très vite, deux fois de suite.

Personne ne dit rien pendant un moment, le temps passe. Soudain, la pluie se met à tomber encore plus fort, imprégnant les cheveux bruns et les tenues vert olive des hommes assis par terre.

Les hommes debout essuient leurs armes avec leurs manches.

On y voit encore moins que tout à l'heure, mais le pâle cercle qu'on distingue dans le ciel est certainement le soleil, pas la lune. C'est un temps pourri de chez pourri. À présent, les hommes qui portent des lunettes de protection et des pistolets ont mis les autres en joue.

Il est absolument impossible de faire une différence entre les hommes debout. Leurs visages sont dissimulés, mais même s'ils ne l'étaient pas, le manque de lumière empêcherait de les distinguer nettement. Pourtant, malgré cela, la différence entre eux et le groupe d'hommes assis par terre est soudain d'une évidence aveuglante.

Les hommes armés sont morts de trouille.

11

– Ce n'est pas Christopher.

– Vous en êtes sûre ? Le contraire serait compréhensible, étant donné l'état de son visage...

– Non, je suis navrée. Navrée de ne pouvoir vous aider, je veux dire. Ce n'est pas lui. Ce n'est pas le corps de mon frère.

Susan Jago se détourna tandis qu'on replaçait le drap sur le visage du mort. Phil Hendricks essaya bien de procéder le plus doucement possible, mais le bruit sec que fit le tiroir en se refermant parut rester en suspension dans l'air, aussi pesant que le silence qui s'ensuivit.

– Le Dr Hendricks va vous raccompagner, dit l'inspecteur Yvonne Kitson, posant la main sur le bras de la femme. Phil... ?

Hendricks invita Susan Jago à le suivre. Contrairement au lourd tiroir métallique conçu pour supporter le poids des morts, la porte se referma derrière eux avec un doux déclic.

– Fait chier ! s'écria Kitson.

Holland poussa un soupir.

– Elle paraissait si catégorique au téléphone. Et, quand elle a vu son visage, j'ai cru que c'était bon.

Sur le coup, Susan Jago avait porté la main à sa bouche, le souffle coupé. Elle avait secoué la tête et murmuré : « Oh, mon Dieu. »

– Ça a très bien pu être le choc en voyant l'état du corps, dit Kitson. Ou alors, ce qui serait logique, le soulagement.

– Je suppose.

– C'est une réaction naturelle.

– C'est quand même la poisse, hein ? dit Holland, longeant le mur tapissé de tiroirs mortuaires. Vouloir tant que ce soit lui. C'est une réaction naturelle, ça aussi ?

L'avant-veille, tout le monde était à la fête lorsque Susan Jago avait appelé. Elle avait vu la photo dans la presse et à la télévision, et elle certifiait pouvoir identifier l'homme assassiné deux mois plus tôt. Elle était certaine que la première victime du tueur des sans-abri n'était autre que son frère aîné qui avait disparu. Russell Brigstocke avait trouvé que cette piste en valait bien une autre, et qu'elle tombait à pic. On se réjouissait en haut lieu. Ce soir-là, au Royal Oak, on avait descendu plus d'une pinte.

Holland, glissant un pouce sous sa manche, frotta une tache sur le métal.

– Vouloir à tout prix que le corps soit celui de son frère. Ça fait égoïste…

Kitson haussa les épaules et traversa la pièce jusqu'à son manteau et son sac à main accrochés dans un coin de la morgue. Il y avait un petit canapé rouge et une table basse, une boîte de mouchoirs en papier sur une étagère en pin.

– Ça va faire surtout très mal quand on annoncera à Brigstocke que ça n'a rien donné. Je lui avais pour ainsi dire promis un nom.

Ayant fait plus ou moins la même promesse à Thorne, Holland se chargerait de lui porter la mauvaise nouvelle. Kitson ignorait tout de la mission d'infiltration de Thorne. Pour ce que Holland en savait, en dessous du grade d'inspecteur-chef, il était le seul à être au courant.

Il se demandait pourquoi.

Peut-être l'avait-on mis dans la confidence parce qu'on sentait que Thorne et lui avaient une relation privilégiée. Peut-être pensait-on que jouer le gentil toutou et l'intermédiaire était son domaine d'expertise…

– Je suis sûr que l'inspecteur-chef le prendra bien. Il ne doit plus en être à une déception près…

Kitson fit brutalement volte-face.

– Pardon ?

– Concernant cette affaire, je veux dire.

Holland voyait que Kitson était agacée, qu'elle l'avait mal compris. Il essaya de faire machine arrière.

– C'est galère depuis le début, hein ?

– Je m'en fous de ça. Bon Dieu, qu'est-ce que c'est que cette attitude ?

– N'y voyez aucun sous-entendu, chef.

Kitson attrapa son sac et le mit en bandoulière.

– Excuse-moi, Dave. Tout ça me gonfle et je suis un peu à cran.

Elle se dirigea vers la porte, et Holland lui emboîta le pas.

– Tout va bien ? demanda-t-il.

Tout en le demandant, il savait que c'était une question inutile. Kitson ne parlait plus que rarement de sa vie privée.

– Mon aîné s'est fait renvoyer de l'école hier pour avoir frappé un de ses camarades. Un chieur qui embêtait son petit frère.

Elle regarda Holland, incapable de réprimer un sourire.

– Évidemment, au fond de moi, je suis extrêmement fière de lui...

Holland lui sourit et ouvrit la porte.

Depuis peu, Kitson était redevenue elle-même. Deux ans plus tôt, on la considérait comme le modèle de la femme flic à qui tout réussit : sur la voie royale de la promotion accélérée et de l'équilibre parfait entre carrière et vie de famille. Là-dessus, on avait appris que son mec l'avait surprise en train de s'envoyer en l'air avec un officier supérieur et s'était barré en emmenant leurs trois enfants. Elle avait récupéré les gosses assez vite, mais tout le reste avait dégénéré hyper rapidement. Ce n'était pas la liaison en soi, mais plutôt le fait que celle-ci soit devenue de notoriété publique, qui l'avait mise sur la sellette, mais elle avait tenu bon.

Elle avait prouvé qu'elle pouvait être coriace, à défaut d'autre chose.

Depuis quelques mois, elle redevenait comme avant. Son avancement serait moins fulgurant à présent, mais ça ne semblait pas la perturber outre mesure. Elle avait même un nouveau petit ami – pas un policier, pour sûr.

– Il ne ferait pas la différence entre pénal et pénis, avait-elle annoncé, toute guillerette.

Thorne, qui lisait le magazine *Police*, avait levé la tête avec lassitude et rétorqué :

– Pas plus que beaucoup de flics…

C'était curieux, mais la vie de Kitson avait commencé à reprendre son envol au moment où celle de Thorne entamait sa chute libre. Désormais, en l'absence de Thorne, c'était elle qui menait le bal au jour le jour, et en référait à Brigstocke, lui-même occupé à gérer les relations avec la presse et avec les hautes sphères policières.

En sortant de la morgue, Holland aperçut Hendricks et Susan Jago, assis sur un banc, à l'autre bout d'un étroit couloir. Elle pleurait en balançant la tête. Hendricks la tenait par les épaules.

Holland et Kitson se dirigèrent vers eux, parlant à voix basse.

– Vous voyez, c'est ce que je disais : le soulagement.

– Si elle verse autant de larmes maintenant…

Kitson le regarda de biais.

– Il ne lui en restera plus aucune le jour où son frère mourra.

– J'ai comme l'impression que c'est ce qu'elle attend.

Ils arrivèrent à hauteur du banc en plastique vert. Susan Jago leva la tête vers eux. Parvint à bredouiller « excusez-moi », d'une voix brisée par les sanglots.

– Ne vous excusez pas, Susan, dit Holland.

– Je sais que vous êtes pressée de partir, dit Kitson, mais avant, j'aimerais juste éclaircir deux ou trois détails avec vous.

Elle jeta un coup d'œil à Hendricks. Celui-se se poussa vers l'extrémité du banc, et Kitson s'assit à côté de Jago.

– Voilà, ce que je ne comprends pas, c'est pourquoi vous avez cru reconnaître votre frère sur le portrait diffusé dans la presse. Je sais, ce n'est pas une vraie photo, mais vous sembliez tellement sûre de vous quand vous nous avez appelés.

Jago s'accorda quelques secondes avant de répondre, le temps de maîtriser ses pleurs.

– Oui, j'ai vraiment cru que c'était Chris, dit-elle avec un fort accent du nord de l'Angleterre.

Elle était arrivée par le train le matin même, venant de Stoke-on-Trent.

– Chris doit beaucoup ressembler à ce pauvre bougre, d'ailleurs, dit-elle avec un signe de tête en direction de la morgue. C'est difficile à dire, savez ? Ça fait si longtemps que je l'ai pas vu que je sais pas du tout à quoi il ressemble maintenant, s'il a maigri, s'il s'est laissé pousser la barbe ou autre...

– Oui, je comprends, mais tout de même...

– En tout cas, c'est sûr que c'est pas lui, il a pas de cicatrice, dit-elle en montrant son bras droit juste au-dessus du coude. Chris s'était coincé le bras dans un barbelé, juste là, quand il était môme. En essayant de récupérer un ballon.

– Je vois...

– Et le tatouage, c'est pas le bon. J'étais pourtant sûre que c'était le même, savez ? Puis, de près, j'ai vu qu'il était différent. Peut-être sa place. Je crois bien qu'il est un peu plus bas sur le bras de Chris que sur celui de... ce monsieur.

– Différent, en quoi ?

Jago se remit à pleurer, hoquetant entre deux sanglots. Elle leva les yeux vers le plafond, se mordit la lèvre inférieure.

Holland la dévisagea. Tout d'abord, il lui avait donné une trentaine d'années, mais maintenant il se demandait si elle n'était pas plus jeune. Son mascara avait coulé, ce qui ne facilitait pas la tâche. Elle avait des cheveux très bruns et le teint très pâle. Assez proche de celui du mort gisant dans le tiroir mural.

– En quoi le tatouage est-il différent ? répéta Kitson. Les lettres ? Les couleurs ? La disposition ?

Hendricks encouragea Jago d'un petit signe de tête.

– J'en... sais... rien, sanglota-t-elle.

– Mais vous êtes certaine qu'il est différent ?

– Oui... Je crois.

Kitson arqua les sourcils à l'intention de Holland. Quand elle reprit la parole, ce fut d'une voix douce, rassurante, mais sa détermination n'échappa pas à Holland.

– Bon, nous savons déjà que ce mort n'est pas Chris, ce qui est une excellente nouvelle.

Holland croisa le regard de Hendricks, et dut détourner les yeux, gêné par ce mensonge.

– Mais je dois vous demander si vous avez reconnu cet homme. L'aviez-vous déjà vu ?

Elle fit non de la tête. Un geste ferme et catégorique.

– Si je vous le demande, c'est uniquement à cause du tatouage. C'est un motif très particulier. Vous comprenez, Susan ? Pourquoi quelqu'un aurait-il un tatouage identique à celui de votre frère ?

Jago, réprimant une fois de plus ses pleurs, se tamponna les yeux avec un mouchoir en papier.

– Il y a des années, Chris et ses potes sont sortis un soir, et s'en sont fait faire un. Ils étaient bourrés, ils se sont fait tatouer ensemble. Le même genre de truc. Je ne sais pas pourquoi. Je ne sais pas ce que ce tatouage signifie.

Un regain d'optimisme illumina le visage de Kitson.

– Chris et ses potes ? L'homme dans la morgue pourrait avoir été un ami de votre frère, vous croyez ? C'est possible ?

Jago secoua la tête.

– Je vous ai dit que non. Je ne l'avais jamais vu…

Kitson se leva avec une moue désabusée, et fit signe à Holland.

– Bon, on retourne au poste, lui dit-elle.

Puis, elle ajouta, à l'intention de Susan Jago :

– Voulez-vous qu'on vous appelle un taxi ?

– Je peux vous déposer ? lui proposa Hendricks.

– Vraiment, ça ne vous dérange pas ?

– Non, pas de problème. Je vous conduis à la gare d'Euston.

Susan Jago regarda Holland et Kitson.

– Je ne sais pas quel train je vais prendre, dit-elle. J'avais réservé un billet ouvert.

Pour la première fois, Holland crut voir une vraie joie dans ses yeux rougis.

– Je pensais que c'était Christopher, vous comprenez ? Je ne pensais pas rentrer si tôt.

Thorne leva les bras et recula. Il comprenait à peine ce que l'homme disait, mais les mots « casse », « toi » et « connard » s'étaient détachés assez nettement pour qu'il en saisisse la quintessence.

– Calmos, mon pote, dit Spike.

L'homme déversa sur eux un nouveau torrent d'injures incohérentes et pivota sur ses talons, manquant de peu de se cogner contre le mur derrière lui.

Spike cracha dans le caniveau, et accéléra le pas.

– Ce vieux connard me cherche chaque fois que je passe devant lui.

Thorne le rattrapa. Ils remontaient Greek Street vers le nord, vers Soho Square. Tous deux s'étaient installés dans un boui-boui pour petit-déjeuner, et, depuis, ils erraient sans but. Maintenant qu'il pleuvait, ils étaient pressés de se mettre à l'abri ; Spike connaissait un coin chaud où ils pourraient boire un thé.

– Pourquoi ? demanda Thorne. Qu'est-ce qu'il a contre toi ?

– C'est un poivrot, alors il veut rien avoir à faire avec un gars comme moi. Avec un junkie, quoi.

Ce mot, Thorne avait l'habitude de l'entendre prononcer avec dégoût. Spike l'avait dit naturellement, comme n'importe quel mot destiné à le décrire, comme « blond ».

En un peu moins de trois semaines, Thorne en avait vu assez pour savoir de quoi parlait Spike. La communauté des sans-abri avait, comme toute autre, ses divisions internes ; ses hiérarchies imaginaires. Il existait, en gros, trois groupes : les toxicos, les alcoolos et les psychos. Bien entendu, quelques-uns pouvaient se prévaloir d'une appartenance à ces trois catégories, mais, dans l'ensemble, ils ne se mélangeaient pas. Et comme les cas psychiatriques avaient développé un grand talent pour l'insociabilité, c'était principalement entre les alcoolos et les toxicos que l'agressivité était la plus grande.

– C'est dingue, dit Thorne. Les poivrots supportent pas les junkies, les junkies peuvent pas sentir les poivrots, et personne peut piffer les cinglés…

– Et on est tous d'accord pour détester les demandeurs d'asile ! s'esclaffa Spike, pas peu fier de sa vanne, renversant une main à la manière d'un jeune Black. C'est une super mixité, remarque. Moi, j'adore, putain. On a les immigrés, les ex-militaires, les ex-taulards. Y a toutes sortes de gens dans la rue, mec. Toutes sortes.

Ce n'était pas Thorne qui allait le contredire.

Ils avaient atteint Oxford Street où ils attendirent une brèche dans le trafic pour s'engager sur la chaussée.

– Mais t'as raison, poursuivit Spike, c'est un peu dingue qu'on n'arrive pas tous à s'entendre. T'as vu comment était ce poivrot. C'est une bande d'enculés barjes et puants. Je dis pas ça pour toi…

– Hein ?

– Tu vois, c'est aussi pour ça que, normalement, nous deux, on devrait pas s'entendre, à part la différence d'âge. Un junkie et un poivrot. T'es bien un poivrot, toi, hein ?

D'aussi loin que Thorne s'en souvienne, on s'était toujours plu à imaginer qu'il buvait beaucoup plus qu'en réalité. On s'y attendait de la part des gens qui faisaient ce qu'il faisait, qui voyaient les choses qu'il avait vues. La vérité, c'est qu'il aimait le bon vin et la bibine, et même si, avec Phil Hendricks, il pouvait en descendre plus d'une en regardant un match de foot, il n'était absolument pas alcoolique… pas vraiment.

Oui, ces derniers mois, pour des raisons évidentes, il avait bu un peu plus que la moyenne, et oui, il buvait depuis qu'il était dans la rue, mais uniquement pour les besoins de son enquête. En l'occurrence, il avait pris l'habitude d'acheter de la bière bas de gamme, du pipi de chat, et de la verser dans des cannettes vides de Tennent's Extra ou de Special Brew. Tout pochard qui se respecte préférerait mourir plutôt que d'être vu avec une cannette de Carling ou de Sainsbury's.

– Bon, ce n'est pas que tu boives tout le temps, dit Spike. Mais tu sens.

Thorne se passa la main dans les cheveux pour en chasser l'eau. Il fit un clin d'œil à Spike.

– Un verre, je dis pas non…

Ils passèrent devant le Wheatsheaf et le Black Horse. Devant The Marquess of Granby, dans Rathbone Street. Ce pub était un des préférés de Thorne, comme il avait été celui de Dylan Thomas. Le poète gallois y venait souvent, et s'ingéniait à provoquer les gardes royaux qui y faisaient des descentes pour harceler, ou piéger, les homosexuels.

Spike prit soudain sur la gauche, et, deux minutes plus tard, ils se retrouvaient dans une petite rue tranquille derrière l'hôpital Middlesex où Paddy Hayes avait finalement rendu l'âme à peu près huit jours plus tôt.

– C'est comme en prison, dit Thorne. Les frictions entre les groupes. Chacun s'imagine valoir mieux que les autres. La brigade des cols blancs, les hommes d'affaires véreux et les taulards lambda pensent qu'on devrait les séparer des « vrais » criminels. Le braqueur à main armée des familles pense qu'il vaut mieux que l'assassin. Et tout ce beau monde a la haine des délinquants sexuels…

Spike passa devant et se retourna, parlant à Thorne en reculant par petits bonds comme un ado surexcité.

– Ah, t'as fait de la taule, alors ?

Thorne songea qu'il aurait peut-être mieux fait de se taire, mais la supposition de Spike ne pouvait lui porter tort. Il décida de garder le silence.

– Excuse, dit Spike. Je voulais pas être indiscret, et t'es pas obligé de répondre si t'en as pas envie.

Soudain, il s'immobilisa brièvement, puis s'engagea dans une ruelle. Thorne lui emboîta le pas.

Ce genre de coupe-gorge fourmillaient dans Londres, et n'avaient pas changé depuis des siècles. Les façades sans fenêtres semblaient pencher de chaque côté, plus proches au niveau des toits qu'elles ne l'étaient à celui de la rue. Les briques noires étaient graisseuses, le sol plein d'ornières et de flaques d'eau.

Une silhouette apparut à l'autre bout de la ruelle, et Thorne se figea.

– Tout va bien, dit Spike.

Il se dirigea vers l'homme qui, à l'évidence, l'attendait, et Thorne resta sur place et observa la scène.

Qui se déroula très vite : mains sortant des poches, tendant, prenant, revenant prestement à leur place.

En attendant que Spike ait terminé son shopping, Thorne songeait aux différents groupes composant la communauté des sans-abri. Les junkies, les ivrognes, les cinglés. Il se rendit compte que, en ce qui concernait les morts identifiés, il y en avait un de chaque groupe : Mannion était toxico, on ne voyait jamais Hayes sans une bouteille, et Radio Bob était franchement barje. Était-ce une coïncidence ? Ou un critère selon lequel le tueur sélectionnait ses victimes ?

Grâce à la femme qui avait appelé pour dire qu'elle pensait que le mort non identifié était son frère, ils disposaient peut-être à présent d'un nom pour la première victime. Rentrait-il dans un de ces cas de figure ? L'autopsie ne leur avait pas appris grand-chose. En tout cas, elle n'avait établi ni usage de drogue ni consommation excessive d'alcool…

Thorne fit demi-tour et regagna la rue à pas lents. Il se demanda ce que ses organes, encrassés et amochés comme ils devaient l'être, pourraient bien un jour révéler à un légiste. S'ils en diraient long sur lui.

Il se souvint d'une petite secousse : le grincement de la courroie quand le cercueil de son père s'était incliné vers l'avant, juste avant que l'organiste attaque ses premiers accords.

Il s'adossa à un mur, espérant que, le moment venu, ses entrailles seraient toujours là, intactes. Se désagrégeant joliment. Brûlant avec le reste de sa personne qui n'en aurait plus rien à battre que quiconque subisse quelque conséquence que ce soit.

– Pourquoi n'avoir jamais signalé la disparition de votre frère ? demanda Hendricks.

– Je m'attendais à le voir resurgir un de ces quatre. Chris était coutumier du fait, répondit Susan Jago, tordant, tout en parlant, les poignées du petit sac de voyage qu'elle tenait sur ses genoux. Il est parti et revenu à intervalles réguliers au fil des années. Il devient un peu bizarre, il disparaît de la surface de la terre un moment, puis il réapparaît comme si de rien n'était.

Il existait plusieurs itinéraires possibles pour se rendre de l'hôpital Westminster à la gare d'Euston ; et Hendricks avait mentalement tiré à pile ou face : par Victoria Street vers Parliament Square, puis vers le nord par Whitehall et tout droit.

– Il prenait des antidépresseurs ?

– Hou la, il les a tous pris, à un moment ou à un autre. Vous ne risquez pas de vous tromper...

– Il avait une carte de fidélité chez le pharmacien, hein ?

Elle rit, rejetant la tête en arrière.

– Il est dans un triste état, Christopher, oh oui. Et ce n'est pas d'aujourd'hui.

Hendricks conduisait habilement la Ford Focus dans le trafic, encore qu'il ne ralentissait pas assez compte tenu de la chaussée mouillée. Il s'était déjà excusé une fois quand il avait grillé un feu, sentant que sa passagère avait inspiré à fond et réprimé un cri. À présent, il fonçait pour doubler un bus qui se garait à un arrêt, et elle remit ça.

– Désolé...

– Ça va.

– C'est que je veux arriver le plus vite possible. Si vous ratez le prochain, vous risquez d'attendre longtemps.

– Comme je vous disais, personne ne m'attend. Les enfants sont chez une amie.

En dépit du mauvais temps, Parliament Square était noir de monde. Les voitures mettaient une éternité pour en faire le tour. Hendricks avait, sans conteste, choisi l'itinéraire touristique.

– Il n'a jamais travaillé ?

– Oh, si, il a fait des tas de boulots, tous merdiques. Là non plus, il ne pouvait pas s'y tenir. Soit il se bagarrait, soit il ne se présentait plus. Et il disparaissait de nouveau dans la nature.

Elle haussa les épaules, regarda par la vitre la foule de touristes sous leurs parapluies devant l'abbaye de Westminster.

– Il y a quelques chose en particulier qui a pu déclencher sa maladie ? Vous disiez que ce n'était pas d'aujourd'hui...

– Ce n'est pas une maladie à proprement parler. Il y a des moments où il déprime, c'est tout.

– C'est une maladie.

– Si vous voulez.

– Je me demandais s'il s'était produit un événement qui pourrait en être la cause… Une séparation ? Un décès dans la famille ?

– Je ne crois pas.

– Rien qui vous vienne à l'esprit ?

– Toutes ces choses-là arrivent à tout le monde, non ?

– Oui, mais chacun réagit différemment.

– Il a toujours eu des potes et des petites amies, tout ça, et, la plupart du temps, il est aussi heureux que vous et moi, mais ça fait un bail qu'il lui arrive de décaniller à tout moment. Je ne sais pas pourquoi. Je ne sais pas ce qui provoque ça chez lui. Je veux seulement le retrouver et le garder à l'œil, cette fois. Je veux le faire soigner.

À sa voix, Hendricks la sentit de nouveau au bord des larmes. Il trouva curieux, étant donné l'affection qu'elle manifestait pour son frère, qu'elle en sache si peu sur les causes de son mal-être. Elle restait dans le vague, mais peut-être fallait-il y voir la manifestation du déni. Il sentait qu'elle culpabilisait pour ce qui s'était passé, pour ce qui risquait d'être arrivé à son frère. Il repensa au tatouage et à ce que Kitson avait dit à l'hôpital. Si Chris Jago était mort – et, visiblement, sa sœur estimait que c'était dans l'ordre du possible –, Hendricks pensait peut-être pouvoir l'aider. Mais d'abord, il devait rentrer chez lui, ou retourner à son bureau à l'hôpital…

Elle le dévisageait.

– Je voudrais vous demander, vous êtes gay ?

Hendricks fut stupéfié par sa franchise. Il accusa le coup, puis éclata de rire.

– Oui, je suis gay.

Une possibilité le frappa.

– Chris aussi ?

– Grands dieux, non ! Mais j'ai un collègue de travail qui l'est, et vous me faites beaucoup penser à lui. Je n'ai rien contre, vous savez.

Ils continuèrent de rouler, parlant de tout et de rien jusqu'au bout de Tottenham Court Road où la circulation se fit moins dense. Hendricks regarda l'heure à l'horloge de bord.

– Ça va être juste, mais ça devrait le faire, dit-il.

Susan Jago serra un peu plus fort les anses de son sac.

Chloé Holland fit quelques pas incertains vers son père, et se cogna la tête contre sa cuisse.

– Papa...

Holland prit sa fille dans ses bras et la porta sur le canapé dans l'angle du salon.

– Viens, ma puce. Un petit bisou avant d'aller faire dodo...

Sophie Wagstaffe, sa petite amie, se tenait dans l'encadrement de la porte.

– Ne l'excite pas trop, Dave.

Il faillit lui répondre qu'un peu d'excitation serait la bienvenue dans cette maison, mais il se ravisa. Il en était sûrement responsable. Certes, tous deux étaient vannés et irritables en fin de journée, mais lui, il ramenait à la maison les frustrations liées à l'enquête. Son humeur jetait une lourde couverture sur tout. Il ne pouvait en vouloir à Sophie d'en avoir plus que marre.

La fillette montra sa vidéo préférée posée sur la moquette au pied du magnétoscope.

– Arey...

– Barney, oui. C'est bien...

Sa fille aurait un an dans deux jours.

Chloé avait été conçue juste à temps pour empêcher que la relation entre Sophie et lui ne se brise complètement. La grossesse avait changé toutes les priorités. La liaison stupide qu'il avait eue était devenue une arme qui ne servait plus que rarement, et la plupart des conversations au cours desquelles le ton montait concernaient le travail. Ne pensait-il pas que, désormais, il ferait peut-être bien d'en trouver un qui soit moins risqué ? Mieux payé, avant qu'il ne soit titularisé ?

Une fois qu'ils eurent dépassé la commotion bouleversante et joyeuse de l'arrivée de Chloé, ils discutèrent de nouveau de leur avenir en n'ayant plus, ni l'un ni l'autre, l'énergie de crier. Ni de rien d'autre. L'appartement qu'ils partageaient depuis des années à *Elephant and Castle* était beaucoup trop petit, pour sûr, aussi envisageaient-ils de déménager, voire de quitter Londres. Ils avaient décidé que Holland devait se présenter à l'examen de sergent, mais l'augmentation de salaire avait été largement neutralisée par celle de la charge de travail. Entre Sophie qui avait repris l'enseignement et les frais de crèche, ils ne s'en sortaient pas mieux. Un déménagement à court terme était exclu.

– Arrête, Dave.

– D'accord…

– Je dois la changer et la coucher.

– Laisse-la-moi encore une minute…

La fatigue semblait ne jamais diminuer. Juste au moment où Chloé commençait à faire ses nuits, on lui avait demandé de faire plus d'heures de service. Son nouveau grade, et la gravité de l'affaire en cours, impliquaient que des journées de seize ou dix-huit heures devenaient de plus en plus fréquentes. En cet instant, il désirait plus que tout au monde serrer son bébé contre lui, fermer les yeux et rester là jusqu'au matin.

– Dave, s'il te plaît.

Voilà ce qui arrivait, songea-t-il, aux couples qui restaient ensemble à cause des enfants. En vérité, ils étaient tout simplement trop crevés pour se séparer.

Ce n'était pas une si mauvaise chose, bien entendu. Il savait qu'il pouvait s'estimer heureux que Sophie ne l'ait pas quitté. Il était étonnant qu'elle n'ait pas fait ses valises pour aller crécher chez quelqu'un. Un prof, peut-être, comme l'ex-moitié de Thorne. L'animateur de son atelier d'écriture, voilà des années. Bon Dieu…

Holland ouvrit les yeux, sentant Chloé quitter ses bras.

– Bon, d'accord, tu as gagné. Je dois passer un coup de fil, de toute façon.

Il regarda Sophie rassembler le nécessaire : les livres et les peluches. Il agita les doigts pour souhaiter bonne nuit à sa fille que Sophie emmenait dans la chambre. Si seulement ils pouvaient faire une escapade, songea-t-il. Rien que tous les deux. Laisser la petite à la garde des grands-parents, puis se barrer quelque part pour flemmarder et baiser à mort sous le soleil. Il verrait s'il ne pourrait pas organiser ça quand l'enquête se calmerait un peu.

Holland alla fermer la porte. Il sortit son mobile, fit défiler la liste de noms et appela un numéro. Il avait besoin de paix et de calme pour passer ce coup de fil, et aussi d'intimité. Sophie ne devait rien savoir de la mission d'infiltration de Thorne.

Bien qu'elle ne l'ait vu que deux ou trois fois, Sophie n'avait jamais apprécié Tom Thorne. Très vite, elle avait estimé qu'il aurait une mauvaise influence sur Holland et avait tenté, sans succès, de lui faire partager ce point de vue. Cela étant, elle n'était pas du genre à tirer sur une ambulance, et n'avait guère reparlé de Thorne depuis qu'elle avait appris le décès de son père, et les problèmes qu'il avait eus depuis. Pour elle, Thorne était au placard.

En attendant que Thorne prenne l'appel, Holland sourit au souvenir de Sophie piquant une crise un soir où il avait préparé le dîner. C'était juste avant la deuxième partie de son examen lors de laquelle les candidats devaient élucider des cas théoriques. « Autant que l'autre t'aide vraiment, pour changer. Si tu es coincé, imagine ce que Thorne ferait, et fais tout le contraire... »

– Tom ?

Grommellement à l'autre bout de la ligne.

– Tu peux parler ?

Autre grommellement, mais indéniablement affirmatif.

Holland l'informa que Susan Jago n'avait pas identifié le corps de la première victime. La réaction, il s'y attendait, fut directe et crue. Holland songea que si Thorne, où qu'il soit, se trouvait à portée de voix de passants, son numéro de clochard bourré était plus vrai que nature.

Thorne reprit du poil de la bête quand il évoqua une logique possible reliant tous ces meurtres. Il faisait allusion aux différents groupes de sans-abri, et à la possibilité que le tueur choisisse chacune de ses victimes dans l'un d'eux.

Holland prit un stylo et un bout de papier. Jeta quelques notes.

– Tu l'écris ? demanda Thorne.

Il le mettrait au propre plus tard, et, dans la matinée, en donnerait une version la plus détaillée possible à Brigstocke. En attendant, il alignait les points principaux : « Junkies/Alcooliques/Cas psy… »

Dans la pièce voisine, il entendait Sophie fredonner la chanson *I Love You*[1] de Barney le Dinosaure…

1. « *I love you, you love me, we're a happy family…* » : Je vous aime, vous m'aimez, nous sommes une famille comblée…

12

Thorne se souvint de ce que Brendan lui avait dit au sujet de la crasse de Londres tandis qu'il la regardait noircir l'eau. Elle coulait le long de ses mollets puis disparaissait par la bonde en tourbillons gris-noir. Un coup frappé à la porte lui signala que quelqu'un attendait son tour, alors il se pressa. Pas facile. Le jet de la douche se réduisait à un mince filet, et il devait, pour que l'eau continue de couler, cogner à coups répétés du plat de la main sur le bouton en acier fixé au mur carrelé.

Il se frottait énergiquement, chantant une vieille chanson de Patsy Cline, suffisamment bas pour qu'on ne l'entende pas de l'autre côté de la porte. Il ne savait pas pourquoi cet air lui trottait dans la tête, mais il était de circonstance : sûr que lui aussi avait pas mal marché après minuit[1]. Par moments, il se disait que rester assis et marcher étaient les deux seules choses que les sans-abri pouvaient faire quand ils ne dormaient pas. À la réflexion, n'était-ce pas le cas pour tout le monde ? Assis à un bureau, dans une caisse ou à une réception. Marcher pour se rendre à son travail ou ailleurs, là où on pouvait se procurer ce qui aidait à tenir le coup pendant les quelques heures suivantes. Tout le monde restait assis, marchait et s'achetait des trucs…

On frappa encore un coup, plus fort cette fois. On cria.

Les dernières secondes, il laissa l'eau chaude ruisseler sur son visage, repensant à ce qu'il avait dit à Holland la veille au soir. Ce qu'ils prenaient pour une stratégie n'était

1. *Walkin'After Midnight*, enregistrée par Patsy Cline en 1957.

peut-être en réalité rien de plus que le fruit du hasard. Était-il concevable que le tueur choisisse ses victimes avec un tel soin alors que, Thorne en restait persuadé, elles lui servaient uniquement à couvrir quelque chose de plus terre à terre ? Il était toujours possible que les deux théories soient vraies : que les dernières victimes soient un leurre, mais qu'il les ait tout de même triées sur le volet, ce qui ne devait exiger ni trop de temps ni trop d'efforts. Les junkies et les ivrognes étaient facilement repérables puisque, le plus souvent, ils traînaient par groupes, et ceux de la trempe d'un Radio Bob ne passaient pas inaperçus.

On lui facilitait la tâche. Tout ce que le tueur devait faire, c'était attendre et observer ces gens dont le reste du monde détournait les yeux.

Brendan Maxwell entra dans le vestiaire au moment où Thorne renfilait ses vêtements sales.

– Pourquoi tu n'en mets pas des propres ?

Thorne fourra le sac en plastique contenant ses affaires de toilette dans le haut de son casier. Il se tourna vers la glace murale, et se contempla.

– Je me sens bien dans ceux-là.

– Tout le monde se sert des machines à laver…

– Ils sont très bien comme ça.

S'il était venu deux ou trois fois à la cafétéria du *Lift*, c'était la première fois depuis plus de huit jours que Thorne voyait Brendan Maxwell. Et la première fois aussi depuis les obsèques de Radio Bob Asker.

– Comment ça s'est passé ? lui demanda-t-il.

– Encore plus sinistre qu'on le craignait. On a emmené quelques-uns de ses potes par minibus. Des anciens avec qui il traînait. Donc, il y avait eux et nous sur la droite, et son ex-femme, sa gosse plus deux ou trois cousins ou autres sur la gauche.

Thorne songea que ça faisait certainement plus de monde qu'au dernier enterrement auquel il avait assisté…

– C'était super bizarre, poursuivit Maxwell, comme si les deux vies de ce pauvre gars s'étaient incarnées, là, sous nos yeux, de chaque côté de l'église. Pas difficile de deviner lequel des deux côtés était le plus festif. Il y avait une bouteille dans une poche ou deux, tu penses bien, et tous ses potes qui racontaient à n'en plus finir à quel point on se marrait bien avec lui. Qu'ils auraient pu choisir pour la cérémonie des chansons qui lui ressemblaient plus, comme *Radio Ga-Ga*[1], que Bob se serait poilé.

Il sourit d'un air désabusé, et Thorne lui rendit la pareille.

– Oui, sûr que ç'aurait été drôle, hein ? s'étrangla Maxwell dont le sourire s'éteignit.

Thorne aurait volontiers personnalisé les obsèques de son père en choisissant des musiques qu'il avait aimées, mais il n'avait pu penser à une chanson ou un air en particulier. Ils n'avaient jamais parlé de ses goûts musicaux. Finalement, Jim Thorne avait eu droit à un hymne funèbre de chez funèbre qu'il aurait détesté.

– Mais on ne risquait pas d'entendre un rire, ça, non, dit Maxwell, s'appuyant contre un casier. Aucun danger, putain. Aucune chance laissée à toute forme de joie. Du début à la fin, l'ex-femme de Bob s'agitait sur le banc comme si tout ça lui faisait rater quelque chose d'important, un rendez-vous chez son esthéticienne, peut-être, et la fille pleurait toutes les larmes de son corps. On enterre Paddy Hayes après-demain. Je commence à me lasser de mon costume noir.

– Nous faisons de notre mieux, Bren.

Maxwell arqua les sourcils comme pour demander en quoi exactement consistait ce « mieux » pour Thorne et consorts. Thorne, malgré sa bonne volonté et le fait que Maxwell soit au courant de son rôle au sein de l'enquête, ne pouvait lui dresser l'état des lieux.

– Nous devons découvrir qui était la première victime, dit-il.

Maxwell resta silencieux pendant quelques secondes, puis il se décolla du casier.

– Bonne chance, alors. Parce que j'ai vraiment envie de ranger ce costard pour longtemps, si tu vois ce que je veux dire…

1. De l'album *The Works* du groupe Queen.

Il s'arrêta à la porte.

– Au fait, Phil va passer pour sa permanence bimensuelle, je crois qu'il veut te parler...

– Pas de problème.

Depuis deux ans, Hendricks proposait une consultation médicale gratuite aux usagers du *Lift*. Distribuant bandages, plâtres et, le *must*, la précieuse ordonnance. Il ne manquait pas d'anecdotes savoureuses sur le nombre incroyable de gens venus le trouver pour lui demander de leur prescrire des médicaments – n'importe lesquels...

– Y a un truc qui le turlupine, dit Maxwell.

– Au sujet de l'affaire ?

– Va savoir. Il n'a rien voulu me dire.

– Normal.

Thorne le dévisagea, se demandant si c'était vrai. Il savait très bien que, au sein d'un couple, la règle de ne pas discuter certains aspects d'une affaire pouvait subir des entorses. En l'occurrence, Thorne n'en avait rien à cirer, mais il pensait assez bien connaître son ami : Phil Hendricks vendrait des secrets d'État contre une bonne pipe ou un coup du chapeau de Thierry Henry.

Le briefing du matin ressemblait de plus en plus à une veillée funéraire.

Brigstocke s'interrompit au milieu d'une phrase, et attendit que cessent les murmures au fond de la salle.

– Qu'y a-t-il de si important, on peut savoir ? demanda-t-il.

– Désolé, chef. On parlait du cheval !

À ce mot, toute la salle partit à rire.

– Bon, dit Brigstocke. Y a-t-il quelqu'un qui n'aurait pas encore entendu l'histoire du cheval ?

Quelques mains se levèrent parmi la quarantaine de personnes qui composaient l'assistance. Deux ou trois visages affichèrent un air ahuri.

Une voiture de patrouille avait reçu un appel au petit jour lui signalant la présence d'un cheval en liberté le long de l'A1. Après avoir capturé l'animal, les deux policiers se trouvèrent confrontés au problème de le conduire quelque part, et eurent la brillante idée de le prendre en remorque. Ils enroulèrent une longueur de ruban de scène de crime *POLICE – NE PAS FRANCHIR* autour de l'encolure du cheval, et, pendant qu'un policier conduisait, son collègue, accroupi dans le coffre ouvert de la voiture, tirait l'animal. Malheureusement, leur câble de fortune agit plus comme un nœud coulant, et, soudain, le cheval s'écroula et trembla de tous ses membres. Certain de l'avoir tué, le policier sauta du coffre et courut vers l'animal agonisant, mais au moment où il l'atteignait, celui-ci se releva d'un bond et partit au triple galop par la haie la plus proche, traînant le policier hébété dans son sillage.

Brigstocke acheva son récit en précisant que le policier concerné se rétablissait à l'hôpital de Chase Farm, et que le canasson, toujours en vadrouille, galopait gaiement le long d'une route secondaire la dernière fois qu'on l'avait aperçu.

Sur ce, il finit son briefing.

– C'est le genre de truc qui remonte le moral des troupes, dit Brigstocke. C'est bienvenu en ce moment.

– Pour sûr que ça fait du bien de se dire de temps en temps qu'il n'y a pas que les meurtres et la chienlit, renchérit Hendricks.

– C'est vrai, dit Kitson, et vous l'avez très bien raconté.

Russell Brigtsocke ne bouda pas le compliment, et ce fut l'air très satisfait de lui qu'il se laissa tomber dans son fauteuil. Il occupait l'un des trois bureaux qui se succédaient dans le couloir bordant la vaste salle décloisonnée des enquêteurs. Holland et le constable Andy Stone partageaient un des deux autres ; et, étant donné que celui avec qui Yvonne Kitson partageait le troisième était « au vert », elle en était la seule occupante. Ces policiers, ainsi que le sergent Samir Karim, chef de service, avaient suivi Brigstocke dans son bureau. En leur qualité de noyau dur de la Section 3, ils avaient coutume de se réunir là pour faire le point après les formalités du matin. Brainstorming, critiques et bruits de couloir. Ce qu'ils se disaient officieusement était en général plus près de la vérité que le briefing officiel qui avait précédé.

– Rien de… très excitant, hein ? dit Brigstocke.

Holland et Stone étaient adossés au mur, près de la porte. Kitson et Karim avaient réquisitionné les chaises disponibles.

– On a failli avoir de la chance avec Susan Jago, répondit Holland au nom de tous. Ce sera pour la prochaine fois.

– Oui, renchérit Kitson. Nous recevons toujours de nombreux appels.

– Dont beaucoup sont fantaisistes.

Brigstocke redressa le portrait de sa femme et de ses gosses posé devant lui dans un cadre en métal rayé. Grâce à cette unique tentative de personnalisation, son bureau était beaucoup plus attrayant que les autres placards à balais couleur magnolia dont Becke House était truffé.

– Mais pourquoi ces couillons nous appellent-ils ? s'écria-t-il.

– J'ai mis trois hommes au téléphone toute la journée, dit Karim.

– C'est encore le meilleur moyen dont on dispose, dit Stone, haussant les épaules.

Brigstocke ne comptait pas parmi eux, mais beaucoup de gradés parlaient, pensaient même, par clichés. Au stade où en était l'enquête, ils auraient eu l'embarras du choix. Toutes les pistes seraient envisagées, décortiquées. Le manuel des règles d'or, feuilleté jusqu'à en plier le dos.

– Notre seul moyen, renchérit Brigstocke.

Tout le monde s'était pas mal activé pendant les jours qui avaient suivi le meurtre de Robert Asker, mais, à présent, il n'y avait plus grand-chose à faire à part le boulot rasoir. Recevoir les appels à la suite du portrait-robot, informer la presse au jour le jour et passer les dizaines de coups de fil quotidiens suscités par les ajouts continuels au profil de la première victime. Il fallait éliminer les plaisantins – certains étaient tout de suite repérables, d'autres, plus difficiles à identifier –, et il y avait ceux qui, comme Susan Jago, étaient sincères, mais, au final, sans intérêt. Les services de renseignement visionnaient une infinité d'heures de bandes de vidéosurveillance filmées dans le quartier concerné et ses environs. Hormis les bagarres, les trafics de drogue et quelques couples éméchés qui s'envoyaient en l'air contre une porte d'immeuble, rien ne méritait d'arrêt sur image. Dur dur quand personne ne savait ce qu'il cherchait au juste.

Un comportement suspect dans le scintillant West End ? Ça ne manquait pas. Des individus à l'air louche ? Il y en avait des flopées...

Il ne restait plus aux policiers qu'à retourner enquêter dans la rue, mais avec encore moins de chance qu'auparavant. Si infos il y avait, les gens les gardaient pour eux. La dernière mort en date poussait ceux qui, à tort ou à raison, se sentaient en danger à resserrer encore plus les rangs.

Bouches cousues et méfiance accrue.

– Trevor Jesmond n'était pas ravi ravi du *Standard* d'hier soir, dit Brigstocke.

– C'était stupide, chef, gémit Kitson. Voilà tout.

– Ça a pris une tournure disproportionnée, dit Karim.

La veille, un policier avait voulu interroger un groupe de sans-abri âgés du côté de l'Embankment. Jugeant qu'ils devenaient trop agressifs, il avait paniqué et en avait menotté un à une grille. Le travailleur social qui s'occupait du vieil homme avait contacté l'équipe de Charing Cross, et malgré l'apaisement des esprits qui avait suivi, un petit malin avait appelé l'*Evening Standard*, et le vieux s'était fait un plaisir de reconstituer l'incident pour permettre à un photographe de l'immortaliser.

Le soir même, Russell Brigstocke avait passé une heure au téléphone, et s'en était pris plein les oreilles.

– Nous ne devons pas traiter cette communauté de cette façon, dit-il, levant les yeux sur les quatre personnes devant lui. Surtout en ce moment.

– Ça ne se reproduira pas, dit Holland. Je sais que ça la fiche mal....

Brigstocke hocha la tête, pas convaincu, puis se tourna vers Kitson.

– Faites circuler le message, voulez-vous, Yvonne ? Ces gens étaient déjà vulnérables avant qu'un taré se mette à les réduire en bouillie. On commence à passer pour des petits rigolos.

Il se carra dans son fauteuil, épuisé à tout juste dix heures du matin. Au-delà de sa vitre, Hendon et ses environs étaient couleur de porridge.

Thorne avait passé la majeure partie de la matinée à faire la manche. Assis contre un mur en haut de Regent Street, les jambes sous une couverture et son sac à dos ouvert devant lui pour recevoir les pièces. Il s'était choisi un bon coin, tout près d'un distributeur bancaire, et, même s'il ne s'attendait pas à recevoir une pluie de billets, comme les gens avaient déjà sorti leur portefeuille, il s'en était plutôt bien tiré.

Il avait également décliné une offre d'emploi des plus lucratives...

Un type en Timberland et tenue sport de marque s'était accroupi et lui avait demandé si ça l'intéresserait de gagner pas mal de fric. C'était un boulot salissant mais qui rapportait assurément plus que mendier. Tout ce que Thorne devait faire, c'était de prendre le métro jusqu'à Camden ou Hampstead – on lui fournirait la carte de transport – et de fouiller les poubelles derrière quelques belles propriétés. Thorne devina de quoi il retournait. Il serait payé quelques livres de l'heure, et tout ce qu'il trouverait d'un tant soit peu utile – reçus de cartes de crédit, relevés de compte et autres – serait vendu avec, à la clé, un bénéfice non négligeable. Des références bancaires pouvaient rapporter cinquante livres, toute pièce d'état civil ou d'identité bien plus encore. Les S.D.F. étaient, bien sûr, parfaits pour ce job. Ils puaient et étaient déjà sales, alors en quoi ça les dérangerait de faire les poubelles ?

Thorne avait répondu qu'il y réfléchirait, et le type lui avait indiqué le nom du pub où on pouvait le joindre. Quelqu'un allait certainement prendre contact avec lui une fois que Thorne aurait transmis tous les détails...

Lorsqu'un billet de cinq livres voleta jusque dans son sac à dos, Thorne leva les yeux et vit Hendricks campé devant lui.

– Une tasse de thé, ça vaut la peau du cul de nos jours, dit Hendricks. Le café, c'est tout simplement ridicule. Tu ne verras pas la couleur de beaucoup de monnaie si tu claques tout chez Starbucks...

– J'essaierai d'éviter.

– Alors, ça boume ?

Hendricks s'accroupit à côté de lui, comme le rabatteur de boueux occasionnels un peu plus tôt. Ils parlaient à voix basse, mais Thorne ne s'inquiétait pas outre mesure. Si des sans-abri les voyaient, ça ne leur paraîtrait pas insolite. La plupart d'entre eux connaissaient Hendricks à cause de son boulot au *Lift*.

– Si une connaissance passe, je devrai faire comme si je t'auscultais, dit Hendricks.

– Parce que tu veux vraiment me parler ?

– Seulement te soumettre une idée... Enfin, je t'en ai déjà touché un mot, mais je voulais te tenir au courant.

– Celle qui te turlupine, aux dires de Brendan ?

Hendricks leva les yeux au ciel.

– Oh, ce qu'il peut être con, des fois...

– Il y a de l'eau dans le gaz en ce moment ?

Hendricks s'apprêta à répondre, mais se ravisa. Au bout de quelques instants, son irritation parut se dissoudre.

– Ce qui se passe le déprime un max, c'est compréhensible. Beaucoup de ces S.D.F. sont bouleversés, la tension ne retombe jamais.

Thorne savait bien que Maxwell avait raison de s'inquiéter. Toute personne touchée de près par un meurtre voyait sa vie changée du tout au tout, brisée à jamais. Les autres sans-abri étaient les seuls amis, la seule famille des victimes. Même si le coupable était arrêté, Maxwell et les autres devraient encore en subir les répercussions...

– Alors, soumets-la-moi, dit Thorne.

– C'est cette histoire de tatouage. Nous savons que le tatouage de la première victime n'est plus unique, d'accord ? Susan Jago pense que celui de son frère est un peu différent, mais il doit être quasiment identique pour qu'elle ait cru que c'était lui. Donc, nous pouvons chercher de ce côté-là. Essayer d'en trouver un autre. Tout dépend si son frère est mort ou pas. On risque de perdre notre temps, mais...

– Tu en as parlé à Brigstocke ?

– C'est sans doute une idée stupide. Je voulais juste faire quelque chose pour aider Susan Jago.

– Je t'écoute, dit Thorne, serrant les genoux contre sa poitrine.

– Ce n'est pas compliqué. J'ai un peu navigué sur le web. La société d'anatomopathologie de Grande-Bretagne, l'association des anatomopathologistes, le collège royal des anatomopathologistes...

– Combien y en a-t-il de ces foutus anapats ?

– Je me suis connecté à la boîte de dialogue, et j'ai décrit le tatouage. Demandé si quelqu'un en avait vu un de similaire. Le collège royal propose une base de données en ligne à laquelle j'ai accès en tant que membre, donc j'ai envoyé un e-mail collectif à tous les anapats du pays. Si Chris Yago est mort, ça peut être un moyen de retrouver sa trace. Peut-être aussi une perte de temps, il faut voir...

– Ça valait la peine d'essayer, dit Thorne.

– En fait, ce ne sera pas une complète perte de temps. J'en ai profité pour m'inscrire à un cours sur la différentiation des cellules souches, et j'ai demandé une carte de crédit.

– Tu es incorrigible.

Un troupeau d'ados américains survoltés passa devant eux à toute allure dans un tourbillon de cheveux propres et de dentitions parfaites. Après quoi, Thorne échangea un regard inexpressif avec un homme-sandwich qui se trouvait sur le trottoir d'en face. Thorne s'était fait assez de fric pour s'offrir le buffet chinois à volonté à 4,95 £ pour lequel l'homme faisait de la retape.

– Pourquoi n'es-tu pas rentré chez toi pour te doucher ? demanda Hendricks.

– Brendan et toi, vous vous racontez vraiment tout.

– Non, mais sérieux... ?

Thorne le considéra comme s'il avait perdu la tête.

– Je te rappelle que je travaille en sous-marin, Phil. Je ne peux quand même pas faire un saut chez moi dès que je me sens un peu crade.

– C'est de la connerie. Il s'agit d'une communauté nomade, tu le sais aussi bien que moi. Ces gens-là vont et viennent sans arrêt. Personne ne te tient à l'œil. Personne ne va remuer ciel et terre si tu disparais un après-midi. Recharge tes batteries. Tu pourrais regarder un match et manger un bon curry si le cœur t'en dit.

– J'ai un boulot à faire.

– C'est de la folie...

– Tu as terminé ?

Thorne se pencha et récupéra les pièces de monnaie dans son sac à dos aplati. Une de dix pence tomba sur le trottoir et roula vers l'homme-sandwich.

– Tu n'as donc pas de cadavres en attente ?

Le jeune constable stagiaire aurait trouvé n'importe quel sujet de conversation plus intéressant que le travail qu'il était censé faire, mais les détails salaces arrivèrent bien vite, bien gras.

– Je te jure, je suis à plat, mec, dit Stone. Elle veut que je m'occupe d'elle à chaque déjeuner. J'ai à peine le temps d'enfiler un sandwich.

Regard libidineux de Karim.

– Quoi ? Elle est branchée plan « bouffe » aussi ?

Stone, Karim et Holland étaient réunis dans la salle des enquêteurs autour de bureaux disposés en L. Le constable stagiaire, un certain Mackillop, qui travaillait à l'ordinateur, en resta bouche bée.

– Tes minettes de dix-huit ans, tu peux te les garder, dit Stone. Cette nana est divorcée, elle a la quarantaine...

Karim hissa ses fesses sur le bureau, battit le rythme sur ses cuisses.

– Célibataire et partante...

– Elle est bonne, et elle sait ce qu'elle fait...

– Elle est surtout en manque, glissa Holland.

Stone hocha la tête, hilare.

– C'est surtout qu'elle en redemande, oui. Quand elle grimpe aux rideaux, t'as intérêt que la tringle tienne bon !

La réaction des trois autres fut aussi tapageuse qu'on pouvait s'y attendre. Les rires s'éteignirent rapidement à l'approche de Kitson. Quand elle les rejoignit, Mackillop tapait de nouveau sur les touches de son clavier.

– J'ai raté quelque chose ? demanda Kitson.

– Pas vraiment, chef, rétorqua Stone du tac au tac. On reparlait des deux autres andouilles et du cheval…

– Ah oui ?

Elle n'y crut pas un seul instant.

Elle prit sur le bureau un document qu'elle fit semblant de lire. Sa légère rougeur n'échappa pas à Holland. Il savait pertinemment que Kitson n'avait que trop connu ça : le silence soudain et pesant à son arrivée parmi un groupe de collègues. Il se sentait merdeux, mais ne pouvait rien pour elle. Elle faisait partie de l'équipe, mais seulement jusqu'à un certain point. Qu'aurait-il pu dire, de toute façon : « Pas de souci, chef, on discutait de la vie sexuelle de Stone, pas de la vôtre » ?

Après avoir, non sans embarras, parlé boutique pendant une ou deux minutes, Kitson s'éloigna, imitée peu après par Holland.

La machine à café, en panne depuis des mois, avait été remplacée par une bouilloire bon marché, des mugs perso et des paquets de thé et de café achetés en gros au *cash & carry*. Compte tenu de la présence de Sam Karim au bureau, seuls les insensés ou les désespérés apportaient les biscuits.

Pendant que l'eau chauffait, Holland pensa à la façon dont, depuis quelque temps, il réagissait aux comptes rendus scabreux de la vie amoureuse d'Andy Stone. Il oscillait entre forte désapprobation et atroce jalousie ; de toute façon, sa réaction était plus extrême qu'elle ne l'aurait été avant la naissance du bébé. Il avait décrété que, même si Stone s'aimait un peu trop, c'était, dans l'ensemble, un mec bien. Il lui arrivait d'être frimeur et tire-au-flanc, mais il valait beaucoup mieux que certains.

C'était dur, quand on bossait depuis pas mal de temps avec quelqu'un, de le voir prendre du galon et devenir votre supérieur, et Holland avait été impressionné par la générosité de la réaction de Stone quand il avait été promu sergent. Holland avait été le premier surpris par le besoin qu'il avait – au début, en tout cas – de s'entendre appeler « chef » ou « patron », par respect de la hiérarchie. Même si ça ne s'imposait vraiment qu'à partir du grade d'inspecteur, il s'assurait de l'obtenir de tous ceux qu'il pouvait. Pourtant, avec Stone, ça n'avait jamais eu d'importance. Peut-être leur rapport était-il similaire à celui qu'il entretenait avec Thorne : un pied d'égalité qui, Holland l'espérait, plaidait en leur faveur.

– Faites m'en un, voulez-vous, Dave ?

Holland tourna la tête vers Brigstocke venu se planter à côté de lui. Qui n'abuserait pas de son grade pour une tasse de thé ?

Holland jeta un sachet de thé dans son mug et un autre dans celui blasonné de la formule : « Le meilleur papa du monde ».

– Comment allait l'inspecteur Thorne quand vous lui avez parlé hier soir ? demanda Brigstocke. Je suppose qu'il était furax quand vous l'avez informé des dernières déclarations de Susan Jago ?

– Très furax.

– Et à part ça ?

– À part ça, il allait bien, je suppose...

– Au fait, j'ai communiqué la classification des sans-abri par groupes à Paul Cochrane.

Cochrane était le profiler auquel Brigstocke avait fait appel via la Faculté nationale de criminalité.

– Super, commenta Holland, hochant la tête.

– En fait, il avait déjà pris cet élément en compte.

– Oh.

Holland déboucha le lait et porta la bouteille en plastique à son nez.

– J'aurais mieux fait de prendre un café, dit Brigstocke. Je dors à moitié.

Holland versa de l'eau chaude dans les mugs, puis tous deux se turent une minute, pressant leurs sachets de thé avec des petites cuillers pas très nettes.

– Bon, dites-moi franchement comment va Thorne, selon vous ?

Holland n'eut pas à réfléchir très longtemps à la question.

– Pas terrible.

Ils auraient fort bien pu parler de l'enquête, ou de la mission d'infiltration de Thorne, mais ni l'un ni l'autre n'y pensaient.

Les lumières de South Bank tranchaient de lames colorées la surface du fleuve qui respirait, sombre, en contrebas. Thorne regardait la Tamise depuis la large plate-forme en béton de Temple Gardens. Ancien haut lieu de la prostitution, l'endroit était désormais fréquenté par ceux qui n'avaient rien à vendre. À l'autre bout du banc, Spike et Caroline se serraient l'un contre l'autre.

Il n'était pas loin de minuit, il caillait.

Thorne, lui, faisait durer une bière : du pipi de chat à deux pour cent en teneur d'alcool dans une cannette de Special Brew. Spike et Caroline buvaient dans des cannettes de Fanta. Tous deux avaient une vingtaine d'années, mais Thorne trouvait qu'ils donnaient l'impression de sortir à peine de l'adolescence. Ils se taisaient depuis quelques minutes, et, soudain, Thorne se rendit compte que Caroline pleurait doucement. Spike avait attiré sa tête contre lui, et lui murmurait des paroles apaisantes.

Quand Thorne demanda ce qui se passait, Caroline se tourna vers lui et voulut savoir pourquoi quelqu'un pouvait être assez taré et assez sadique pour faire du mal aux gens comme eux. Des gens qui, eux, ne feraient, ne voudraient pas faire de mal à quiconque. Elle cracha, et essuya de la morve du revers de la main, tandis que Spike expliquait à Thorne qu'elle aimait beaucoup Radio Bob. Qu'il la faisait marrer, et parfois chourait pour elle. Caroline continua de crier, de demander pourquoi, et Thorne ne pouvait qu'attendre qu'elle se calme.

Alors seulement, il put lui dire que celui qui avait fait ça serait arrêté. Et puni. Il le dit lentement, puis le répéta jusqu'à finir par s'en convaincre.

Plus tard, après le départ de Spike et de Caroline, Thorne termina sa bière et repensa à ce que Phil Hendricks lui avait dit.

Il se doutait bien que Hendricks n'avait pas été dupe de son bobard au sujet du « boulot à faire ». À sa droite et à sa gauche, des voitures ramenaient des gens du centre-ville par Waterloo Bridge et Blackfriars Bridge. Il les suivit des yeux, se demandant dans combien de temps il pourrait, lui aussi, envisager de rentrer chez lui. Et dans combien de temps se lèverait la peur qui lui nouait l'estomac.

Depuis qu'il avait perdu son père, il se surprenait de plus en plus souvent à penser que chez lui, c'était là où il avait grandi : la grande maison à Holloway où ses parents avaient vécu jusqu'à la mort de sa mère voilà six ans. D'un seul coup, son appartement ne représentait plus à ses yeux qu'un lieu de stockage. Une cabine meublée où il pouvait se changer avant de ressortir transformé en un autre. Un vestiaire meublé en Ikea.

Peut-être, une fois que tout ça serait terminé, qu'il déménagerait.

Tiens, en voilà du fric, et pas qu'un peu, songea-t-il.

En contrebas, un grand bateau de plaisance s'amarrait à Temple Pier en grinçant. Thorne observa des gens en costumes et robes du soir descendre à pas prudents par la passerelle. Un collier d'ampoules nues était accroché entre les cheminées grises du bateau. Quand Thorne ferma les yeux, il le vit encore se balancer un moment, étincelant, derrière ses paupières closes, comme les perles de lumière qui, un peu plus tôt, éclaboussaient l'obscurité de l'eau, avant de disparaître peu à peu.

1991

Il fait encore sombre, c'est à croire qu'on fait brûler du caoutchouc. Il n'y a plus que trois hommes assis par terre.

Le quatrième est debout entre deux de ceux qui portent des armes et des lunettes de protection. Tandis que l'un braque un pistolet sur l'homme brun, l'autre lui attrape les bras et les tire en arrière en se plaçant derrière lui. Il prend une longueur de fil en plastique fin et clair, et lui ligote les poignets. Les trois hommes par terre, dont les poignets sont déjà attachés, le regardent faire. L'un d'eux crache et crie quelque chose ; les deux autres hommes armés surgissent de chaque côté de lui. Un pistolet est appuyé, fort, contre la tempe de l'homme, et l'un des types aux lunettes de protection et *shamag* se penche vers lui et lui dit quelque chose. Puis, il recule, lève sa ranger à hauteur de la poitrine de l'homme assis, et le pousse. L'homme tombe à la renverse sur le sable, détrempé à présent, solide.

Tous les hommes, ceux qui sont assis comme ceux qui sont debout, sont trempés jusqu'aux os. Les hommes armés lèvent leurs mains gantées pour essuyer les verres de leurs lunettes de protection, tandis que ceux qui sont immobilisés ne peuvent que secouer la tête comme des chiens mouillés.

Les deux hommes qui viennent de ligoter l'homme brun le poussent pour le faire tomber à genoux. Le canon d'un pistolet est pointé sur sa nuque, il ferme les yeux. Plus personne ne bouge pendant un long moment, puis les hommes armés éclatent de rire, et le canon du pistolet s'écarte de la nuque de l'homme à genoux qui s'effondre par terre en gémissant. On le redresse aussitôt. On lui flanque un coup de pied entre les jambes, et alors seulement, on l'autorise à s'écrouler.

Un moment se passe, puis un des hommes armés secoue un sac en plastique. Il en sort des trucs. Sombres rubans...

L'homme à genoux comprend ce qui se passe, et ses yeux s'agrandissent. Ses amis par terre commencent à protester, essaient de bouger, mais les pistolets sont vivement dégainés et braqués sur eux. L'homme agenouillé est violemment tiré en arrière par un avant-bras qui a pris sa tête en tenaille.

Alors, des voix s'élèvent jusqu'à dominer le bruit de la pluie. Néanmoins, les mots se perdent.

– ... l'as eu ?

– Tu dis ?

– Où tu l'as eu ?

– Je l'ai apporté.

– ... ça me rappelle... un bon petit déj qui tue...

– Ce machin, ça pue un max, Ian...

Puis, des paroles étouffées, grommelées de près d'une voix beaucoup plus forte que les autres, mais grave et déformée, incompréhensible.

Celui qui tient le sac en plastique tend le bras. Quelque chose se balance au bout. Il brandit cette chose devant le visage de l'homme à genoux qui tente de détourner la tête, mais on lui empoigne les cheveux et l'on serre pour le forcer à regarder.

Puis, on lui en met sur le visage, on les lui étale sur la bouche, le nez et le front pendant qu'il crie.

Des tranches de bacon.

13

Quelques années plus tôt, une vaste enquête avait été ouverte afin d'établir pourquoi l'assassin de deux jeunes filles avait pu être embauché comme gardien d'école, alors qu'il avait fait l'objet de plusieurs plaintes pour agression sexuelle. Cette enquête révéla les lourdeurs et les insuffisances de l'organisation des services de police à l'échelle nationale. Alors qu'ils auraient dû recouper leurs informations, établir des vérifications et être en contact permanent entre eux et avec les organismes extérieurs, l'enquête avait démontré que la communication ne fonctionnait pratiquement à aucun niveau.

C'était difficile à croire, trois décennies après la traque de l'Éventreur du Yorkshire[1] – un homme interrogé plusieurs fois, toujours écarté de l'enquête puis arrêté par hasard. Les erreurs de cette nature étaient excusables en cette sombre période de fiches cartonnées et de notes jaillissant de montagnes de dossiers pleins à craquer.

Quel que soit le nombre de policiers qu'on envoyait en stage informatique, et malgré les millions de livres claqués en logiciels sur mesure et mises en réseau ultra sophistiquées, on se plantait toujours. Parfois, plus par incompatibilité que par incompétence. Non seulement certains systèmes informatiques de la police ne pouvaient communiquer avec ceux de services associés, mais souvent, ils ne pouvaient même pas se parler. Il y avait les pare-feu, les antispam et autres anti-spyware ; les réseaux intraçables ou

1. Peter Sutcliffe, reconnu coupable en 1981 du meurtre de treize femmes.

verrouillés. Alors qu'un policier consciencieux et expérimenté pourrait très bien stocker les œuvres complètes de Shakespeare sur une clé USB et envoyer des photos de sa petite amie nue aux quatre coins de la planète d'un seul clic, il pouvait très vite se retrouver dans l'impossibilité d'accéder à des infos se trouvant à un autre étage du même immeuble.

Certes, les ordinateurs étaient devenus plus compacts et plus légers, mais il y avait encore pas mal de policiers qui ne s'y fiaient pas. Dans cette ère nouvelle, Scotland Yard croulait sous plus de paperasserie que jamais...

Hendricks ignorait s'il existait un nom pour l'équivalent informatique de la bureaucratie. Il savait en revanche que c'était une réalité de la police britannique, et qu'il était facile de s'y embourber. De s'y égarer. C'est avec cette idée en tête qu'il prit la décision de se lancer dans sa petite enquête personnelle – d'allumer un bon vieux PC indépendant du réseau et de faire une recherche sur les tatouages. À son grand étonnement, moins de vingt-quatre heures après sa conversation tendue avec Tom Thorne, il eut de la veine. Il s'était connecté à l'espace contact du site de l'hôpital Westminster, puis à sa boîte mail, et avait réceptionné plusieurs dizaines de réponses, dont deux ou trois dignes d'intérêt.

Graham Hipkiss, membre du Collège royal de médecine, lui avait laissé un numéro de téléphone.

Hendricks l'appela aussi sec.

– Phil Hendricks. Je viens d'avoir votre message.

– Ah oui. Je pense avoir un tatouage qui pourrait vous intéresser.

Le Dr Hipkiss, anatomopathologiste consultant à l'hôpital de Nottingham, lui décrivit le tatouage en question, l'un des nombreux qu'il avait vus sur un homme victime d'un accident de la route avec délit de fuite découvert à la périphérie de la ville six mois plus tôt. Toujours vivant à l'arrivée des secours, l'individu – visiblement un S.D.F. – avait succombé des suites de ses blessures pendant son transport à l'hôpital. On n'avait retrouvé la trace ni du chauffard ni de sa voiture, et la police n'avait pas davantage réussi à mettre un nom sur la victime. Des avis avaient été lancés dans *Midlands Today* et dans l'*Evening Post* de Nottingham, mais personne n'était venu réclamer le corps. Six semaines après sa découverte sur la chaussée, l'inconnu avait eu droit à un enterrement de base pris en charge par les services sociaux.

Hendricks, très intéressé, écarta une pile de devoirs d'étudiants et nota les lettres dans son calepin, les disposant selon la description que Hipkiss lui faisait d'après la lecture des notes d'autopsie. Ils bavardèrent quelques minutes encore, puis Hendricks demanda que lui soit envoyée une copie du rapport d'autopsie et remercia Hipkiss du temps qu'il lui avait accordé.

Ensuite, il regarda sa transcription du tatouage :

B+
S.O.F.A.

La ligne du haut différait de celle du tatouage figurant sur le corps du mort non identifié qui se trouvait à la morgue au sous-sol. Hendricks en posa la copie sur le bureau.

AB-
S.O.F.A.

En les voyant l'un à côté de l'autre, ça lui sauta aux yeux. Furieux contre lui, il fit tournoyer à toute vitesse les fiches du Rolodex jusqu'au numéro de la ligne directe de Russell Brigstocke.

Thorne pressa le téléphone contre sa bouche.

– Ne laissez pas Hendricks se prendre la grosse tête, murmura-t-il. C'est une bonne nouvelle, mais elle ne nous mène qu'à une autre question. Et nous ne savons toujours pas ce que le reste veut dire.

– Peut-être que la ligne du bas désigne un club, suggéra Holland. A pour « amateur ». Je ne sais quoi… je ne sais quoi… Football Amateur.

– On trouvera.

– Il nous faudrait un cruciverbiste passionné, comme l'inspecteur Morse.

– L'inspecteur Morse n'a jamais couché dehors et ne s'est jamais fait battre à plate couture au ping-pong par un héroïnomane.

– Pardon ?

– Faut que j'y aille. Et bon anniversaire à Chloé ! J'aurais voulu lui acheter un truc, mais tu comprendras que je n'aie pas pu.

– Comment se fait-il que tu t'en sois souvenu ?

Très bonne question. Thorne poussa la porte et sortit de la cabine.

– Je n'en ai pas la moindre idée…

À son retour des toilettes, Thorne trouva Spike assis sur le bord de la table de billard, jambes pendantes.

– Je n'ai déplacé aucune bille, je te jure, dit-il.

Thorne n'en doutait pas une seconde. Spike n'avait pas plus besoin de tricher au billard qu'au ping-pong une demi-heure plus tôt : il avait déjà quatre billes d'avance sur lui quand Thorne avait senti le portable vibrer dans sa poche et s'était excusé.

– C'est à moi ?

Il visa une bille jaune. La manqua d'une quinzaine de centimètres.

Plusieurs personnes observaient la partie. Chaque tir raté était salué mollement par quelques vannes ou commentaires loin d'être flatteurs.

– Pas de pitié, dit Spike.

Il blousa les billes rouges restantes, puis rentra la noire, réagissant à l'apathie des observateurs en levant les bras et en s'acclamant lui-même.

– T'as vraiment le cul bordé de nouilles, commenta Thorne.

– Faut que tu m'affrontes plus tard dans la journée, mec. Quand je tremble un peu plus…

Deux hommes qui pouvaient avoir vingt comme quarante

ans s'avancèrent pour jouer. Spike leur demanda si un double les tentait, et fut poliment éconduit.

– Il y a tout ce qu'il faut ici, dit Thorne.

Ils gravirent une petite volée de marches blanchies à la chaux pour retourner à la cafétéria.

– Ouais, si on veut.

– Si on veut ?

Ils passèrent devant la salle de télévision, puis devant une pièce réaménagée en cabinet de podologie. Une femme en sortit, leur demanda si l'un d'eux avait besoin de ses services. Ils poursuivirent leur chemin vers le rez-de-chaussée, par la cage d'escalier aux murs tapissés d'affichettes de prévention contre le sida et pour le suivi psychologique des toxicomanes.

– Les junkies ont pas besoin d'une foutue pédicure, dit Spike. Et puis y a rien à faucher ici. À ton avis, qu'est-ce que tu peux te procurer comme came contre une boîte de pansements anti-cors et une pommade anti-verrues ?

– Ce n'est pas pour autant que c'est inutile, hum ?

– Ouais, peut-être pour les vieux de la vieille, répliqua Spike avec un haussement d'épaules.

Le centre n'allait pas tarder à fermer pour l'après-midi. Il ne restait plus qu'une poignée de gens à la cafétéria. Thorne et Spike s'arrêtèrent à hauteur d'un grand panneau d'affichage et parcoururent du regard un enchevêtrement de tirages papier, de tracts et de messages manuscrits.

– T'as entendu parler de S.D.F. qui se font tatouer leur groupe sanguin sur eux ? demanda Thorne.

– Hein ?

– Leur groupe sanguin, tu sais : AB négatif, O positif et autres. Tatoué.

Spike cogita quelques secondes, l'air pas très inspiré, puis fit non de la tête.

– J'ai vu pas mal de trucs, mais ça…

– Aucune importance.

– T'avais raison quand même, dit Spike en montrant le panneau. On trouve tout ici. Regarde ça.

Il y avait des annonces pour des cours d'informatique, des projections de films et des groupes de lecture ; des pubs pour la toute dernière production d'une troupe d'opéra appelée Streetvoice, pour une compagnie de théâtre de S.D.F. et des ateliers DJ gratuits.

– Impressionnant, dit Thorne.

Spike sortit une petite bouteille d'eau de sa poche et but une gorgée.

– Je connais un endroit encore mieux à Marylebone, dit-il, mais ça fait un peu loin, hein ? Ils proposent des tas de trucs zarbi là-bas. La semaine dernière, t'avais droit à une séance d'acupuncture gratis. C'est un peu trop, si tu veux mon avis. Pourtant, tu me connais, les aiguilles, ça me fait pas peur…

Il ricana, tendit la bouteille à Thorne qui but une gorgée et la lui rendit.

– Il n'y a pas des gens que ça gave, tout ça ? Qui trouvent que c'est trop beau pour nous ?

– Oh ouais, répondit Spike, écartant les bras d'un air philosophe. T'en trouveras toujours qui pensent que proposer ce genre de choses, c'est encourager les gens comme moi à rester à la rue. Que ça nous motive pas pour nous bouger le cul…

Thorne se dit que ce devait être les mêmes qui pensaient que les taulards se la coulaient douce. Que c'était un moindre mal pour beaucoup d'entre eux. Il admettait avoir lui-même partagé cette opinion face à certains détenus.

– Mais c'est presque partout aussi nul qu'ici, reprit Spike. Attends d'avoir fréquenté d'autres centres. Y en a où c'est très hard. T'es déjà allé dans un A.A. ?

– Pas que je sache…

– A.A., ça veut dire alcool autorisé. D'un certain côté, c'est bien, mais la plupart de ces endroits sont de vraies porcheries.

Spike broya la cannette vide dans son poing. Ils s'éloignèrent du tableau d'affichage pour se diriger vers la sortie.

– Ils peuvent être assez vicelards aussi, alors fais gaffe à toi. Tu me diras, t'as l'air de savoir te défendre…

Quelques mois plus tôt, Thorne aurait pu être d'accord avec lui. À présent, il se sentait faible et incapable. Alors, il se souvint de la colère qui avait monté en lui quand il avait tiré Moony d'un côté de la rue à l'autre...

Près de la porte de communication entre la cafétéria et la réception, une vitrine fixée au mur contenait des trophées : coupes et plaques rutilantes, ainsi qu'un mot scotché à la vitre indiquant le classement de l'équipe Cétifoot[1] du centre dans la Street League[2].

Spike se tourna vers Thorne, comme sous le coup d'une inspiration soudaine.

– Je connais des fans de foot qui en ont. Ce que tu disais. Deux mecs de Chelsea qui se sont fait tatouer leur groupe sanguin, et d'autres trucs. Des pointillés bleus autour de leurs poignets et de leur cou où c'est marqué : « tranchez ici ».

Thorne repensa à ce que Holland avait dit au téléphone. *Je ne sais quoi... je ne sais quoi... Football Amateur*. Il avait du mal à croire que l'un ou l'autre des deux hommes aux tatouages mystérieux ait été un hooligan, mais ça valait toujours la peine d'y regarder de plus près...

Ce n'était pas comme si elle n'avait jamais envisagé la possibilité que son frère puisse être mort...

Tout en parlant avec Susan Jago, Stone songeait que ç'aurait pu être bien pire. Pour une fois, ce n'était pas une véritable surprise. De celles dont personne ne voulait.

J'ai le regret de devoir vous annoncer que votre fils/fille/mari/femme... Je crains qu'il n'y ait eu un accident... Vous ne voulez pas vous asseoir ?

Tous les flics qu'il connaissait avaient mis au point leur propre méthode pour gérer de tels moments, chacun selon son style. En général, le décès était bien sûr annoncé en personne, mais comme, cette fois, il s'agissait plutôt d'une

1. Football pour les personnes atteintes de déficiences visuelles. Il se joue par équipes de cinq ou de sept joueurs sur un terrain spécialement aménagé. Équivalent de la « five-a-side team » du texte original.

2. L'idée de Street League (championnat de rue) est née en 2001, lorsque Damian Hatton a monté un championnat de football de rue pour sans-abri à Londres.

confirmation, il fut décidé qu'un coup de fil ne serait pas déplacé. N'empêche que ça l'avait gonflé que Holland lui refile le bébé, mais, l'un dans l'autre, ça ne s'était pas trop mal passé. Il avait informé Susan Jago de l'accident avec délit de fuite, et lui avait lu la description de la cicatrice sur le bras du mort qui figurait dans le rapport d'autopsie et qui leur donnait à penser qu'il s'agissait de son frère.

– Je ne comprends pas qu'ils aient pas pu remonter jusqu'à l'un de nous quand on l'a trouvé.

– Votre frère ne possédait aucun papier d'identité. Il n'y avait aucun moyen de...

– Ils se sont vraiment donné beaucoup de mal ?

– Je ne saurais le dire, hélas.

Sam Karim, qui passait à hauteur de Stone, le considéra d'un air interrogateur. Stone hocha la tête et gonfla les joues.

– Le plus dur, c'est de me dire que personne n'était à ses côtés, vous voyez ?

– Bien entendu. Nous comprenons, et nous compatissons tous à votre perte.

Une phrase qu'il tenait des séries policières américaines.

– Ils n'auraient pas pu lancer un appel dans les journaux ou à la télé ? Comme pour l'homme que j'avais pris pour Chris ?

– Ils l'ont fait. Localement...

Susan Jago répéta le mot dans un souffle, exaspérée. Le silence se fit. Stone s'attendit à des larmes qui ne vinrent pas.

– Bon, eh bien, je suis navré d'être le porteur... de cette mauvaise nouvelle...

– Vous en faites pas. C'est drôle, c'est un soulagement.

– J'allais oublier, au sujet des tatouages. Nous savons maintenant que certaines lettres désignent le groupe sanguin. Votre frère s'était fait tatouer le sien sur le bras. On se demandait si vous sauriez pourquoi.

– Je crains que non.

– Donc, dit Stone en commençant à gribouiller dans le coin de la page de son bloc-notes, vous ne savez pas ce que ça signifie ?

– Je dois vous quitter. Faut que j'essaie de trouver où mon frère a été enterré.

– Bien sûr. Excusez-moi…

Il y eut un nouveau silence, puis :

– Vous n'oublierez pas de remercier le Dr Hendricks de ma part ?

Visiblement, Brigstocke suivait toujours un régime.

– Enfile-toi quelques tranches de pâté en croûte, Russell. Tu commences à décoller sérieusement.

– Toi non plus, tu n'as pas trop bonne mine.

Thorne et Brigstocke étaient convenus d'un rendez-vous dans Chelsea, à bonne distance au sud du West End. Ils restèrent quelques minutes devant l'entrée du Royal Hospital, traînant, embarrassés, tels deux espions qui auraient oublié leurs signes de reconnaissance, puis ils se mirent à marcher.

– Au fait, dit Thorne, le rapport fascinant que j'ai pondu à Scotland Yard. J'espère que quelqu'un y met la dernière main ?

– Je crois qu'ils l'ont jeté à la poubelle.

– Excellente idée…

Ils traversèrent le parc de l'hôpital – toujours un hospice pour plus de quatre cents anciens combattants de Chelsea –, passèrent devant le National Army Museum et continuèrent vers Albert Bridge.

– Je parie que Phil Hendricks est très content de lui, dit Thorne.

– Il a surtout les boules de ne pas l'avoir compris plus tôt. AB négatif est le groupe sanguin le plus rare, et alors qu'il a tapé ces lettres sur plusieurs rapports d'autopsie, il n'avait pas fait le rapprochement.

– Adresse-lui toutes mes félicitations, et dis-lui aussi que ça ne doit pas devenir une habitude. S'il continue à jouer au détective, il faudra que je me mette à découper des cadavres.

Brigstocke s'esclaffa.

– C'est sûr ! Dieu nous préserve de passer par sa faute pour des incompétents…

– Tu as vu le rapport d'autopsie sur Jago ?

– On me l'a faxé ce matin, et j'ai réussi à joindre l'enquêteur principal à Nottingham.

– Et ?

– C'était un accident avec délit de fuite. Quant à savoir si cet accident a été prémédité…

– On a deux S.D.F. ayant des tatouages quasiment identiques mourant tous deux de mort violente. Quelles sont les chances qu'il ne s'agisse que d'une coïncidence ?

– À mon avis, nous pouvons considérer que ça n'en est pas une.

– Il ne nous reste plus qu'à découvrir le lien entre Christopher Jago et notre ami de la morgue du Westminster…

Il n'était pas loin de dix-neuf heures, et le pont était déjà éclairé ; les lampes traçaient un arc plongeant au-dessus de la structure métallique poussiéreuse.

– En tout cas, voilà qui tord le cou à la théorie fumeuse du tueur en série, dit Thorne.

Brigstocke parut sincèrement intrigué.

– Je ne vois absolument pas pourquoi.

– Le mode opératoire, pour commencer. Il en écrase un à Nottingham, puis, six mois plus tard, il vient à Londres et en tue un autre à coups de pied.

– Pas seulement « un » autre.

– C'est la première victime qui compte. C'est entre lui et Jago. Les autres, c'est sans rapport.

– Je ne suis pas certain que leurs parents et amis seraient d'accord avec toi, Tom.

Ce n'était pas ce que Thorne avait voulu dire. N'empêche, il mesurait le danger de trop se concentrer sur la première victime, et d'oublier ceux qui pleuraient les autres morts. Il pensa au fils de Paddy Hayes qui avait pris la décision de le débrancher ; à Caroline et aux autres qui essayaient de sourire à l'enterrement de Radio Bob.

– Bon, revenons aux groupes sanguins, dit Brigstocke. Qu'en est-il, au juste ?

À leur gauche, le Battersea Park s'étendait vers l'est. Thorne distinguait quelques joggeurs et cyclistes dans les allées. Un événement quelconque était célébré près de la Pagode de la Paix.

– Je ne pense pas que ce soit pour une raison médicale, dit Thorne. L'état de santé de la première victime ne justifiait en rien de le faire tatouer sur sa peau. Et Jaggo ?

– Non, rien. Sur une gourmette, ç'aurait quand même été plus simple.

– Et sous l'angle du foot ?

– C'est une piste possible. En tout cas, on ne peut rien négliger.

– Qu'est-ce que ton profiler déduit de tout ça ?

– C'est un peu tôt. Cochrane analyse ces dernières infos, il devrait me communiquer son rapport d'ici un ou deux jours. Il étudie la possibilité que le tueur ait pu lui aussi être S.D.F. à un moment.

– Sur quoi base-t-il cette déduction ?

– Il est évident que le tueur connaît très bien cette communauté.

– Parce que sa route a croisé celle de quelques sans-abri ? Ils sont loin d'être invisibles, Russell.

– S'il a lui-même vécu dans ce milieu, s'il sait ce que c'est d'être impuissant et marginalisé, et s'il a réussi à s'en sortir, il est possible qu'il essaie d'effacer des traces de cette partie de sa vie. Une façon de montrer que maintenant c'est lui qui a le pouvoir. L'argent en serait le symbole. Il vaut beaucoup plus qu'eux.

Thorne lui lança un regard oblique et ne le quitta pas des yeux jusqu'à ce qu'il finisse par sourire, comme si lui-même n'était guère convaincu par cette démonstration.

– Et c'est mon rapport qu'on a foutu à la poubelle ? fit Thorne.

Ils pénétrèrent dans le parc et marchèrent en direction des terrains de foot. Un match était en cours sous la lumière des réflecteurs, et ils s'arrêtèrent pour regarder.

– Je ne suis pas à cent pour cent sûr que ta mission d'infiltration soit utile, soupira Brigstocke.

Thorne, qui avait arbitrairement choisi l'équipe jouant en rouge et commencé à l'encourager, grimaça à un tacle particulièrement haut.

– Ça a dû faire mal.

– Tom... ?

Thorne l'avait parfaitement entendu.

– Je ne sais pas ce que tu entends par « utile ».

– As-tu pu soutirer à ces gens des informations que nous n'avions pas ?

– Et celles que j'ai arrachées à ce con de Moony ?

– Ce n'est pas dur d'effrayer quelqu'un, si ?

Une dispute éclata à point nommé sur le terrain, et deux joueurs réglèrent leurs comptes dans le cercle central, la buée sortant de leur bouche au gré des insultes qu'ils se lançaient à la figure. Thorne et Brigstocke les observèrent le temps d'être sûrs qu'il n'y aurait pas d'échange de coups.

– Je dis seulement que nous devrions peut-être dresser un bilan, dit Brigstocke. Ça fait trois semaines...

– Donne-moi une chance, bordel !

– J'ai des comptes à rendre...

Thorne se détourna du match et regarda Brigstocke bien en face.

– Je ne sais pas si quelqu'un sait quelque chose, dit-il. Et je ne m'attends pas à ce qu'on crache le morceau en buvant une bière. Je continue à penser qu'il nous faut une présence sur le terrain, et que, comme membre de cette communauté, j'apprends des trucs susceptibles de nous aider. Bon Dieu, si tu commences à avoir foi en ton profiler...

– Un minimum, oui.

– À supposer qu'il ait raison, en menant la vie d'un S.D.F., je pourrai peut-être me faire une idée de la manière de penser du tueur. Demande-lui. Je te parie qu'il te dira que c'est une bonne idée.

Brigstocke ne put s'empêcher d'être impressionné par un tel aplomb.

– Tu as toujours réponse à tout, hein ? Toujours de bonnes raisons ?

– Il faut ce qu'il faut...

Thorne tourna la tête, et ils regardèrent le match quelques minutes encore, au cours desquelles les rouges encaissèrent deux buts.

– Je dois y aller, dit Brigstocke. Je suis dans la merde pour avoir manqué une réunion de parents d'élèves.

Thorne resta, seul spectateur pendant un moment.

À la mi-temps, l'arrière gauche grassouillet trottina jusqu'à la ligne de touche. Il était écarlate, dégoulinait de sueur, la graisse de sa poitrine et de son ventre tendait le Nylon de son maillot. Thorne le regarda à travers le grillage haleter, s'étrangler, se pencher pour prendre appui sur ses genoux et vomir sur le gazon artificiel.

Le moment lui parut bien choisi pour regagner le West End. Thorne se détourna et s'éloigna, songeant : Je sais ce que tu ressens, mec.

14

Incroyable le nombre d'endroits où l'on pouvait manger gratuitement pour qui savait où aller et quand.

Spike l'avait rancardé un peu plus tôt, et Thorne avait trouvé balèze de pouvoir mémoriser tous ces noms, lieux et horaires différents. Tous les jours, on pouvait bénéficier en plein centre de Londres d'un petit déjeuner, déjeuner ou dîner gratuit dans une des dizaines d'églises, foyers et autres cafés ad hoc. Certains fonctionnaient avec un système de tickets tandis que, pour d'autres, c'était premier arrivé, premier servi ; certains proposaient des repas complets, d'autres du thé, du café et des biscuits, voire, certains jours, des sandwiches. Entre toutes ces possibilités offertes à ceux qui étaient au courant, et avec un repas complet accessible pour à peine plus d'une livre au *Lift*, Thorne ne comprenait pas pourquoi certains voulaient encore traîner par tous les temps pour un bol de soupe gratuit.

Caroline avait l'air de savoir de quoi il retournait.

– Il y a des gens qui préfèrent rester dehors. Ils n'aiment pas se retrouver dans des immeubles, c'est comme ça. Les centres comme le *Lift*, ce n'est pas tout le monde qui aime…

– Et pas cher, ce n'est pas la même chose que gratuit, avait renchéri Spike. Quand on a que dalle et qu'on vous offre des trucs gratos, on prend ce qu'on vous donne.

Tous trois marchaient rapidement, venant de Trafalgar Square et se dirigeant, par le Strand, vers la station Temple. La rue était éclaboussée de lumières : les néons multicolores des théâtres Vaudeville et Adelphi, les hauts réverbères jaunes en face du Strand Palace Hotel ; le rouge palpitant ou le blanc aveuglant des phares des voitures qui roulaient au pas dans les deux sens.

De nouveau, la nuit était froide, mais, par bonheur, le temps était sec.

– On prend ce qu'on peut quand on peut, parce qu'il n'y a pas grand-chose à se partager, dit Spike. Hein ?

Caroline, qui avait ralenti le pas pour allumer une cigarette, les rattrapa.

– Sauf pour Noël à la con, dit-elle.

Thorne leur rapporta les propos d'une jeune fille de la haute société avec trop de patronymes et trop de temps à tuer qu'il avait lus dans une rubrique mondaine : elle pensait qu'il ne devait sûrement rien y avoir de plus horrible qu'être sans refuge le soir de Noël, et proposait qu'on envoie tous les sans-abri passer l'hiver dans les Caraïbes où ils pourraient manger tous les jours du poisson frais.

Le rire de Caroline se mua rapidement en quinte de toux.

– Plus t'es friqué, plus t'es taré, commenta Spike.

Décembre était encore distant de quelques mois, mais beaucoup de magasins avaient déjà sorti le grand jeu. Thorne ne savait pas du tout où il passerait Noël. Eileen, la sœur de son père, l'avait invité, de même que Hendricks. Tout le monde s'accordait à dire que c'était le premier le plus dur…

– Il paraît que c'est le pire moment quand on est à la rue, hein ? dit Thorne. On voit toujours des reportages à la télé où des dames en bottes en caoutchouc vertes invitent un clochard à la maison pour Noël.

Spike haussa les épaules.

– C'est pareil que le reste de l'année, sauf qu'il fait un peu plus froid. C'est surtout les pigeons qui changent… C'est dans ces moments-là que nous ne pouvons que compatir, ajouta-t-il, faisant de son mieux pour imiter l'accent branché d'Islington.

Ils lui parlèrent du plan grand froid dans le cadre duquel *Crisis* et d'autres organisations ouvraient des abris d'urgence, des dons généreux qui affluaient de la part des concitoyens et d'entreprises aux idées avancées, des grandes marques qui en profitaient pour se débarrasser de leurs vieux stocks et jouer au Père Noël.

– Le jour de Noël, tu peux te pointer, bouffer de la dinde jusqu'à la dernière miette et repartir avec autant de sweat-shirts Gap que tu veux.

– C'est de la démence, dit Caroline. Pendant tout le mois de janvier, on voit ces pauvres bougres arriver dans les centres de jour et les foyers d'hébergement avec que dalle à part leur dépendance à la came et d'énormes sac d'articles de toilette flambant neufs.

Spike prit la cigarette de Caroline pour s'en allumer une.

– Le plan des nouvelles fringues, c'est quand même géant, dit-il. Les gens qui en filent aux assoces semblent penser qu'on crève tous d'envie de s'habiller comme des vieux papis. T'as droit aux foutus cardigans et aux pyjamas dans lesquels quelqu'un est mort.

– Un bon cardi, je ne dirais pas non, fit remarquer Thorne.

– C'est sûr, dit Caroline en lui prenant le bras, mais c'est parce que tu es un vieux papi justement !

Ils s'approchèrent de la devanture qui proposait des cadeaux et des articles de papeterie, et croulait déjà sous les guirlandes et autres décorations de pacotille. Ils la regardèrent quelques instants.

– C'est vachement tôt, dit Thorne.

À côté, il y avait un revendeur Dixon, et Thorne s'intéressa aux téléviseurs toujours allumés dans la vitrine. Une série, *The Bill*, Sky News. Il regarda un journaliste articuler et essaya, sans l'aide du son, de deviner de quoi il pouvait bien parler. Il pensa à Alan Ward, le reporter qu'il avait croisé au poste de Colindale quand il était tombé sur Steve Norman. Thorne se dit que si les Spurs jouaient à domicile pendant la période de Noël – si lui-même était à son domicile à ce moment-là –, il profiterait de son offre au sujet des billets de football. Il pensa aux tourtes, aux hot dogs et au thé brûlant à la mi-temps ; plus attirants, pour l'heure, que la perspective d'assister au match proprement dit…

Spike appuya le front contre la vitrine qui s'embua à mesure qu'il parlait.

– J'irai peut-être chez ma sœur cette année. Elle a un super appart dans les Docklands...

Thorne approuva d'un signe de tête. Spike lui racontait sans cesse des trucs qu'il lui avait déjà dits.

– Moi, je m'en fiche, du moment que je ne suis pas dehors, dit Caroline. Surtout cette année.

Thorne comprit qu'elle pensait aux meurtres. Pour les familles des victimes, où qu'elles se trouvent, et pour ceux qui dormaient toujours dans les rues où leurs potes avaient trouvé la mort, ce premier Noël serait le plus dur.

– Les gens, il les tue ou la peur les fait fuir, dit Caroline. Dans un cas comme dans l'autre, il chasse pas mal d'entre nous de la rue.

Spike recula et, du bout du doigt, dessina un visage sur la vitre.

– Il bosse peut-être pour la mairie ?

Parallèlement aux lieux qui proposaient des repas copieux, des soupes populaires étaient servies dans tout le West End à différentes heures de la soirée. Il y en avait une à dix heures, juste à l'angle du Strand, où, par une ironie bien plus savoureuse que la soupe elle-même, les sans-abri étaient servis à deux pas – pour ainsi dire sur le pas de la porte – du Savoy. Là encore, il suffisait de savoir où et quand. Certains, dont l'appétit était complètement détruit par la drogue, erraient toute la journée sans manger et tenaient le coup grâce à deux ou trois bols de soupe ; se traînant d'une distribution à l'autre avec la résignation désabusée de ceux pour qui manger n'était plus un plaisir depuis belle lurette.

À leur arrivée, plusieurs dizaines de personnes attendaient déjà, et Thorne reconnut beaucoup de visages qu'il avait vus au *Lift* ou dans les rues autour du théâtre où il s'installait pour la nuit. Il croisa – mais juste une fraction de seconde – le regard inquiétant de l'homme qui, deux jours plus tôt, avait failli les agresser, Spike et lui.

Thorne, Spike et Caroline grossirent l'attroupement devant un bâtiment qui – dixit une plaque discrète mais rutilante – abritait le siège du groupe *British American Tobacco*. Certains avaient pris position le plus près possible de l'endroit où la camionnette avait l'habitude de s'arrêter, tandis que d'autres restaient en arrière, préférant attendre de l'autre côté de la rue. Ils formaient de petits groupes, parlant ou regardant dans le vide : les jeunes au teint blafard et aux anoraks sales, les vieux briscards chevelus et barbus en vêtements sombres noirs de crasse sur leurs silhouettes corpulentes. Thorne associa un groupe à des routards à court d'argent. L'accent australien qu'il entendit au passage le conforta dans cette idée.

Seul, à l'écart, sur le trottoir d'en face à côté de la station de métro, se trouvait l'un des rares Noirs que Thorne avait vus depuis qu'il vivait dans la rue. Maxwell lui avait expliqué que, s'il y avait très peu de S.D.F. noirs et asiatiques, c'était parce que ces communautés étaient très soudées et croyaient aux vertus de la famille élargie. Pour résumer, avait-il dit, tout dépendait du nombre de personnes qui se sentaient concernées. Ça parut logique à Thorne qui savait que s'il était capable de retrouver n'importe lequel de ses cousins – germains, issus de germains ou autres –, aucun d'entre eux ne serait enclin à l'héberger s'ils apprenaient qu'il était dans la mouise. Il savait aussi que lui-même manifesterait tout autant de réticences si jamais on lui demandait la même chose. Si la voix du sang était la plus forte, il n'en avait vu verser que trop souvent dans les familles pour savoir que cette expression ne voulait strictement rien dire.

– C'est comme je te disais, y en a de toutes sortes, dit Spike, voyant que Thorne regardait autour d'eux.

– La soupe doit être super bonne.

Elle arriva, il déchanta. Puisée à la louche dans un gros faitout en Inox à l'arrière d'un break Volvo et servie dans des bols en plastique. Mais au moins, elle était chaude, offerte avec le sourire et, surtout, sans poser de questions. C'était une des raisons de la popularité de cette soupe, et pourquoi de jeunes routards pouvaient s'intégrer à la file d'individus qui dormaient à la dure depuis des dizaines d'années.

Caroline traversa la rue jusqu'à un banc où elle s'alluma une clope, tandis qu'un grand échalas d'un mètre quatre-vingt-dix au moins, serrant son bol de soupe contre lui, gagnait d'un pas nonchalant l'endroit où Spike et Thorne finissaient le leur. Thorne posa son bol vide sur le rebord de fenêtre derrière lui et regarda Spike jeter le sien dans le caniveau. Il résista à l'envie de se précipiter pour le ramasser.

Le grand échalas et Spike se saluèrent chaleureusement, puis Spike fit les présentations.

– Lui, c'est Saint Joe.

L'homme abaissa le regard sur Thorne et le salua d'un petit signe de tête. Il portait un bonnet à pompon du *Queen's Park Rangers Football Club* et des baskets, ce qui ressemblait à une longue tunique marron sous une grossière veste de travail trop ajustée.

– Alors, c'était qui, cette fois ? lui demanda Spike.

– Les bonnes sœurs. Putain, c'est les pires.

Spike expliqua à Thorne que Joe passait le plus clair de son temps à la merci de différentes organisations religieuses : *Jesus Army*, l'Armée du Salut, les Quakers, le *Young Jewish Volunteer Corps*, les Petits Frères ou Petites Sœurs de tout et n'importe quoi. Plusieurs semaines d'affilée nourri gratos et logé pour le prix d'une heure d'enseignement biblique ou d'une réunion de prière.

– J'ai cent sept croix dans un sac plastique, dit Joe, aspirant bruyamment une cuillerée de soupe. Des en bois, des en plastoc. J'ai des dizaines de Bibles…

– Alors, tu devais connaître Paddy Hayes, dit Thorne. Le pote de Spike. Celui qui s'est fait tuer. C'était un culbénit, lui aussi, non ?

Joe recula d'un pas sur la chaussée et frotta la semelle de sa basket contre le bord du trottoir comme s'il essayait de se débarrasser d'une merde de chien.

– Ouais, mais Paddy était un poids-plume.

Thorne demeurait toujours convaincu que Jago et la première victime fourniraient les réponses au mobile de ces meurtres. Et des suivants. Mais la façon dont le tueur sélectionnait ses futures victimes, si le hasard n'avait rien à y voir, pourrait peut-être donner à la police sa meilleure chance de l'arrêter rapidement. L'idée qu'il les choisissait dans différents groupes de cette population était une forte possibilité, mais Thorne se demanda soudain si le lien ne pourrait pas être le réseau des associations religieuses.

– Tu peux tout lui demander, dit Spike. Il est imbattable sur la religion et toutes ces conneries au Mastermind. T'es un spécialiste de la question, pas vrai, Joe ?

Robert Asker ne s'imaginait-il pas qu'il communiquait avec Dieu sur sa radio ? Peut-être avait-il assisté à une ou deux réunions. Thorne se promit de ne pas oublier de poser la question à Caroline à la première occasion.

Spike commençait à devenir nerveux, il dansait d'un pied sur l'autre.

– Vas-y, demande-lui un truc. Il connaît la Bible par cœur, putain !

Joe, l'air grave, le confirma d'un signe de tête.

– Et aussi le Talmud et le Coran. Je suis pas regardant.

– Rien ne me vient, dit Thorne.

– Demande-lui de te citer tous les livres de la Bible. Dans l'ordre !

– Trop facile, dit Joe.

Thorne pensa que son père aurait adoré ce genre de jeu. Il ne serait pas allé se coucher avant d'avoir trouvé la bonne réponse et de l'avoir notée quelque part. Les derniers temps, il avait la manie de téléphoner à Thorne aux premières heures du jour, exigeant de lui des listes de réponses à toutes sortes de questions bizarroïdes.

– Demande-lui, insista Spike.

Cite-moi dix races de félins... Les trois jeux de ballon les plus rapides du monde... Tous les souverains d'Angleterre... Vas-y, je te donne les deux premiers pour t'aider...

– Vas-y, ce que tu veux.

– D'accord, dit Thorne.

Il montra le bol que Joe tenait dans ses mains.

– Est-ce que Jésus aurait pu changer ça en soupe ?

Il y eut le bruissement d'une porte à tambour derrière eux, un homme sortit rapidement de l'immeuble de *British and American Tobacco* et s'engagea sur la chaussée d'un bon pas. Il portait un pardessus élégant, et un attaché-case. De sa main libre, il bataillait pour rentrer le bord d'une écharpe rouge vif que le vent malmenait.

Saint Joe se retourna.

– Hé, mec, t'as une clope ? lui cria-t-il gaiement.

L'homme ne daigna même pas le regarder.

– Ta gueule, lui dit-il.

De retour sur le Strand, ils se dirigèrent vers Fleet Street. Ils passèrent devant la station de métro fantôme d'Aldwych, dont la moitié de la façade d'entrée condamnée était occupée par un Photomaton, et Thorne se lança dans un condensé de son historique au profit de Spike et de Caroline. Il leur raconta que cette station, appelée Strand à l'origine, était tombée plusieurs fois en désuétude au cours du XXe siècle, qu'un homme avait été dévoré sur un des escalators dans *Le Loup-Garou de Londres*, et que, pendant la Seconde Guerre mondiale, elle avait abrité la collection de momies du Bristish Museum.

Comme ils traversaient la rue vers l'église St. Clement Danes, sereine sur son refuge, Thorne montra du doigt les pointes et les flèches de la Cour Royale de Justice, agressives contre le ciel nocturne derrière l'église. Thorne ne connaissait rien à ce tribunal, mais ce qu'il savait, en revanche, c'était que l'homme qui avait construit son horloge était mort étranglé quand sa cravate s'était coincée dans le mécanisme.

– Oh, la vache, dit Spike. Tu sais des trucs hyper glauques, toi.

Thorne songea à tout ce qu'il avait appris, surtout de Spike, ces dernières semaines. Il pensa aux choses qu'on lui avait montrées et aux gens qu'il avait rencontrés. Il pensa aux connaissances qu'on lui avait transmises.

– Moi, je sais des trucs glauques… ?

Derrière l'église, certains qui avaient bénéficié de la soupe s'étaient rassemblés pour parler et boire. Tuer le temps jusqu'à la prochaine. Caroline et Spike allèrent rejoindre un couple de junkies dont la conversation, s'il fallait se fier à leur apparence, ne devait pas être éblouissante.

– Ta'unebièr ?

Thorne se retourna et vit, trop près de lui à son goût, un vieil homme à la tignasse blanche et au nez rouge comme une fraise trop mûre.

– Ta'unebièr, mec ?

Ce n'était pas tant qu'il bafouillait, mais plutôt qu'il liait les mots avec fluidité au point qu'ils n'en faisaient plus qu'un. Ça lui donnait l'air à la fois cool et agressif, et le dernier mot, il le crachait dans un soupir comme un glaviot fétide. Thorne n'aurait su dire si l'énergumène pensait qu'il n'était pas S.D.F., ou bien s'il était juste tellement bourré qu'il s'adressait au premier venu. Quoi qu'il en soit, sa réponse serait la même.

– Navré, dit-il en tapotant la cannette dans sa poche. J'ai que celle-là, et j'y tiens.

– Tu la bois pas.

Thorne sortit de sa poche la cannette de Special Brew qu'il allait remplir de bibine un peu plus tard. Qu'importe, songea-t-il. Il tira sur la languette.

– Oh que si.

Comme Thorne portait la cannette à sa bouche, l'homme s'approcha encore plus près.

– Alors file une gorgée, putain.

L'homme se collait à son flanc. Thorne sentait le tissu de son body-warmer crasseux sous le pardessus de son père.

– Rien qu'une gorgée...

– Dégage !

L'homme recula brusquement comme si on l'avait poussé. Il scruta Thorne pendant une quinzaine de secondes, bien campé sur ses jambes alors que son buste oscillait doucement.

– Toi, t'es flic, dit-il soudain.

Thorne éructa un rire. But une lampée de bière. Elle avait un goût infâme.

– T'es de la police, c'est sûr, reprit-il, élevant la voix. Je le sais !

– Écoute, mec...

– Je reconnais les poulets quand...

– Tiens, l'interrompit Thorne, lui tendant brutalement la cannette. Prends-la.

– Cot cot cot ! Coc cot cot ! glousssa-t-il en frappant sa jambe du plat de sa grosse paluche. T'es un poulet, un flic, une pourriture d'enfoiré…

Thorne était à deux doigts de fracasser la cannette sur le crâne du vieux quand Spike apparut à ses côtés.

– C'est quoi le blème ?

Comme Thorne tournait la tête vers lui, l'homme en profita pour lui arracher la bière des mains.

– Rends ça, ducon, dit Spike, lui empoignant le bras.

– Laisse-la-lui, dit Thorne.

Spike lâcha l'homme qui recula de quelques pas, serrant la cannette contre lui.

– C'est un flic, dit-il. C'est un foutu flic, je te dis.

Spike lui répondit comme s'il entrait dans le jeu d'un malade mental.

– Ouais, c'est ça, bien sûr…

Il mit ses mains en cornet autour de sa bouche, et cria à l'adresse du vieux qui n'était pourtant qu'à quelques mètres de lui.

– Si tu savais à quel point tu te goures, mec !

Ils suivirent des yeux l'homme qui marcha jusqu'au garde-fou du trottoir et commença à boire.

– T'étais pas flic, avant, toi ? demanda Spike à Thorne.

Thorne se détourna et s'éloigna en direction de l'étroit refuge qui entourait l'église.

Visiblement, le vieux n'avait pas toute sa tête, pourtant Thorne était énervé par l'incident. Y avait-il un risque qu'on l'ait reconnu ? Que ce vieil homme soit quelqu'un que Thorne aurait fait coffrer voilà plusieurs années ? Au fond, ça n'avait guère d'importance : apparemment, Spike pensait toujours que Thorne avait fait de la prison.

Il repensa à l'affaire sur laquelle il travaillait juste avant la mort de son père. Celle qui était peut-être la raison de sa mort. Il repensa à une limite qu'il s'était fixée, puis avait franchie aussi aisément que s'il passait dans une autre pièce.

Ex-délinquant, c'était tout aussi vrai.

Il s'arrêta devant l'entrée de l'église, leva les yeux vers la statue noircie de Gladstone, la silhouette arrogante en bronze du « Bombardier » Harris[1]...

Un rapprochement commença à se faire dans son esprit.

Il y avait d'autres statues autour de l'église. Il n'avait pas besoin de savoir la mémoire de qui elles honoraient. L'allure martiale de ces hommes indiquait à Thorne ce qu'ils avaient été. Il retourna devant l'église, l'ayant en mémoire tandis qu'il lisait les trois lettres qui se détachaient horizontalement sur une croix bleu pâle, sous la silhouette d'un aigle doré. St Clement Danes était l'église de la Royal Air Force...

Ce fut comme si le point s'était fait sur une chose floue.

Il repensa au musée devant lequel il était passé un peu plus tôt en compagnie de Russell Brigstocke. Et à ce que Spike avait dit en parlant des différents milieux d'où venaient les S.D.F.

C'est une super mixité, remarque. Moi, j'adore, putain. On a les immigrés...

Alors, Thorne sut très précisément qui pouvait porter son groupe sanguin comme tatouage.

Marrant, les vieux amis, songea-t-il.

Assis dans l'appartement, il pensait aux étranges façons dont ça pouvait tourner quand on retombait sur eux. Marrant aussi comment ça arrivait. On pouvait croiser par hasard une figure du passé dans une rue ou dans un train, ou se retrouver accoudé au même bar un soir. Ça pouvait aussi prendre la forme d'un appel téléphonique inattendu.

Ou, comme cette fois-ci, celle d'une lettre...

C'était bizarre, c'était là l'autre surprise, comme certains dont on n'avait jamais été très proche pouvaient se révéler, des années après, être réglos. Être ceux avec qui on s'entend bien. Alors que d'autres – les gars qu'on considérait, à l'époque, comme ses amis pour la vie, auprès de qui

1. Le maréchal de l'air Arthur Travers Harris – le « Bombardier Harris » – a pris à sa charge en 1942 le haut commandement de toutes les unités stratégiques des bombardiers anglais.

on s'épanchait après quelques bières, avec qui on se sentait de réelles affinités, finissaient par être ceux à qui l'on devait, plus tard, toutes ses prises de tête. Et, bien sûr, comble de malchance, impossible de les départager dès le départ.

Le temps pouvait cicatriser certaines blessures, pas de doute, mais d'autres ne cessaient jamais de suppurer.

Il estimait que, grosso modo, il y avait toujours une bonne raison pour que des gens se perdent de vue. Parfois, il fallait se donner du mal pour entretenir l'amitié, quand la distance, par exemple, jouait contre vous. Si l'amitié était réellement profonde, on faisait cet effort. Aussi simple que ça. Sinon, on lâchait prise, et, le plus souvent, l'autre personne pensait comme vous et agissait exactement pareil.

Si, plus tard, quelqu'un faisait l'effort de reprendre contact, il y avait de grandes chances qu'il veuille quelque chose. En l'occurrence, c'était on ne peut plus vrai. Sur toute la ligne. Seulement, plus de dix ans plus tard, on a d'autres priorités, non ? On veut vivre peinard et on fera tout pour ça. On est prêt à – non, on est heureux de – se battre pour ce qu'on a acquis, pour ne pas perdre ce pour quoi on a bossé si dur.

Ils avaient tous besoin l'un de l'autre à l'époque. Pas de honte à ça. Mais la vie continue, on en tire les leçons, ce n'est pas sorcier : quand il n'y a plus de véritable ennemi, les amis sont nettement moins indispensables.

1991

Plus aucune arme n'est dirigée sur les quatre hommes ligotés, et même si ceux qui ont attaché leurs poignets et leurs chevilles ne sont qu'à une quinzaine de mètres de distance, chacun s'autorise à risquer un regard vers le sol ou vers son compagnon le plus proche. Leurs yeux ne sont plus hagards et exorbités, comme face au canon d'un pistolet ou à la lame d'un couteau.

Le sable a pris une teinte terreuse, leurs T-shirts kaki sont noircis par la pluie et plaqués contre leur peau.

Les quatre individus portant des lunettes de protection et des casques sont assis eux aussi, ou accroupis, proches les uns des autres. Chacun tient toujours son pistolet, mais coincé contre la cuisse ou pendant mollement d'une main appuyée sur un genou. Même si, de loin, leur attitude semble détendue, ils ne cessent de surveiller du coin de l'œil le quatuor en face d'eux et de bouger nerveusement. Leurs pieds lourdement bottés et fléchis ont gravé de minuscules tranchées dans le sable, tandis que ceux qui sont accroupis tanguent et prennent appui sur le sol pour ne pas perdre l'équilibre.

Soudain, un des hommes baisse sa *shamag* et crache, épais filet de salive qu'il détache de son menton avant de remettre le tissu en place. Il s'avance pesamment, les autres font de même ; ils se penchent les uns vers les autres et parlent.

Chacun a quelque chose à dire, et si, au début, l'échange est vif, il se calme rapidement et les voix s'apaisent peu à peu. Les mots deviennent de plus en plus difficiles à saisir, mais il est clair qu'ils prennent plus de poids et plus de sens, et maintenant, les hommes sont encore plus resserrés, ils se touchent presque. Ça commence par un claquement sec qui fait penser à un os qu'on brise, et une voix qui se mue en un grognement sourd. Les supplications cèdent la place aux menaces. Puis aux promesses. Un homme lâche un juron, bouscule un autre qui l'emprisonne entre ses bras comme un amant. Rapides signes de tête de réprobation et lents acquiescements muets jusqu'à ce que, finalement, chaque homme ait empoigné le blouson d'un autre ou ait un bras le tenant fermement par l'épaule, alors tous inclinent la tête de sorte que leurs casques s'entrechoquent. Ils font penser à des footballeurs blottis les uns contre les autres en cercle serré, espérant plus que tout transcender leur terreur, leur combativité et les mettre à leur service. Se galvanisant pour un dernier coup d'éclat.

C'est alors que ça prend la tournure d'un jeu.

Tous se remettent debout, et après une autre petite minute, l'un d'eux – désigné ou volontaire – se détache du groupe. Il examine son pistolet. Dans l'espace qui s'est ouvert, apparaît une tache lumineuse à l'horizon, plus faible à mesure qu'elle s'élève, telle de l'encre rouge s'étalant sur un buvard.

Les autres regardent l'homme se diriger rapidement vers les quatre silhouettes au sol, mais deux d'entre eux détournent la tête au dernier moment. On dirait des joueurs regroupés dans le rond central. Certains incapables de gérer la tension des tirs au but ; tournant le dos, baissant la tête. N'osant regarder.

Les hommes assis par terre se mettent à bouger, vite. Ils essaient de se relever tant bien que mal, mais c'est perdu d'avance. Ils retombent sur le dos ou face contre le sol, et tentent de se rejoindre. De nouveau, leurs yeux sont écarquillés et injectés de sang.

Du temps passe, trente secondes tout au plus, et l'homme qui s'était détaché du groupe revient vers les trois autres.

Bien entendu, il n'y a aucun moyen de savoir ce que chacun d'eux pense ; ceux qui attendent leur tour, et celui qui revient lentement à pas lourds. Pourtant, même si les lunettes de protection et les *shamags* leur donnent à tous la même expression lisse de robot, il est facile d'imaginer que les visages, dessous, sont tout aussi inexpressifs.

Il rejoint ses amis dans leur rond central.

Même si trois hommes ont commencé à hurler, pleurer et prier, il est impossible de dire s'il a marqué ou non.

15

Le Service des Relations Publiques de l'armée britannique (District de Londres) se trouvait dans un immeuble qui donnait sur l'arrière de Horse Guards Parade. Autrefois, des centaines d'hommes logeaient dans cette ancienne caserne, mais de nos jours, la plupart des chevaux dans les écuries et des soldats qui paradaient dans les cours ne participaient plus qu'à des cérémonies officielles.

Quand Kitson et Holland s'étaient présentés à l'accueil, ils étaient passés devant deux cavaliers de la garde royale en faction, figés, imperturbables dans leurs tuniques écarlates et sous leurs casques brillants comme des miroirs. Il s'en était fallu de peu que Holland ne cède à la tentation puérile de les distraire, à l'instar des touristes et des écoliers qui s'y essayaient du matin au soir. Une fois qu'on lui eut servi un thé très fort dans une tasse en porcelaine, il l'avoua à l'un des Relations Presse assis au bureau face à lui.

– Oh, ils adorent tout ce cirque, lui assura l'homme.

L'autre RP, assis à un bureau formant un angle droit avec le premier, se fit un plaisir d'abonder dans le sens de son collègue.

– Surtout si c'est des adolescentes qui cherchent à les distraire. Vous n'imaginez pas le nombre de mots coquins qu'elles enfoncent dans les bottes de ces gars.

La pièce, qui surplombait Whitehall, assez vaste pour abriter plus de deux RP, était aussi assez délabrée. La peinture verte de la porte et le céladon des murs s'écaillaient ; nul doute que la couleur marron de la moquette dissimulait une couche de poussière aussi épaisse que les néons du plafond. Plusieurs grands panneaux de liège étaient recouverts de courbes ondulantes, de cartes décolorées, et, pour l'un d'eux, d'une photo couleur de la Reine dans un de ces gigantesques landaus dans lesquels elle aimait tant se baguenauder.

Parmi ceux qui travaillaient dans ces locaux, beaucoup étaient fonctionnaires, mais les deux hommes qui partageaient ce bureau étaient, en fait, des officiers à la retraite. Ceci avait été établi clairement dès que chacun d'eux s'était présenté en faisant précéder son nom de son ancien grade. L'ex-lieutenant-colonel Ken Rutherford était trapu et lissait ses cheveux poivre et sel en arrière à grand renfort de gel. Trevor Spiby, ancien capitaine des Scots Guards, était plus grand et dégarni. Une rougeur, une brûlure ou une tache de naissance s'étalait sous sa mâchoire et disparaissait sous son col. Les deux hommes portaient une chemise et une cravate, mais alors que Spiby exhibait ses bretelles, Rutherford arborait un gilet chamarré. Le contraste de leur apparence leur donnait un faux air de duo comique stylé, image renforcée par la façon qu'ils avaient de se renvoyer la balle.

– Le thé vous convient ?

– Ce serait meilleur avec un biscuit...

– Vous êtes sûrs que vous ne voulez pas qu'on vous en trouve vite fait bien fait ?

Kitson les remercia, mais déclina l'offre, imitée par Holland à qui l'accent distingué des ex-officiers donnait l'impression d'être dans un épisode de *EastEnders*.

– Je ne comprends pas tout à fait pourquoi vous vous adressez à notre service, dit Spiby.

– Normalement, la police de Londres est en liaison avec la RMP, non ? renchérit Rutherford.

Russell Brigstocke avait bien envisagé de contacter la Police militaire royale, mais, au stade où en était l'enquête, ils ne cherchaient à obtenir que des informations. Il se méfiait aussi de l'éternelle guerre des polices. Au terme de la réunion, il avait décidé d'envoyer également Yvonne Kitson. En général, ce type d'entretiens était mené par des sergents ou des policiers de grade inférieur, mais, cette fois, Brigstocke avait pensé qu'il serait judicieux qu'un inspecteur soit présent.

– C'est juste une demande de renseignements, dit Kitson. J'ai simplement besoin d'informations précises et je ne veux faire perdre de temps à personne. Pour être franche, ce sont les coordonnées de votre service qui apparaissent sur le site web.

– En quoi pouvons-nous vous être utiles ? demanda Rutherford.

Holland lui fit un bref historique de l'affaire, se concentrant sur la mort des deux hommes au tatouage dont ils pensaient que c'étaient d'anciens militaires.

– C'est fort probable, en effet, dit Spiby. Ils se font souvent tatouer leur groupe sanguin, et bien d'autres choses, bien sûr.

– Mais pas trop, dit Rutherford, leur lançant un regard par-dessus son ordinateur. Celui qui a trop de tatouages peut se voir refuser d'entrer dans l'armée.

– Je suppose que vous ignorez ce que le reste de ce tatouage signifie ? demanda Holland, tendant une feuille de papier.

Rutherford chaussa les lunettes demi-lune qui pendaient à son cou. Il examina les lettres un long moment, puis passa la feuille à Spiby.

– Ce sont des initiales, à l'évidence, mais elles ne me font penser à rien de militaire.

– Auriez-vous des archives sur les signes particuliers que certains soldats peuvent avoir ? demanda Holland. Cicatrices, tatouages et autres ?

– J'ai bien peur que non, dit Spiby, regardant Rutherford qui le confirma avec force signes de tête. Il y a les dossiers médicaux, oui, mais rien d'aussi détaillé.

– L'ADN ?

– Oh, j'en doute.

– Les dossiers dentaires, peut-être ?

– Oui, je pense. Il faudrait que je le vérifie…

Kitson se pencha en avant pour poser sa tasse vide sur le bureau de Spiby.

– Comme nous n'avons le nom que d'un de ces hommes, nous comptions pouvoir, grâce à lui, identifier l'autre personne. Hormis les groupes sanguins, ces tatouages sont identiques, nous supposons donc qu'ils ont été faits en même temps. Que ces hommes ont servi dans la même unité.

– C'est une hypothèse qui me paraît raisonnable, admit Rutherford.

– Donc, nous pensions qu'en vous donnant le nom de cet homme vous pourriez nous communiquer la liste des soldats qui ont servi avec lui.

– Ah. Hypothèse moins raisonnable, j'en ai bien peur. En premier lieu, nous ne pouvons rien vous communiquer : il vous faudrait contacter le Bureau des états de service. En second lieu, nous ne fonctionnons pas de cette façon, nous ne classons pas nos hommes selon leurs affectations. Je serais étonné qu'il en aille ainsi dans la police.

Kitson s'adossa à sa chaise.

– Ces hommes qui dormaient dans la rue, dit Spiby, ils avaient été démobilisés depuis quelque temps déjà, c'est cela ?

Le silence s'installa, uniquement troublé par les crachotements du vieux chauffage à gaz dans un angle de la pièce. Holland s'éclaircit la voix.

– Nous le pensons, oui.

– Vous êtes certains que ce n'étaient pas des déserteurs ?

– Pour autant que nous le sachions, non.

– Cela pourrait expliquer pourquoi ils vivaient dans la rue. Quand un soldat déserte, il peut aller très loin pour éviter que l'on puisse remonter jusqu'à lui par les circuits officiels.

– Je suis sûr qu'au Personnel des armées, ils pourront vérifier si ce nom figure ou non sur la liste des militaires en absence illégale, intervint Rutherford.

– Je ne pense pas que ce soit le cas...

– Cela remonte à quelles années ? demanda Spiby.

Kitson et Holland échangèrent un regard.

– Nous ne l'avons pas encore établi, dit Kitson.

– Quand un soldat quitte l'armée, son dossier militaire est transmis au Bureau des états de service du personnel des armées à Glasgow. Plus tard… c'est dix ans, Rutherford ?

– Dans ces eaux-là.

– Le dossier est transmis aux Archives à Hayes. À Glasgow, ils devront leur faire une demande de dossier si vous les sollicitez. Vous pouvez toujours commencer par là, ils pourront déjà vous donner les nom, date de naissance et états de service.

– La divulgation de toute autre information est soumise à certaines contraintes, dit Rutherford.

Holland commençait à avoir trop chaud. Il dégrafa le premier bouton de sa chemise.

– Il s'agit d'une enquête criminelle, monsieur. Je doute que ces contraintes s'appliquent.

– Oh, je suis sûr que vous avez raison, sergent, dit Rutherford, levant les mains en simulacre de capitulation, mais même avec la meilleure volonté du monde, je crains qu'ils ne puissent vous communiquer les informations que vous recherchez. Pour ce qui concerne le soldat dont vous avez l'identité, vous aurez certainement besoin de l'autorisation de son parent le plus proche. Vous l'avez, je suppose ?

À présent, Holland crevait de chaud. Se demandant qui ce parent le plus proche pourrait bien être…

– Dans quel régiment notre homme a-t-il servi ? demanda Spiby. Nous pourrions commencer par là.

C'était une autre question à laquelle Holland n'avait pas de réponse. Kitson tourna vivement la tête vers lui. Il vit qu'elle aussi pensait à Susan Yago.

Kitson attendit d'avoir atteint le bout du couloir et de s'être engagée dans l'escalier pour exploser.

– Ils nous regardaient comme si nous étions des amateurs ! Et le pire, c'est que c'est vrai ! Qu'est-ce qu'on a foutu sur ce coup ?

Holland garda le silence. Il en était encore à essayer de reconstituer l'enchaînement des derniers événements.

– Sans vouloir te faire porter le chapeau, Dave, tu devais consulter le SRC pour trouver des infos en perspective de cet entretien.

– Je l'ai fait, chef.

– Alors, pourquoi ne connaissais-tu pas les réponses aux questions de ces types ?

Holland avait consulté le Service de renseignement criminel dès sa prise de service. Le SRC contenait le dossier complet de l'affaire : tous les noms, dates et dépositions. Il n'y figurait rien concernant les états de service de Christopher Jago – ni l'année de la fin de sa carrière militaire, pas plus que le nom de son régiment. Holland avait simplement supposé qu'on n'avait pas encore entré ces données, mais que Kitson et Brigstocke connaissaient déjà les faits importants. Il se rendait compte à présent qu'il s'était planté, qu'ils s'étaient tous plantés.

– Dave ? Où sont les infos que nous avons obtenues de la sœur de Jago ?

À peine Kitson eut-elle formulé sa question qu'elle sut la réponse.

– Bon Dieu ! Nous n'en avons aucune, c'est ça ?

– Tout juste, chef. Je ne pense pas que Susan Jago nous ait dit que son frère était militaire.

– Minute, récapitulons. Je sais que cette abrutie ne nous l'a pas dit quand elle est venue identifier le corps. Sinon, nous aurions fait ces recoupements un peu plus tôt, tu ne crois pas ? Mais nous lui avons parlé depuis, non ?

– Stone l'a appelée pour lui signifier le décès.

– Exact, elle aurait pu le mentionner à ce moment-là. Alors, pourquoi ne l'a-t-elle pas fait ?

Holland n'en avait pas la moindre idée.

Yvonne Kitson faisait de son mieux pour garder son calme. C'était son équipe, et, au final, la responsable, c'était elle. Elle aurait dû vérifier. Elle aurait dû être au courant. Il lui vint à l'esprit qu'il était toujours possible que Susan Jago ait donné ces renseignements sur son frère, et qu'ils n'aient pas traité l'information.

– Est-il possible que Stone n'ait pas actualisé le SRC après avoir parlé à Susan Jago ?

Holland n'en doutait pas une seconde. Il n'avait trouvé aucune mention de la conversation téléphonique. Il était tout à fait possible que Stone ait considéré que Susan Jago ne présentait plus d'intérêt pour l'enquête, et qu'il pouvait se passer de faire cette mise à jour. Pourtant, cela n'expliquait pas tout : Stone s'était entretenu avec Jago trois jours auparavant, le samedi après-midi, soit des heures avant que Thorne fasse le rapprochement avec l'armée.

– Ça ne colle pas. Quand Stone lui a parlé, on ignorait toujours son passé dans l'armée. Alors, si elle le lui avait dit, il aurait forcément compris que c'était important, et il nous en aurait fait part verbalement.

Ils continuèrent de descendre l'escalier étroit, pensant tous deux à la même chose : Pourquoi donc Susan Jago ne le leur avait-elle pas dit ?

– Appelle Stone pour vérifier...

Holland sortit son mobile, composa le numéro de Stone et tomba sur sa messagerie. Il vérifia l'heure à sa montre.

– C'est la pause déjeuner. Il doit être dans un snack, il aura coupé son tél.

Ce mensonge lui était venu spontanément malgré la colère qu'il ressentait. Holland savait fort bien que si Andy Stone était en train de bouffer quelque chose, ce n'était sûrement pas son déjeuner.

Ils émergèrent dans une cour intérieure couverte et se retrouvèrent au milieu d'une petite foule venue assister à la relève quotidienne de la garde. Une rangée de Life Guards à cheval en tunique rouge faisaient face à leurs collègues des Blues and Royal, vêtus de la même tunique, mais bleue.

Kitson et Holland s'attardèrent quelques minutes parmi les touristes bouche bée et regardèrent la cérémonie. Les appareils photo crépitèrent dans tous les azimuts à l'apparition des soldats venus de Hyde Park ; quand les chevaux majestueux passèrent flanc contre flanc sous Horse Guards Arch.

– Comment se fait-il qu'à nous, on ne nous glisse jamais de petits mots coquins dans nos bottes ? chuchota Holland à l'oreille de Kitson.

Mais Kitson n'était pas d'humeur badine.

Ça sentait la pisse et la bouffe d'hôpital.

À peine Thorne eut-il franchi la porte qu'il repensa à ce que Spike lui avait dit au sujet des toilettes du *Lift* ; que presque partout ailleurs, c'était autre chose. Ce n'était rien de le dire.

Le centre d'accueil Aquarius, à Covent Garden, ne distribuait des repas qu'aux plus de vingt-cinq ans, mais ils auraient pu relever l'âge minimum de quinze ans facile. Depuis qu'il était là, Thorne n'avait vu personne de plus jeune que lui et, à bien y regarder, ce n'était guère étonnant. Il n'avait croisé que des vieux, dont certains avant l'âge, et il avait du mal à imaginer des jeunes de vingt-cinq ou trente ans autrement que mal à l'aise dans ces pièces exiguës, sinistres, et ces couloirs aux briques apparentes. Alors que le *Lift* était lumineux et bien entretenu, l'Aquarius empestait la négligence et le manque de financement nécessaire pour l'assainir.

Dans la pièce qui s'apparentait le plus à un salon, Thorne s'assit et s'efforça de ne pas respirer trop profondément.

On aurait dit la salle d'attente d'un médecin. Un placard à balais sans fenêtre pourvu d'une dizaine de sièges plaqués contre les murs décrépits, et, au centre, une table basse couverte de vieux magazines et de cendriers archi-pleins éparpillés dessus comme des ordures.

Depuis qu'il avait établi le lien qui unissait Jago et l'autre victime, Thorne essayait de comprendre pourquoi quelqu'un qui avait servi dans l'armée et s'était peut-être battu pour son pays retournait dans le civil pour vivre à la rue. Et, peut-être, finir ses jours dans un endroit tel que celui-ci. Les chiffres étaient alarmants. Selon certaines sources, un sans-abri sur quatre était un ancien militaire, et cette proportion était encore plus grande parmi les S.D.F. longue durée. Ironie de la chose : les troufions étaient formés aux dures réalités de la rue. On les entraînait à dormir à la belle étoile. Mais qu'est-ce qui pouvait bien conduire autant d'entre eux à finir de cette manière ?

Il existait les mêmes facteurs de risque que pour tout un chacun, bien sûr ; les mêmes déclencheurs. Il n'était pas sorcier de deviner qu'il devait y en avoir d'autres, spécifiques à un passé dans l'armée : stress post-traumatique, difficultés de réadaptation, dépendance à la drogue et à l'alcool due à l'un ou à l'autre. Mais ce n'étaient là que les têtes de chapitres du manuel du parfait travailleur social. Thorne savait que s'il voulait réussir à comprendre, il allait devoir trouver ces gens et leur parler…

Un homme passa la tête par l'entrebâillement de la porte, puis recula aussi sec. Le seul autre occupant de la pièce n'avait même pas levé les yeux. Il était assis en face de Thorne dans un fauteuil vert miteux ; le sol à ses pieds était jonché de morceaux de rembourrage en mousse échappés du coussin. Il s'agrippait aux bras en bois comme s'ils l'empêchaient de s'élever dans les airs, et il fixait la une d'un *Daily Star* posé sur ses genoux dont il n'avait pas feuilleté une page depuis un bon quart d'heure.

Ni Thorne ni personne ne savait si Jago et l'autre victime avaient été tués à cause de leur passé militaire, ou parce qu'ils étaient S.D.F., ou du fait d'événements qui les avaient menés d'une situation à l'autre. Brigstocke avait contacté l'ESAG[1] dans l'espoir d'obtenir une piste. Entre-temps, Thorne espérait profiter du rôle qu'il jouait pour essayer de discuter avec ceux qui se retrouvaient dans la situation que Chris Jago et l'autre victime avaient connue.

Cela étant, si Thorne avait appris une chose ces dernières semaines, c'était que tendre la main à quelqu'un n'était jamais simple.

– C'est un taudis ici, dit-il. On devrait y lancer une putain de grenade, et on n'en parlerait plus…

L'homme assis en face de lui se leva – laissant le journal tomber par terre parmi d'autres saletés –, et quitta la pièce.

Thorne ramassa le journal. Il l'ouvrit aux pages Sport et lut que, en dépit du match nul qu'ils avaient arraché à Liverpool le samedi précédent, les Spurs flirtaient toujours dangereusement avec les trois places du bas du tableau.

Puis, il suivit le même chemin que l'homme.

1. *The Ex-Service Action Group* (ESAG) a été fondé en 1997 pour venir en aide aux anciens militaires devenus S.D.F.

Il marcha très vite vers la sortie, repensant aux souvenirs de guerre de son père. Jim Thorne n'avait que neuf ou dix ans quand la Seconde Guerre mondiale avait éclaté, et son expérience de l'armée ne l'avait pas mené plus loin que les terrains de manœuvre de Salisbury Plain. Mais il avait été heureux de raconter qu'il n'avait pas vu d'ananas avant ses dix-huit ans, et se souvenait des nuits passées sous terre pendant que les bombes pleuvaient sur le nord de Londres, avec une clarté que rien, même à la fin, n'avait altérée. Thorne savait que c'était chose courante, mais il n'en revenait tout de même pas que son père puisse lui décrire chaque centimètre carré de l'abri antiaérien, alors qu'il oubliait régulièrement de mettre un slip.

« *Oh, je t'en prie, P'pa...*

– J'ai oublié. J'y pense jamais à ces foutus machins ! »

Son père lui disait souvent que ça lui avait plu d'être soldat, que la discipline et la routine lui avaient fait du bien. Thorne se demandait si les problèmes de ceux qui, chaque année, quittaient l'armée jaillissaient d'une incapacité à gérer le manque d'organisation et de prise en charge dans la vie civile. Cela pourrait expliquer pourquoi un bon nombre d'entre eux retrouvaient d'une autre façon l'ordre auquel ils aspiraient, en passant rapidement de l'armée à la prison.

Il se demanda si Jago et l'autre homme avaient fait de la taule...

Approchant de la sortie, Thorne aperçut l'homme du salon, et quelque chose dans son allure lui rappela Victor, le meilleur ami de son père. Celui-ci avait quelques années de plus que Jim Thorne, il avait combattu, et Thorne se demanda ce qu'un soldat de la génération de Victor penserait de tout ça. Il savait que beaucoup de vétérans de la Grande Guerre souffrant de psychose traumatique n'avaient pas été soignés à leur retour, mais était-ce comparable avec ceux qui revenaient de Sarajevo, Belfast et Goose Green ?

Thorne se souvint d'avoir lu que plus de soldats britanniques s'étaient suicidés après leur retour des Malouines qu'il n'en était mort durant tout le conflit.

L'homme du salon, devant la porte, se disputait avec un type qui semblait être un travailleur social. Thorne s'attarda, faisant semblant d'examiner les livres de poche miteux alignés sur une étagère.

– Tu devais remplir ces formulaires, disait le travailleur social. C'est important, Gerry. Tu m'avais promis de me les rapporter aujourd'hui.

Visiblement, Gerry était énervé.

– J'y ai plus pensé. J'y ai plus pensé à cette connerie...

De retour à Becke House, Holland fonça voir Andy Stone.

– Devine toutes les raisons pour lesquelles tu es dans la merde.

Le sourire de Stone tomba de son visage.

– J'ai essayé de te joindre au moins six fois depuis midi.

– J'ai coupé mon portable une heure tout au plus, sans blague.

– Ça, c'est seulement l'une des raisons. Pourquoi n'as-tu pas mis le SRC à jour après avoir parlé avec Susan Jago ?

– Quand ?

– Quand tu lui as annoncé la bonne nouvelle. Samedi dernier dans l'après-midi.

Stone ouvrit la bouche, la referma, regarda le plafond.

– Tu es le dernier des idiots, dit Holland.

Il savait que c'était aussi valable pour lui, et même pour Kitson. Elle était déjà là, dans le bureau de Brigstocke, et Holland doutait que l'inspecteur-chef soit autant disposé qu'eux à reconnaître ses torts.

– Ce matin, je suis allé à une réu où j'ai été dans l'incapacité de répondre à la question la plus élémentaire, car on n'a aucune des infos que la sœur de Chris Jago nous a données sur lui.

– Je ne te suis pas...

– Quand tu as parlé avec Susan Jago, samedi dernier, t'a-t-elle dit que son frère s'était engagé dans l'armée ?

– Non.

Holland envisagea de jouer au chieur pour une fois, et d'exiger un « chef », mais il se ravisa.

– Elle ne t'a rien dit du tout sur son passé militaire ?

– Putain, tu ne penses pas que je t'en aurais informé, sinon ?

– Je pensais que tu l'aurais noté dans le SRC. Conclusion, il ne faut rien tenir pour acquis.

Stone commença à comprendre les implications de ce que Holland lui disait.

– Donc, elle n'en a parlé à personne ?

Holland le lui signifia d'un regard.

– Je croyais que Kitson avait l'info, et elle pensait que je l'avais eue dans le dossier. Or, elle n'y a jamais été.

– Bon Dieu de merde, dit Stone, s'adossant contre un bureau et croisant les bras. Quand Thorne a émis cette idée que le tatouage pouvait dater de l'armée, j'ai effectivement trouvé curieux qu'elle ne m'en ait pas parlé. Je pensais que quelqu'un lui avait posé la question. Que quelqu'un l'aurait contactée pour le lui demander, tu vois.

– Eh bien, non.

– Minute. Elle n'a peut-être pas dit que son frère était dans l'armée parce que ce n'est pas le cas, tu ne penses pas ? Ce n'est qu'une supposition, mais…

Holland secoua la tête, n'en démordant pas.

– C'est un ancien militaire. C'est un tatouage de l'armée.

Holland avait conscience que ce n'était pourtant qu'une conjecture, mais, d'instinct, il savait que c'était vrai. Et aussi que Susan Jago leur avait volontairement dissimulé cette information. Oui, ils auraient dû s'en assurer, mais ils étaient tellement excités par la théorie de Thorne qu'ils en avaient négligé de suivre la procédure la plus élémentaire. Il n'en demeurait pas moins que Susan Jago ne le leur avait pas confié spontanément. Holland avait déjà vérifié auprès de Phil Hendricks si Jago lui en avait parlé pendant le trajet en voiture jusqu'à la gare d'Euston, et, à l'évidence, il n'en était rien.

– Et alors, à quel point Kitson a-t-elle la rage à propos de cette histoire du SRC ?

Holland s'éloignait déjà vers le bureau de Brigstocke. Il devait les informer qu'il venait de parler à Stone qui lui avait confirmé leurs soupçons. Qu'ils devaient interroger Susan Jago au plus vite.

– J'avais cru que quelqu'un l'avait appelée ! lui cria Stone.

Thorne avait connu bien des heures d'ennui pendant ses planques, que ce soit dans des greniers choisis pour leur emplacement stratégique ou à l'arrière de camionnettes banalisées. Il avait senti le temps s'étirer avec une lenteur qu'il n'aurait jamais crue possible, et encore bénéficiait-il de la compagnie de café. Et de la perspective d'une bière et d'un lit chaud quand tout serait terminé.

Dans la rue, le temps passait comme une chose qui se répandrait sur vous ; marqué de traces de pas qui devenaient forcément plus lourds. Par moments, il avait l'impression que le temps était suspendu ; quand il se surprenait à fixer une vitrine familière, ou à arpenter une fois encore le même bout de trottoir. Seules ses ampoules et ses douleurs articulaires en fin de journée le persuadaient que le temps s'était bel et bien écoulé.

Thorne se réinstalla contre la porte du théâtre et repensa aux deux jeunes garçons qu'il avait vus dans une ruelle en sortant du centre d'accueil : protégeant de leurs doigts squelettiques le caillou fumant, se servant d'une cannette de Coca aplatie et évidée en guise de pipe à crack.

Il en était arrivé à bien comprendre pourquoi tant d'accros à l'alcool ou à la drogue s'étaient tournés, par désespoir, vers ces réconforts après avoir sombré dans la précarité. Si quelque chose, en bouteille ou en poudre, pouvait apaiser les heures douloureuses qui se métastasaient, ou accélérer le rythme du tic-tac, alors Thorne concevait que ce soit quelque chose à quoi il faille s'accrocher et tenir.

Il tendit le bras derrière lui pour tâter la cannette dans son sac à dos. Il avait au moins la perspective d'une bière…

Au fond de sa poche, dans le creux de sa main, il tenait toujours le mini téléphone portable. Quand il avait appelé Holland, un peu plus tôt, et appris qu'ils allaient convoquer Susan Jago pour l'interroger, il lui avait demandé de vérifier si son frère avait déjà fait de la prison. Ça ne coûtait rien.

Apparemment, ça ne coûterait rien de poser pas mal de questions à cette dame. Elle devait avoir une excellente raison d'être cachottière, il ne leur restait plus qu'à la découvrir. Jusqu'à présent, leur travail et leurs hypothèses leur avaient permis de progresser de quelques pas bien incertains, mais Susan Jago pourrait peut-être leur prêter la main secourable qui les soutiendrait, leur donner l'élan qui leur permettrait de rattraper le tueur.

Tout en sortant le mobile de sa poche et en composant le numéro, Thorne se demanda si Chris Jago avait été un bon soldat. Et s'il connaissait le conducteur de la voiture qui l'avait tué.

L'homme qui décrocha récita lentement son numéro, puis voulut savoir qui était en ligne.

– C'est Tom. Désolé d'appeler si tard...

– Ce n'est pas tard, fiston. T'inquiète.

Il était plus de minuit, mais les excuses de Thorne étaient purement formelles. Si quelqu'un avait passé plus de temps que lui au téléphone avec son père au beau milieu de la nuit, c'était bien Victor. Thorne était à peu près certain qu'il ne dormait pas.

– Alors, quoi de neuf ? demanda Victor.

– Pas grand-chose. J'appelais juste pour tchatcher un peu...

Tout en le disant, Thorne songeait, que, en vérité, il n'y avait rien qui vaille vraiment la peine d'en parler ; rien en rapport avec l'affaire, en tout cas.

– Parfait, fiston. Ça fait du bien de parler. Attends, je vais éteindre la radio...

Thorne suivit des yeux deux jeunes femmes qui passaient sur le trottoir d'en face, au bruit de leurs hauts talons Bonne Baise. Il faisait bien trop froid pour les petits tops et les ventres dénudés...

– Voilà, c'est mieux...

À supposer qu'il l'ait su, Thorne avait oublié d'où Victor était originaire, mais il parlait avec un très léger accent. D'Europe de l'Est, semblait-il. Thorne prit soudain conscience qu'il ne savait pas pour quelle armée Victor s'était battu, qu'il ignorait des tas de choses sur le meilleur ami de son père. Des choses qu'il voulait savoir. S'il avait de la famille, par exemple. Ce qu'il faisait avant la retraite. Dans quelles circonstances il avait rencontré son père, depuis combien de temps ils se connaissaient, et pourquoi il avait été le seul de ses potes qui, tout d'un coup, n'avait pas mené une vie débordante d'activités quand il avait commencé à perdre la tête.

– Tom ?

– Quoi ?

– Tu ne tchatches pas beaucoup, fiston.

– Excuse. Alors, comment tu vas ? Tu t'occupes ?

– Oh, oui, occupé, je le suis toujours. Et toi ? Le boulot, ça marche ?

– Comme d'hab...

– Quand j'ai entendu le téléphone, j'ai cru que c'était lui, juste quelques secondes, qui m'appelait pour des questions de quiz, ou me raconter une vanne, ou pour me demander le nom d'un truc qu'il avait oublié. Tu te souviens comme il faisait ?

Thorne ferma les yeux. Il avait vu un film ou lu un livre dans lequel la prise d'un comprimé effaçait tous les souvenirs. Même si les bons souvenirs disparaîtraient avec les mauvais, il le prendrait volontiers.

– Je comprends, dit Victor. À moi aussi, il me manque, ce vieux fêlé, tu sais ?

Thorne eut soudain la sensation d'être à deux doigts de céder au sommeil.

– Je vais bien, Victor, je t'assure. Je ne t'ai pas appelé pour parler de lui.

Un silence. Puis, un murmure amusé :

– Bien sûr que non...

16

Becke House n'était pas un poste de police pleinement fonctionnel. Il n'y avait ni cellules – autres que celles dans lesquelles les enquêteurs étaient bien obligés de travailler –, ni salles d'interrogatoire proprement dites. Susan Jago, comme tous ceux qui devaient être interrogés ou gardés à vue, fut conduite à Colindale qui disposait de tous les aménagements idoines et présentait l'avantage de n'être qu'à cinq minutes de marche.

– Combien de temps ça va prendre ? demanda-t-elle.

Holland ouvrit la porte et la fit entrer.

– Ça ne dépend que de vous, Susan…

La pièce était étroite et sans fenêtre, mais plus propre que la moyenne. Jago posa son sac à main au pied d'une chaise et le poussa sous la table. Elle leva les yeux sur l'horloge murale. Bien qu'elle ait pris l'un des premiers trains à Stoke et que des policiers soient venus la chercher à la gare, il était déjà plus de onze heures.

– J'espérais pouvoir rentrer à temps pour aller chercher les enfants à l'école.

– J'en doute, dit Holland.

Il prit la veste de Jago qu'il suspendit au portemanteau derrière la porte.

Lorsque Kitson entra dans la pièce, Holland la débarrassa également de son manteau.

– Merci d'être venue si vite, dit-elle, gratifiant Jago d'un rapide signe de tête.

Susan Jago leur paraissait différente. Ses cheveux bruns étaient tirés en arrière et noués en queue-de-cheval, et elle ne portait aucun maquillage destructible par des larmes. Elle semblait plus sûre d'elle, certes, mais aussi plus dure. Holland lui avait déjà énoncé ses droits avant d'entrer, expliqué qu'elle n'était pas en état d'arrestation, qu'elle était libre de partir quand elle le voulait et qu'elle pouvait exiger la présence de son avocat. Elle lui avait ri au nez, comme s'il lui disait des bêtises. À présent, il répétait la même chose à l'intention du magnétophone. La date et les noms des personnes présentes furent énumérés pour le procès-verbal.

Jago lança un coup d'œil vers le coin de la pièce, à la caméra à hauteur de plafond. Récemment, le matériel avait été optimisé. Désormais, l'interrogatoire était simultanément filmé et gravé sur CD-ROM. Elle considéra l'alignement de matériel rutilant fixé au mur.

– Encore un truc qui a dû coûter un max, dit-elle.

– Susan Jago, dit Kitson, qui n'avait pas plus envie que les autres d'y passer la journée, votre frère, Christopher Jago, a-t-il servi dans l'armée ?

Si Susan Jago hésita, ce ne fut qu'une fraction de seconde. Elle répondit lentement, posément et avec un rien de fierté dans la voix.

– Oui, Chris a été soldat.

– Alors, pourquoi ne pas nous l'avoir dit ?

– Quand ?

– Disons quand vous êtes venue à Londres pour identifier le corps que vous pensiez être celui de votre frère.

– Vous allez trouver ça bête, mais personne ne me l'a demandé.

– En effet, dit Kitson. C'est très bête…

– Voilà, c'est tout. Je ne pensais pas que ça pouvait vous intéresser.

– Tout de même, intervint Holland, puisque vous recherchiez votre frère, vous deviez bien vous douter que toute information sur lui, sur son passé, pourrait nous être utile, non ?

– Je voulais juste savoir si c'était lui, et comme ça ne l'était pas, je n'avais plus qu'une envie, c'était de me tirer et de rentrer. Rien d'autre n'avait beaucoup d'importance pour moi.

Holland tendit ses jambes, puis s'empressa de les retirer quand son pied rencontra celui de Jago.

– Vous avez eu une longue conversation avec le Dr Hendricks pendant le trajet jusqu'à la gare, non ? Vous étiez, à ce moment-là, parfaitement disposée à parler du passé de toxicomane de votre frère, de ses problèmes psychologiques, mais, là encore, vous n'avez pas cru bon de mentionner son passage dans l'armée.

– Je peux fumer ? demanda Susan Jago, tendant la main vers son sac.

– J'ai bien peur que non, dit Kitson, levant négligemment le doigt vers le détecteur de fumée au plafond en se gardant bien de préciser qu'il n'avait jamais été activé.

Elle détestait l'odeur du tabac, mais pensait surtout que maintenir la personne interrogée dans un état de nervosité donnait le plus souvent de bons résultats.

Jago eut un léger sourire.

– Qu'est-il arrivé au gentil flic qui fait glisser le paquet de clopes sur la table quand le méchant flic est sorti de la pièce ?

– Vous avez affaire à deux méchants flics, rétorqua Kitson.

– Susan Jago, dit Holland, tapotant la table du bout du doigt, exigeant une réponse. Vous n'avez pas parlé du passé militaire de votre frère durant votre conversation avec le Dr Hendricks. C'est exact ?

Elle acquiesça.

– Pour l'enregistrement, s'il vous plaît…

– Oui, c'est exact. Je n'en ai pas parlé, mais je ne vois pas le rapport avec le reste.

– Ah non ? s'étonna Kitson. À votre avis, Susan, combien d'anciens soldats finissent dans la rue ? Comparés aux anciens footballeurs, disons ? Ou aux anciens directeurs de banque ?

Jago haussa les épaules.

– Poursuivons, reprit Holland. Deux jours après votre venue à Londres, le constable Stone vous a contactée pour vous annoncer que nous avions des informations sur la mort de votre frère.

Elle remua brusquement sur sa chaise, comme si quelque chose la gênait sous elle.

– Oui, comme si c'était une bonne nouvelle. Un putain d'appel téléphonique d'un abruti lèche-bottes sans grade qui, visiblement, avait tiré la courte paille et qui m'a dit que Chris était mort. Et maintenant, vous allez me demander pourquoi je ne lui ai pas dit, à lui non plus, que Chris avait servi dans l'armée, c'est ça ? J'en suis navrée, mais j'avais d'autres soucis en tête, comme savoir ce que j'allais dire à ma mère, ou comment m'y prendre pour trouver où la municipalité avait enterré mon frère...

À l'expression de Kitson, Holland voyait qu'elle n'était pas d'humeur à s'en laisser conter.

– Ne perdons pas plus de temps, d'accord ? J'arrête les « oublié de dire » et « omis de mentionner », et je vais appeler la chose par son nom : un mensonge. Vous nous avez menti, et vous avez dissimulé des informations qui pourraient se révéler cruciales dans le cadre d'une enquête criminelle.

Jago frappa ses paumes sur son jean et haussa le ton.

– Aucun rapport ! Aucun, bordel ! Dites-moi quand je vous ai menti, pour voir...

– Au sujet des tatouages ?

Les commissures de ses lèvres s'avachirent brutalement, comme si sa queue-de-cheval les avait maintenues relevées et qu'on l'ait brusquement dénouée.

– J'ai rien fait de mal.

Elle soutenait le regard de Kitson, mais sa voix avait perdu toute sa véhémence.

– On vous a demandé à plusieurs reprises, que ce soit moi-même, le sergent Holland ou le constable Stone lors de votre conversation téléphonique du 17 septembre, si vous connaissiez la signification de ces tatouages. À chaque fois, vous nous avez répondu que non.

– À chaque fois, je n'avais pas vraiment les idées claires, vous ne croyez pas ?

– Vous avez menti.

– Non.

– Vous saviez pertinemment que ces tatouages dataient de l'armée.

– Je n'ai jamais menti. Je vous ai déjà expliqué que, la première fois, j'étais toute tourneboulée. Je venais de voir un cadavre, pour l'amour du Ciel, de regarder un pauvre bougre au visage réduit en bouillie. Ensuite, quand on m'a interrogée sur les tatouages par téléphone, j'étais en état de choc, vous vous en doutez. On venait de m'apprendre que Chris avait été assassiné, lui aussi. Comment vouliez-vous que j'aie les idées claires ?

Elle hocha la tête encore et encore, mais aussi bien Holland que Kitson virent tout de suite qu'elle s'était rendu compte de ce qu'elle avait dit.

– Drôle de façon de voir la chose, vous ne croyez pas, Susan ? Votre frère a été victime d'un accident provoqué par un chauffard qui a pris la fuite, non ? On ne vous a donné aucune autre version, que je sache. On vous dit que c'est un accident, et, pour vous, ça devient : Chris a été « assassiné lui aussi ». Comme la première victime...

Dans la rue, un moteur de voiture montait en régime, et, un peu plus loin dans le couloir, un téléphone n'en finissait pas de sonner.

Kitson se pencha vers Jago.

– Pourquoi nous avoir menti ?

Il n'avait pas fallu longtemps. Susan Jago s'était sûrement blindée pour affronter ce moment, mais aucune affectation d'assurance ne pouvait masquer le supplice qu'elle endurait intérieurement. Dès qu'elle se mit à parler, ça sortit vite, comme du pus d'un furoncle qu'on aurait percé.

– Je ne pensais pas que c'était important, je vous jure. Comme je le disais à votre toubib en voiture, je croyais que Chris avait disparu dans la nature, voyez, qu'il resurgirait un beau jour quand il en aurait envie. Alors, en quoi ce qu'il avait fait avant aurait-il eu de l'importance à part pour moi et pour lui ? Je voulais juste tout oublier. J'ai réussi à me convaincre que je ne savais pas grand-chose de son passé, et que personne ne se portait plus mal de s'en tenir à ça.

Son regard passa de Holland à Kitson, puis inversement.

– Là-dessus, j'ai appris qu'il était mort, reprit-elle, et je savais qu'il y en avait deux autres. Quand j'ai su que tous les deux avaient été assassinés, j'ai voulu tout vous raconter, franchement, mais j'étais tellement engluée dans le mensonge que je ne voyais pas comment faire pour m'en dépêtrer...

– Avez-vous reconnu l'homme que vous avez vu à la morgue ? demanda Kitson.

Elle leva les yeux desquels toute trace de bravade avait disparu.

– Je me grillerais bien une clope, vraiment.

– L'avez-vous reconnu, Susan ?

– Oui. Il était dans le même groupe que Chris. Mais sur la vie de mes enfants, je vous jure que j'ai jamais su son nom. J'ai juste vu une photo d'eux quatre réunis, c'est tout.

– Quel groupe ? demanda Holland.

– Chris était dans les blindés. La 12e division des King's Royal Hussars. Une unité de blindés...

– Quatre, disiez-vous ? l'interrompit Kitson. Pourquoi quatre ?

– Ils sont quatre par Challenger. C'était le nom du char de combat de Chris et de ses potes. C'est eux quatre qui sont sortis un soir et se sont fait faire ces tatouages juste avant de prendre l'avion. Les groupes sanguins et les lettres, qui sont juste un canular, d'ailleurs, tout ça parce qu'ils détestaient le Régiment du Royal Tank. Il existait une rivalité stupide, car ils trouvaient ceux du Royal très snobs, et comme leur devise est « Sans Crainte », vous savez... ? Du coup, Chris et les autres ont inventé leur propre devise : S.O.F.A. : *Scared Of Fuck All*[1].

Holland écoutait intensément, conscient de l'importance de cette déposition. Soudain, la pièce paraissait plus petite, plus étouffante. Il avait l'impression que ses tympans allaient éclater.

– Nous aurons tout le temps de noter tout cela, Susan. Pouvez-vous juste nous dire pourquoi vous vouliez le garder secret ?

1. Qu'on pourrait traduire par « Trouille On Connaît Pas ».

Jago laissa tomber son bras, prit son sac et le posa sur ses genoux.

– Vous pourrez fumer votre cigarette dans une minute, Susan, dit Kitson.

Ce que Jago sortit de son sac n'était pas un paquet de cigarettes, mais une cassette vidéo. Elle posa la main à plat dessus, puis, au bout de quelques secondes, la fit glisser sur la table.

– Je vous dirai tout ce que vous voulez, dit-elle. Tout ce que je sais. Mais je ne veux pas regarder ça...

1991

Il y a deux groupes de quatre hommes...

À présent, ils se sont tous rassemblés. Ceux qui ont été ligotés un peu plus tôt sont serrés les uns contre les autres, tandis que leurs compagnons sont agglutinés autour d'eux, accroupis ou baissés. Seulement quatre d'entre eux sont morts, pourtant tout le groupe est momentanément immobile.

Posés et posant.

Derrière cet étrange tableau vivant, et pour la première fois, la forme du blindé est visible. Son flanc et ses chenilles boueuses, striées de pluie de pétrole, fournissent une toile de fond parfaite. Et quelque chose contre quoi caler les morts.

Soudain, on réentend la voix toute proche. Qui gueule, cette fois. Les mots sont à peine audibles par-dessus le crépitement continuel de la pluie.

– Prenez-les dans vos bras ! Faites-leur un petit câlin, à ces enculés...

Deux des soldats obtempèrent. Ils se penchent et passent leurs bras autour des épaules d'un mort. Les deux autres soldats ne bougent pas, ils baissent la tête.

– Je vois pas les visages ! Levez leurs visages !

L'un des soldats est accroupi entre deux cadavres, un bras passé autour de chacun d'eux, et il lève les yeux sur l'un de ceux qui n'ont pas bougé.

– Un peu tard pour se dégonfler, non ?

Au bout de quelques instants, le soldat mis au défi se penche, attrape le mort par les cheveux et tire sa tête en arrière. En gros plan, on voit que les yeux du morts sont mi-clos et que la mâchoire est relâchée. La pluie s'engouffre dans sa bouche ouverte, et coule sur le côté.

– Oh oh... on en perd un...

Le cadavre à l'extrême droite s'est incliné sur le côté et tombe peu à peu. Le soldat resté en arrière tend la main, mais la retire au dernier moment, et laisse le mort s'écrouler par terre.

– Putain, fait chier...

Au début, ce n'est pas clair. La pluie et les ombres, le sable et les cheveux foncés empêchent de voir distinctement. Puis, sur le cadavre de l'homme tombé, on remarque la tache plus humide, plus noire ; haut sur le côté de la tête, elle commence tout juste à s'étaler sur le sable.

– Regardez...

Un soldat a pressé son visage contre celui d'un mort. Il lui prend une main, la plaque sur sa nuque et lui fait tourner la tête d'un côté et de l'autre.

– Bonzour les zenfants... Bonzour...

Ses potes s'esclaffent. Il enfonce l'index derrière la tête du mort, en regarde le bout taché, le frotte un peu contre son pouce, puis l'applique sur le front du mort.

Un petit point rouge qui devient grand.

– Voilà qui est mieux. Je veux être sûr qu'ils lui permettront d'entrer au Paradis.

Le soldat qui a laissé le cadavre tomber se redresse brusquement, empoigne son compagnon en train de remettre son gant et le force à se lever. Il lui hurle au visage.

– Ça, c'est les hindous, connard ! Pas les musulmans.

– Cool...

– Pas les putains de musulmans !

Il l'écarte d'une poussée et les deux soldats se font face, se mesurant du regard. Derrière eux, l'horizon dessine une ligne rougeoyante.

Puis, la caméra se détourne et s'abaisse.

Bruit blanc...

17

Holland appuie sur la télécommande, l'image se fige.

Au bout d'une petite minute, durant laquelle personne ne dit mot, il se leva, s'approcha du téléviseur, s'accroupit devant le magnétoscope et éjecta la cassette.

Brigstocke se tourna vers l'homme assis à côté de lui.

– Qu'en penses-tu ?

– Que c'est une excellente raison pour tuer, répondit Thorne. Pour que ça ne se sache pas.

– Putain, c'est l'horreur, dit Holland qui remit la cassette dans l'enveloppe à bulles et retourna s'asseoir. C'est la quatrième fois que je la regarde, et je suis toujours ravi d'être encore à jeun.

Les trois hommes étaient installés dans des fauteuils beige autour d'une table basse dans la salle de télévision du *Lift*. Même si, au début, il avait râlé en avançant qu'il serait dans la merde si jamais Lawrence Healey l'apprenait, Brendan Maxwell avait tout de même fini par accepter leur venue en dehors des heures d'ouverture. Il était tout juste sept heures en ce jeudi soir. Près de trente-six heures s'étaient écoulées depuis que Susan Jago leur avait donné cette vidéo.

– Et le son ? dit Thorne. On ne comprend pas grand-chose à ce qui est dit. La voix est complètement déformée dès le début, quand ils font cette connerie avec le bacon.

Holland grimaça.

– Ça, c'est vraiment odieux…

– On va l'expédier au labo de Newlands Park, dit Brigstocke. Vu les décryptages qu'ils font des enregistrements des appels d'urgence, je suis sûr qu'ils devraient pouvoir améliorer le son. On pourra savoir ce que tout ce beau monde se racontait.

– De quoi sommes-nous certains, au juste ? demanda Thorne.

Holland sortit un calepin, bien qu'il n'en ait pas réellement besoin.

– C'est pendant la première guerre du Golfe, dit-il. Chris Jago a été affecté là-bas depuis le port de Brême, en octobre 1990. D'après la date sur la cassette, ce que nous avons visionné se serait passé le 26 février 1991. Quant à savoir exactement où...

– Je ne suis pas sûr que ce soit très important, fit remarquer Brigstocke.

– Que dit Susan Jago ? demanda Thorne, grattant ce qui était devenu une barbe digne de ce nom.

– Que son frère n'était pas d'accord pour participer à ça, répondit Holland. Que c'est lui qui, à la fin, se met à crier.

– Évidemment.

– Il est impossible de dire qui est qui, alors je doute qu'on le sache un jour.

– Comme je le disais, je ne suis pas sûr que ce soit d'une grande importance, dit Brigstocke.

Thorne secoua la tête, la laissa retomber contre le dossier du fauteuil.

– Aucun n'a vraiment tenté de s'interposer, dit-il. Ils sont tous impliqués, à des niveaux différents.

– Ce qui est sûr, c'est que l'un d'eux est notre homme mystère de la morgue de Westminster, dit Holland.

Il sortit de sa serviette une photo 24 x 36 de mauvaise qualité : un plan de la vidéo sur lequel figuraient les quatre soldats britanniques ; juste avant que l'un d'eux ne se détache du groupe pour aller vérifier son arme ; juste avant que la tuerie ne commence. Holland posa la photo sur la table, et la tapota du bout de l'index.

– Avec un peu de chance, à cette heure-ci, demain, nous aurons tous les noms, dit-il.

Brigstocke se tourna vers Thorne.

– Holland et Kitson vont faire une petite visite à la 12e division légère des King's Royal Hussars demain.

– En Allemagne ? demanda Thorne.

Holland fit la moue.

– Ce fichu régiment a été rapatrié il y a cinq ans, c'est ça ? Il est basé près de Taunton, alors j'irai seulement dans le Somerset. Dommage. J'aurais bien besoin d'un nouveau pardessus.

Les policiers recevaient une prime de quelques centaines de livres, en général sous forme de bons d'achat chez Marks & Spencer, lorsqu'ils voyageaient dans des pays où il faisait plus chaud ou, comme dans le cas présent, plus froid qu'ils n'en avaient l'habitude…

– Ça fait plaisir de voir que tu as toujours autant le sens des priorités, Dave, dit Thorne.

Holland se leva et se dirigea vers les étagères en pin dans l'angle de la pièce. Au passage, il posa la main sur l'enveloppe à bulles posée sur la table.

– Dieu sait ce qu'ils feront de ça !

Il s'accroupit devant la bibliothèque et regarda les rangées de vidéos et de DVD derrière les portes vitrées.

– En tout cas, ça devrait être intéressant, dit Thorne.

– C'est le mot.

– Comment comptes-tu la jouer ? demanda Thorne à Brigstocke qui, pour toute réponse, fit non de la tête.

– Y a des trucs pas mal ici, dit Holland. Tous les *Scream*. Beaucoup de films avec Jim Carrey…

– Je crois que je préfère encore revoir ça, dit Thorne en désignant l'enveloppe à bulles.

Tous s'esclaffèrent, mais le cœur n'y était pas. Surtout chez Thorne.

– Et si vous partiez à la recherche d'un snack, Dave ? dit Brigstocke. Histoire de nous rapporter du thé ?

Thorne n'avait pas plus mangé que Holland, mais pour d'autres raisons. Il voulait tant de pâtisseries et de sandwiches avec son thé que, finalement, Holland dut les noter. Après son départ, Thorne se tourna vers Brigstocke.

– Ça voulait dire quoi au juste ?

Il imita son étrange hochement de tête de tout à l'heure.

– Je dois avoir l'aval de Jesmond dès demain matin. Il s'est adressé en haut lieu, mais, et ce n'est que mon avis, je lui ai dit que je pensais qu'il valait mieux attendre avant d'informer l'armée de l'existence de cette cassette.

Thorne réfléchit à la question.

– Ça se tient, finit-il par dire.

Brigstocke parut soulagé que Thorne soit d'accord avec lui.

– Ce qu'il y a sur cette cassette, c'est du lourd, expliqua-t-il. Une fois que l'armée aura mis la main dessus, il est toujours possible qu'elle estime avoir mieux à faire que de s'inquiéter pour quelques meurtres.

– Tu crains qu'elle trouve le moyen d'étouffer l'affaire ?

Brigstocke semblait craindre quelque chose, sans aucun doute.

– Va savoir. Écoute, quand notre enquête sera bouclée, ils pourront faire ce qu'ils veulent de cette cassette et je serai ravi de coopérer autant que je le peux. Mais, pour le moment, c'est une pièce à conviction dans mon enquête criminelle, et j'ai besoin de l'aide de l'armée.

Il baissa les yeux sur la photo sur la table.

– Il me faut les noms de ces hommes, dit-il, et si l'armée a vent de l'existence de cette cassette, je ne suis pas certain que nous les obtenions facilement. Tu me suis ?

– Comme je te disais : ça se tient.

– N'est-ce pas ?

Il était évident que Brigstocke était nerveux à l'idée de prendre une décision aussi potentiellement dangereuse. Il avait besoin d'être conforté dans son analyse, et Thorne comprenait pourquoi il avait préféré s'ouvrir à lui en l'absence de Holland. Thorne avait envie de lui dire qu'il gérait la situation, qu'il faisait du bon boulot dans cette triste affaire, et aussi qu'il n'était pas le seul dans cette pièce qui avait besoin d'être rassuré. L'instant se présenta et passa…

– Il se pourrait bien que Jesmond étouffe l'affaire, reprit Brigstocke. S'il nous donne l'ordre de transmettre la cassette, on la transmet et on voit. La Met bosse plutôt bien avec la police militaire quand il le faut. Ça se passera sans doute très bien…

– Ou ce sera comme si on n'avait jamais eu cette cassette entre les mains.

– Nous verrons.

– Quid de la sœur ?

– Elle est rentrée chez elle, mais on lui met la pression. Elle pense qu'elle risque d'être inculpée pour entrave au bon déroulement de la justice.

– C'est le cas ?

– Le ministère public en décidera. Ce serait difficilement plaidable, elle n'a rien fait à proprement parler. Elle mentait pour protéger la mémoire d'un défunt.

Thorne n'avait jamais rencontré Susan Jago. Il l'imaginait avec un visage dur et un fond de duplicité. Il visualisait une bouche mince et un regard éteint ; des traits qu'elle avait partagés avec l'un des hommes qui se cachaient derrière les lunettes de protection et un carré de tissu de couleur. Un homme qui avait ligoté des prisonniers et les avait exécutés.

– Mais elle ignorait qu'il était mort quand elle a menti, non ?

Ils se carrèrent dans leur fauteuil, attendant le retour de Holland avec la nourriture et les boissons chaudes.

– En tout cas, c'est un sacré soulagement, dit Brigstocke. D'avoir le mobile : le chantage, tu es d'accord ?

– Oui, c'est la seule raison qui explique pourquoi ça arrive maintenant.

Cette conclusion s'imposait. Quelqu'un allait jusqu'à tuer pour empêcher la divulgation du contenu de cette cassette. On l'avait menacé de révéler ce qui s'était passé voilà quinze ans, et il avait réagi par la violence. Thorne regarda la photographie des quatre soldats. Quel que soit le maître-chanteur, le tueur avait décidé de ne courir aucun risque…

Brigstocke examina la photographie avec Thorne. Les conditions de la prise de vue et la piètre qualité de l'image se combinaient pour lui donner l'étrange aspect d'un temps d'exposition doublé. Les silhouettes, vert foncé sur le gris, semblaient incomplètes, presque fantomatiques.

– Nous savons que deux de ces soldats sont morts, dit Brigtsocke. Si les deux autres sont vivants, nous devons les retrouver.

– Surtout si l'un d'eux est le tueur.

– Je n'y crois pas. Un maître-chanteur cible quelqu'un de friqué, d'accord ? À ce que nous en savons, cela ne correspond pas à l'ex-bidasse moyen...

Thorne n'en disconvint pas. Il repensa à la voix sur la cassette, déformée par moments, trop proche du micro. Cette voix qui semblait donner les ordres.

– Eh bien, ça ne nous laisse plus qu'une possibilité, dit-il. Celui que nous recherchons est l'homme qui était derrière la caméra.

Quand ils en eurent terminé, Thorne partit de son côté et Holland et Brigstocke, qui n'étaient pas de service ce soir-là, du leur. Brigstocke rentra directement chez lui, et Holland, qui savait pourtant qu'il ferait mieux d'en faire autant, téléphona au bureau pour voir qui s'y trouvait encore. Il tomba sur Yvonne Kitson, convint de la retrouver pour boire un verre. Il sauta dans le métro et remonta jusqu'à Colindale, où il rejoignit l'inspecteur au Royal Oak.

Une demi-heure plus tard, chacun en avait éclusé deux et commençait à se détendre un peu.

– Tes enfants sont où, ce soir ? demanda Holland, tout en prenant conscience qu'il ne savait trop comment il devait appeler Kitson.

Il ne se rappelait pas avoir déjà bu un verre en tête à tête avec elle, et il lui semblait que cela, allié au fait qu'ils buvaient très vite, changeait la nature du courant qui passait entre eux.

– Chez Tony. Il va les chercher chez leur assistante maternelle quand je travaille tard.

– Ah.

C'était la première fois que Kitson prononçait le prénom de son nouveau compagnon.

– Oh, et « Yvonne », ce sera très bien, dit-elle. Nous ne sommes plus en service.

Ils burent quelques gorgées de vin blanc et de panaché, puis regardèrent autour d'eux la salle trop éclairée et peu accueillante du pub. L'endroit était basique, mais toujours très fréquenté. En fait, étant le pub local pour le Peel Centre, on y trouvait, de façon générale, autant de flics qu'à Becke House à quelques centaines de mètres de là.

– Et toi, Dave ? Tu étais vers Leicester Square, non ?

– C'est exact.

Kitson, qui ignorait toujours que Thorne était en mission d'infiltration, n'avait pas été informée que Holland et Brigstocke s'étaient rendus dans le West End pour lui montrer la cassette.

– Un vieux a déclaré à un collègue de là-bas qu'il avait été témoin de quelque chose la nuit du dernier meurtre. Une fichue perte de temps…

– Ce n'est qu'à quelques arrêts de métro d'*Elephant & Castle*, non ? Tu aurais pu être chez toi en un quart d'heure.

Un policier, que Holland connaissait de vue pour l'avoir déjà croisé dans ce pub et à Becke House, lui demanda si la chaise inoccupée en face de lui était prise. Holland fit non de la tête, et le regarda prendre la chaise et rejoindre un groupe qui semblait bien parti pour passer une bonne soirée. Il reporta son attention sur Kitson.

– Ce n'est pas cool pour Sophie. Je ramène pas mal de merdes à la maison en ce moment, tu vois ? Comme si j'en mettais partout dans l'appart. Comme si je salissais tout.

– Tu fais allusion à la cassette ?

– C'est dingue, je sais. On voit des tas d'atrocités, hein ? C'est juste de voir des gens les commettre de cette façon. De les regarder faire.

– C'est normal que tu le ressentes ainsi, Dave. C'est dans le cas contraire que tu devrais t'inquiéter.

– Ça va te paraître idiot, mais je ne veux surtout rien transmettre de tout ça à Chloé. C'est à moi de gérer les conséquences, pas à elle de les subir, non ? C'est un peu comme le tabagisme passif. Je veux la tenir éloignée de tout ce qui pourrait l'affecter, et en ce moment, j'ai l'impression d'en déborder, de le porter où que j'aille sur mes vêtements et dans mes cheveux. De la malfaisance passive…

Kitson sourit et porta son verre à ses lèvres.

– Je t'avais dit que c'était idiot, dit Holland.

– Ce n'est pas ça. Il y a des jours où je maudis mes trois gosses, mais je devrais peut-être m'estimer heureuse de ne plus savoir où donner de la tête. Je suis trop occupée à trier leurs tenues de football, à les harceler pour qu'ils fassent leurs devoirs et à leur servir de chauffeur de taxi pour m'inquiéter de savoir si je laisse ou non mes angoisses professionnelles au vestiaire.

– Peut-être que Sophie et moi devrions avoir d'autres enfants.

Kitson vida son verre de vin.

– Ma tournée...

Pendant que Kitson était au bar, Holland repensa à la façon dont Susan Jago s'était battue pour protéger son frère, pour le défendre même face à la preuve écœurante. Il se demanda ce que leur mère penserait des actes commis par son fils. Il s'était trouvé confronté aux parents d'individus qui avaient perpétré des crimes ultra choquants, et savait que, dans la plupart des cas, ils ne cessaient jamais d'aimer leur enfant. Ils ne le pouvaient pas plus que lui ne pouvait concevoir de moins aimer sa fille quoi qu'elle fasse. Pour les familles, surtout pour les parents, de meurtriers ou de violeurs, la confiance pouvait être détruite, mais l'amour, il le savait désormais, était inconditionnel. Quand ses propres enfants commettaient ce genre d'actes, on ne cessait pas de les aimer, on commençait seulement à se haïr.

Kitson revenait à la table avec les boissons, et, croisant son regard, elle sourit. Holland, tout d'un coup, la trouva très sexy. Se demanda ce qui lui passait par la tête...

– Que faisais-tu, toi, lui demanda-t-elle un peu plus tard, en 1991 ?

Holland fit un rapide calcul mental.

– J'avais seize ans, alors je suppose que je sortais beaucoup. Je me rappelle être rentré très tard de soirées ou de virées en boîte, et avoir regardé les bombardements à la télé. Et toi ?

– Je terminais la fac. On était tous archi-contre, bien sûr. Pas autant que la dernière fois, mais il y a eu tout de même pas mal de manifs. On pensait que le pétrole était l'unique raison.

Des cris de joie retentirent quand un joueur toucha le jackpot à la machine à sous dans le coin. Holland se pencha vers Kitson pour que sa voix domine les tintements et cliquetis de la pluie de jetons.

– Finalement, qu'on soit flic ou tueur, comment être sûr qu'on connaît vraiment quelqu'un ?

Il avala une gorgée de bière. Kitson arqua les sourcils.

– Tu m'en diras tant !

Holland piqua un fard. Il n'avait pas cherché à lui en imposer.

– Je ne t'aurais pas cataloguée à gauche, par exemple, dit-il.

– La faculté polytechnique de Watford, ce n'est quand même pas Kent State University[1].

Holland ne saisit pas l'allusion, mais rit tout de même.

– Et moi, je ne t'aurais pas catalogué parmi ceux qui emportent du travail à la maison, dit-elle, rieuse, et, faisant un signe de tête en direction du verre de Holland, elle ajouta : En parlant de ça…

– Quoi ?

– Si tu veux vraiment avoir d'autres enfants, autant que tu finisses ça, que tu rentres chez toi et que tu t'y colles…

– T'as l'air complètement pété, mon pote, dit Spike.

Thorne se marra, tituba et encouragea une jeune femme à passer en prenant des poses de torero.

– Je suis pété, bourré, à l'ouest…

– Tu t'en es enfilé combien ?

Thorne, qui commençait tout juste à s'habituer au goût de la Carlsberg Special Brew, s'était laissé surprendre par ses effets. C'était un peu après l'heure de la fermeture, et il n'avait pas cessé de boire depuis qu'il avait quitté le *Lift*. Avait laissé Holland et Brigstocke et marché sans but dans

1. Grande université américaine située à Kent, dans l'Ohio. En 1970, la Garde nationale tire sur des étudiants qui manifestent contre l'intervention américaine au Cambodge, quatre d'entre eux sont tués, et neuf blessés.

l'espoir d'effacer le souvenir de ce qu'il avait vu sur la cassette.

– Pas assez, répondit Thorne, conscient du poids des cannettes dans son sac à dos. Mais toujours plus…

Marcher n'avait pas suffi, aussi avait-il foncé dans le Tesco Metro le plus proche et échangé un quart de son budget hebdomadaire contre huit cannettes.

– Tu devrais en garder deux ou trois, suggéra Caroline.

Il avait retrouvé Spike et Caroline dans Bedford Street, et depuis, il marchaient sans but autour de Covent Garden. Une heure plus tôt, Thorne avait annoncé qu'il voulait aller dormir, qu'il devait regagner son théâtre, mais il ne parvenait pas à se décider à prendre une direction précise, et ça lui semblait idiot de roupiller où que ce soit alors qu'il lui restait une cannette ouverte.

– Bois-en une !

Thorne tenta d'atteindre son sac à dos, mais son bras s'agita dans le vide.

– J'en veux pas, je te dis, répéta Spike. Remarque, je t'en prendrais bien une pour la revendre…

– Tu peux toujours courir.

– C'est à gerber, ce truc, dit Caroline, en faisant la grimace.

– Je ne comprends pas pourquoi vous ne buvez pas, vous deux.

Thorne brandit la cannette rouge et or, lut « Fournisseur de Sa Majesté » sur l'étiquette.

– Si c'est assez bon pour la Cour du Danemark…

– Notre thune, je préfère la claquer en bons trucs, dit Spike.

Caroline passa son bras sous celui de Thorne en marchant.

– Je boirais bien une vodka, remarquez, si quelqu'un m'en offre une.

– Je parie qu'ils foutent rien au Danemark, dit Thorne.

Spike ricana.

– Ce serait bien de se saper un soir, vous trouvez pas ? dit Caroline, tendant son bras libre et attirant Spike contre elle. Sortir quelque part, danser et boire des vodka-tonic et plein d'autres cocktails...

Spike l'embrassa ; Thorne s'écarta d'eux.

– Roule-lui une pelle et dis-lui que tu l'aimes..., bafouilla-t-il, ayant l'impression de parler d'une voix mécanique. Mais vas-y, prends-la dans tes bras...

Prenez-les dans vos bras... Faites-leur un petit câlin, à ces enculés...

Thorne s'immobilisa et ferma les yeux. La cannette lui échappa des mains et roula sur le trottoir.

– Bordel !

Caroline et Spike le rejoignirent.

– Allez, faut qu'on t'installe pour la nuit maintenant, dit Caroline.

Thorne regarda le liquide épais et doré couler jusqu'au bord du trottoir. Il y planta le bout de sa ranger. Son estomac se souleva en le voyant s'étaler et s'obscurcir, s'écouler de la blessure et tacher le sable.

– Je vais dormir, dit-il.

Spike le projeta en avant.

– Et moi qui croyais que vous, les poivrots, vous assuriez un minimum...

Le sommeil rôdait, mais gardait ses distances. Des pensées se heurtaient dans sa tête lourde comme des autotamponneuses géantes avançant au ralenti...

Atroce, c'était un mot galvaudé et dénué de sens. Atroce, c'était bon pour qualifier une équipe de foot merdique ou un mauvais film. Atroce, c'était loin de décrire la chose en elle-même : l'atrocité. C'était le nom que Brigstocke et les autres lui donnaient. Pas un meurtre. Une atrocité. Tout était une question de contexte, apparemment...

Il y avait des rats dans la benne à l'angle de la rue. Il les entendait qui crevaient les sacs-poubelle. Qui grignotaient le polystyrène expansé en quête de miettes et de restes de sauce kebab.

Il est probable qu'il verrait tout autant les choses en noir, ou du moins leurs conséquences, s'il habitait dans une maison jumelée de Surbiton ou dans une tour de Hackney.

Certes, il avait entendu parler de pire – des actes qui avaient fait un plus grand nombre de victimes, perpétrés pendant cette guerre et d'autres. Il lcs avait regardés au journal télévisé. N'étaient-ce pas des atrocités, ça aussi ?

Il rota sa Special Brew, la goûtant une deuxième fois. Gémissant. Serrant les dents sur chaque bulle douce-amère.

Pourquoi ce qu'il avait vu sur cette cassette de merde lui semblait-il pire qu'une bombe tombant sur la croix rouge peinturlurée sur le toit d'un hôpital ? Ces types n'étaient pas des civils. C'étaient des soldats qui tuaient d'autres soldats. Oui, d'une certaine façon, c'était pire. On savait pertinemment que ça pouvait mal tourner, que le matériel pouvait lâcher et les gens craquer. Mais là, ce n'était plus craquer ; là, c'était carrément de l'horreur pure. Un comportement inhumain de la part de ceux qui étaient allés là-bas – qui étaient censés y être allés – pour la défense de l'humanité.

Il changea de position, enfonçant un coude dans le sac à dos derrière lui et tirant sur le bord effiloché du sac de couchage. Il sentait son odeur monter de l'intérieur, portée par l'air tiède.

Ce qu'il avait vu sur cette cassette, ce qui se passait à la fin, était plus terrible que les exécutions en soi. Mais celui qui était derrière la caméra n'avait pas filmé les tirs. Il n'y avait aucun moyen de savoir, en la visionnant, si chacun des quatre soldats avait fait sa part du sale boulot.

Si chacun des « nôtres » avait tué un des « leurs »…

Il espérait que non ; qu'un seul soldat, voire deux au pire, avait commis ces meurtres. Il imagina l'un d'eux alignant les prisonniers et essayant d'en tuer le plus possible d'un seul tir. Si ces têtes baissées étaient suffisamment proches, si tous ces canards de fête foraine étaient bien alignés, la balle passerait-elle d'un crâne à l'autre ? En dégommerait-elle deux ? trois, peut-être…

À présent, ces soldats étaient eux-mêmes traqués et tués. Difficile, pourtant, de s'apitoyer sur leur sort, qu'ils soient ou non roués de coups de pied à mort. Ils crevaient de trouille, hein ? Assis quelque part, voyant cela se produire et attendant leur tour.

Il s'allongea sur le dos et tourna la tête. La pierre lui parut délicieusement fraîche contre sa joue.

Ce devait être celui qui tenait la caméra. Forcément. C'est ce qu'il sentait dans son bide, ça tournoyait avec la bière, le thé et les sandwiches. Ils le sauraient bientôt ; ils sauraient tout lorsqu'ils auraient retrouvé les deux autres soldats. S'ils étaient encore en vie, ils pourraient leur donner l'identité de celui qui filmait.

Thorne sentit une odeur familière et ouvrit les yeux.

Il n'avait pas la notion du nombre d'heures qui s'étaient écoulées depuis que Spike et Caroline l'avaient déposé sur le seuil du théâtre avant de filer. Pas plus qu'il n'aurait su dire depuis combien de temps Spike était revenu et était assis sur les marches, un joint malingre dans sa main. Sans montre, Thorne dépendait de son téléphone portable pour avoir l'heure. Devant Spike, pas question qu'il le sorte.

– T'es revenu quand ?

– À l'instant.

Sans tourner la tête, il tendit le joint à Thorne.

– T'en veux ?

Thorne marmonna un refus.

– Où est Caroline ?

Thorne, derrière Spike, vit son haussement d'épaules et son hochement de tête, mais pas son expression.

– Elle s'occupe…

Thorne n'avait fermé les yeux qu'une seconde quand il entendit quelque chose se fracasser contre le mur au-dessus de lui et sentit un truc le frapper au visage.

– Putain, c'est quoi, ça ?

Il se redressa, s'essuyant la bouche, et vit les restes d'un hamburger explosés par terre et sur son sac à dos. Il vit Spike se lever et se précipiter vers deux types au milieu de la rue.

– Putain, vous jouez à quoi, là ? demanda-t-il.

Celui qui lui répondit avait une parka verte et le visage inexpressif.

– Désolé, mec, graillonna-t-il. Je pensais que c'était une benne à ordures…

Son compagnon avait le crâne rasé et une tête de fouine. Il se marra et lança autre chose, sifflant pour suggérer qu'une grenade fendait l'air. Spike s'écarta et regarda le gobelet éclater, les glaçons et la boisson qu'il contenait se répandre sur le trottoir.

– Connards !

Spike s'avança, et le premier homme – plus grand et plus costaud que lui – vint à sa rencontre.

Thorne, soudainement dessoûlé, s'était levé et bataillait pour dégager ses pieds du sac de couchage. L'homme en parka se campa sur ses jambes et colla son visage contre celui de Spike.

– Il a envie, l'enculé de junkie ?

De là, les choses dérapèrent très vite.

Alors que l'échange de coups du plat de la main dégénère en échange de coups de poing, Thorne s'élance pour descendre les marches. Dans le même temps, l'homme au crâne rasé lui fonce dessus. Toujours empêtré dans le sac de couchage, Thorne trébuche et bascule en avant, levant les avant-bras pour qu'ils percutent son visage au moment du choc.

Tandis qu'ils luttent, Thorne a conscience que Spike et l'autre homme sont en pleine baston à quelques pas de lui. Il entend des semelles en cuir gratter la chaussée pour y prendre appui, puis des corps la cogner quand ils tombent tous deux à terre. L'agresseur de Spike le provoque tout en se battant, le traitant de vermine, de malade, de sidaïque. Entre les insultes, il gémit sous l'effort qu'il fait pour asséner les coups.

Thorne sait qu'il reçoit coups de poing et de pied, mais il les entend plus qu'il ne les ressent. L'homme lui flanque une dégelée, hurlant à Thorne qu'il est un homme mort chaque fois qu'il le frappe. Thorne lui coince un bras, prend sa tête en tenaille, sentant les cheveux rasés sur son crâne quand, s'y agrippant fermement, il lui balance un coup de genou en pleine figure.

L'homme s'effondre...

Il s'agrippe au manteau de Thorne, arrachant un bouton en tombant à genoux.

Thorne fait volte-face et, en deux enjambées titubantes, saute sur l'homme en parka. Spike, étalé de tout son long sous eux, lève les mains pour se protéger la tête. Thorne essaie de bloquer les poings qui pilonnent Spike, mais il a du mal à agripper le tissu brillant.

Une voix crie, près de lui, et Thorne sent qu'on l'attrape par l'épaule. Il fait volte-face, s'apprêtant à décocher un coup de poing.

– J'ai dit que ça suffisait !

Thorne se fige un dixième de seconde, à bout de souffle et écarlate, son poing toujours prêt à fendre l'air. Il est bourré, complètement bourré, mais il reconnaît tout de suite le sergent Dan Britton. Le policier porte le même sweater à capuche que lors de leur première rencontre dans la station de métro. Thorne a beau être pétillant d'adrénaline et de bière extra-forte, il est cent pour cent certain que l'homme qui le tient est un flic.

Il inspire…

Puis cogne quand même.

18

– J'étais soûl, dit Thorne. Je ne savais plus ce que je faisais.

– Vous avez cassé le nez de mon sergent, voilà ce que vous avez fait...

L'homme face à Thorne portait un costume bleu par-dessus une chemise blanche et une cravate à motifs de balles de golf. Il était entré dans la salle d'interrogatoire, avait dit tout de go à Thorne qu'il n'était qu'un imbécile et avait posé deux cafés sur la table. Il s'était présenté comme étant l'inspecteur John McCabe, puis s'était enfoncé dans sa chaise, attendant des explications.

– Comment va-t-il ? demanda Thorne.

– Britton ? Son visage est grosso modo comme le vôtre, dit McCabe en faisant glisser le café vers lui. De la bouillie qu'on pourrait manger à la petite cuiller.

Thorne se sentait encore plus mal que ça.

Il commençait à réaliser exactement ce qui s'était passé. L'absence de formalités, l'attitude de McCabe, les tasses de café. À mesure que McCabe racontait les faits, des images de l'incident de la veille lui traversaient l'esprit comme une scène d'un film expérimental. Plaqué contre le mur pendant que les autres décampaient ; gueulant comme un putois dans la camionnette ; saignant sur le comptoir lustré de la salle de garde à vue ; montrant clairement qu'il trouverait son chemin jusqu'aux cellules, ne vous dérangez pas, merci beaucoup. Disant à qui voulait bien l'entendre d'appeler tel numéro...

Bon Dieu, pour sûr qu'il ne savait pas ce qu'il faisait...

– Ça restera dans les annales, dit McCabe.

La cinquantaine, une masse de cheveux à peine mouchetée de gris, il était rasé de près et un peu rougeaud, et son sourire – dont il abusait quand il s'adressait à vous – était légèrement en biais.

– Dans les années à venir, les formateurs de la SO10 s'en serviront sûrement comme d'un cas d'école.

– Bon, ça va…

– À titre d'exemple de ce qu'il ne faut surtout pas faire.

Thorne prit son café et se laissa aller contre son dossier. Autant laisser McCabe lui servir son petit numéro.

– Vous vous faites arrêter. Pour une petite infraction de rien du tout, comme agresser un policier dans l'exercice de ses fonctions. Puis, quand ça se corse parce que vous êtes complètement à la masse ou, peut-être, un peu effrayé à l'idée de passer la nuit seul en cellule, vous criez sur tous les toits que, en réalité, vous enquêtez en infiltration et vous donnez le numéro de téléphone de votre division à tout un chacun.

Et une gorgée de café. Et un sourire en biais.

– Vous avez souvent enquêté en sous-marin, hum ?

– Vous en avez terminé ?

– Le problème, c'est qu'il semblerait que vous n'en ayez pas compris le principe de base.

– Je suppose que cette réponse équivaut à un « non » ?

Ils se mesurèrent du regard.

Thorne avait beau faire, il n'arrivait pas à trouver McCabe antipathique, même s'il pensait que ce serait encore le mieux. Peut-être que ça viendrait plus tard, quand il serait dessoûlé.

– Laissez-moi essayer de deviner pourquoi vous êtes si tendu, dit-il. Parce que vous l'êtes, hein, malgré votre sourire…

McCabe garda le silence.

– Crise hémorroïdaire ? Votre épouse vient de se rendre compte que vous êtes en réalité une femme prisonnière d'un corps masculin ? Si je devais trancher, je dirais que c'est parce que vous n'aviez pas été mis dans la confidence.

Pas de l'infiltration, ça va de soi. Vous n'étiez pas strictement concerné...

– Pas commc hicr soir...

Thorne acquiesça, le temps de permettre à McCabe d'en venir au fait, puis reprit :

– Je parlais des meurtres des S.D.F. En tant qu'enquêteur principal d'une division spécialisée qui s'occupe des sans-abri, vous estimez qu'on aurait dû vous mettre à contribution, vous consulter.

Le sourire de McCabe avait disparu.

– Je sais peau de balle là-dessus, dit Thorne.

Les décisions quant à savoir qui devait en parler et à qui avaient été prises avant son implication dans l'enquête, mais il connaissait la chanson. Il n'y avait pas que les ordinateurs qui avaient du mal à communiquer, et autant Brigstocke avait traîné les pieds pour se charger de cette affaire, autant, depuis, sa Division Enquêtes Criminelles faisait cavalier seul au même titre que les autres. En matière de compétences et d'informations, l'idée était d'éviter au maximum le partage.

– Vous connaissez le principe. Tout le monde prend tout ce qu'il peut et essaie de ne rien donner en échange.

– Comme pour le sexe oral, hein ? fit McCabe.

– Je crains que mes références ne remontent pas aussi loin...

McCabe se carra dans son siège, passa les doigts dans ses cheveux, puis sur sa cravate.

– Je ne suis pas ici depuis longtemps, mais j'ai fait mon affaire de connaître ce secteur. De forger un lien avec la plupart de ceux qui couchent dehors toutes les nuits. Vous autres, vous vous plaigniez qu'on ne vous disait rien, qu'on ne vous faisait pas confiance, mais ces clochards connaissent les gars de mon équipe. Ils leur auraient peut-être parlé. Si on nous avait invités à la fête.

– On a bien dû vous consulter à un moment ou un autre, non ?

– On nous a « avisés », dit-il comme si ce mot le faisait gerber, comme s'il signifiait « exclus ».

– Vous avez raison, dit Thorne. C'est idiot. Ils auraient dû nous mettre en rapport avant de me lâcher dans la rue.

McCabe acquiesça, comme pour lui confirmer que ç'aurait été une excellente idée, tournant les paumes vers le ciel en lasse résignation face à l'incompétence des autres.

– Bref, dit-il, comment ça se passe ? C'est plutôt calme depuis la mort de Radio Bob.

Thorne but une gorgée de café. S'accorda quelques instants de réflexion. Désormais, son implication était un secret de polichinelle, mais il pensait tout de même qu'il était préférable de taire les autres éléments. Que McCabe avait toutes les raisons de se sentir lésé d'être marginalisé, et que, si on l'informait un minimum sur cette affaire, il pourrait même être utile.

Pourtant, il ne pipa mot.

McCabe reçut ce silence cinq sur cinq.

– Et c'est toujours calme, hein ?

– Comme je vous disais, vous connaissez le principe…

Le sourire en biais réapparut, mais Thorne vit qu'il n'était nullement chaleureux.

– Alors comme ça, on ne demande qu'à faire de la lèche quand c'est dans son intérêt, quand je dois décider de donner ou non suite à la plainte contre vous pour agression…

– Écoutez…

– Mais quand il s'agit de parler de l'affaire, on a perdu sa langue ? C'est hier soir qu'il fallait être dans ces dispositions.

– Je sais bien !

McCabe repoussa sa chaise et se leva.

– En tout état de cause, j'espère que Dan Britton maintiendra sa plainte. Vous pourrez toujours tenter votre chance auprès du DPS[1].

Quelques semaines plus tôt, ce service avait fait la une de la presse pour avoir mis en examen deux entrepreneurs en herbe de la Brigade volante qui avaient tenté de vendre à des chaînes de télévision des séquences filmées de pour-

1. *Directorate of Professional Standards*, équivalent de notre Inspection générale des services.

suites en voiture et en hélicoptère. Thorne avait déjà été porté à l'attention du DPS, et avait largement reçu sa part de blâmes pour des poignets meurtris. Vu où il en était aujourd'hui, dans sa carrière et dans sa vie, beaucoup d'autres choses lui faisaient plus peur.

– J'étais déjà dans la merde avant de me lancer dans cette enquête, dit-il. Alors, un peu plus, un peu moins...

McCabe prit sa tasse et celle, encore à moitié pleine, de Thorne.

– Nous verrons bien, dit-il.

– Bordel, je faisais un travail de bureau chiatique à mort avant ça, alors cette bagarre, c'est loin d'être un suicide social, hein ? dit Thorne, se tournant vers McCabe qui s'approchait de la porte. Faites comme vous voulez, mais je vais vous dire, je lui aurais arraché la gueule, à votre sergent, que ça ne pourrait pas être pire pour moi.

McCabe s'immobilisa sur le seuil de la pièce.

– Le pire peut empirer, mon gars.

– On fait quoi, maintenant ?

– Vous restez là et vous attendez. Le boss arrive.

La porte claqua, et Thorne se retourna face à la table. Il croisa les bras et y nicha sa tête. L'échange avec McCabe l'avait vanné, et il espérait pouvoir dormir un peu avant l'arrivée de Brigstocke. Ne serait-ce que dix minutes, ce ne serait pas du luxe...

Il ferma les yeux. Il se doutait sans trop de risques de se tromper de l'humeur dans laquelle serait Brigstocke. En revanche, il doutait fortement qu'il lui apporte du café...

D'après ce que Kitson et Holland avaient pu observer pendant le trajet en taxi, l'armée avait investi et clôturé de vastes étendues de terres dans la verdoyante vallée fluviale à quelques miles de Tauton, et en avait fait la base de la 12ᵉ blindée.

Pendant qu'ils attendaient à l'entrée principale qu'on les escorte jusqu'au bâtiment administratif, ils avaient entendu les détonations d'armes à feu dans le lointain, et regardé des troupeaux de brebis et de vaches paître, indifférentes, sur les versants des collines alentour. Ce genre d'incongruités abondait : un militaire en tenue et maquillage de camouflage venant vers la barrière sur une bicyclette branlante ; un parking plein de Laguna, Volvo et Passat, et cinquante mètres plus loin, une aire goudronnée trouée d'ornières aussi grande qu'un terrain de football, où s'alignaient des chars et d'autres blindés, certains vrombissant et crachant des plumets de fumée noire tandis qu'on les réparait.

Le bureau du commandant Stuart Poulter était petit, mais, comme on pouvait s'y attendre, d'une propreté et d'un ordre irréprochables : une série de dessins illustrant l'évolution des chars modernes était disposée sur un mur ; des corbeilles à courrier « reçu », « envoyé » et « en attente » côte à côte au bord de son bureau ; et des bardas de diverses tailles trônaient dans un coin, comme s'il s'attendait à être appelé à tout moment. Poulter avait une quarantaine d'années, une taille un peu au-dessous de la moyenne et une tignasse de cheveux bruns relativement longs. Ses lèvres pleines et ses joues vermeilles lui donnaient un air étrangement féminin, mais son corps était solidement bâti sous son uniforme. Il était d'une propreté impeccable, en étincelants mocassins Oxford marron, pantalon léger, pull vert à épaulettes en cuir par-dessus sa chemise réglementaire et sa cravate kaki.

En attendant que le thé leur soit servi, Holland expliqua qu'il était déjà confondu par la terminologie, par les séries impénétrables d'initiales et de chiffres qui figuraient sur la porte de chaque bureau du couloir. Il se demandait pourquoi un adjudant-chef était un WO1 et un adjudant de compagnie un WO2, et même après qu'on lui eut expliqué ce que signifiaient OC et CO[1], il n'était pas très sûr d'avoir saisi la nuance entre un officier commandant et un commandant officier. Poulter, qui fumait cigarette sur cigarette et avait le sourire un peu trop facile, expliqua patiemment qu'il était tout à fait normal que ceux qui ne connaissaient pas l'armée trouvent, au début, tout cela terriblement rébarbatif.

1. *Officer Commanding* et *Conscientious Objector* : chef de corps et objecteur de conscience.

Puis, tout en sachant que Poulter avait été briefé en détail, Holland et Kitson furent obligés de perdre cinq bonnes minutes à lui exposer les raisons de leur venue.

– Juste pour s'assurer de bien être sur la même longueur d'onde, dit le commandant.

Cet entretien résultait, bien entendu, d'un accord entre l'armée et la Met, dont les conditions avaient été discutées au téléphone par des officiers de grades bien supérieurs à ceux de l'inspecteur Yvonne Kitson et du commandant Stuart Poulter.

Poulter alluma une autre cigarette à l'aide d'un Zippo argent, et s'enfonça dans son fauteuil de bureau.

– Je pense toujours qu'il serait plus logique que la Met voie ça avec la Police Militaire Royale, dit-il de sa voix suave et affable de présentateur météo. Mais nous ne sommes pas là pour comprendre[1]. Exact ?

Une fois le thé servi, ils entrèrent dans le vif du sujet, et ils devint évident que remonter le parcours de militaires était tout aussi compliqué, tout aussi mystérieux, que la structure hiérarchique en soi.

– Nous ne gardons les dossiers militaires que de ceux qui sont encore sous les drapeaux, expliqua Poulter. Pour une raison purement pratique. Quand ils quittent l'armée, ça ne me concerne plus, ils ne font plus partie de mes préoccupations.

Kitson lui expliqua qu'ils voulaient juste connaître les noms de ceux qui avaient servi au côté de Christopher Jago. Elle lui exposa le plus brièvement et le plus vaguement possible pourquoi ces noms étaient très importants. L'existence de la cassette vidéo ne fut pas même évoquée.

– Il s'agit juste de retrouver les trois autres soldats, dit Holland. Nous voulons seulement savoir comment obtenir ce renseignement.

– De quel régiment s'agit-il ? demanda Poulter.

---

1. Référence au poème de Tennyson « La charge de la brigade légère », 1854, en hommage aux soldats anglais engagés dans la guerre de Crimée : « [...] Theirs not to reason why, Theirs but to do and die. [...] » – « Ils ne sont pas là pour comprendre, ils ne sont là que pour agir et mourir. »

– La guerre du Golfe, 1991...

– Oui, ça, j'avais compris. Mais quel régiment ? Il y en avait plus d'un engagé dans cette campagne.

Kitson sentait que ce ne serait pas simple. Que même si, cette fois, ils disposaient de toutes les informations voulues, ils étaient tout aussi paumés que lors de leur entretien avec Rutherford et Spiby au Bureau des relations publiques.

– Je suis allé dans tout le Royaume-Uni et dans presque toute l'Europe, voyez, reprit Poulter. Je suis allé en Malaisie, à Hong Kong, au Belize, en Bosnie, aux États-Unis et en Australie. Et dans le Golfe. Tout ça, ces dix dernières années. Vous voyez où je veux en venir ? Les militaires, ça voyage, et tout le temps. Ils passent non seulement d'un endroit à l'autre, mais aussi d'un régiment à l'autre, d'un escadron à l'autre.

– Que deviennent leurs états de service dans ce cas-là ? demanda Kitson.

– On suit la procédure standard... à moins, bien sûr, que le militaire en question n'ait servi à un moment ou un autre dans l'une des forces spéciales, comme les SAS, le SBS, la 14e Compagnie de Renseignement...

– Et alors, que se passe-t-il ?

– Eh bien, il arrive que les états de service disparaissent, ou, pour le moins, certaines parties. Mais normalement chaque homme a un dossier personnel confidentiel qui contient toutes les informations de base : ses entraînements, son état civil, son passé disciplinaire, enfin, ce genre de choses. Ce dossier le suit au gré de ses mutations. Il y a aussi sa Bible de Troupe qui contient des détails administratifs – numéro de passeport, etc., etc. –, mais, là encore, ça se déplace avec lui.

– Les paperasses sont aussi mobiles qu'eux, commenta Holland.

Poulter se retourna et souffla la fumée par la fenêtre qu'il avait ouverte.

– Exactement, dit-il. Et, je le répète, c'est purement pratique. Sinon, nous serions submergés. Je suppose que vous aussi avez ce genre de difficultés, non ? Devoir remplir le moindre fichu document en trois exemplaires !

Kitson lui adressa un sourire poli, en appréciation de ce moment de légèreté.

– Quelles sont les raisons pour lesquelles un militaire peut être muté ? demanda-t-elle.

– Oh, elles sont multiples. Les soldats vont là où on a besoin d'eux, prêter main-forte à un autre régiment, compléter les effectifs quand c'est nécessaire. Dans une unité blindée, par exemple, un conducteur de char peut être muté en cas de besoin et remplacé par un autre soldat qu'on formera. On travaille en équipe, mais aussi comme soutien logistique pour d'autres équipes, si sa propre expertise est nécessaire ailleurs, on va colmater cette brèche. Certains chefs de corps aiment que leurs effectifs tournent, d'autres non, mais, de toute façon, tout ça change avec l'ORBAT.

Poulter, lisant la confusion sur le visage de ses interlocuteurs, s'empressa de préciser :

– L'ordre de bataille. Le mouvement des troupes, en temps de paix comme en temps de guerre. Et là, on y va. C'est aussi simple que ça.

Holland avait commencé à prendre des notes, mais très vite compris que ça ne servirait à rien. Pourtant, il tira un trait sur la page de son calepin, comme s'il soulignait quelque chose d'une grande importance.

– Je comprends tout ça, dit-il, mais je suppose qu'en cas de conflit, comme la guerre du Golfe, c'est bien qu'il y ait une certaine… continuité.

– Oh, oui, ce serait bien, dit Poulter d'un air vaguement réjoui comme si Holland avait posé la question idiote prévisible de la part d'un civil. Quand un régiment s'est déployé, c'est alors qu'on réorganise les effectifs selon les affrontements et le règlement.

Il coinça sa cigarette entre ses lèvres et commença à compter sur ses doigts.

– On n'y va pas en cas de problème médical, ne serait-ce qu'une rage de dents, on n'y va pas si on est mineur…

– Je ne vous suis pas, l'interrompit Kitson. Comment ça, mineur ?

– Vous pouvez vous engager à seize ans et demi, d'accord ? Faire ses classes, ça vous mène à peu près à dix-sept ans, mais vous ne pouvez pas être envoyé au combat avant dix-huit. Si vous êtes tireur sur un blindé, et que votre régiment soit déployé sur une zone de combat, eh bien, si vous n'avez dix-huit ans que huit jours plus tard, on fait venir un autre engagé pour qu'il vous remplace.

Kitson hocha la tête d'un air entendu. Elle ne put s'empêcher de se demander si l'armée irakienne appliquait le même règlement.

– Puis, une fois sur le terrain, tout peut encore changer. Il y a les blessés, pour commencer. Et pas seulement sous les tirs ennemis.

Il pointa le doigt par la fenêtre sur la rangées de blindés que Kitson et Holland avaient vus en arrivant.

– Si vous tombez de l'arrière d'un de ces chariots, vous comprendrez votre douleur. Il y a aussi le recul du canon. Si un tireur se casse un bras, c'est une demi-douzaine d'hommes qui sont susceptibles d'être déplacés.

Dans son calepin, Holland entoura le point d'un grand point d'interrogation minutieusement hachuré.

– Qu'en est-il des soldats qui étaient dans le Golfe et qui font toujours partie du régiment ? demanda-t-il. Pourrions-nous leur parler ? D'après ce que vous avez dit, vous devez avoir la liste de ces hommes.

– Oui, je pense que cela nous serait très utile, renchérit Kitson.

Poulter réfléchit quelques instants, puis fit rouler son fauteuil en arrière et jeta sa cigarette par la fenêtre.

– Je vais aller en toucher un mot, dit-il. Si vous voulez bien attendre ici, je devrais pouvoir vous faire servir un autre thé…

Holland ferma son calepin avant que Poulter passe à sa hauteur en se dirigeant vers la porte.

19

Spike retrouva Thorne une demi-heure après la fin de sa garde à vue.

– Fat Paul, celui qui vend *The Issue* devant Charing Cross, t'a vu sortir. Alors, ça s'est passé comment ?

– Liberté provisoire pendant quinze jours. Ça leur laisse le temps de décider s'ils veulent aller plus loin et m'inculper.

Spike parut étonné, ainsi que Thorne s'y attendait.

– Je me demande comment t'as réussi à arranger ça. Y a pas grand-chose à éclaircir, t'as étendu un flic, point barre.

– Ils attendent les rapports médicaux, et autres.

– Ah d'accord…

– En plus, s'ils me font plonger pour agression, ils savent très bien qu'un ou deux des leurs pourraient plonger aussi.

Là, Spike crut comprendre.

– Bien pensé, mec. On va se trouver un appareil jetable et prendre des photos de ta tronche. Il t'a pas raté.

Thorne avait pu s'examiner à loisir dans les toilettes du poste de police après que Brigstocke en eut terminé avec lui. Il était aussi amoché qu'il le craignait. Un œil était complètement injecté de sang, et l'autre mi-clos au-dessus d'un hématome couleur prune au pourtour noirci. Des griffures zébraient un côté de son cou, et une écorchure mettait son front à vif là où on l'avait plaqué contre le mur.

– Ouais, c'est sûr.

Thorne sentait l'air froid sur ses plaies, et la douleur faisait vibrer ses omoplates là où on lui avait coincé les bras dans le dos.

– Faut dire qu'ils s'y sont mis à plusieurs à la fin, ajouta-t-il.

– Qu'est-ce que tu espérais ? Quand tu files une mandale à un flic, t'as tous ses potes qui veulent te laisser un petit souvenir. Mais là, je dois dire qu'ils n'y sont pas allés de main morte.

Thorne examina la coupure sur la pommette de Spike et le bord de sa lèvre fendue et enflée.

– Mais toi, je pensais que tu serais dans un pire état.

Spike secoua la tête, l'air finaud.

– Je me suis protégé la tête la plupart du temps, quoi. Mais j'y ai fracassé les côtes, à ce salaud. Dommage que j'aie pas pu le planter, l'enculé.

– Tu as un couteau ?

– J'ai toujours une arme sur moi, répondit Spike, avec, du fait de sa lèvre gonflée, un sourire autant en biais que celui de McCabe.

Ils marchaient vers le nord dans Soho sous un ciel couvert. Les rues étaient noires de monde, entre les gens qui faisaient leurs courses à l'heure du déjeuner, et les employés qui mangeaient sur le pouce ou buvaient un verre pour apaiser les tensions de la journée. Thorne et Spike avançaient lentement côte à côte au milieu du trottoir. L'état de leur visage leur permettait de se frayer un chemin plus large que d'habitude parmi les passants.

– Tu as de la chance de ne pas t'être fait embarquer avec ça, dit Thorne, songeant, contrairement à ce qu'il avait affirmé à McCabe, que les choses auraient pu tourner beaucoup plus mal.

S'il avait participé à une agression avec arme blanche, Russell Brigstocke n'aurait absolument rien pu faire...

– Désolé de m'être tiré, au fait, j'avais de la came sur moi. Tu sais ce que c'est, hein ?

Thorne ne le savait que trop bien.

– Sinon... tu imagines ?

– Pas de problème.

Spike renifla bruyamment, cracha et enfonça ses mains dans les poches d'un bomber râpé en simili-cuir.

– Je voulais te remercier pour être intervenu, quoi. Pour avoir essayé de dégager ce branleur. Même si je m'en serais sorti sans toi, tu me diras…

Thorne approuva gravement de la tête, partageant la plaisanterie.

– Je n'en doutais pas…

– Du coup, dit Spike, tout sourires tandis qu'un jeune couple faisait un écart pour l'éviter, en guise de petit cadeau pour te prouver ma reconnaissance, je nous ai trouvé du taf…

Une demi-heure plus tard, Thorne bossait dur. La pancarte qu'il portait arborait le dessin d'une flèche jaune vif et la légende : « MR JERK. CHICKEN & RIBS ». Le restaurant était situé à mi-hauteur d'Argyll Street ; Thorne et Spike, avec leurs panneaux publicitaires criards, prenaient les passants en tenaille. Spike s'était placé du côté Oxford Circus de la rue, sa pancarte engageant les affamés à se diriger dans un sens, et Thorne, à l'autre bout à hauteur du magasin Liberty's, faisait de même dans l'autre sens. Toutes les demi-heures, les deux hommes permuteraient, s'arrêtant cinq minutes devant le Palladium pour échanger quelques mots.

À deux livres de l'heure, Mr Jerk était ravi, et à la fin de la journée, eux-mêmes se seraient fait assez de thune pour que Thorne puisse se payer un repas décent, et Spike se shooter.

Thorne se leva, soutenant sa pancarte, ou plutôt soutenu par elle. Les visages de ceux qui passaient devant lui étaient anonymes, contrastant avec le sien rendu remarquable par les coups…

Ce qu'il avait dit à Spike était en partie vrai. Brigstocke avait tout fait pour calmer McCabe et le policier au visage restructuré par les bons soins de Thorne, mais rien n'avait encore été décidé. Il se pourrait bien que des charges soient retenues contre lui, soit très vite en tant que S.D.F., soit plus tard, en tant que policier ayant agressé un collègue. Thorne craignait surtout que sa stupidité n'ait compromis sa mission. McCabe avait donné l'assurance que, concernant le statut clandestin de Thorne, la confidentialité restait de mise. Mais que valait cette affirmation ? Il ne pouvait se porter garant de la discrétion de ses hommes, et encore moins des centaines d'autres équipes – les patrouilles de rondes, la brigade des stups, celle anti-pickpockets et celle des mœurs – qui arpentaient quotidiennement la gare de Charing Cross. La Met n'était pas différente des autres organisations. Il circulait des bruits et des rumeurs, des échanges avinés, des e-mails médisants. Thorne pensa à l'homme qu'ils cherchaient à arrêter ; cet homme qui faisait peut-être partie de la police. Si ce bruit courait, le tueur saurait-il détecter les signes précurseurs ?

Les paroles de Brigstocke lui revinrent en mémoire : « *La souris ne sait pas que le morceau de fromage est sur un piège. Mais ça n'en reste pas moins un appât…* »

Lorsque, quelques heures plus tôt, Russell Brigtsocke avait déboulé dans la salle d'interrogatoire du poste de Charing Cross, il donnait vraiment l'impression d'avoir envie de le buter. Il ne s'était privé ni de lui en remettre une couche à coups de *Je te l'avais dit*, ni de se répandre en invectives contre lui-même et sa propre bêtise pour lui avoir fait confiance…

– Putain, j'ai dû avoir un accès de folie ! avait-il dit.

– C'est peut-être à cause de ce régime que tu suivais…

Cette remarque n'avait pas arrangé les choses, et ce ne fut qu'au moment de partir que Brigstocke avait paru s'adoucir. Avant de sortir, il s'était retourné, exactement comme McCabe l'avait fait, et avait poussé un profond soupir avant de reprendre la parole.

– Au moins, tu as la gueule de l'emploi maintenant…

Se dirigeant vers Oxford Street, Thorne vit Spike venir vers lui d'une démarche bondissante, faisant tournoyer la pancarte entre ses mains. Il avait l'air survolté, comme si son sang bouillonnait en lui. Il avait besoin d'être payé, et vite.

Thorne revit l'expression de Brigstocke, entre pitié et soulagement. Il n'avait jamais douté qu'il aurait la gueule de l'emploi. C'est juste qu'il n'aurait jamais imaginé en avoir les prédispositions.

La militaire qui se tenait à côté du bureau du commandant Poulter portait le treillis réglementaire par-dessus un T-shirt vert, et Holland ne put s'empêcher d'apprécier à quel point elle portait bien l'uniforme. Faisant partie du Corps blindé royal, la 12e division était un régiment exclusivement masculin. Ni Holland ni Kitson ne s'étaient attendus à voir de femme…

– Voici le lieutenant Sarah Cheshire, notre assistant-adjudant, dit Poulter. C'est notre magicienne administrative, c'est elle qui tient à jour nos bases de données, etc., etc. Si vous voulez bien lui indiquer ce que vous recherchez exactement, je suis sûr qu'elle fera tout son possible pour vous aider.

Kitson expliqua qu'ils avaient besoin de la liste de tous les militaires servant actuellement dans le régiment qui avaient fait la première guerre du Golfe.

– Aucun problème, leur assura Cheshire.

Le charme de Holland avait perdu de sa fraîcheur juvénile, mais il le fit tout de même passer en mode « activé ».

– Ce serait vraiment génial, merci…

Cheshire inclina la tête, et se tourna vers Poulter.

– Je m'y mets tout de suite, alors.

Elle avait vingt-deux, vingt-trois ans tout au plus, des cheveux blond cendré maintenus par une barrette sur une nuque gracile, et un accent des Home Counties[1] que Holland trouvait mille fois plus sexy que celui du commandant.

– C'est gentil à vous, Sarah, merci beaucoup. Je suppose que cela ne devrait pas vous prendre trop de temps.

– Chef ?

Il regarda Kitson et Holland assis face à lui.

– Excepté moi-même, je ne pense pas que nous parlions de plus de, disons, cinq ou six hommes toujours dans le régiment.

Il sourit à Cheshire, lui signifiant qu'elle pouvait disposer, et tira une longue bouffée de sa cigarette en la suivant des yeux tandis qu'elle quittait la pièce.

---

1. Ensemble des comtés autour de Londres.

– Pourquoi si peu ? demanda Kitson.

– Je pensais qu'il y en aurait beaucoup plus, renchérit Holland.

– Les soldats quittent l'armée pour bien des raisons. Nous en perdons beaucoup après un conflit majeur. Beaucoup. Tout est une question de pression, au bout du compte. Pressions extérieures et pressions internes dans la tête. Pour ceux qui ont la chance d'avoir une famille, alors neuf fois sur dix, elle insiste pour qu'ils démissionnent. Vous avez fait votre devoir, vous y êtes allé, vous avez risqué votre peau, pourquoi y retourner et remettre ça ? Si vous avez eu la chance de revenir entier, l'attitude de vos proches, c'est : « Pourquoi forcer le destin ? Tire-toi tant que tu le peux. »

– Compréhensible, commenta Kitson.

– Oui, bien sûr, et c'est la pression sécurisante. Pour ceux qui bénéficient de ce soutien-là, il est facile de se réadapter ensuite. Pour ceux qui ne l'ont pas, voire même pour beaucoup qui ont des familles aimantes, ce n'est pas aussi simple. Vous rentrez au pays, vous en avez encore plein la tête, c'est la confusion totale, et je ne parle pas seulement des hommes qui se sont battus au corps à corps ou ce genre de choses. Toute période passée en situation de combat, ou en attente constante de combat, laisse bon nombre d'hommes dans un état de fragilité psychologique.

– Stress post-traumatique, c'est ça ?

– Dans certains cas, oui, mais pour beaucoup d'autres, ça peut prendre une autre forme. Il y a ceux qui sont en manque de la montée d'adrénaline qu'ils connaissaient au combat. De retour ici, impossible de retrouver cet état, n'est-ce pas ? On détecte les signes. Ce sont des gars qui demandent à changer d'unité juste pour pouvoir sauter en parachute. Prêts à tout pour retrouver des sensations fortes. Ces types-là ont dix ou quinze ans d'expérience de terrain, et une fois de retour, ils n'ont plus rien à faire. C'est pour ça qu'il y en a tant qui pètent un câble, s'attirent des ennuis et finissent en prison. Ou dans la rue, comme dans votre enquête, là…

La porte du bureau était ouverte, calée par un obus. Kitson suivit des yeux la fumée de cigarette qui montait vers le plafond puis dérivait dans le couloir.

– Vous devez pas mal recruter après une guerre, alors, dit-elle.

Poulter aboya un rire enfumé.

– Tout au contraire. Le nombre d'engagés bat tous les records, allez savoir pourquoi. Et c'est tant mieux !

– Et vous, pourquoi n'avez-vous pas démissionné ? demanda Holland. Si ma question ne vous ennuie pas...

Poulter s'accorda un temps de réflexion, puis inclina le buste vers l'avant pour écraser sa cigarette dans un cendrier au métal désargenté.

– « M'ennuyer », le terme est un peu excessif, mais je ne vois pas en quoi cela vous concerne.

Il s'efforçait de sourire, mais ses yeux semblaient brusquement être devenus tout petits.

– Je suis ravi de répondre à ce que je considère comme des questions importantes, à savoir si je me souviens de ce Christopher Jago, ou de tout autre homme ayant fait partie de cette division blindée. Je crains que non.

– Très bien, dit Holland. Je vous remercie.

– Je vous ai déjà expliqué comment ça se passe ici.

– C'est très clair.

– Si ça se trouve, je ne me suis jamais approché à moins de cent bornes de cette division, et dans le cas contraire, ça fait un bail.

Holland grimaça et vit Kitson faire de même en réaction aux mugissements assourdissants d'un moteur qu'on poussait au maximum juste devant la fenêtre. Poulter dit quelque chose que Holland n'entendit pas, mais à quoi il réagit néanmoins par un hochement de tête. Voilà qui expliquait pourquoi tant de soldats portaient un casque anti-bruit, qu'ils fixaient à leur ceinture.

Il n'y avait plus qu'à attendre la liste des noms des hommes qui avaient servi dans le Golfe, aussi réduite soit-elle. Il était évident qu'ils n'obtiendraient aucune autre information de Poulter, et pourtant Holland décida de poser une ou deux autres questions, par acquit de conscience. Ils avaient du temps à tuer, après tout…

– Je suis surpris que l'armée n'aide pas plus ces hommes après leur retour à la vie civile, dit-il, s'éclaircissant la voix dans le bruit qui décroissait tandis que le blindé s'éloignait. Ces gars-là se battent pour leur pays, puis vous vous en lavez les mains au moment où ils ont le plus besoin d'aide.

– Notre système de retraite nous couvre très bien.

Le commandant s'était exprimé comme s'il considérait que la discussion était close, mais Holland ne voyait pas de raison d'en rester là.

– Pas quand on démissionne trop tôt, non, dit-il. Si on n'a pas été blessé, il faut avoir servi au moins douze ans pour toucher quelque chose. Je me trompe ?

Poulter prit une autre Silk Cut.

– Oh, je ne dirai pas que je suis totalement en désaccord avec vous, mais l'armée fait tout en cas de circonstances difficiles. Certes, l'accompagnement n'est sans doute pas notre priorité numéro un, mais vous devez comprendre que l'armée fonctionne de la même manière depuis très très longtemps.

Il s'arracha de nouveau un sourire en se penchant sur son bureau pour prendre quelque chose qu'il leur agita sous le nez.

– J'ai toujours une fichue cravache, voyez. Nous portons une cravate noire à dîner, et on nous fournit toujours des tenues de soirée.

Il alluma sa cigarette.

– Finalement, nous en sommes toujours à l'époque victorienne…

Holland lui rendit son sourire.

– En tout cas, c'est certainement le cas pour ce qui est de l'archivage de vos dossiers.

Le couvercle du Zippo retomba avec bruit.

– Certains diraient que nous avons des choses bien plus importantes à faire.

Le silence légèrement gêné aurait pu s'éterniser si Sarah Cheshire n'était apparue dans l'encadrement de la porte, brandissant un document.

– Entrez, entrez, Sarah, dit Poulter.

Elle marcha jusqu'au bureau.

– La liste n'est pas longue, je le crains. Sept hommes qui ont servi dans la première guerre du Golfe font encore partie du régiment.

Poulter parut content de lui.

– Je n'étais pas tombé très loin, alors...

– Trois d'entre eux sont actuellement en détachement, ce qui nous en laisse quatre, dont le commandant Poulter, sur le site.

Cheshire tendit la liste à Poulter qui la lut, puis la tendit à Kitson.

– Mille mercis, dit Holland, ravi que Cheshire soutienne son regard un peu plus longtemps qu'il n'était nécessaire, puis gêné quand il se sentit rougir.

– Vous savez déjà que, moi, je ne puis vous aider, dit Poulter, mais n'hésitez surtout pas à discuter avec les autres hommes qui figurent sur cette liste. Vous pourrez peut-être éveiller chez eux des souvenirs qui vous seront utiles, mais je dois dire que, à mon avis, vous auriez beaucoup de chance...

– Nous en avons manqué jusqu'à présent, dit Kitson.

– Comme je vous l'expliquais, ces hommes n'ont peut-être pas servi ensemble, et quand bien même ce serait le cas, c'était il y a longtemps.

Il se tourna vers Holland.

– Depuis combien de temps êtes-vous dans la Met, sergent ?

Sans savoir pourquoi, Holland se sentit devenir encore plus rouge.

– Un peu plus de dix ans.

– Voilà, dix ans. Et de combien de vos camarades élèves policiers vous souvenez-vous ?

Holland ne put que hausser les épaules. Poulter marquait un point.

– Je pensais à quelque chose, dit Cheshire, s'avançant d'un pas vers Poulter et s'adressant à lui. Je me demandais si les journaux de guerre...

– Excellente idée, dit le commandant, se tournant vers Holland et Kitson pour leur donner une explication. L'adjudant de l'escadron aura rédigé des rapports quotidiens, lesquels auront été résumés dans un rapport de service. Ceux-ci sont généralement archivés au Q.G., c'est bien ça ?

Cheshire acquiesça.

– Il se peut qu'il mentionne Jago et ses coéquipiers, mais seulement si l'un d'entre eux s'est distingué au combat ou figure sur la liste des pertes.

– Bien, je vous remercie, dit Kitson, convaincue qu'aucun de ces deux cas de figure ne s'appliquait.

– En y repensant, les vieux documents pourraient bien constituer votre meilleure chance, dit Poulter, porté par son sujet. Beaucoup de soldats conservent des tas de trucs. Vous seriez étonnés…

– Et les lettes envoyées aux familles ? suggéra Cheshire. Si les hommes figurant sur cette liste ont toujours la même femme ou la même compagne, ils ont peut-être gardé les lettres qu'ils avaient envoyées du Golfe.

– Absolument, c'est une autre bonne idée. Les soldats parlent souvent de leurs bons potes, ou se plaignent de ceux qu'ils ne peuvent pas encadrer. Si c'est juste des noms que vous recherchez, ça peut valoir la peine d'essayer.

Kitson convint, bien entendu, qu'il ne fallait négliger aucune piste, mais, soudain, elle eut la sensation d'être en train de chercher une aiguille dans une botte de foin.

Elle les remercia une fois encore pour leurs suggestions, par politesse et par stratégie, mais étant donné son humeur – aussi noire que l'ombre qui s'étendait à la vitesse grand V sur toute cette enquête –, elle aurait eu bien du mal à dire s'ils essayaient réellement de les aider.

Ou seulement d'en donner l'impression.

Ils montèrent sans tarder dans le train pour Londres pour être sûrs de pouvoir s'installer à une table. Ils avaient acheté à manger et à boire à la buvette de la gare, et, en attendant le départ, tous deux profitaient du silence, concentrés sur leur sandwich dont ils défaisaient l'emballage, et sur leur café qu'ils remuaient. Ce fut seulement lorsque le train quitta la gare qu'Yvonne Kitson fit la réflexion qui se révélerait être la plus pertinente de la journée :

– Putain, rien n'est jamais simple !

Pendant que Kitson essayait de dormir, Holland feuilleta un magazine, mais rien ne pouvait détourner ses pensées de Thorne. Tard la veille au soir, Holland avait reçu l'appel du poste de police de Charing Cross. Il avait transmis la nouvelle – ainsi que son énervement d'être réveillé et son inquiétude face à ce que Thorne avait dit – à Brigstocke, qui lui-même les avait sûrement transmis à Trevor Jesmond. Série de conversations aux petites heures du jour qui, plus tard, pourrait bien servir à régler son compte à Tom Thorne...

Holland pensa à la dernière fois qu'il l'avait vu, s'éloignant du *Lift* après le visionnage de la cassette vidéo. Il lui avait paru bien dans ses baskets, à moment-là. Puis il se rappela à quel point lui-même avait eu sérieusement envie de boire un verre ; à quel point il avait apprécié d'être assis dans un pub avec Yvonne Kitson et de s'épancher auprès d'elle. Il doutait que Thorne ait quelqu'un avec qui partager un verre et décompresser. Quelqu'un qui aurait pu lui dire qu'il avait assez bu.

En dépit de l'avis général, Thorne était quelqu'un qu'il tenait depuis toujours en haute estime, mais il devait tout de même reconnaître que l'avenir de l'inspecteur ne se présentait pas sous les meilleurs auspices. On pourrait très bien lui retirer l'affaire aussi sec, et même si on l'autorisait à poursuivre son enquête, à quoi devait-il s'attendre ensuite ? On l'avait remisé au Yard quand il avait été évident qu'il ne s'était pas remis du décès de son père ; qu'il n'était plus lui-même. Cette toute dernière mésaventure ne risquait pas de plaider en faveur de son retour à la Division Enquêtes Criminelles, lequel, c'était évident pour tout observateur sensé, serait de toute façon très difficile à obtenir. Il y en avait beaucoup au sein de la Division Enquêtes Criminelles pour qui la présence de Thorne était encore plus gênante que l'homme lui-même.

Quel idiot, mais quel idiot...

Holland regarda par la vitre du train et prit conscience que celui-ci était à l'arrêt depuis quelques minutes. Il consulta sa montre. Il avait téléphoné chez lui pour prévenir qu'il rentrerait tard, et le retard se creusait. Sophie ne s'en formaliserait pas outre mesure, ça, il le savait. Il avait de plus en plus souvent l'impression qu'elle était plus heureuse quand il n'était pas là. Pourtant, ça l'embêterait de ne pas voir Chloé avant qu'on la couche.

Le train repartit avec un soubresaut. Kitson ouvrit les yeux une seconde, puis les referma. La pluie ruisselait sur la vitre, et un petit merdeux sur le siège derrière eux parlait beaucoup trop fort au portable.

Plus tard, Holland appellerait Thorne pour lui dire comme ça s'était déroulé au régiment. Et aussi pour savoir comment ça s'était passé pour lui. Comment cet enfoiré s'en sortait...

Il feuilleta le magazine *Loaded*, regardant des photos de stars de séries télévisées légèrement vêtues jusqu'à en éprouver autre chose que de l'agacement. Il prit le magazine, s'extirpa de son siège et mit le cap sur les toilettes.

20

Au fil des années, Thorne avait éprouvé plus que sa part de rage et de regrets, de concupiscence et d'aversion, mais jamais il ne s'était senti écrasé à ce point sous la culpabilité. Il supposait que la raison en était qu'il passait sa vie active à tenter d'arrêter ceux qui devaient en être tellement dévorés que celle des autres ne comptait pour rien. Beaucoup de ceux qui avaient commis le pire du pire n'en éprouvaient plus aucune, bien sûr, mais la plupart des gens, même ceux totalement dénués de convictions religieuses, voulaient bien admettre au moins qu'ils le devraient. Avant, pour Thorne, c'était clair et net.

Ce n'était pas qu'il ne connaissait jamais la culpabilité, mais la sienne appartenait à la variété vaguement délicieuse qui suivait des abus d'une autre sorte. La pression la plus corrosive qu'elle exerçait ne le consumait jamais longtemps. On la neutralisait en passant le coup de fil qu'on avait oublié de passer, en se manifestant, en ayant la conversation délicate qu'on repoussait. La douleur était de courte durée et aisément gérable.

En ce moment pourtant, Thorne n'éprouvait pas grand-chose d'autre…

Il avait passé la majeure partie de l'après-midi à glander autour du Strand : faisant la manche pendant une heure ou deux, causant avec deux vieux de la vieille qui buvaient près de l'Adelphi et traînant ses guêtres à une soupe populaire à l'heure du déjeuner. À présent, tandis que la journée virait du gris clair à l'anthracite, il évoluait tranquillement parmi les rares touristes toujours dans la cour de Somerset

House. Ce palais du XVIIIe siècle avait abrité l'hôtel des impôts, les services de l'état civil et l'armée du « Nouveau Modèle » de Cromwell. Aujourd'hui, ce n'était plus qu'une curiosité de la ville parmi d'autres où des visiteurs photographiaient l'Histoire, où des familles venaient s'amuser, en hiver, quand les fontaines étaient remplacées par une patinoire. Thorne se souvint que la scène de patinage, dans le navet dans lequel Hugh Grant jouait le Premier ministre, avait été tournée à cet endroit. Encore un de ces films carte postale sur un Londres utopique tout en bleu Bobby et rouge Routemaster, où la neige ne devient jamais boueuse, où, mystérieusement, les minorités ethniques brillent par leur absence et où, s'il n'y avait pas de S.D.F., ce n'était pas parce qu'on les avait chassés de la rue ou tués à coups de pied.

Quand Holland l'avait appelé la veille au soir, Thorne avait affiché une bonne dose de frustration et d'agacement : devant la façon dont les choses s'étaient passées à Somerset, devant ses questions polies sur sa garde à vue au poste de Charing Cross. En vérité, il se sentait archi-coupable. Il foutait tout en l'air, et pas seulement pour lui-même.

Il l'avait perçu cinq sur cinq dans l'inquiétude de Holland tout autant que dans la fureur de Brigstocke. Dans sa dernière remarque lancée de la porte au moment où il quittait la salle d'interrogatoire. *La gueule de l'emploi*…

Thorne admettait qu'il n'était pas toujours parfaitement honnête vis-à-vis de lui-même. Mais pourquoi s'était-il donc imaginé qu'infiltrer la communauté des sans-abri était une bonne idée ? Avait-il seulement cherché à s'en convaincre par réaction contre tous ceux qui ne se gênaient pas pour dire tout le mal qu'ils en pensaient ? Tout ce qui s'était passé depuis un an – ce qu'il avait fait et ce qu'il avait subi – avait peut-être définitivement faussé son jugement, rendu aussi peu fiable que si c'était lui qui, maintenant, souffrait de sénilité.

Quand Thorne avait onze ou douze ans, son père l'avait emmené patiner deux ou trois fois. Il avait détesté. *The Silver Blades*, à Finsbury Park, était loin de l'idée qu'on se fait d'un endroit romantique, les fréquentes agressions à l'arme blanche le caractérisant autant que la patinoire elle-même. Thorne se rappelait comment il perdait l'équilibre au bord de la piste, collectionnant les ampoules et tombant sur les fesses sous les bourrades de garçons plus âgés qui arboraient des boucles d'oreilles et des cheveux longs. Il se souvenait d'être tombé à genoux sur la glace, retirant vite ses mains hors de portée des lames qui passaient à toute vitesse, puis levant les yeux pour voir son père se précipiter sur la piste. Il se souvenait d'avoir eu honte parce que son père avait enfreint le règlement et était monté sur la glace en chaussures. Il se souvenait de l'expression sur le visage de son père, et de la rougeur qui était montée au sien quand il l'avait vu avancer en dérapant vers le garçon qui l'avait fait tomber, l'attraper par les épaules et le pousser dans la barrière. Il se souvenait que son père l'avait aidé à se relever, et frotté pour faire tomber les éclats de glace. Accompagné pour qu'il rende les patins. Puis emmené manger un hot dog et boire une citronnade...

Thorne avait conscience que la culpabilité faisait fermenter de tels souvenirs jusqu'à ce qu'ils éclatent et libèrent un air définitivement corrompu. La culpabilité empoisonnait l'eau d'un puits auquel il aurait dû être doux de boire.

« Je vais bien, Victor, je t'assure. Je ne t'ai pas appelé pour parler de lui.

– Bien sûr que non... »

Il fallut quelques secondes à Thorne pour prendre conscience des vibrations de son portable dans sa poche. Il s'éloigna dans un coin, regarda l'écran en douce et vit qu'il avait raté un appel de Phil Hendricks. Un ami qui s'inquiétait, qu'il faudrait encore rassurer faussement. Une autre petite dose de poison.

Thorne devait trouver un endroit tranquille pour pouvoir le rappeler. Il retourna sur le Strand et marcha en direction de Fleet Street. La City devrait se vider rapidement au gré du tourbillon de l'heure de pointe. Au bout d'une centaine de mètres, il s'arrêta à hauteur d'un kiosque vendant la dernière édition du *Standard*. Stupéfait, il lut le bandeau publicitaire, puis s'approcha pour voir la une de plus près.

Aussitôt, le vendeur derrière ses piles de journaux se pencha vers lui.

– T'achètes ou tu dégages…

Thorne fixait le gros titre.

Il se réveilla, il avait froid, il était moite et certain d'avoir pleuré dans son sommeil.

Les pages du *Standard* pour lequel Thorne avait dû raquer claquaient deux marches plus bas, le titre partiellement révélé par le souffle du vent : « MEURTRES DES S.D.F. LA MET INFILTRE LA RUE. »

Un peu plus bas, Spike était assis sur une marche, comme l'avant-veille au soir, avant que les ennuis ne commencent. L'air stone et heureux, il fixa Thorne une bonne trentaine de secondes avant de remarquer qu'il s'était réveillé. Il désigna le sac de couchage de Thorne.

– Nouveau…

– Ouais. Pas du nouveau neuf, mais…

– Cool. Marron…

Lorsque Thorne avait regagné son point de chute à sa sortie de garde à vue, son sac de couchage – laissé dans la rue après la mêlée – était demeuré introuvable. Ce nouveau d'occasion, il se l'était procuré à l'Armée du Salut, dans Oxford Street.

Spike tendit le bras pour attraper le journal qu'il fit glisser jusqu'à lui. Thorne l'observait, se demandant comment réagir si jamais Spike faisait une remarque au sujet du gros titre. En fait, il alla tout de suite à la dernière page et feuilleta très lentement les pages Sport.

– Tu soutiens une équipe ? demanda Spike avec détachement.

– Les Spurs, parce que je suis bête. Et toi ?

– Southampton. Mais pas régulièrement, depuis quelques années.

– Tu es de là-bas ?

Spike abaissa le *Standard*, puis le plia.

– Du coin. D'une petite ville de merde en bord de mer.

Il fit glisser sa main lentement, dans un sens puis dans l'autre, le long de la pliure du journal. Fixa un endroit pas très loin de là où Thorne était assis.

– J'avais qu'une envie, c'était de me tirer, si tu veux savoir. Et on n'avait qu'une envie : que je débarrasse le plancher…

Apparemment, Spike s'était attiré des ennuis avant de venir à Londres. C'était toujours plus ou moins la même histoire dans beaucoup de villes de province. Arrivés à un certain âge, les gamins ne trouvaient plus de quoi s'occuper et cherchaient un remède contre l'ennui. En général, c'était l'alcool, la drogue, les délits, ou les trois à la fois. Certains partaient, et avaient de la chance. D'autres se laissaient attirer par des endroits où leur vie meurtrie pourrait s'épanouir parmi ceux qui partageaient les mêmes affinités. Beaucoup ne s'en sortaient pas mieux à Londres, Manchester ou Édimbourg que dans leur ville d'origine, mais au moins, ils ne manquaient pas de compagnie ; des gens tout aussi paumés qu'eux, peut-être, mais avant tout bizarres.

– On t'a libéré sans caution, alors ? demanda Spike.

– Ouais…

– Mais s'il avait fallu payer une caution, quelqu'un serait venu ?

Thorne garda le silence. Se disant que ç'aurait été sans doute Hendricks ; Holland, à la limite. Mais à part eux…

– Moi, ç'aurait été ma sœur, je pense. Elle l'a fait y a un an quand je m'étais fait choper avec ma marchandise, plus celle de Caroline et d'un pote, et qu'on m'avait arrêté pour trafic. Alors, ma frangine a casqué pour la caution et, en plus, elle m'a filé un peu d'espèces.

Il laissa tomber sa tête, et quand il la releva, un sourire s'étalait sur son visage. Ses yeux commençaient à se révulser, d'un blanc crémeux injecté de sang à la lueur du réverbère.

– Elle a voulu m'aider à m'installer, à un moment, tu vois. Me dépanner. J'y disais que j'allais tout faire pour être clean, mais, avec le fric qu'elle m'a passé, je suis tout de suite sorti pour me fournir. Surprise, surprise, hein ? Je pense qu'au fond d'elle-même, elle le savait, parce qu'elle me connaît bien. Elle me connaît mieux que n'importe qui.

Il fixa Thorne un long moment, clignant lentement des yeux.

– Elle me connaît, hein ?

Thorne acquiesça. D'une boîte à proximité provenait la rythmique sourde d'une basse. Il n'était pas encore deux heures du matin.

– Il faudrait que je sois vraiment dans la merde pour lui redemander de m'aider. Dans la merde jusqu'au cou. Tu vois ce que je veux dire ? Parce que je sais très bien que je pourrais que la décevoir, et la vie est assez dure sans se sentir tout le temps coupable, pas vrai ? Elle a super bien réussi. Elle a un boulot vraiment classe, s'est payé une bagnole frime et un appart chicos à Docklands et tout ce qui va avec. Pour moi, c'est devenu super important de ne plus rien demander à ma sœur. Je suis foutu, d'accord ? Je le sais. On est tous complètement foutus. Mais quoi qu'il arrive, je veux plus la décevoir…

Spike déplia le journal et le retourna. Il regarda la une, articulant les premiers mots du gros titre. Thorne l'observait de deux mètres de distance, mais eût-il été nez à nez avec lui qu'il n'aurait su dire si Spike comprenait vraiment le sens de ce qu'il lisait.

Quoi qu'il en soit, quelque chose dans l'article le fit soudain marrer. Au point de s'étrangler de rire.

Thorne aurait tout donné pour trouver ça aussi drôle.

21

– Dan Britton est absent, dit McCabe. Au cas où vous seriez venu lui présenter des excuses.

Rien n'était plus éloigné des préoccupations de Thorne.

– Toujours furax ? Il a décidé de se venger en ouvrant sa gueule ?

Ils se trouvaient à l'angle d'Agar Street, du côté nord du Strand, à une centaine de mètres de Charing Cross. Thorne avait prié l'agent d'accueil de transmettre le message : il devait voir l'inspecteur McCabe dehors, de toute urgence.

– Je vais le prévenir, avait répondu l'agent. Il y a de fortes chances qu'il soit très occupé.

Thorne s'était penché par-dessus le comptoir.

– Dites-lui que j'ai des infos qui pourraient permettre d'éviter une nouvelle agression !

Dehors, le vent agitait les détritus devant les voitures qui passaient.

– J'ai vu le journal...

Le sourire en biais réapparut.

– ... c'est fâcheux, acheva McCabe.

– Ce le sera encore plus quand je lui aurai de nouveau fracassé le nez.

– N'allez surtout pas accuser un de mes hommes.

– Bah, il y en a bien un qui a une grande gueule...

Thorne se rendit immédiatement compte de ce qu'il venait de dire et de l'utilisation que son interlocuteur pourrait en faire.

– Putain, mais c'est l'hôpital qui se moque de la charité, dit McCabe. Je ne sais pas depuis combien de temps vous fréquentez les camés et les poivrots, mon gars, mais ils commencent à déteindre sur vous...

McCabe s'éloigna. Tourna à droite, par Chandos Place vers Covent Garden. Thorne le suivit des yeux, puis lui emboîta le pas, une centaine de mètres derrière lui. McCabe s'arrêta à un angle de la place, et Thorne le rattrapa. Ils restèrent à l'orée d'une foule du dimanche matin rassemblée devant un jongleur tatoué de la tête aux pieds.

– Il est doué, ce mec, commenta McCabe.

Thorne grommela. Beaucoup de monde regardait, et si une personne sur cinq jetait la pièce à ce jongleur, il aurait bien gagné sa journée. Il devrait peut-être conseiller à Spike de s'y mettre...

– Toujours plus que les connards qui se peignent le corps en argent et prennent la pose comme des statues. Je crois que je préfère encore avoir des junkies et des clodos à la rue que des acteurs ratés.

– Dommage que notre tueur ne partage pas votre avis.

McCabe tourna légèrement la tête pour regarder Thorne, comme s'il n'était pas sûr qu'il plaisante. Ou comme s'il se posait des questions à son sujet.

– Sérieusement, dit-il, je me suis assuré que tout le monde reçoive la consigne. J'ai fait tout mon possible pour que ça ne s'ébruite pas...

– Dont acte...

Thorne commençait à se calmer. Peu lui importait que McCabe dise la vérité ou pas au sujet de cette fuite. Personne n'y pouvait plus rien. Il n'empêche que Thorne se demandait pourquoi quelqu'un avait pris la peine de le révéler à ce journal.

– Ce n'est pas comme si c'était un scandale sexuel dans la famille royale ! dit-il. Ce n'est pas logique.

– Vous ne vous faites pas la princesse Anne, au moins ?

– Vous savez très bien qu'on ne paie pas cher ce genre d'info. Alors, à quoi bon, bordel ?

– Pas cher, non. Mais si c'est un de vos potes sans-abri, il n'aurait pas craché sur quelques livres ou sur une bouteille de scotch. Tout est bon à prendre.

– Personne de ceux que j'ai rencontrés dans la rue ne peut se douter...

Thorne se souvint alors de l'ivrogne devant St Clement Danes : celui qui savait qu'il était flic, qui l'avait gueulé jusqu'à ce que Spike vienne le faire taire. Aurait-il pu aller le révéler au *Standard* ? Moony aurait-il pu parler à quelqu'un ? Deux possibilités auxquelles Thorne ne croyait pas trop...

– Vous ne le sauriez pas, de toute façon. La brigade des stups a envoyé un de ses hommes en mission d'infiltration il y a un an ou deux, avant mon arrivée. Il a vite été repéré. Cette andouille payait des coups à tout le monde et allait tous les soirs discrètement à l'hôtel.

– Je ne suis pas si bête. Pas tout à fait aussi bête, rectifia Thorne de lui-même sans laisser le temps à McCabe d'y aller de son commentaire.

McCabe reporta son attention sur le numéro, moins intéressé tout à coup.

– Si ce n'est pas pour l'argent, alors je ne vois pas du tout pourquoi.

– C'est bien pourquoi je ne plaisantais qu'à moitié quand j'ai suggéré que ça pouvait être Britton. Il a une raison. Je peux comprendre qu'il ait envie de me faire passer pour un con.

– Ce n'est pas Britton.

Le jongleur lançait des hachoirs en l'air. Il en laissa volontairement un tomber sur les pavés, histoire de donner un côté un peu plus dangereux à son tour d'adresse. La foule ne sembla pas particulièrement impressionnée.

– Celui qui a parlé l'a fait pour une raison précise, dit Thorne. Il faut bien qu'il en tire un bénéfice.

Une modification importante avait été apportée au tableau blanc au fond de la salle des enquêteurs : la liste des victimes avait été divisée en deux. Les noms de Mannion, Hayes et Asker constituaient une colonne. À côté, au feutre noir, était écrit : « Vict. Inconnue 1 » et « Jago » d'où partait un trait rouge menant à « 12e blindée » et un autre à « groupe de combat ».

Et, en dessous : deux points d'interrogation.

Brigstocke avait espéré que, parmi la multitude d'appels téléphoniques et de mails réceptionnés depuis le matin, il y en aurait peut-être eu un qui lui aurait permis d'effacer ces points d'interrogation. Espéré que, malgré ce qu'on avait dit à Kitson et à Holland dans le Somerset, l'armée aurait trouvé le moyen de déterrer les noms des autres soldats qui avaient servi dans le même groupe de combat que Christopher Jago en 1991.

Un déjà mort. Deux qui l'étaient peut-être aussi, ou le seraient bientôt...

En l'occurrence, trop d'appels et de mails concernaient Tom Thorne.

– C'est casse-couilles, dit Brigstocke.

Holland et lui étaient assis dans son bureau, ils venaient de terminer leur déjeuner sandwiches jambon/chips fromage et oignon qu'on leur avait livré de l'Oak, en face.

– J'ai eu l'autre branleur du Bureau de Presse sur le dos au moins une demi-douzaine de fois ! Norman, c'est ça ? Il se plaint de crouler sous les appels de tous les journaux et toutes les chaînes de télé.

Holland grimaça. Il connaissait Steve Norman pour l'avoir croisé lors d'une enquête deux ans plus tôt, lorsque la Division Enquêtes Criminelles avait dû engager une collaboration trop étroite à son goût avec les médias.

– Ce lèche-cul mériterait de crouler sous autre chose.

Brigstocke jugea préférable de faire la sourde oreille.

– J'en ai dit le moins possible, mais je pense qu'ils vont se faire une joie d'exploiter cette histoire. Personne ne semble particulièrement tenir à l'étouffer.

– C'est un peu tard, de toute façon...

– On ne sait jamais trop ce qu'il pense, ce Norman, mais c'est un malin. On a un peu tourné autour du pot, évoqué l'affaire, les missions d'infiltration, mais j'avais la nette impression qu'il savait qu'on parlait de Thorne.

On frappa à la porte.

– Il est censé le savoir ? demanda Holland, baissant d'un ton.

– Non, mais si c'est un flic qui est à l'origine de la fuite, ce n'est pas très surprenant.

– Il y a un contentieux entre Thorne et lui...

– Avec qui Thorne n'en a-t-il pas ?

Autre coup à la porte et, après y avoir été invitée, Yvonne Kitson l'ouvrit et passa la tête par l'entrebâillement. Holland surprit une réaction sur son visage en le voyant en tête à tête avec Brigstocke, en devinant qu'ils venaient de s'arrêter de parler. Mais son sentiment – curiosité, jalousie ou méfiance – ne fut que de courte durée. Il espérait qu'une fois cette enquête terminée, elle ne prendrait pas la mouche de n'avoir pas, contrairement à lui, été informée de cette opération d'infiltration. Il était convaincu qu'elle n'en serait pas blessée ; qu'elle le mettrait sur le compte des rapports professionnels privilégiés qu'il entretenait avec Thorne.

– Je vous dérange, chef ?

– Mais non, pas du tout, Yvonne. Ça va pour tout le monde après le briefing de ce matin ?

– Je pense que oui...

Après les révélations du *Standard* de la veille, Brigstocke s'était vu obligé de parler à son équipe. De mentir, de leur dire que, oui, il y avait un policier infiltré dans le cadre de cette enquête, mais que celui-ci avait été recruté, quoi de plus naturel, au SO10. Ils n'avaient pas besoin d'en savoir plus.

Personne n'avait de raisons de douter que c'était l'entière vérité. En tout état de cause, jamais aucun d'entre eux n'aurait pu imaginer que l'homme au centre de cette affaire n'était autre que Tom Thorne.

– Ça va, Dave ? demanda Kitson.

– Ouais, très bien...

En y réfléchissant, Holland aurait préféré que Kitson se charge de la liaison avec Thorne. Il se serait bien volontiers passé de ce stress.

Kitson et Brigstocke discutèrent un moment d'une autre affaire. Même si les meurtres des S.D.F. constituaient, de loin, l'enquête la plus vaste et la plus exigeante pour l'équipe, il restait encore dans ses tiroirs quarante-sept autre meurtres non résolus : des hommes et des femmes poignardés, tués par balle ou battus à mort. Des meurtres atrocement banals. Prévisibles et pervers. Règlements de comptes mafieux, violences conjugales, crimes motivés par la haine. De la prédation sexuelle aux bastons dans les pubs. Des homicides de tous les genres connus, et quelques-uns qui semblaient avoir été créés pour l'occasion. Certains s'étaient produits depuis les meurtres des S.D.F., et d'autres dataient de bien avant. Heureusement, pour un grand nombre d'entre eux, le procès allait s'ouvrir, mais trop d'enquêtes piétinaient encore, et c'étaient celles-là qu'on avait, selon le jargon en haut lieu, « dé-privilégiées ».

Il entendait presque la voix de Thorne : *« Dé-privilégiées en terme de foutus effectifs, peut-être. En terme de budget. Va expliquer aux familles des victimes qu'on les a dé-privilégiées... »*

Pour Holland, arrêter l'homme qui tuait ces anciens militaires était la seule issue acceptable ; c'était ça qu'ils devaient privilégier. Il comprenait la décision de ne pas encore révéler l'existence de la cassette vidéo. Néanmoins, il espérait que, le moment venu, même si tous les responsables, ou certains d'entre eux, étaient déjà morts, on déploierait autant d'efforts pour enquêter sur les meurtres de quatre Irakiens.

– Je vous laisse à vos petits secrets, lança Kitson au moment de sortir.

– Des trucs de mecs, dit Holland.

Brigstocke pinça les lèvres et acquiesça d'un air pénétré ; enrobant le mensonge d'une pitrerie.

En regagnant la salle des enquêteurs, Yvonne Kitson s'évertuait à maîtriser son irritation. Ce genre de conneries, elle en avait eu sa dose l'année précédente. Quand sa vie privée était devenue le thème de tous les ragots au pub et à la fontaine à eau.

Elle était, autant que les autres, encore sous le choc du briefing du matin. Tout le monde en parlait depuis la parution du journal, bien entendu, mais l'entendre de la bouche même de l'inspecteur-chef, c'était autre chose. Certes, les opérations d'infiltration ne pouvaient réussir que dans le secret, mais, en tant qu'inspecteur, elle estimait qu'on aurait pu la mettre dans la confidence. L'introduire dans le cercle rapproché.

Ce qu'elle éprouvait, elle ne l'avait laissé transparaître ni auprès de Brigstocke ni de personne d'autre. Encore une leçon qu'elle avait apprise l'année précédente. Quand Brigstocke lui avait demandé comment tout le monde le prenait, elle avait menti.

Elle espérait seulement qu'elle s'en était un peu mieux tirée que Holland et lui.

Elle entra dans la salle des enquêteurs pleine de monde et d'agitation, se demandant pourquoi des gens dont le travail consistait à découvrir la vérité mentaient comme de vrais amateurs.

Il ne se rendait dans le West End que pour le travail. Sinon, il n'en voyait pas l'intérêt. En termes de shopping et de distractions, on trouvait tout ce qu'il fallait dans son quartier, et il préférait de pas s'aventurer trop loin de son domicile. Non qu'il habite très loin ; ce n'était pas trop galère de venir en ville, vraiment pas. Mais le centre de Londres, ça l'épuisait. Une fois rentré chez lui et la tension de la journée apaisée, il se sentait fourbu, lessivé, vaguement courbatu, comme si un muscle qu'il aurait fait travailler se plaignait de cet effort.

Le West End était avide.

Où qu'on pose le regard, il tendait la main sous une forme ou une autre, entre placards publicitaires, enseignes au néon et dizaines d'étudiants étrangers distribuant des centaines de tracts inutiles. Tout le monde attendait quelque chose de vous, et pas seulement ces pauvres bougres désœuvrés qui n'avaient nulle part où aller. Tous : ceux qui travaillaient dans des boutiques et au comptoir de fast-foods, ceux en voiture, ceux qui traçaient sur le trottoir, soupirant et grommelant, donnant l'impression d'être prêts à tuer le premier qui les ralentirait ne serait-ce que d'une seconde. Tous attendaient quelque chose de vous – votre putain de fric, de temps ou d'attention –, et si l'on voulait être absolument sûr qu'ils n'obtiendraient rien de vous, qu'ils ne toucheraient à aucune partie de vous-même, il était crucial de dominer le jeu.

Il se balada dans les rues autour de Soho et de Covent Garden, passant rapidement d'un endroit à l'autre où il devait aller. Il en avait la liste dans sa poche, et ils les avait déjà presque tous faits. Au bout de Dean Street, il prit Old Compton Street en direction de Piccadilly. Passa devant des michetons en voiture et des petits branleurs des médias farcis de coke. Devant un poivrot hirsute à la respiration sifflante qui haranguait tout le monde de l'entrée d'une boutique fétichiste.

En marchant, il comprit d'où lui venait sa douleur sourde. C'était l'effort de se contenir qui vidait, de rester froid face aux propositions et aux requêtes, aux promesses de tel ou tel plaisir. C'était comme si on l'obligeait à rester perpétuellement crispé, et il savait que, une fois rentré chez lui, il devrait passer de longues heures à surfer sur les chaînes de télévision ou à manipuler le stick de sa Playstation. Le sommeil ne viendrait pas tant qu'il serait noué.

Il ne se plaignait pas. On allait là où il le fallait pour le boulot, mais il n'empêche qu'il était ravi d'avoir pu identifier ce qui le travaillait. Il l'écrirait en rentrant. Toutes ces idées sur l'avidité…

Au moins l'endroit était bien choisi, se dit-il. Étant donné la raison principale de sa présence. Après tout, si un imbécile n'était pas devenu avide, rien de tout ça n'aurait été nécessaire. Ils seraient tous encore en vie. Le Conducteur, le Tireur et…

Il attendit que l'homme qui marchait droit sur lui s'écarte pour sortir la liste de sa poche et vérifier l'adresse suivante.

À la tombée de la nuit, il serait déjà loin ; il s'y était mis tôt pour en être sûr. Il avait déjà traîné tard dans le West End, un samedi soir, expérience qu'il ne tenait pas à renouveler s'il pouvait l'éviter. C'était le moment où les bagarres éclataient, où les caniveaux semblaient être un endroit aussi bien qu'un autre pour se coucher, où toutes les ruelles ruisselaient de pisse et où tous les recoins abritaient un débile qui gerbait ou cuvait ses excès.

Le samedi soir, impossible de dire qui était S.D.F. et qui ne l'était pas.

La jeune femme blonde n'était toujours pas satisfaite du cadrage. Elle agita la main, signifiant à son modèle de se pousser légèrement sur la droite…

À Londres, on ne se retrouvait jamais à court d'occasions de prendre des photos. Les touristes au sourire *cheese* n'avaient que l'embarras du choix. Ils pouvaient mitrailler dans tous les azimuts, mais, en terme de popularité, presque aucun monument n'arrivait à la cheville d'Éros. À Piccadilly Circus, les visiteurs photographiaient à tout-va, pensant que la silhouette au sommet de la fontaine représentait le dieu de l'Amour, méprise induite par les nombreux amoureux assis sur les marches du monument. En réalité, cette statue représente l'Ange de la Charité Chrétienne, et beaucoup de ceux qui se trouvent à portée de ses flèches comptent parmi les égarés de la ville : fugueurs, junkies et tapins pour qui la charité chrétienne se fait attendre.

– Encore un peu… encore un peu…

La blonde s'exprimait avec un fort accent scandinave et n'arrêtait pas de faire des gestes de la main, désireuse de supprimer du cadre le trio de zonards défigurés et dépenaillés. Son petit ami s'impatientait de plus en plus, n'ayant pas remarqué leur présence sur les marches juste derrière lui.

Spike et Caroline croquaient à belles dents des parts de pizza trop grasses, tandis que Thorne observait attentivement ce qui se passait de l'autre côté de la place. Un gros homme en uniforme bleu non répertorié se penchait pour s'adresser à un type qui faisait la manche devant le Burger King. Après moult hochements de tête, le type se leva, ramassa sa couverture et s'éloigna.

– Qui est-ce ? demanda Thorne, désignant l'homme en uniforme.

Spike se redressa et regarda par-dessus le trafic.

– PCP, répondit-il

– Partenariat Piccadilly Circus, précisa Caroline, enfournant le dernier morceau de pizza et s'essuyant les doigts sur son jean. Une bande de petits commerçants du coin paient des putains d'apprentis Hitler pour nettoyer les rues. On m'a dit qu'ils étaient en contact radio avec la police, et qu'il y avait une salle pleine d'écrans de vidéosurveillance au Trocadero.

Elle montra du doigt l'immense centre de divertissement dans Coventry Street.

– Ils sont censés repérer des tas de trucs, genre dalles de trottoir fissurées, égouts bouchés ou autres.

– Ouais, dit Spike, allumant la cigarette qu'il venait de rouler. Ces enculés trouvent qu'y a des choses qui sentent vachement plus mauvais.

Thorne suivit des yeux l'homme en uniforme bleu qui, à présent, traversait lentement au passage piétons en face du Virgin Megastore. On voyait beaucoup de ces flics au rabais dans le West End, uniquement différenciés, pour le grand public, par les rayures fluo de leurs uniformes et de leurs casquettes à visière. À part les enflures du PCP, il y avait les vigiles qui patrouillaient par deux. On trouvait également les agents de la Prévention et de la Protection de la ville, censés soutenir la Met, qui avaient le pouvoir de maîtriser à défaut d'arrêter, et qui, en dépit de la publicité qui avait entouré leur mise en service quelques années plus tôt, étaient perçus – notamment, par les vrais policiers – comme des guignols.

– Regardez-moi ce petit merdeux, dit Caroline. Je vous parie que c'en est un qui demande à sa femme de lui pisser dessus.

Globalement, Thorne partageait ses soupçons. Il pensait que, pour avoir envie de devenir flic à plein temps, il fallait déjà être assez tordu. Tous ceux qui n'y parvenaient pas, mais qui restaient tenaillés par le désir irrésistible de porter un uniforme et de se pavaner dans les rues pour y faire régner l'ordre, étaient sûrement à surveiller de près.

Spike essayait de faire des ronds avec la fumée, mais la brise les diluait.

– Ou alors, il la fait mettre à genoux en lui demandant de faire la manche et il la menotte au lit, dit-il.

Caroline s'esclaffa.

– Avec une pancarte disant : « Sans-Abri et Sans Orgasme... »

– C'est un pervers, c'est sûr.

Thorne songeait au policier dont Mannion et d'autres avaient parlé. Celui qui, soi-disant, avait posé des questions à la ronde. Était-il possible que cet homme soit un de ces agents auxiliaires ? Au bout de quelques verres, tous les uniformes ne se ressemblaient-ils pas dans la nuit ? Il se dit que c'était peu probable. Ils n'étaient même pas certains que le policier en question ait été en uniforme, mais quand bien même, Thorne pensait que la plupart des sans-abri qui zonaient dans le West End avaient eu, pour beaucoup, maille à partir avec la justice et sauraient reconnaître un vrai policier.

Il tourna la tête et en vit justement un qui canalisait la file d'attente qui entrait lentement pour un spectacle en matinée au Criterion. Il se dit que penser tout haut ne pouvait nuire à personne.

– Vous croyez que ce tueur pourrait être un flic ?

Spike se rassit. Thorne reçut aussitôt la fumée de sa cigarette au visage.

– Va savoir ! C'est ce que beaucoup se disent. Caz pense que c'est un flic, pas vrai, Caz ?

– Y a des chances. C'est pour ça qu'ils en ont envoyé un parmi nous pour le choper. C'est comme dans les films, quand ils parlent à des tueurs en taule pour savoir comment raisonne celui qu'ils recherchent. Qui se ressemble se comprend...

Thorne acquiesça, songeant qu'il ne comprenait déjà pas ce qui se passait dans sa tête, et encore moins ce qui se tramait dans celle des autres...

– Moi, je me vois pas faire ça, dit Spike. Dormir dans la rue quand rien t'y oblige, avec un assassin dans les parages.

Caroline se pencha vers Thorne et effleura son visage. La plaie sur son front cicatrisait, et ses bleus étaient devenus bien jaunes, leur pourtour indistinct.

– Ce type saura se débrouiller, dit-elle. S'il sait aussi bien se servir de ses poings que les flics qui t'ont fait ça, il ne devrait pas avoir trop de souci à se faire.

22

– Où étais-tu passé ? demanda Holland, se positionnant sur le seuil d'une boutique pour se soustraire au bruit du trafic.

– Excuse. Je viens juste d'avoir ton message. J'ai eu envie de faire la grasse matinée...

– Où es-tu ?

– Attends... Je ne vois pas le nom de la rue. Quelque part derrière la National Gallery.

– Je te cherchais près du théâtre.

– C'est mon point de chute habituel.

– Je sais. Voyant que tu ne me rappelais pas, je suis allé au *Lift*, Brendan m'a dit que c'est là-bas que je te trouverais.

– J'ai déménagé.

Holland grommela, soulagé que Thorne aille bien, mais énervé d'avoir passé la matinée à courir dans tous les sens à sa recherche.

– On a eu un petit coup de chance, dit-il.

– Quoi ?

– Où peut-on se retrouver ?

Ils avaient marché tous les trois jusqu'au bout d'Oxford Street, puis Spike et Caroline étaient descendus dans le métro à Marble Arch pour rattraper leur manque de sommeil. Thorne avait traversé la rue, pénétré dans Hyde Park et s'était assis sur un banc près d'un des snacks de Speaker's Corner. À cette période de l'année, il était agréable de se poser dans ce triangle au nord-est du parc. Si la terre foulée des bas-côtés de la piste cavalière était devenue boueuse, ailleurs, des crocus en fleur ajoutaient une touche de couleurs vives et éclatantes. Les pelouses clôturées étaient toujours luxuriantes, et malgré les sacs en plastique qui s'agitaient à de nombreuses branches, le feuillage des arbres fournissait bien d'autres couleurs – vert, bronze, jaune beurre.

Vingt-quatre heures plus tôt, comme tous les dimanches matins, experts en politique, fanatiques et cinglés de tout poil avaient investi ce lieu en force. Debout sur leurs estrades de fortune, braillant sur la liberté, la prise de conscience et les extra-terrestres qui leur adressaient des messages via leur grille-pain, chacun d'eux faisant honneur à la tradition de la liberté d'expression garantie en ce lieu par une loi du Parlement promulguée voilà cent vingt-cinq ans. En cette mi-journée de ce lundi sinistre, se gelant les couilles et subissant les premières attaques d'un mal de crâne, Thorne trouvait plus reposant de se figurer le gibet de Tyburn qui se dressait à cet endroit des siècles plus tôt. Il lui était plus facile de s'imaginer entendre les grincements de la corde sous les balancements d'un corps – voire de vingt-quatre, un jour, au Triple Tree[1] – et les cris sanguinaires de la foule que de supporter les voix du débat et de la discussion.

Holland se laissa tomber à côté de lui et fit un signe de tête vers les chênes des marais en demi-cercle, d'un rouge flamboyant contre le briquetage blanc cassé de l'autre côté de Park Lane.

– Sur quel sujet aurais-tu envie de t'époumonner ?

– Hein ?

– Si tu avais une foule devant toi, et que tu puisses parler de ce que tu veux…

C'était là une des raisons pour lesquelles Thorne appréciait la compagnie de Holland ; pour lesquelles il s'était fait mal voir par ceux qui, même brièvement, avaient pris la place de l'ex-constable. Holland avait le don précieux de

1. « Arbre triple », autre nom du gibet à cause de ses trois branches.

savoir percer la carapace de son humeur exécrable par une remarque légère ou apparemment innocente, par une question anodine posée trop gaiement. Les fois où Thorne était de très mauvais poil, il lui arrivait de mettre ça sur le compte de l'insensibilité de Holland, mais, le plus souvent, c'était tout le contraire.

– Si je savais ! répondit Thorne. Au train où vont les choses, je pense que je finirai parmi la brigade des grille-pain à extra-terrestres.

– Pardon ?

Thorne secoua la tête. Sans importance.

– Et toi ? demanda-t-il.

– Par où veux-tu que je commence ? J'essaierais de rallier les gens à l'idée que tous les enfants devraient être bien encadrés entre un et seize ans. Je leur demanderais de me soutenir dans ma campagne pour la prolongation du congé paternité dans la police de, disons, cinq ans, et qu'ils prônent la gratuité de l'alcool et des vacances dans les Caraïbes. Je leur demanderais si quelqu'une voudrait coucher avec moi...

– C'est un peu difficile à la maison ?

– Il reste de la place devant l'entrée de ton théâtre ?

Thorne fit de son mieux pour sourire, et s'adossa au banc. Il regarda deux écureuils se courser autour d'une poubelle ; une pie sautiller paresseusement hors de portée de l'un d'eux.

Holland ôta ses gants pour sortir quelque chose de sa serviette.

– Je plaisantais, précisa-t-il.

C'était un magazine. Papier glacé, un soldat au visage fermé en couverture : du sable tout autour, et des sacs de sable à ses pieds ; un rideau de poussière noircissant derrière lui. Un titre barrait le haut de la page en lettres rouge vif : « Glorieux ».

– C'est la revue du régiment, dit Holland. C'est leur surnom : les « Gars Glorieux », ou les « Glorieux de la 12e ». L'assistante du commandant, au QG, me l'a envoyée...

– Elle te l'a envoyée ? À toi ?

– Je ne m'y attendais pas. C'est le numéro du printemps 1991.

Thorne lui lança un regard soupçonneux, puis commença à feuilleter le magazine.

– Je suis sûr qu'elle cherche vraiment à nous aider, dit Holland en essayant d'afficher un sourire suffisant, mais qui rougit malgré lui. Mais je crois que je lui ai tapé dans l'œil…

– Classique. Nos meilleurs enquêteurs s'investissent vingt-quatre heures sur vingt-quatre, et on obtient une piste parce qu'une nana, timbrée ou nympho, s'imagine que tu as un beau cul.

Le magazine mélangeait informations sur le régiment, courrier, jeux, critiques littéraires, publicités pour des kits de modélisme, des services financiers et des week-ends de tir. Et, bien sûr, la rubrique nécrologique des anciens du régiment, et de ceux qui étaient morts plus jeunes, en service actif.

Plus de la moitié de la revue était consacrée à des articles et des photographies, dont la majorité concernait ce qui, au printemps 1991, était le conflit d'actualité dans le Golfe : « Noël au Koweït », « Bouclier du désert : le point de vue d'un soldat », « Dans la Tempête ».

– C'est là, dit Holland, montrant une page marquée par une bande de papier. C'est ce qu'elle voulait qu'on voie.

Thorne déplia le marque-page surmonté de l'emblème du régiment et de sa devise en latin. Le message était écrit à l'encre bleue : *« Je pensais que ce serait peine perdue, mais je crois que la chance nous a souri. La photographie est ce qui vous intéressera sûrement le plus. Lt. Sarah Cheshire. »*

– Pas même « Bises » ? fit mine de s'étonner Thorne.

– Je préfère ne pas avoir entendu. Nos quatre hommes sont au milieu de ceux-là, dit Holland en montrant la photo qui prenait la moitié de la page.

Une vingtaine de soldats posaient devant l'objectif, alignés devant, autour et, pour certains d'entre eux, sur trois blindés. Tous portaient des tenues de camouflage désert, des bérets, et étaient armés d'un fusil, et rares étaient ceux qui souriaient. La légende, à droite de la photo, indiquait : « *Détachement. 2e escadron opérationnel. Port de Brême. Octobre 1990.* » Les visages étaient minuscules, les traits à peine visibles.

– Juste avant qu'on les envoie dans le Golfe, dit Holland. Lui, là, c'est Jago.

Thorne lut la liste de noms sous la photo. Ils étaient dans le désordre. Impossible de savoir comment relier les noms à chacun de ces hommes.

– Comment le sais-tu ?

– Nous avons scanné la photo et l'avons envoyée par mail à Susan Jago. Elle a reconnu son frère.

– A-t-elle reconnu quelqu'un d'autre ?

– Elle nous avait dit qu'elle n'avait vu qu'une photo du détachement entier… et c'était il y a des années.

Thorne examina la photographie. Il crut déceler de l'appréhension – voire de la peur – sur un ou deux visages, puis il finit par se dire que ce devait être une simple projection de sa part. Il ne pouvait pas plus savoir ce qui se passait dans la tête et dans le cœur de ces soldats que déchiffrer le regard des quatre qu'il avait vus commettre des meurtres sur une vidéo de mauvaise qualité. Il avait ces hommes sous les yeux en cet instant, il regardait leurs visages. Si certains d'entre eux étaient toujours en vie, ils avaient un moyen de les retrouver.

– Comment se fait-il qu'ils n'aient pas été poursuivis, Dave ? Que personne n'ait découvert ce qu'ils avaient fait ?

– On ne sait jamais : l'armée a pu être au courant et décider d'étouffer l'affaire.

Thorne en doutait.

– Ou ils ont peut-être enterré les corps.

Il réfléchit un moment, pensa à des fosses creusées dans le sable mouillé une fois que la caméra avait cessé de tourner. Ce qui lui rappela autre chose.

– Des retours du labo ? demanda-t-il. Ils devaient restaurer le son de la vidéo…

Holland leva les yeux au ciel.

– Tu ne vas pas le croire : on l'a envoyée à un service spécial en Californie.

– Pourquoi ? On n'a pas pu le faire ici ?

– Pas si on voulait avoir un résultat avant Noël.

– Pfff, soupira Thorne en rendant le magazine à Holland. Nous allons contacter l'armée avec ces noms, je présume ?

– Oui, ça devrait être simple comme bonjour pour eux. On sait qu'aucun de ces hommes ne sert encore dans la 12e blindée, mais on devrait pouvoir établir s'il y en a qui ont été mutés. Maintenant qu'on a les noms, on peut enfin s'adresser au Service du personnel des armées.

– Je pense tout de même qu'on devrait essayer de les localiser par nous-mêmes, dit Thorne, se levant. On sera peut-être plus rapide que l'armée.

– C'est l'idée. Il nous faut juste trouver quelqu'un qui ait une bonne mémoire. Qui puisse se souvenir des trois autres qui faisaient partie du groupe de combat de Jago.

– Commence par les noms les moins répandus. Laisse les Smith et autres Jones pour plus tard…

– Je n'y aurais jamais pensé, dit Holland, considérant Thorne comme si celui-ci lui avait expliqué comment nouer ses lacets.

Thorne lui rendit son regard.

– Oh, mille excuses… sergent !

Holland remit ses gants et se leva. Ils se dirigèrent vers le sud, vers la Serpentine. Il se mit à bruiner. Holland ouvrit aussitôt sa serviette pour en sortir son parapluie, mais, voyant Thorne avancer sous la pluie comme si de rien n'était, il se ravisa.

– Au fait, pourquoi as-tu « déménagé » ? demanda-t-il. Tu essaies de faire baisser le standing du maximum d'endroits possible ?

– Pas le choix. Le gars dont je squattais le point de chute va se pointer. Aujourd'hui ou demain. Il ne faut pas plaisanter avec ces choses-là…

La veille, Spike lui avait dit et redit que Terry T revenait à Londres. Il l'avait appris de source sûre, et comme Terry tiendrait à récupérer son coin, il serait bon que Thorne crèche ailleurs. Terry T était très baraqué et très susceptible. Thorne avait fait mine de prendre au pied de la lettre la blague à laquelle il n'avait déjà pas cru le soir de leur rencontre…

– Ton visage, ça va ? demanda Holland.

C'était la première fois qu'il posait les yeux sur Thorne depuis son interpellation, faisant ainsi allusion au souvenir que Thorne en avait gardé.

– Quoi, tu viens seulement de le remarquer ?

– Je pensais que tu voudrais pas qu'on te bassine avec ça.

– Avec quoi ? rétorqua Thorne, soudain énervé et provocateur. Le fait qu'on m'ait explosé la gueule ? Ou les raisons pour lesquelles on l'a fait ?

Ils marchèrent quelques minutes en silence.

– C'est pas joli-joli, dit Holland. Je parle de ton visage. Je me demandais si tu ne souffrais pas trop, c'est tout. Je pensais que Phil Hendricks pourrait peut-être te donner des antalgiques ou autres.

Thorne se sentit merdeux d'avoir été cassant.

– Ne t'inquiète pas pour mon visage, Dave. Il est en purée, mais sous les bleus, je n'ai rien perdu de mon charme.

– C'est bien dommage.

Ils sortirent dans Carriage Drive, face à Hyde Park Corner. Thorne avait décidé d'emprunter le chemin des écoliers, de retourner dans le West End par Piccadilly. Holland comptait retourner à Colindale en métro.

– Tu sais ce qui est le pire dans le fait que tu aies été promu sergent ? demanda Thorne. C'est que je ne peux plus t'appeler « constable », en insistant sur le « con »…

Son samedi avait été un peu mouvementé, mais il avait eu ce qu'il voulait, et le reste du week-end avait, en fait, été très agréable. Il avait pris le bateau jusqu'à Greenwich, et s'était promené aux abords du musée maritime. Assis dans un pub sympa sur les bords de la Tamise, il avait bu deux ou trois bières et fait honneur à son déjeuner dominical. Plus tard, il avait fureté dans les magasins d'antiquités et les boutiques d'articles d'occasion. Il s'était acheté un jeu vidéo et un blouson en daim.

Pour qui prenait la peine de regarder, il existait plein d'endroits comme celui-là à Londres, au nord comme au sud du fleuve ; des endroits pittoresques, ayant du caractère. On se demandait bien pourquoi ceux qui finissaient à la rue préféraient s'agglutiner comme des rats dans le West End. Étaient-ils attirés par les lumières ? Trouvaient-ils le quartier glamour ? Ça le dépassait. Eux qui pouvaient aller où bon leur semblait, dormir où ça leur chantait. N'était-ce pas justement l'un des rares avantages à être S.D.F. ?

En dépit de tout ce qu'il avait appris sur l'existence que ces gens menaient – et il avait fait son affaire d'en savoir long –, il ne pouvait s'empêcher de penser que, pour certains d'entre eux, c'était un choix de vie. Il y avait les rares – les faibles d'esprit ou autres inadaptés – destinés à finir en marge de la société, mais pour d'autres, il semblait que ce soit un choix de vie. D'après ce qu'il voyait, ces gens-là ne voulaient rien y faire, et rejetaient toute aide extérieure. Difficile d'éprouver la moindre compassion pour eux…

Compte tenu de ce qu'il faisait, il savait très bien qu'on pouvait difficilement attendre de lui qu'il ait un autre point de vue sur la question, mais c'était sa véritable opinion. Il était intimement persuadé qu'il pouvait agir comme il l'avait fait et rester objectif sur ce qui se passait dans le monde. Ceux qui étaient morts n'étaient morts pour aucune autre raison que par stricte nécessité. S'il avait fait ce qu'il avait fait – s'il avait bien été obligé de le faire –, ce n'était ni plus ni moins que par instinct de conservation. Et pour le fric, évidemment.

Mais rien d'autre.

Il pouvait dire en toute sincérité qu'il ne voulait aucun mal à ceux qu'il avait tués.

Aujourd'hui, il n'avait plus de travail et était moins détendu que lors de sa balade à Greenwich. Tout aurait dû être déjà bouclé, mais quand il s'agissait de se protéger, il valait mieux être raisonnable, et deux précautions valaient mieux qu'une...

Il passait ce lundi morne à maîtriser son jeu vidéo, aiguisant ses réflexes et concentrant son esprit. Demain, il reviendrait à sa préoccupation du moment.

23

Jason Mackillop, constable auxiliaire, cherchait à tout prix à faire bonne impression. Il était facile de se perdre dans une enquête majeure telle que celle-ci, mais également possible, à condition d'être au bon endroit au bon moment, ou au téléphone avec la bonne personne, de devenir en quelques instants le héros du jour. Le facteur chance n'avait pas été abordé pendant les cinq semaines de stage de formation des policiers à Hendon, mais toutes les nouvelles recrues savaient qu'il était tout aussi important que ce qu'on leur enseignait : sciences forensiques, investigation de scène de crime, manipulation des pièces à conviction, production de preuves, attitude à la barre des témoins.

Vingt-trois ans, c'était jeune pour un constable auxiliaire. Il n'était plus qu'à six mois de sa titularisation, mais après sa période d'essai et une année comme suppléant, et les deux suivantes comme factotum à la Brigade criminelle, il se sentait plus que prêt pour passer à la vitesse supérieure. Il avait déjà prouvé sa capacité à gérer les tâches courantes, et saisir une occasion comme celle-ci ne lui porterait certainement pas préjudice…

Mackillop raccrocha, inspira à fond et prit la feuille de papier sur laquelle il venait de griffonner des notes. Il devait transmettre l'information sans délai, mais l'espace d'une ou deux secondes, il se demanda à qui. Devait-il respecter la hiérarchie ou s'adresser au plus haut gradé qu'il croiserait ? Auquel cas, ne risquait-il pas d'en vexer plus d'un ? C'était génial de faire bonne impression, mais ça pouvait être une très mauvaise idée de s'aliéner ceux qui se trouvaient juste un ou deux barreaux de l'échelle au-dessus de soi.

Dans l'ensemble, ils formaient une bonne équipe, il n'y avait pas plus de petits branleurs qu'ailleurs : Andy Stone était le genre de gars qu'on aimerait avoir comme copain, mais Mackillop se demandait s'il était un bon flic ; Kitson semblait être très appréciée, mais il lui arrivait de prendre un air qui donnait à penser qu'il valait mieux la brosser dans le sens du poil ; Holland pouvait être un peu distant, mais il venait d'avoir de l'avancement, alors il ne devait pas chômer. Mackillop avait beaucoup entendu parler de l'inspecteur Thorne, mais ne l'avait jamais vu.

Alors qu'il balayait des yeux la salle des enquêteurs, serrant la feuille de papier entre ses doigts moites, il vit Kitson qui l'observait depuis la machine à café. Son regard glissa du visage du constable auxiliaire au papier qu'il agitait à présent à bout de bras.

– Ça va, Jason ?

– Chef…

Mackillop la rejoignit et, dans la minute, il comprit qu'il avait fait le bon choix. Quand il l'eut informée de la teneur de la conversation téléphonique et lui eut montré ses notes, Kitson fit exactement ce qu'il avait espéré : elle le félicita pour son travail bien fait, puis lui indiqua le bureau de l'inspecteur-chef.

Il ne voyait ni Spike ni Caroline Un-Jour, ils arriveraient sans doute plus tard, mais Thorne reconnut beaucoup de visages autour de lui. Il aperçut Saint Joe, et aussi l'ivrogne qui l'avait apostrophé devant St Clement Danes, ainsi que d'autres avec qui il avait échangé quelques mots dans les soupes populaires autour du Strand.

Il demanda si l'un des visages inconnus appartenait à Terry T.

Brendan Maxwell fouilla du regard la cafétéria, puis revint à son petit déjeuner.

– Non, je ne le vois pas. Pourquoi ?

– Je squattais son point de chute la nuit, puis Spike m'a dit qu'il était de retour. Alors, il faut que je me trouve un autre endroit.

– Ça ne fait jamais de mal de déménager.

Thorne enfourna le reste d'un sandwich aux œufs et au bacon, et répondit, la bouche pleine :

– C'est sûr...

– Beaucoup d'usagers ont la bougeotte ces derniers temps, chuchota Maxwell. Certains ont pris l'habitude de toujours dormir dans un endroit différent, ou de passer la nuit en foyer d'hébergement. On les comprend.

– Je ne veux pas aller en foyer.

C'était à dessein qu'il était venu tôt au *Lift*. La batterie de son mobile était à plat, et il l'avait mise à recharger dans le bureau de Maxwell. En attendant, ils étaient descendus petit-déjeuner à la cafétéria.

Maxwell but une gorgée de thé.

– Au fait, dit-il, tu as vu ton copain flic ? Je lui avais dit qu'il te trouverait près du théâtre.

– Oui, il a fini par me localiser.

Depuis leur rencontre de la veille lors de laquelle Holland lui avait montré la revue militaire, Thorne était impatient d'avoir des nouvelles. Ce n'était plus qu'une question de temps avant qu'ils obtiennent des noms. Il sentait qu'ils allaient franchir une étape et passer à la vitesse supérieure. Bien sûr, ce sentiment, il l'avait déjà éprouvé bien des fois. Souvent, il signifiait juste qu'on allait se prendre le mur beaucoup plus vite.

– Que devient Phil ?

Ça faisait presque quinze jours que Thorne ne l'avait pas vu.

– Il m'a dit de m'assurer que tu prennes des antalgiques si tu avais trop mal.

– Putain, vous vous liguez tous contre moi !

Maxwell accusa le coup, puis haussa les épaules quand Thorne secoua la tête. À l'autre bout de la salle, une assiette se fracassa par terre. Maxwell se joignit comme les autres à l'hilarité générale.

– Tu visites notre belle ville, alors ? demanda-t-il.

– Plus que jamais, mais je ne sais pas si « belle » est de circonstance.

– Tu vois ce qui n'est pas répertorié dans les guides, hein ?

– C'est comme être dans *Panorama*[1], mais avec encore plus de meurtres.

Derrière eux, dans la file d'attente au comptoir, des voix s'élevèrent soudain. Maxwell repoussa sa chaise et se leva, prêt à intervenir, mais l'homme qui criait le plus fort s'éloignait déjà vers la porte, en disant à qui voulait l'entendre d'aller se faire foutre.

Maxwell se rassit.

– Mais Phil m'a dit que tu aimais les ambiances glauques, pas vrai ? Toutes les horreurs du « musée noir » de Scotland Yard, hein ?

Thorne se sentit gagné par l'agacement. Il se demandait si Maxwell en rajoutait ou si Hendricks lui avait réellement fait passer ce message. Sachant que celui-ci avait un jour essayé d'expliquer à Maxwell la passion de Thorne pour la country en lui disant qu'il n'aimait que les chansons qui parlaient d'amour et de chiens errants, tout était possible.

– J'aime l'Histoire, et il se trouve qu'à Londres, une grande part en est... sombre.

– Et n'arrête pas de s'assombrir, dit Maxwell, poussant vers le côté de son assiette les restes de son petit déjeuner.

Thorne, sentant une présence derrière lui, tourna la tête et vit Lawrence Healey, debout, tenant un plateau.

– Je peux me joindre à vous ? demanda-t-il.

Maxwell posa sa fourchette et but le restant de son thé.

– On est dans un pays libre, dit Thorne.

Maxwell lança au nouveau venu un regard que Thorne ne put déchiffrer.

– Préviens-moi si jamais tu as besoin d'autre chose, dit-il à Thorne avant de quitter la table.

Healey s'attaqua à un bol contenant ce qui ressemblait vaguement à des céréales. Un yaourt et une tisane déga-

1. *Panorama* est, depuis 1953, une émission de télévision d'investigation journalistique, sur la BBC.

geant une odeur infecte trônaient sur son plateau. Au bout d'une ou deux minutes de silence gêné, Healey s'éclaircit la gorge.

– Je voulais savoir comment vous alliez, mais, à vous voir, je crois que je n'ai pas à m'inquiéter.

– Vous auriez dû voir le flic.

– Je l'ai vu hier.

Thorne ne sut que répondre.

Healey s'exprimait avec une voix encore plus snob que dans le souvenir de Thorne, en parfaite adéquation avec son ton pince-sans-rire.

– Nous avons une réunion hebdomadaire avec des policiers de la Brigade d'assistance aux sans-abri. Pour faire le point.

Il fixa Thorne quelques instants, rajusta ses lunettes sur son nez, puis s'attaqua de nouveau à ses céréales. Thorne le regarda manger. Bronzé, et très en forme sous une chemise peau de pêche. Cela étant, la majorité des gens avait meilleure allure que Thorne. Ou que les individus au teint couperosé, hâve ou cireux, ou complètement défoncés à l'alcool ou à la came qui évoluaient autour d'eux.

– Merci de votre sollicitude, marmonna Thorne. Mais je ne m'en fais vraiment pas.

– Vous pourriez avoir besoin de conseils juridiques.

– Ça va bien se passer…

– Nous pouvons vous aider dans ce domaine.

Thorne ne dit rien. Il se retourna et regarda un moment le tableau d'affichage, décida qu'il sècherait sûrement l'atelier d'écriture de poésie.

– Mais tout se passe bien ? insista Healey. De façon générale, j'entends ?

– J'ai connu des jours meilleurs…

– Je me doute.

– Ah oui ?

– Croyez bien que je comprends que ce ne soit pas facile, dit Healey, parlant soudain très bas comme un pasteur trop zélé – ou comme Tony Blair. C'est l'adaptation qui est le plus difficile…

En effet, Thorne trouvait que le plus dur était de s'adapter au comportement des autres, à la façon dont ils le voyaient. En général, il y avait deux sortes de réactions : soit on l'évitait, soit on l'ignorait. Dans le premier cas, les gens s'écartaient pour passer à distance respectable, les plus sensibles s'efforçant de le faire le plus discrètement possible. Dans le second cas, il avait le sentiment d'être devenu tout bonnement invisible aux yeux des passants. Ces deux attitudes étaient typiquement britanniques dans leur dissimulation sournoise, mais ni plus ni moins, trouvait Thorne, que celle de certains se retrouvant face à des gens qu'ils connaissaient vraiment. Au moment de saluer quelqu'un qu'ils n'ont pas vu depuis longtemps, par exemple. Thorne songea à une phrase toute faite qu'il détestait, et qu'on balançait indifféremment à des gens qui avaient l'air malade ou déprimé, dont la tenue était affligeante ou qui avaient pris du poids : « Mais tu as l'air en pleine forme... »

Soudain, une main s'abattit sur l'épaule de Thorne et un type aux yeux chassieux, efflanqué comme un whippet et à l'haleine chargée en xérès doux, se pencha vers lui et lui souffla au visage :

– Bonne période, hein ? Bonne période...

Thorne ne comprenait absolument pas de quoi cet homme parlait. Il le regarda s'éloigner et accoster quelqu'un à la table voisine, puis se retourna vers Healey.

– Mais j'ai rencontré des gens fascinants, dit-il.

– Ça fait combien de temps maintenant ? Environ un mois, c'est ça ?

– À peu près. On perd la notion du temps.

Thorne ne savait pas exactement combien de sans-abri fréquentaient le *Lift*, mais il ne put s'empêcher de se demander si Healey en savait autant sur tous ses clients.

– Et vous ? demanda-t-il.

– Pardon ?

– On est tous les deux des « petits nouveaux », si ma mémoire est bonne. Comment vous vous adaptez ?

– Oh... je suis bien intégré maintenant, vraiment bien, je vous remercie.

– Je vous demandais ça comme ça.

– Certains se méfient d'un nouveau chef, vous savez ? Il faut se faire une raison et aller de l'avant, quoi que les autres en pensent. Il est parfois utile de s'entêter.

L'inquiétude jusque-là perceptible dans la voix de Healey avait cédé la place à une certaine causticité. Thorne perçut de la résolution derrière l'intonation bon genre un peu niaise, et ses airs d'âme charitable. Il comprenait très bien ce dont Healey parlait. S'entêter, on le lui reprochait souvent – mais en langage moins policé.

– Ça pourrait vous aider à vous sortir de la rue, dit Healey.

– C'est peut-être ce qui m'y a mis.

– Vous avez envie qu'on en parle ?

– Pas une envie folle...

Quand Healey se décida à ouvrir son yaourt, Thorne se leva et prit son manteau sur le dossier de sa chaise.

– J'ai beaucoup apprécié notre conversation, dit Healey.

– Vous devriez sortir plus souvent, rétorqua Thorne.

Il alla glisser son plateau dans le chariot près du comptoir, puis se retourna pour s'assurer que Healey n'avait pas bougé. Il voulait vérifier s'il avait reçu des messages, et, tant que Healey mangeait, c'était le moment idéal pour faire un saut au bureau et récupérer son téléphone.

L'apparence jouait un rôle primordial ; de l'avis de Brigstocke, en tout cas. C'était comme passer pour un dur, être craint. Certes, le mental comptait, ainsi que la volonté d'infliger de la douleur, et de la subir, mais une fois que le pli était pris, alors l'apparence devenait essentielle. L'expression de la bouche et la façon dont les yeux captaient la lumière avaient bien plus d'importance que la carrure ou que la force du coup de poing.

Brigstocke trouvait que Jason Mackillop avait bien l'air d'un flic. Cheveux ras et peau grêlée de cicatrices d'acné. Bien bâti sous son costume bleu de chez Marks & Spencer, posture un peu gauche, comme s'il se penchait en permanence sur quelques chose : le toit d'une voiture banalisée, le rebord de fenêtre d'une salle d'interrogatoire, un bar. Évidemment, Jason Mackillop ressemblait à l'idée qu'un directeur de casting se faisait d'un flic, mais comme la majorité des vrais policiers ressemblaient à des conseillers financiers – Brigstocke s'incluait dans le lot –, ce n'était sans doute pas une mauvaise chose. Pour l'heure, regardant le constable auxiliaire planté devant lui, il décida que Jason Mackillop était tout à fait le genre de flic qu'il serait ravi de voir plus souvent.

– Alors, ces noms..., dit Brigstocke.

On s'était partagé la liste des « Glorieux », et Mackillop avait tiré le bon numéro. Parmi les noms qui lui étaient dévolus figurait celui de l'auteur de l'article, et non seulement on avait retrouvé facilement la trace du lieutenant de vaisseau Stephen Brereton, mais celui-ci avait pu, sans difficulté, fournir les informations recherchées. Brereton, à présent commandant au Service de communication du ministère de la Défense, se souvenait très bien de Chris Jago. Il avait évoqué leur affectation à Brême, le goût de Jago pour la bière et les filles allemandes. Il avait raconté à Mackillop que tous les groupes de l'escadron étaient très unis, qu'une émulation entre eux étaient fortement encouragée. Brereton n'avait pas paru se formaliser du fait qu'on ne pouvait lui dire pourquoi la police s'intéressait de près à ces militaires, et s'était déclaré tout disposé à consulter ses anciennes revues et journaux intimes remontant à la première guerre du Golfe. À peine dix minutes plus tard, il avait rappelé pour communiquer les noms des trois autres hommes aux commandes d'un char de combat Challenger avec Chris Jago, début 1991.

– L'autre commandant, dans le Somerset... Poulter, c'est ça ?, nous a déclaré que ces groupes de combat changeaient régulièrement d'affectation, qu'on pouvait permuter des soldats selon les situations sur le terrain. Comment Brereton peut-il être certain que ce sont ces hommes qui étaient dans ce tank le 26 février 1991 ?

– Il ne l'est pas, répondit Mackillop. Pas à cent pour cent, en tout cas. Je lui ai donné la date exacte, et il m'a répondu que sa mémoire n'était pas infaillible. Il pensait toutefois qu'il se souviendrait s'il y avait eu des blessés ou des transferts de dernière minute, ou bien des raisons pour que les membres de ce groupe aient été séparés.

Brigstocke tendit la main, signifiant à Mackillop de lui remettre la liste, au lieu de quoi celui-ci lut les noms à voix haute à l'intention de l'inspecteur-chef.

– Le soldat Christopher Jago était le Canonnier ; le vice-caporal Ryan Eales, le Chargeur/opérateur ; le soldat Alec Bonser, le Conducteur, et le Commandant était le caporal Ian Hadingham. Je pense qu'on a notre groupe au complet, chef.

Jago. Eales. Bonser. Hadingham.

Brigstocke fixait les noms des quatre hommes qui détenaient la clé de l'élucidation d'une série de meurtres. Quatre hommes qui, eux-mêmes, avaient commis des meurtres et qui, apparemment, les payaient aujourd'hui au prix de leur vie.

– Cela étant, on ne sait toujours pas lequel des quatre est la première victime, dit Mackillop. Ça peut être Eales, Bonser ou Hadingham.

Brigstocke acquiesça.

– Maintenant qu'on a identifié le groupe, on peut mettre un peu plus la pression sur le service du personnel des armées...

– C'est fait, chef.

– Je ne peux pas vous promouvoir avant que vous ayez décroché vos galons de constable, vous savez, Jason.

Mackillop piqua un fard.

– Enfin, ce n'est pas encore fait, mais le commandant Brereton m'a assuré qu'il allait les appeler et faire de son mieux pour nous communiquer les infos de base le plus rapidement possible.

– Les « infos de base » ?

– Photos individuelles des soldats, et peut-être certains éléments de leur dossier militaire : taille, poids, couleur des cheveux, groupe sanguin, ce qui, avec un peu de chance, nous permettrait d'identifier notre cadavre mystère.

– Avec un peu de chance...

Brigstocke se disait qu'il leur faudrait plus qu'une photo. Le tueur avait laissé ses victimes dans un état qui les rendait particulièrement méconnaissables.

– Il pense pouvoir faire ça, alors, ce commandant Brereton ? dit-il.

– Il m'a donné l'impression d'être confiant, oui. Je pense qu'ils réagissent mieux quand les demandes d'informations émanent d'autres militaires.

Brigstocke décrocha son téléphone.

– Pas comme la plupart de nos gradés en haut lieu réagissent entre eux, alors ?

– Chef... ?

– Vous connaîtrez mes intentions bien assez tôt.

Brigstocke composa un numéro, et montrant la feuille de papier, ajouta :

– Bien joué, Jason. La chance vous a souri, aucun doute là-dessus...

– Oh, c'était le hasard pur et simple, chef, je le sais bien.

– La chance ne sert que si l'on s'en sert. Il semble que vous vous en soyez très bien tiré avec ce Brereton.

Mackillop reçut le compliment en homme qui aurait déjà une longue expérience. Tout juste un petit signe de tête. Mais le spasme de contentement sur son visage, un peu comme s'il se retenait d'éternuer, au moment où il se détournait pour sortir, n'échappa pas à Brigstocke.

Celui-ci s'enfonça dans son siège et écouta la sonnerie du téléphone à l'autre bout de la ligne. C'était ridicule, mais il était aussi surexcité que Mackillop à la perspective d'annoncer au superintendant en chef Trevor Jesmond les premières vraies bonnes nouvelles qu'il ait à lui communiquer depuis bien longtemps.

Tous les quatre – Thorne, Spike, Caroline et Terry T – étaient attablés dans un café miteux derrière Charing Cross Road. Terry, qui était rentré de voyage avec quelques livres en poche, avait tenu à payer une tournée générale de thés et de beignets. Ça plus le fait que, dans sa bouche, l'expression « petit con » devenait un terme affectueux firent que Thorne accrocha tout de suite avec lui.

– Alors, c'est toi le petit con qui a squatté mon coin ? avait lancé Terry quand on les avait présentés.

Sa voix était aiguë et rauque, nourrie d'un fort accent londonien.

– Ouais, je pense que ça doit être moi. Je te gardais la place au chaud.

– Pas de problème, mec.

Terry T était aussi grand que Spike l'avait dit, mais, en revanche, d'une maigreur effrayante. Thorne lui donnait la petite quarantaine, mais il faisait beaucoup plus vieux à cause de ses joues hâves, de sa bouche quasiment édentée et de son crâne apparemment chauve sous son informe casquette verte. Un hybride de Nosferatu et du Roi des gitans. Une plume pendait à une de ses oreilles, et il avait ôté son écharpe pour révéler un gros cadenas désargenté, au bout d'une chaîne à son cou, qui avait nettement verdi sa peau juste en dessous.

Surprenant le regard de Thorne, Terry prit sa chaîne entre ses doigts.

– J'ai perdu la putain de clé, et voilà !

– Alors, t'étais où, T ? Qu'est-ce t'as fait ?

Spike ne tenait pas en place, et pas seulement pour la raison habituelle. Il était tout heureux de revoir son ami.

– Je suis allé un peu partout, répondit Terry. Dans le Nord, à Birmingham et Liverpool, et encore plus haut, mec, à me geler avec les Scottish.

Spike trempa un beignet dans un verre de Coca, le laissa goutter.

– Je croyais que la plupart des Écossais étaient à Londres, dit-il.

– Figure-toi qu'y en a encore plus là-bas, rétorqua Terry.

Spike leva les yeux au ciel d'un air prétendument atterré.

– Putain, c'est dégoûtant, ils viennent ici, ils font la manche, ils boivent notre Special Brew, marmonna-t-il en caricaturant un accent écossais.

Terry et Caroline s'esclaffèrent.

– Comment t'as voyagé ? demanda Thorne.

– En stop, surtout. J'ai pris deux ou trois fois le train sans billet en faisant gaffe au contrôleur et en passant beaucoup trop de temps dans les chiottes.

– J'imagine qu'il fait beaucoup plus froid dans les rues, là-bas.

– J'étais hébergé, mec. Surf-canapé.

Instinctivement, Thorne se tourna vers Spike en quête d'une explication.

– Surf-canapé, répéta celui-ci en écartant les bras comme un surfeur en pleine action. On surfe sur la vague des canapés, quoi. On pieute par terre chez les gens, dans un canapé, dans un fauteuil, ce qu'on trouve.

– Y en a beaucoup qui pratiquent ce sport, dit Caroline.

Elle jouait distraitement avec le petit tas de sucre qu'elle s'était amusée à verser sur la table, y dessinant des formes du bout du doigt. Soudain, d'un revers de main, elle envoya le sucre par terre.

– Tu trouves qu'on est déjà nombreux à dormir dans la rue et dans des foyers ? dit-elle. Eh bien, tu peux multiplier ces chiffres par dizaines de milliers...

Autant qui, commodément, n'étaient jamais comptés dans les chiffres officiels ; autant de « sans-abri invisibles ». Thorne se demanda si Terry T savait ce qui s'était passé depuis son départ. Ce qui était arrivé à certains de ceux qui ne pouvaient s'abriter.

– T'es parti quand, Terry ?

Caroline lança un coup d'œil à Thorne. Il comprit qu'elle savait à quoi il pensait, mais sans avoir de certitude sur ce qu'elle essayait de lui dire.

– Oh, quelques jours après que le pauvre bougre se soit fait massacrer la tête vers Golden Square. C'était quand, déjà ?

– Il y a deux mois, répondit Spike.

– On a chopé le gars qui l'a fait ?

Terry ne se souvenait pas de la dernière fois qu'il avait lu un journal ou regardé les infos à la télé ; il ne savait pas que, depuis cette première victime, d'autres étaient morts. Caroline le mit au courant des meurtres de Ray Mannion et de Paddy Hayes ; elle prit sa longue main osseuse dans la sienne, et lui raconta ce qui était arrivé à Radio Bob.

– Terry et Bob étaient potes, glissa Spike à l'oreille de Thorne comme si ce n'était pas évident.

– On sait pourquoi ? finit par demander Terry.

– Ils en ont pas la moindre idée, si tu veux mon avis, maugréa Spike.

– Il paraît qu'un flic est parmi nous dans la rue, dit Caroline. Pour essayer de l'arrêter.

– Ils pensent que le tueur est peut-être un flic, dit Thorne.

Caroline tendit la main vers le petit pot qui contenait des sachets de sucre, vinaigre, moutarde et mayonnaise. Elle en prit une poignée et les glissa dans son sac. Puis, elle ferma les yeux et se blottit contre Spike. Il pianotait sur la table en sifflotant un air.

Terry sortit un portefeuille en plastique et le secoua pour faire tomber des pièces sur la table.

– C'est un flic mort si jamais je tombe sur lui…

Ils marchèrent jusqu'au Centre Point et restèrent là un petit quart d'heure. Pendant ces quelques minutes, Thorne eut la curieuse sensation d'être redevenu un ado trop heureux de traîner avec ses potes, sans rien faire. Juste déconner et se charrier. Et être à l'aise de pouvoir ne rien se dire si on n'était pas d'humeur.

Cette impression s'évanouit très vite. Elle n'avait rien à voir avec le goût de la liberté, la détente et l'absence de responsabilités. Plutôt avec le fait d'être paumé.

Ils repartirent, traversant Oxford Street et se dirigeant vers le nord.

– Putain, ça me fait chier de ne pas avoir été là, dit Terry. D'avoir raté l'enterrement de Bob.

– Tu sais, dit Caroline, je suis sûre que toi et d'autres gars pourrez vous réunir tout à l'heure et boire quelques verres à sa mémoire, hein ?

– Plus que quelques-uns, dit Terry.

Caroline se tourna vers Thorne.

– Tu es partant ? lui demanda-t-elle.

– Mais faudra le garder à l'œil, T, dit Spike en parlant de Thorne et en se lançant dans un numéro de shadowboxing. Au bout de deux ou trois cannettes, il se prend pour Lennox Lewis…

– Je ne sais pas trop, dit Thorne. Faut que je me trouve un bon coin pour pioncer.

– Je déconnais pour mon territoire, mec, dit Terry en se tournant vers lui. Y a largement de la place pour deux, si ça te branche de rester.

Spike sifflota.

– Tu vires ta cuti, T ?

– Je vais voir..., dit Thorne.

– Allez, c'est décidé pour ce soir, trancha Caroline en lui donnant une bourrade dans l'épaule, pas la peine de discuter ! Il va bientôt pleuvoir comme vache qui pisse, alors tu viens dans le métro avec nous...

Le capitaine Stephen Brereton avait tenu parole. L'après-midi même, la salle des enquêteurs recevait par fax photos et signalements des quatre hommes composant l'équipage du char de combat. Holland et Kitson étalèrent les documents sur un bureau, et cherchèrent la réponse qui, ils l'espéraient, était là, sous leurs yeux. Brigstocke avait eu raison de penser que les photos ne leur seraient d'aucune utilité : plans moyens des quatre hommes en uniforme, pris peu après qu'ils s'étaient engagés, mais tout ce qu'ils avaient vécu par la suite avait probablement dû affecter leur apparence.

Ils lurent les fiches personnelles de Hadington, Bonser et Eales : dates de naissance et d'enrôlement, abrégé des états de service, signalement sommaire.

– Leurs groupes sanguins ne nous aident pas, dit Kitson tout en lisant. Eales et Hadingham sont tous les deux O+.

Ce fut Holland qui le repéra.

– Je l'ai trouvé.

– Montre-moi.

Holland planta son index sur la description du soldat Alec Bonser. Le Conducteur.

– Un mètre soixante-quinze, comme notre M. X. Eales et Hadingham mesuraient tous les deux plus d'un mètre quatre-vingts. Le corps qui est à la morgue du Westminster doit être celui d'Alec Bonser.

Kitson continuait de scruter la feuille de papier.

– Forcément, insista Holland. Je ne vois pas d'autre…

– Tu as raison, je sais. Je regardais autre chose. Voilà peut-être une bonne nouvelle pour nous…

Elle pointa son index sur la rubrique : « *Parent le plus proche : Barbara Bonser (mère)* ».

Holland regarda autour d'eux. Andy Stone, Jason Mackillop et d'autres prêtaient l'oreille, n'en perdant pas une miette.

– Que fait-on pour l'annonce du décès ? demanda-t-il.

– Je m'en charge, dit Kitson, rassemblant les documents. Je vais prévenir l'inspecteur-chef et lui demander son feu vert…

– Donc, on se lance à la recherche de Eales et de Hadingham ?

– Il semblerait. Commence donc par notre commandant de char, dit-elle, lui rendant l'une des feuilles.

Regardant Kitson s'éloigner vers le bureau de Brigstocke, Holland se demanda ce que lui-même dirait à Barbara Bonser s'il était à sa place. Ce que sa mère dirait si elle apprenait sa mort. Il se sentit moite et éprouva le besoin de s'asseoir quand il pensa à ce que serait sa réaction si jamais on venait lui annoncer qu'il était arrivé quelque chose à Chloé…

Une heure plus tard, le tableau blanc avait été mis à jour. Des agrandissements des photos de Jago, Hadingham, Bonser et Eales avaient été ajoutés. Ils disposaient du nom des deux soldats qui étaient peut-être toujours en vie, et, enfin, de celui des deux morts. Holland, déjà bien lancé dans ses tentatives pour localiser Ian Hadingham, n'avait toujours rien trouvé. Les coups de fil et demandes habituels aux services sociaux et d'état civil n'avaient rien donné. Certes, il ne s'attendait pas à ce que ce soit simple comme bonjour, mais il se demandait vers quoi se tourner.

Voilà peut-être une bonne nouvelle pour nous…

Une pensée le frappa : pas une seconde il n'avait associé Sophie aux scénarios catastrophe qu'il s'était faits dans sa tête sur la perte de leur fille. Cette prise de conscience lui fit l'effet d'un coup de poing dans le ventre ; elle lui coupa le souffle, et il sut qu'il en ressentirait l'impact encore longtemps. Mais, en même temps, ça lui donna une idée. Celle d'une autre approche.

Il relut la fiche de renseignements sur Ian Hadingham, puis se remit à son ordinateur.

Brigstocke aurait dû se méfier. Sa longue expérience aurait dû le mettre en garde contre les deux probabilités que la journée se termine aussi bien qu'elle avait commencé.

Faibles et nulles.

Quand il décrocha le téléphone et que son interlocuteur se présenta en déclinant son grade, Brigstocke supposa que l'appel provenait du Service du personnel des armées, ou du QG régimentaire du Somerset. Il s'apprêtait à exprimer toute sa gratitude pour leur travail nickel et pour avoir communiqué les informations si rapidement.

Sauf qu'il ne parlait pas à un militaire ordinaire.

La Branche d'investigations spéciales de la Police militaire royale, le SIB, équivalent militaire de la police criminelle, conduisait des enquêtes en cas d'infractions ou de crimes commis contre le personnel des armées et leurs familles. Cette unité d'élite comptait moins de deux cents enquêteurs en civil choisis parmi les rangs de la police militaire et ses hommes se tenaient prêts à être déployés à tout moment aux quatre coins de la planète. Mais ils étaient aussi chargés d'enquêter sur les infractions ou les crimes commis par les militaires – une police des polices, en quelque sorte, plus ou moins comme la bande d'énergumènes qui risquaient fort de passer un savon à Thorne une fois cette enquête bouclée. Brigstocke les considérait un peu comme des barbouzes, des espions « aux pieds de velours » parce qu'on ne les entendait jamais venir. S'ils occupaient dans l'estime du troufion de base la même place que la Section des normes professionnelles dans celle du flic de base, alors on devait les apprécier autant que des crottes de chien dans un bac à sable.

Brigstocke se méfiait des jugements à l'emporte-pièce – il ne se situait absolument pas dans la même catégorie que Tom Thorne –, mais cet envoyé du SIB lui avait, dès le départ, tapé sur le système. C'était un commandant, ce qui, pour Brigstocke, correspondait grosso modo à son propre grade, mais il n'y avait fait aucune allusion et s'adressait à lui non avec déférence, mais comme à un collègue, ce qui, compte tenu du fait que Brigstocke n'avait jamais entendu parler de ce gars, était particulièrement énervant.

Pendant qu'ils parlaient – ou plutôt que Brigstocke écoutait –, il ne cessait de se demander s'il était en ligne avec un policier ou un militaire – ou un hybride bizarre des deux. Une chose était sûre : l'homme avait l'arrogance et de l'un et de l'autre.

Au début, il se mit en quatre pour jouer la carte de la décontraction blagueuse.

– On n'a aucun rapport avec ce qu'on voit dans *Red Cap*[1], dit-il. Les nanas sont loin d'être aussi sexy, pour commencer…

– Je n'ai jamais regardé.

Ensuite, le commandant tourna un moment autour du pot, lui demandant s'il était bousculé en ce moment et établissant des comparaisons sur leur volume de travail respectif : pas de repos pour les braves, pas de merci pour le travail bien fait. À croire qu'il faut être fou pour faire ce job…

Il lui fallut une bonne dizaine de minutes pour entrer dans le vif du sujet.

– Bref, cette affaire concernant l'équipage du blindé…

Brigstocke lui répéta ce que Kitson et Holland avaient dit à Rutherford et Spiby au Bureau des relations publiques, puis, quelques jours plus tard, au QG du régiment. Il parla d'une enquête criminelle complexe et intensive : deux sans-abri assassinés qui, avait-on établi, étaient d'anciens militaires, et deux autres dont ils essayaient de retrouver la trace. Ils mettaient tout en œuvre pour arrêter le tueur : il n'y avait rien d'autre à ajouter.

– Et ça avance ?

---

1. « Red Cap, police militaire » est une série de la BBC qui suit les investigations et les vies personnelles des membres de l'unité du SIB sur une base britannique en Allemagne.

– Lentement. Vous savez ce que c'est…

– Mais vous avez identifié l'équipage, tout de même. Vous disposez des noms de ses quatre membres, oui ?

Il avait dû le savoir par le Personnel des armées, voire par Stephen Brereton en personne. Peu importait.

– Oui, ils nous ont été communiqués cet après-midi, dit-il en songeant : *Vous ne perdez pas de temps, bande d'enfoirés,* et ajoutant : L'armée nous a été d'un grand secours…

– Elle est là pour ça, non ?

Brigstocke lui concéda un rire préfabriqué.

– Oui, bien sûr, dit-il. Il semblerait, et tant mieux, que ce ne soit pas comme à la Met, où parfois ça n'a rien à voir avec un manque de volonté d'aider, mais plutôt avec les contraintes de la bureaucratie…

Le silence se fit. Brigstocke crut entendre, par-delà les grésillements de la ligne, le faible bruissement de pages qu'on tournait.

– Donc, rien de nouveau que nous devrions savoir ?

Si Brigstocke avait été parano, il aurait pu interpréter cette question comme : *vous êtes sûr que vous ne nous cachez rien ?* Voire, en poussant le bouchon un peu loin : *vous êtes sûr que vous ne nous cachez rien que nous ne sachions déjà ?*

– Si je pense à quelque chose, je vous rappelle…

Bien entendu, Brigstocke n'avait rien dit sur la vidéo. Il était ravi, et pas qu'un peu surpris, que Jesmond, d'ordinaire si prudent en la matière, ait abondé dans son sens et l'ait autorisé à ne pas en parler.

– Je suis sûr que nous resterons en contact, dit le commandant en raccrochant.

On les informerait de l'existence de cette cassette en temps utile. Quand ce ne serait plus une pièce à conviction, on la transmettrait discrètement à la police militaire qui en userait comme bon lui semblerait. Alors, Brigstocke ne doutait pas que l'homme qu'il venait d'avoir au bout du fil le rappellerait, et que, cette fois, il la jouerait nettement moins copain-copain…

Il pensait toujours à ces conversations, passées et futures, pendant que Holland, qui s'était présenté dans son bureau, lui parlait de ses recherches pour localiser Ian Hadingham.

Brigstocke chassa le commandant du SIB de ses pensées, et se concentra sur ce que lui exposait David Holland.

– ... donc, je me suis concentré sur sa femme. Shireen Hadingham était désignée comme étant sa plus proche parente. Pas plus de veine de ce côté-là, jusqu'à ce que je pense à utiliser son nom de jeune fille. Qu'elle a repris, en fait. Shireen Collins.

– Hadingham et elle se sont séparés ?

– Peu après son retour à la vie civile.

– Vous l'avez retrouvée ?

– Oui. En cinq minutes. Je lui ai parlé.

– A-t-elle confirmé pour le tatouage ?

Holland acquiesça.

– Il en était très fier, aux dires de tous.

Au plafond, le néon en bout de course se mit à grésiller et clignoter. Brigstocke sentait que la journée partait en couilles. Il mourait d'envie de rentrer chez lui et de s'affaler sur un canapé. Rien ne lui aurait fait plus plaisir que d'ouvrir une bouteille et laisser quelques enfants lui grimper dessus pour jouer un moment.

– Sait-elle où est son ex-mari ? demanda-t-il.

– Oui, oui, et elle est certaine que nous l'y trouverons.

– Je vous écoute, Dave...

– Au cimetière de Denstone, juste après Salford.

Brigstocke fixa Holland. Il doutait de pouvoir ouvrir cette bouteille avant longtemps.

– C'est la nouvelle du jour, dit Holland. Ian Hadingham s'est suicidé il y a un peu moins d'un an.

24

Thorne avait faussé compagnie à Spike, Caroline et Terry T quelques heures plus tôt. Caroline avait insisté pour qu'il les rejoigne plus tard – « à notre point de chute » –, puis Spike et elle avaient disparu, et Terry s'était tiré pour zoner en quête d'une boisson forte. Sous le faux prétexte de faire la même chose, Thorne était parti de son côté, ravi de cette occasion de rester un moment seul, de joindre Dave Holland par téléphone pour savoir si l'enquête avançait.

Et elle progressait super vite...

Thorne n'avait jamais été du genre à prendre des notes. Il s'était habitué à mémoriser beaucoup d'informations, insignifiantes ou énormes, et au fait que les détails les plus macabres avaient une fâcheuse tendance à s'ancrer dans son souvenir, contre son gré, comme l'air d'une chanson pop anodine. Étant donné les conditions de sa mission, et même s'il avait pu griffonner des notes sur des bouts de papier qu'il conservait dans son sac à dos, il devait compter sur sa mémoire encore plus que d'habitude.

À présent, il y avait quatre noms qu'il n'était pas près d'oublier. Hadingham, Eales, Bonser et Jago. Un quatuor de militaires, de tueurs. De morts, peut-être...

Thorne n'avait pas été autrement surpris d'apprendre la mort de l'ex-caporal Ian Hadingham. Les détails n'en étaient pas encore connus, mais il était prêt à parier que ce « suicide » n'était pas plus « casher » que l'accident de voiture avec délit de fuite qui avait coûté la vie au soldat Chris Jago. Et il n'y avait aucun doute sur les circonstances de la mort d'Alec Bonser, le conducteur du char.

Trois sur quatre…

Tout restait encore à prouver, mais cela accréditait la théorie que ce groupe de combat était ciblé par l'homme qui avait filmé la vidéo ; que celui qui tenait la caméra en cette sale journée de 1991 était l'auteur de ces meurtres.

Le dédale de passages souterrains pour piétons qui courait sous la station de métro Marble Arch avait dû être considéré comme une excellente idée sur le papier ; un peu comme les tours des années soixante avaient semblé parfaites jusqu'au moment où certains avaient eu la malchance de devoir y habiter. Les tunnels rayonnaient d'Oxford Street à Edgware Road ; de la station de métro jusque dans Hyde Park, en un labyrinthe de longs couloirs entrecroisés qui ne comptaient pas moins de quatorze entrées et sorties différentes. La journée, ces passages souterrains étaient déjà assez sinistres. Dès que le soir tombait, et bien qu'ils soient en grande partie éclairés, tous ceux qui avaient un minimum de bon sens préféreraient prendre le risque de sprinter sur une route à quatre voies plutôt que de s'aventurer dans ce sous-sol.

Lorsque Thorne s'était trouvé là, quelques jours plus tôt, le matin où il avait rejoint Holland au Speaker's Corner, une vieille femme, assise sur un banc devant la sortie 6, donnait à manger aux pigeons. Il lui avait fallu quelques instants pour la remarquer, pour la distinguer nettement derrière le rideau d'ailes, masse mouvante de gris, de bruns et de bleus lustrés tout autour d'elle. Les oiseaux engloutissaient sa silhouette minuscule, marchant sur ses genoux, se posant sur sa tête et ses épaules. Ils grouillaient, masse crasseuse, à ses pieds, se perchaient sur chaque centimètre carré inoccupé du banc et sur la poignée du caddie à côté d'elle. C'était une vision dérangeante, comme si cette femme risquait d'être dévorée, mais, en passant devant elle, Thorne constata qu'elle semblait au comble de la joie. Elle souriait, cigarette aux lèvres, parlant aux pigeons qui se massaient pour ne picorer que les miettes qui tombaient de sa main. Thorne avait ralenti le pas et prêté l'oreille, mais les paroles de la vieille femme se perdaient dans la frénésie de cette goinfrerie.

À présent, tandis qu'il marchait vers la bouche de métro, seul un tapis de fientes de pigeons autour du banc attestait la présence de cette femme. Si jamais elle disparaissait un jour, nul doute que les services d'hygiène de la ville seraient considérés comme les principaux suspects...

Déjà à mi-hauteur de l'escalier, l'ambiance changeait. Le bruit du trafic extérieur devenait un bourdonnement lointain et sourd uniquement troublé par le son bêlant d'un klaxon ou la plainte déformée d'une sirène. Lorsque Thorne atteignit le niveau du métro lui-même, les bruits de la rue avaient diminué au profit de ceux qui l'entouraient. Le son banal d'une toux, d'une cannette vide qu'on jette ou qu'on fait rouler à coups de pied, de ses pas, devenait soudain plus inquiétant ; une longue seconde s'écoulant entre le bruit lui-même et son écho renvoyé par le vent qui grondait plus qu'il ne soufflait le long des couloirs en béton.

Ces tunnels faisaient à peu près deux mètres cinquante de large et à peu près autant de haut. Autrefois, ils devaient sembler futuristes, avec leurs néons fixés aux parois à intervalles réguliers, mais de nos jours, ils étaient seulement dérangeants. Puant l'urine, le danger et un truc douceâtre que Thorne ne parvenait pas à identifier.

Le carrelage et, ici et là, les mosaïques tarabiscotées qui s'effritaient par endroits contrastaient avec les portes métalliques couvertes de graffitis. Thorne supposait qu'elles masquaient des tuyauteries. De petits haut-parleurs en métal fixés au plafond servaient à communiquer les annonces aux voyageurs, mais il était facile d'imaginer une voix d'androïde transmettant des informations aux survivants d'une guerre nucléaire.

À mesure que Thorne s'enfonçait dans le dédale de tunnels, il croisa quelques personnes qui, toutes, portaient des sac à dos, des sacs de couchage ou de grands cartons pliés sous le bras. Dans chaque couloir, quelques-unes dormaient déjà. Difficile à dire : certains de ces « cercueils en carton », de deux mètres cinquante ou trois mètres de long, pouvaient bien être vides, mais Thorne était quasiment sûr que la plupart étaient occupés. Il se demanda si la femme aux pigeons faisait partie du lot. Il l'imagina, lovée sous une couverture de plumes sales, attendant le jour et le moment d'entendre des crépitements de pattes et des battements d'ailes.

D'avoir le sentiment d'être encore utile…

Thorne atteignit une intersection en T, et regarda des deux côtés. À droite, tout au bout du tunnel, il aperçut deux silhouettes assises contre un mur. Spike et Caroline. Spike se leva et siffla à son intention. Il leur fit signe de la main et se dirigea vers eux.

À mi-distance, Thorne passa devant une installation de trois cartons : deux attachés l'un sur l'autre, et le troisième à angle droit. Un Noir d'âge mûr était assis à proximité, en propriétaire de ce dortoir unique. Il portait un chapeau gris informe parfaitement assorti à sa barbe et à son teint. Au passage de Thorne, il leva les yeux d'un journal et le foudroya du regard. Thorne lui renvoya la pareille, juste pour lui signifier qu'il ne se laisserait pas impressionner, et poursuivit son chemin.

En arrivant à la hauteur de Spike et Caroline, il s'assit à leur côté.

– Le chien de garde ? demanda-t-il en pointant le pouce derrière lui vers l'homme qui, supposait-il, le regardait toujours.

– Ollie, c'est un mec cool, dit Spike. Il surveille le coin, quoi.

Caroline humecta une Rizla et finit de rouler une cigarette hyper fine.

– Il a aussi la seule chambre en duplex ici-bas, dit-elle. On dirait une cage à hamster.

Thorne regarda les deux immenses cartons posés dans le sens de la longueur contre la paroi.

– On les trouve où, ceux-là ?

– Derrière Dixons, répondit Spike. Ils servent à emballer des frigos. Les gros américains de merde, pas vrai, Caz ?

– On les plie et on les met de côté la journée, puis on les installe au dernier moment.

Caroline alluma sa cigarette, inspira une longue bouffée, puis montra le carton le plus petit.

– Celui-là, c'est pour toi, dit-elle en laissant la fumée s'échapper d'entre ses lèvres.

Thorne comprit que Spike et Caroline partageraient le carton le plus grand. Qu'ils avaient installé l'autre pour lui.

– On t'a ramené de la bouffe et tout, dit Spike. Nous, c'est déjà fait, désolé...

Il lui tendit un sachet KFC.

Thorne se sentait tout ému. Tout en prenant le sachet, il se disait que, toute proportions gardées, il connaissait peu de gens qui en feraient autant pour lui. Et beaucoup, bien mieux lotis que ces deux-là, qui rechigneraient à faire preuve d'une générosité équivalente.

– Ça doit être archi-froid maintenant, dit Spike.

Thorne décapsula la bière qu'il avait apportée. Pendant qu'il bâfrait, le trio bavarda gaiement. Spike était un conteur-né et Caroline une faire-valoir parfaite ; elle lui tendait des perches et l'aidait à raconter ses souvenirs de sa vie dans la rue, dont certains étaient horribles malgré l'humour de Sipke. Ce n'était pas très différent, songea Thorne, des souvenirs d'anciens combattants des flics ; des vannes qui fusaient d'un mur à l'autre d'une pièce aux murs maculés de sang et où l'un des occupants ne risquait pas d'en rire pour la simple et bonne raison qu'il était mort.

Il ne s'était pas passé une seule nuit, depuis que Thorne vivait dans la rue, où il ne s'était pas assis ou couché, impatient que le sommeil endorme la douleur du froid ou de la faim, et pensant qu'il donnerait tout pour retrouver le confort de son lit. Qu'il toucherait le fond de la dépravation pour pouvoir se faire livrer un curry du Lancier du Bengale et écouter un album de Cash sur sa platine. Mais, assis dans un couloir de métro puant avec deux junkies, regardant l'eau suinter le long du mur derrière eux, et du KFC froid lui alourdissant l'estomac, il songeait que ça faisait un bail qu'il ne s'était pas senti aussi bien.

– Quand on aura notre appart, je veux des meubles Ikea, dit soudain Caroline. Et un gros frigo américain.

Telle était la nature de leur conversation : décousue, fragmentée, les réflexions faisant allusion à des conversations caduques…

– Faudra d'abord trouver l'appart, dit Spike, tendant et pliant ses jambes pour les dégourdir. Hein ? Tu vois ce que je veux dire ? Faudra se trouver le putain d'appart.

– Ça viendra, dit Thorne.

Caroline renifla une, deux fois, puis renversa la tête en arrière, la cognant tout doucement contre le mur à plusieurs reprises. Quand elle parla, ce fut d'une voix de gamine voulant à toutes forces s'accrocher à un rêve, qu'on la persuade que ce n'était pas réellement le mensonge qu'elle savait qu'il était.

– Mais quand… mais quand… mais quand ?

– Je suis pas voyant, répliqua Spike.

– Dis-moi.

– Quand on aura assez de thune. Va falloir que tu choures des trucs dans des boutiques plus classes…

– Je sais comment se faire assez de thune.

– Laisse tomber, putain ! cria Spike, serrant et desserrant ses poings, très vite, comme s'il cherchait à se débarrasser d'une crampe ou qu'il s'échauffait pour un éventuel combat. Laisse tomber, putain !

Thorne sentit que les choses menaçaient de dégénérer. Leurs propos n'étaient pas tant agressifs que teintés d'agitation, d'impatience, et même de souffrance.

– Tu as dit un jour qu'il fallait compter sur un petit coup de chance, dit Thorne. Tu te rappelles ? On ne sait jamais ce qui peut se passer.

– Ouais, il a raison, renchérit Spike.

Caroline redressa brusquement la tête et fixa Thorne.

– Moi, je sais que ça va se passer, parce que ça se passe toujours, que c'est jamais des coups de chance mais toujours des coups du sort.

– Non, insista Spike en secouant la tête, non… sûrement pas… sûrement pas…

– J'en connais aucun qui ait eu un vrai coup de chance, dit-elle. Il nous arrive que des merdes. Nos coups du sort, ils nous sont fatals…

Ils s'étaient mis à parler en même temps.

– Un jour, on aura assez de thune pour se payer tout ce qu'on voudra. Tout, dit Spike, souriant jusqu'aux oreilles, butant sur les mots en parlant fort et vite. On aura un appart où y aura assez de place pour des tas de putains de frigos, de meilleures stéréos et de super trucs dans la cuisine, et tout ce que tu voudras...

– Tu rêves...

– On pourra faire des méga soirées, et quand on en aura envie, descendre dans les hôtels les plus chics du pays, et on touchera plus à la came, et on pourra récupérer Robbie...

Caroline tressaillit et baissa les yeux. Quand elle les rouvrit tout grands, sans émettre un son, ils étaient pleins de larmes. Elle les baissa vers le sol, et, du bout des doigts, fit tourner les fins bracelets de cuir qu'elle portait à son poignet.

– Le voilà, dit soudain Spike.

Thorne eut à peine le temps de se retourner et de voir un homme se diriger vers eux dans le tunnel, que, déjà, Caroline avait bondi sur ses pieds et allait à sa rencontre. Il ne fallut pas longtemps. À peine plus d'une dizaine de mots échangés à mi-voix avant que le produit de première nécessité passe de main en main.

Thorne vit Spike dérouler un torchon par terre, révélant trois ou quatre seringues fines, un cutter plastifié et une petite cuiller au fond noirci et à la poignée tordue. Il sortit une mini bouteille d'Évian de sous un des cartons, lança un coup d'œil à Caroline, qui revenait. Thorne distinguait nettement sa chair de poule, le voile de sueur qu'il avait pris pour de la graisse de poulet frit.

– Grouille, Caz, je suis mal...

Caroline se rassit et lui tendit un paquet en papier blanc de la taille d'une boîte d'allumettes.

Spike attrapa le briquet, les mots se bousculant dans sa bouche tandis qu'il dépliait le papier et l'étalait sur le sol.

– Super de revoir Terry, hein ? Quand je te disais que c'était un mec bien. Il doit être salement pété à l'heure qu'il est, il doit s'éclater un max avec des vieux potes de Radio Bob. Une bande de cinglés, pour la plupart, mais Terry se fiche pas mal d'avec qui il boit, quoi...

Grâce à une carte de fidélité de supermarché, Spike écrasa l'héroïne soigneusement jusqu'à ce qu'il soit satisfait. Il lança la carte à Caroline.

– Tu fais les lignes, je choisis.

Caroline s'écarta du mur, et s'approcha mollement de Spike et de l'héro. À présent, Thorne se rendait compte qu'elle était tout autant en manque que Spike. D'un coup de langue, elle chassa la transpiration autour de sa bouche. L'éclairage au néon du métro projetait un peu partout des lueurs étranges, mais ce n'était pas ce qui donnait à la peau de Caroline la teinte des vieux journaux qui volaient aux quatre coins des couloirs.

– Déconne pas, dit-elle. Chauffe tout…

Spike plia la feuille et versa prudemment toute l'héroïne dans la cuiller.

– Tu me fais d'abord, d'accord ?

– Va te faire. Je me fais d'abord, et je te fais après.

– Pas question. Tu seras plus en état.

– Magne-toi, connard.

Spike aspira de l'eau dans la seringue, puis en vida un peu jusqu'à obtenir la bonne quantité. Il se pencha, concentré au maximum quand il libéra l'eau dans la cuiller, puis, avec le bout de la seringue, y mélangea l'héroïne.

Sous les yeux de Thorne…

Il n'était pas choqué, mais il n'avait jamais travaillé à la brigade des stups ; ni jamais été aux premières loges. Il le regardait faire, saisi, fasciné par ce rituel.

– T'as le vinaigre ?

Caroline sortit de sa poche des mouchoirs en papier, une petite bouteille en plastique de jus de citron, le tas de condiments qu'elle avait chipé au café. Elle tendit un sachet à Spike. Il en déchira l'extrémité, fit tomber un peu de vinaigre dans le mélange et continua de remuer.

– Ça sert à quoi ? demanda Thorne.

– La dose nous a coûté que vingt livres, dit Caroline. Elle n'est pas pure, elle se mélange pas facilement. Le vinaigre, ça aide à mieux la dissoudre…

Thorne ramassa la bouteille de jus de citron.

– Et après, on se fait des crêpes ?

Spike reposa la seringue et prit le briquet.

– Elles auraient un goût bien bizarre, mec, dit-il en maintenant la flamme sous la cuiller. C'est pas du putain de jus de citron là-dedans.

– Celui qui en prend, il s'en remet pas.

Thorne ôta le bouchon, huma et détourna vivement son visage de l'odeur âcre de l'ammoniaque.

– J'ai mon arme, elle a la sienne, dit Spike en riant.

Alors, Thorne prit conscience d'une autre odeur : celle, sirupeuse, de l'héroïne qui commençait à bouillonner dans la cuiller, renfermant celle, légèrement piquante, du vinaigre. Il se rendit compte que c'était l'odeur qu'il avait remarquée tout à l'heure. Il retint son souffle…

Caroline s'empara de l'aiguille. Elle la libéra de sa pochette en plastique et, après en avoir retiré l'embout orange, la fixa à la seringue.

– Vas-y, c'est prêt, dit Spike.

Caroline ramassa un des nombreux mégots éparpillés sur le torchon et, avec le cutter, coupa une rondelle du filtre qu'elle laissa tomber dans le liquide. Thorne pensa à ces fines tranches qui flottent à la surface des soupes thaï…

– Putain, Caz, grouille…

– C'est pour ton bien, mec, pour être sûre que tu aies ta dose.

Elle posa doucement la cuiller par terre, en sûreté. La poignée tordue permettait que la partie creuse reste en équilibre sur le sol.

Spike avait déjà retroussé la manche de son vieux sweat à capuche. Lorsque Caroline approcha l'aiguille de sa peau, il entortilla en garrot le tissu au-dessus de son coude et serra le poing.

Caroline chercha une veine…

Spike gémit quand elle en trouva une ; quand elle aspira du sang dans la seringue ; quand des mini tourbillons rouges se mêlèrent au brun, comme la cire fondue d'une lampe à lave ; quand elle exerça une douce pression sur le piston.

– Envoie, envoie la pute…

Deux, trois fois, elle aspira à nouveau du sang dans la seringue et le renvoya dans la veine. À la troisième fois, Spike hochait la tête, mouvement de plus en plus ample. Il la souleva lentement une dernière fois pour sourire à Thorne, regarder Caroline d'un air radieux de bébé.

– C'est l'heure d'aller se coucher, comme dit Zébulon…

Caroline avait déjà commencé à nettoyer la seringue, aspirant de l'eau de la bouteille, puis la faisant gicler par terre. Elle se pencha vers Spike, l'embrassa, puis le poussa.

– Dans ton carton, petit con…

Spike s'effondra et rampa à moitié dans sa couchette de fortune, et bientôt, Thorne ne vit plus de lui que les semelles de ses baskets. Au bout de quelques secondes à peine, elles ne remuèrent plus. Caroline pesta alors contre la seringue qui « bloquait ». Elle chercha dans sa collection de sachets un carré de beurre qu'elle étala autour du piston. Ses gestes étaient sûrs et précis ; elle laissa tomber ses fins de phrases, comme si les mots avaient un goût amer.

– Ça ne t'inquiète pas de partager vos aiguilles ? demanda Thorne.

Elle haussa les épaules.

– C'est juste lui et moi…

– Mais on peut s'en procurer facilement. T'en as des neuves, là, dit-il, les montrant sur le torchon.

– Tout le monde pense déjà qu'on a le sida, alors…

Thorne tendit les jambes ; aussitôt, Caroline lui cria de faire attention à ne pas renverser la cuiller, à ne pas perdre le précieux liquide.

– Qui est Robbie ?

Caroline plongea de nouveau l'aiguille dans la cuiller et aspira ce qui restait d'héroïne.

– Mon gosse. D'avant que je rencontre Spike. Il va avoir dix ans.

Elle éleva la seringue dans la lumière.

– Je l'ai perdu…

Elle baissa une de ses chaussettes et cambra le pied.

– Navré…

Elle lui lança un coup d'œil, arrêtant son geste.

– Donc, tu comprends que moi, la chance...

Un sourire blessé plissa brièvement sa bouche.

– Bah, j'ai peut-être eu une chance de merde, mais Robbie s'en tire bien. Sa chance à lui, c'est qu'on me l'ait retiré, hein ?

Thorne ne sut que répondre. Il ne pouvait qu'imaginer à quel point elle avait besoin de ce que l'aiguille qu'elle tenait pouvait lui procurer.

Pendant quelques secondes encore, elle essaya de placer l'aiguille dans la bonne position, mais c'était délicat. Elle était droitière, or la veine qu'elle voulait se trouvait juste au-dessus de sa cheville gauche.

– Tu veux bien m'aider ? demanda-t-elle, levant les yeux vers Thorne.

– Je suis vraiment pas doué avec les aiguilles.

– S'il te plaît...

Thorne avait toujours su qu'un tel moment finirait par arriver ; il n'avait pas infiltré les sans-abri en pensant que ce serait simple. Qu'il n'aurait jamais à faire un choix difficile. Il ne lui fallut qu'une seconde pour réaliser que, côté choix, celui-ci était en fait l'un des plus faciles.

C'était le moins qu'il pouvait faire...

Il sentit un frisson – en lui et en Caroline – quand il injecta la drogue en elle. Quand il en eut terminé, il pivota de façon à s'asseoir à côté d'elle contre le mur. Il laissa la tête de Caroline tomber peu à peu contre lui.

– Je pensais à cette histoire de fric, dit-il. Je sais que Spike n'aime pas demander, mais sa sœur ne pourrait-elle pas vous aider ? Juste pour vous mettre le pied à l'étrier à tous les deux...

– Sœur...

– Je sais qu'il est sensible là-dessus, mais elle semble vouloir l'aider.

À présent, les mots dégoulinaient mollement de sa bouche en rubans épais et monocordes.

– Sa sœur est morte, ça fait des années, putain, des années. Quand il vivait encore chez lui...

– Caroline... ?

Un silence de trente secondes, puis :

– Quand il vivait encore chez lui, son père s'en prenait à eux, tu vois ? À tous les deux. Il leur faisait du mal à sa sœur et à lui, il le supportait plus alors il s'est barré...

– Et bien barré...

– Il était plus âgé qu'elle, tu vois, de deux ou trois ans, alors, elle, elle est restée, et un peu plus tard... six mois, je crois, faudrait que tu lui demandes, elle a avalé des tas de comprimés. Les a gobés comme des Smarties... Spike a été... tu vois quoi... ça l'a complètement bousillé. Y a eu une super engueulade quand ils l'ont enterrée... C'est la dernière fois qu'il a vu sa famille. Ç'a été terminé pour de bon alors.

– Il sait qu'il n'y est pour rien, non ?

– Comme des Smarties...

Thorne entendit quelqu'un chanter dans l'un des couloirs adjacents. Il caressait les cheveux de Caroline.

– Je pense que ça fait de mal à personne que Spike fasse comme si...

Caroline gémit.

– On le fait tous plus ou moins, dit Thorne. Quand on perd quelqu'un. Les gens n'arrêtent pas de nous dire de laisser faire le temps, comme si c'était la meilleure solution, comme si on n'avait pas tous besoin de putain de réconfort. On garde tous nos morts en vie quelque part...

Mais elle ne l'entendait plus.

Pendant la nuit, quelque chose réveilla Thorne. Il tendit le bras, toucha le carton autour de lui. Il avait chaud et sentait mauvais dans son sac de couchage.

Non loin de lui, il entendait Spike et Caroline faire l'amour. Les bruits, leurs cris et les mouvements de leurs corps dans le carton semblaient ardents et désespérés. Sa main glissa jusqu'à son sexe, mais ne s'y attarda pas. Il était plus ému qu'excité par ce qu'il entendait : cette passion, ce désir simple de chacun à donner du plaisir à l'autre avaient quelque chose de rassurant.

Il finit par sombrer de nouveau dans le sommeil, apaisé par ce rythme et réconforté par l'affirmation de ce besoin.

Par ce moment de chaleur humaine sans artifices ; par cet acte d'amour qui avait plus de sens sur du carton qu'il n'en aurait eu sur de la soie.

Quand Thorne se réveilla à nouveau, il en devina tout de suite la raison : le mobile vibrait dans la poche de son manteau. Il le chercha à tâtons, l'attrapant au moment où il se taisait. La lueur de l'écran éclairait des lignes de crasse sur la paume de sa main. 6 h 18, c'était Holland.

Le téléphone se remit à vibrer aussitôt.

Thorne s'extirpa du carton, s'éloigna de quelques mètres de Spike et de Caroline toujours endormis, s'accroupit et prit l'appel en chuchotant.

– Dave ?

– Oh, putain, super...

Pendant le bref silence qui suivit, Thorne se releva et attendit que ses idées s'éclaircissent. Un sac en plastique voletait dans le tunnel. Il frissonna sous la main glacée du courant d'air sur sa peau moite.

– Je voulais juste m'assurer que tu étais vivant, dit Holland.

– Gentil de ta part, mais c'est un peu tôt...

– On a trouvé un autre cadavre. On n'a encore envoyé personne sur les lieux.

Thorne sentait des odeurs de pisse et de sucre, de vinaigre et de graisse. Il regarda de part et d'autre du couloir pour vérifier que personne ne bougeait dans son carton, se demandant si le corps était celui de Ryan Eales, si le tueur avait fini par boucler la boucle.

– Tom... ?

– Je t'écoute.

– Un S.D.F, même mode opératoire, devant l'entrée d'un théâtre derrière Piccadilly Circus. Tu vois où je veux en venir ?

Thorne ne le voyait que trop bien.

Je te gardais la place au chaud...

À présent, il avait les idées claires, mais le corps lourd comme le plomb. Un picotement brûlant l'envahit...

Holland éructa un rire soulagé.

– Je voulais juste être sûr, dit-il. J'ai craint que ce ne soit toi…

Thorne s'adossa au mur, le souffle court. Il regarda par terre les os de poulet jetés et les morceaux de peau frite qui faisaient penser à des croûtes de lépreux.

Il eut un violent haut-le-cœur.

TROISIÈME PARTIE

LA COURTE PAILLE

25

Sur le quai de la gare de Stockport, Holland et Stone attendaient de prendre leur correspondance pour Salford. Tous deux, les mains dans les poches, fixaient la voie ferrée dans l'espoir de voir leur train approcher à travers les rideaux de pluie.

– Putain, pesta Stone, déjà que je n'ai pas séché depuis l'autre soir…

Holland acquiesça, se remémorant l'averse alors qu'ils se trouvaient sur la scène de crime, attendant que le soleil daigne se lever. La pluie crépitait sur les lampadaires ; le seul corps sec était recroquevillé et se raidissait devant l'entrée du théâtre. Comme les autres victimes, Terence Turner était méconnaissable. Un de ses amis l'avait tout de même identifié grâce à la chaîne et au cadenas à son cou. Plus tard, un assistant funéraire les avait retirés en les coupant à l'aide d'une scie à métaux, juste avant que Phil Hendricks se lance dans ses petits découpages personnels…

– Je vais voir si je peux trouver du café, dit Stone. Tu en veux un ?

Holland accepta avec joie, et Stone s'éloigna vers le hall de la gare en quête de ce qui serait leur troisième tasse de la journée. Un peu plus de vingt-quatre heures qu'on avait découvert le corps, dont à peine trois de sommeil pour Holland.

On considérait que les premières vingt-quatre heures étaient « d'or » ; que c'était alors qu'on avait les meilleures chances de trouver une piste intéressante. Pour ce qu'en savait Holland, à cet instant, ils n'avaient toujours rien, et il serait étonné que ça change. Ce n'était pas seulement le tueur qu'ils devaient affronter. Il se pouvait que le soin et la prudence soient jetés aux orties, que l'adrénaline soit aisément noyée sous la fatigue et la procédure.

Après avoir tout bouclé sur la scène de crime, un sergent des services de renseignement avait fait un débriefing à chaud au poste de Charing Cross. Tous les policiers présents avaient parcouru leurs notes et fait leur rapport. Ceux-ci seraient joints à celui de l'officier de permanence, puis le compte rendu serait complété par l'inspecteur-chef. Cette procédure avait été instituée dans le sillage du Rapport Macpherson sur l'affaire Stephen Lawrence[1]. Il y avait ceux qui estimaient qu'elle permettrait de limiter les erreurs, et ceux, dont Tom Thorne, plus sceptiques, qui pensaient qu'il s'agissait moins de bien faire que d'y être incité.

Thorne…

C'était lui qui, pour certains d'entre eux, donnait à ce tout dernier meurtre un sens perturbant, une tournure beaucoup plus personnelle. Ceux qui connaissaient son implication dans l'enquête en étaient arrivés à une conclusion évidente et inquiétante. Holland, Brigstocke et Hendricks avaient fixé le corps roué de coups ; l'avaient vu être glissé dans la housse mortuaire puis dans le fourgon ; avaient vu la progression du scalpel du légiste dans ses chairs, sachant, à chaque instant, que c'était le corps de Tom Thorne qui aurait dû souffrir de telles indignités.

Holland vit Stone revenir vers lui avec les cafés et repensa à sa conversation téléphonique de l'avant-veille au soir…

Gentil de ta part, mais c'est un peu tôt…

Il avait appelé de chez lui dès qu'on lui avait appris la découverte du corps. Le premier coup de fil ayant réveillé Sophie, il était allé dans le salon pour qu'elle ne l'entende pas parler à Thorne. Il avait éprouvé une certaine gêne

1. Dans la banlieue de Greenwich au sud de Londres, le 22 avril 1993, Stephen Lawrence, un jeune Noir, fut poignardé à mort par une bande de jeunes Blancs. Quatre ans plus tard, le rapport Macpherson condamnera sévèrement l'enquête menée par la police londonienne.

face à l'ampleur de son soulagement en entendant la voix de ce petit con.

C'était bizarre : Thorne avait compris beaucoup moins vite que les autres la signification du lieu où Turner avait été tué. Holland tombait peut-être à un mauvais moment...

– Il arrive, annonça Stone.

Holland se retourna et vit le train amorcer un virage, avançant vers eux comme si la pluie devenait plus dense. Les immenses essuie-glaces allaient et venaient très vite sur le pare-brise de la locomotive.

Stone semblait être de meilleure humeur.

– Dur dur l'nard, dit-il, imitant l'accent inarticulé du Nord-Est.

Holland prit son café en souriant, et en se disant que, là d'où ils venaient, ce n'était pas non plus tous les jours fête.

– Veux-tu que je te dise combien de coups de pied auraient pu tuer Terry Turner sur le coup ? Combien d'os différents ont été brisés ? Combien de morceaux de dents lui sont remontés dans les narines ?

– Seulement si tu veux me couper l'appétit, répondit Thorne.

Ils déjeunaient dans un pub faiblement éclairé du sud de Londres, non loin de The Oval[1]. Une télévision était fixée au mur près du plafond. Une émission-jeu à la con ne servait qu'à souligner le manque d'ambiance du lieu. À part un couple d'une trentaine d'années qui tirait la tronche au-dessus de leurs scampi respectifs, Brigstoke et Thorne étaient les seuls clients.

Brigstocke se disait que, étant donné l'aspect de Thorne, ils n'auraient pas manqué d'intimité même si l'endroit avait été bondé. Ses bleus s'étaient estompés jusqu'à prendre une teinte jaune nicotine, mais il faisait encore peur à voir. Cela étant, il n'avait jamais appartenu à la catégorie d'hommes *Gentlemen's Quarterly*, et beaucoup avaient déjà tendance à l'éviter avant qu'il n'ait la gueule en compote. Brigstocke s'était fait un plaisir de le lui faire remarquer alors qu'ils

1. Terrain de cricket situé dans le quartier de Kennington.

revenaient du comptoir avec leurs boissons et leurs sandwiches au fromage.

– À la tienne, mec, dit Thorne, levant sa Guinness en souriant.

– Tes fringues commencent à sentir vraiment mauvais…

– Je crois que c'est toi qui les fais flipper, avait rétorqué Thorne avec un signe de tête vers le couple qui les avait gratifiés d'un regard indubitablement perplexe à leur arrivée. Ils me prennent pour un tapin sur le retour et toi pour un homme d'affaires très pervers au budget limité.

Le ton de la plaisanterie avait fait long feu…

– Toi qui disais que la couverture se limiterait à collecter des infos, reprit Brigstocke. Nous connaissons l'identité des victimes et le mobile du tueur, donne-moi une bonne raison pour que tu continues.

– Le tueur court toujours.

– Tu m'as déjà dit ça le jour où tu m'as proposé ton idée stupide…

– Tout est différent maintenant.

– Tu l'as dit !

Brigstocke lança un coup d'œil au couple, puis à la femme qui fumait derrière le comptoir. Il baissa d'un ton.

– Avant-hier soir, c'est toi qu'il voulait tuer…

Thorne reposa son sandwich dans son assiette. Il n'avait pas extrêmement faim. Il était allé au *Lift* le matin même, et s'était envoyé un petit déjeuner copieux en attendant l'arrivée de Caroline et de Spike qu'il n'avait pas revus depuis la veille au matin. Il était sorti du métro tout de suite après que Holland l'avait appelé pour l'informer du meurtre, puis y était retourné quelques heures plus tard pour les réveiller, leur dire qu'il s'était baladé dans le West End et avait vu des policiers attroupés devant le théâtre.

Leur dire que Terry était mort…

– Tu n'es pas disposé à envisager la possibilité que le fait que Terry Turner ait été tabassé à mort devant l'entrée de ce théâtre ne soit qu'une pure coïncidence ? demanda Thorne, soupesant Brigstocke du regard. C'est bien ce que je pensais…

– Le tueur sait qui tu es.

– Grâce à une cannette de Special Brew de trop, le tout Londres sait qu'un flic a infiltré les sans-abri.

– Exact, mais ce type, lui, sait que c'est toi.

– Crois bien que je le regrette…

– Tu penses qu'il te connaît personnellement ? Que c'est quelqu'un que tu as rencontré ?

– Il a pris Terry Turner pour moi, alors j'en doute, répondit Thorne, l'œil fixé sur sa bière.

– Il faisait nuit. Il pleuvait comme vache qui pisse. Turner était peut-être dans le coaltar, endormi, dos au tueur…

– Terry mesurait trente centimètres de plus que moi. Ça ne tient pas.

La porte s'ouvrit. Un homme entra, tenant un lévrier en laisse. Il se hissa sur un tabouret de bar, le chien s'aplatit à ses pieds. L'homme échangea quelques mots avec la serveuse, commanda une bière et se tourna pour regarder la télévision.

– On ne va pas tourner autour du pot toute la journée ? dit Brigstocke.

Au bar, le lévrier redressa la tête un bref instant, bâilla, puis la laissa retomber. Il avait l'air de n'en avoir rien à branler de tout ça, de même que son propriétaire. L'homme semblait beaucoup plus à l'aise dans sa bulle que Thorne ne se l'était imaginé : il avait l'air bien dans sa peau, bien dans sa vie.

– Tom ?

– Je t'écoute.

– Pourquoi ? C'est la question à laquelle nous devons répondre. Pourquoi a-t-il voulu s'en prendre à toi ?

Il ne fallut qu'une seconde à Thorne pour reprendre ses esprits.

– Bon, j'ai ma petite idée, mais ça ne va pas te plaire. À mon avis, il est mort de trouille.

– Lui ? C'est lui qui est mort de trouille ?

– Il panique, je te dis. Il sait que l'étau se resserre. Il ne se sent pas encore menacé directement, mais il sait qu'on a fait des recoupements. Comme tu le disais toi-même, on a les noms et le mobile. Si Eales est toujours en vie et si on met la main sur lui, le tueur sait qu'on pourra l'identifier.

– Dans ce cas, pourquoi ne pas avoir tué Eales ?

– C'est peut-être déjà fait. Écoute, je ne pense pas que ce type soit très malin. Il s'est senti coincé, il a paniqué, il a réagi, et voilà. Qui sait ? Il me prend peut-être pour un fin limier dont il vaut mieux se débarrasser.

– Là, tu vas vraiment trop loin.

– Quel que soit l'angle sous lequel on l'examine, ce n'était pas très futé de sa part, je pense qu'il travaille à l'instinct, tu vois ? Si nous avons raison au sujet du chantage, cette série de meurtres est due au fait qu'il se sent menacé et essaie de se protéger…

L'activité du pub monta en flèche quand deux types franchirent la porte. Le chien aboya sans enthousiasme et fut réduit au silence par un coup de pied de son maître. La barmaid alluma une autre cigarette avec le mégot de sa précédente, tandis qu'à la télé, une blonde au sourire aussi surfait que son bronzage promettait à un couple âgé de lui trouver la maison de ses rêves au soleil.

– Mais tout ce qu'il sait, comment le sait-il, au juste ? demanda Brigstocke en déchirant l'emballage du paquet de chips.

– Là, tu ne vas pas apprécier.

– On en revient au fait qu'il serait de la maison, c'est ça ?

– Je commence à penser que c'est probable. Si je suis dans le vrai sur les raisons qui l'ont poussé à me cibler, je ne vois pas comment il aurait pu savoir ce qui se passait s'il n'était pas de la police.

– Si tu es dans le vrai, comme tu dis…

– Il ne savait pas seulement qui j'étais, Russell. Il savait où je serais.

Thorne revit Terry T tripotant le cadenas à son cou, lui proposant de partager son pas de porte qu'on nettoyait encore en ce moment même à grande eau pour effacer les traces de sang.

– Où j'étais censé être.

Brigstocke garda le silence quelques instants. Son visage, déformé à travers son verre d'eau, indiquait clairement qu'il ne trouvait pas d'argument à opposer au raisonnement de Thorne.

– Alors, de qui parlons-nous ? Combien de gens savaient où tu dormais ?

– Toi, Holland, Hendricks. Brendan Maxwell du *Lift*. McCabe et peut-être deux ou trois autres policiers de Charing Cross.

– As-tu des raisons de soupçonner McCabe ?

– Je pense juste qu'il serait bon de l'avoir à l'œil. Lui et quelques autres de son équipe.

– À l'œil ?

– On pourrait peut-être demander à l'Intel[1] de s'en charger ?

Brigstocke accusa la fatigue tout à coup, comme si on venait d'ajouter un nouveau fardeau à une charge déjà bien trop lourde.

– C'est le genre de chose facile à suggérer autour d'une table dans un pub, mais la mettre en place, c'est un putain de cauchemar. Tu ne te rends pas compte à quel point, hein, Tom ? Bon Dieu, mettre un inspecteur sous surveillance sur la base d'un truc pareil, de si peu, c'est chercher le bâton pour se faire battre.

Thorne se souvint d'une chose qu'il avait dite à McCabe et qu'il tenait toujours pour vraie.

– Je ne peux pas parler pour toi, mais certains d'entre nous ont déjà pas mal d'ennuis. Un peu plus, un peu moins, je ne pense pas que ça fasse une grande différence.

Thorne fixa Brigstocke qui soutint son regard, les traits figés en un air sombre qui ne se dissipa que lorsque, attrapant une poignée de chips, il la fourra dans sa bouche.

Shireen Collins, l'ex-femme de Ian Hadingham, était une Noire menue et séduisante que Holland, en la voyant de près, situa du bon côté de la quarantaine. Elle faisait nettement plus jeune – tresses collées et tenue assez élégante –, alors que, au vu des quelques gamins de moins de

1. *National Criminal Intelligence Service*, NCIS, l'équivalent de nos Renseignements généraux.

cinq ans qui couraient autour d'elle, un vieux jogging et des baskets auraient sans doute été plus pratiques.

Elle travaillait comme assistante maternelle. Holland et Stone, à leur arrivée, l'avaient trouvée en compagnie des quatre enfants qu'elle gardait ce jour-là.

– Plus les deux miens, leur dit-elle, montrant un garçon et une fille. Les vrais garnements…

– Ils ont l'air gentils comme tout, dit Stone.

– Les deux plus grands, ceux de Ian, sont à l'école.

Elle habitait au sud de Salford, au rez-de-chaussée d'une maison victorienne divisée en trois appartements.

– Les voisins du dessus travaillent toute la journée, dit-elle après les avoir fait entrer. Alors on peut faire autant de bruit qu'on veut, et ça tombe bien : à quatre ou cinq ans, du bruit, on en fait beaucoup.

D'après ce que Holland et Stone pouvaient voir, il y avait deux chambres et un grand salon dans le prolongement d'une cuisine/salle à manger. Ils prirent place à la longue table que Shireen Collins finissait de débarrasser à leur arrivée, après déjeuner. Dans la pièce contiguë, visibles par un passe-plat, les enfants étaient rassemblés devant un téléviseur grand écran. La femme se pencha par l'ouverture, et négocia gentiment mais fermement jusqu'à obtenir le silence, ou presque.

– Ils ont droit à une demi-heure de vidéo après déjeuner, dit-elle. C'est donc le temps dont nous disposons.

– Ce sera amplement suffisant, Shireen, dit Holland, jetant son pardessus sur le dossier d'une chaise de cuisine.

Leur conversation ne se déroula pas sans interruption – ponctuée par les babillages haut perchés, les musiques de dessin animé et les occasionnelles crises de larmes provenant de la pièce voisine –, mais Shireen Collins parla ouvertement. Il était évident qu'elle avait, à une époque, beaucoup aimé Ian Hadingham ; et tout aussi évident qu'elle était passée à autre chose. Depuis leur mariage, et depuis sa mort…

– Ian ne savait jamais quoi faire de ses dix doigts quand il n'était pas en uniforme. Quand il venait en permission, il n'arrêtait pas de se plaindre. Le plus souvent, il ne faisait pas attention à moi, ni aux enfants, et, pour être franche, au bout de quinze jours, je n'avais qu'une envie : qu'il reparte dans son foutu régiment. Mon Dieu, c'est horrible, non ?

– On voit que vous ne connaissez pas ma petite amie, dit Holland.

Shireen Collins rit. Elle essaya d'expliquer ce qu'elle avait ressenti, qu'elle avait été jalouse du lien qui unissait Hadingham avec ses potes de l'armée, qu'elle en avait souffert, qu'elle s'était battue pour reconquérir l'attention de son mari, puis, qu'à la fin, elle avait tout simplement cessé de se battre.

– Comment ça s'est passé à son retour du Golfe ? demanda Holland.

Elle repartit à rire, mais plus tristement cette fois.

– Je ne saurais vous dire dans quelle mesure il en est complètement revenu. J'avais l'impression qu'il était ailleurs dans sa tête, et que dans cet endroit, je n'étais pas la bienvenue. D'ailleurs, je ne suis pas sûre que ça m'aurait beaucoup plu d'y aller. Je sais qu'ils ont vécu des choses très difficiles, là-bas.

Holland ne la quittait pas des yeux, désireux d'éviter de croiser le regard de Stone, ne sachant que trop bien qu'il pensait la même chose que lui : *Vous n'avez pas idée à quel point...*

– Il a démissionné de l'armée peu après son retour, poursuivit-elle. Tout s'est bien passé pendant un an ou deux, on parlait même d'avoir d'autres enfants, mais quelque chose me retenait. L'impression qu'on l'aurait fait pour de mauvaises raisons.

– Qu'a fait Ian après avoir quitté l'armée ?

– Des tas de choses, mais jamais très longtemps. Il a travaillé dans des entrepôts, dans la sécurité, il a tenté de reprendre une formation d'ingénieur en électronique, mais sans jamais réussir à garder un emploi. Il avait un peu de mal avec l'autorité. Ça se passait bien pendant quelques mois, puis il envoyait tout balader. Plus d'une fois, il a été renvoyé pour avoir menacé des collègues.

Elle faillit ajouter quelque chose, mais se ravisa.

– En gros, ça lui avait bousillé la tête.

Stone hocha la tête d'un air compréhensif.

– Donc, il est parti, c'est ça ? demanda-t-il.

– Oui. Au bout de quelques années, on a décidé de se séparer. C'est lui qui est parti, et, finalement, j'ai trouvé cet appart. Il n'est jamais allé très loin, pour rester proche des enfants, mais il bougeait pas mal.

– Il a pris un appartement ?

– Il a eu beaucoup d'appartements différents. Il avait la bougeotte, et en plus, il n'arrêtait pas d'avoir des retards de loyer et d'être expulsé.

– Comment a-t-il réagi quand vous avez rencontré quelqu'un ? demanda Holland. Ça n'a pas dû être facile…

Un cri retentit dans la pièce voisine. Shireen Collins alla voir ce qui se passait, mais revint très vite s'asseoir.

– Ian n'a pas été vraiment ravi, et il ne s'entendait pas avec Owen, le père des petits. Les choses se sont envenimées, et Ian était costaud. Il savait se servir de ses poings. On a dû appeler la police, et on a décidé de ne pas se marier, et ensuite tout s'est bien passé. Pour Owen et moi, je veux dire, mais c'est très vite allé de mal en pis pour Ian.

– C'est-à-dire ? demanda Stone.

– Il s'est mis à dormir n'importe où. Par terre, chez des gens, ou dans des chambres meublées merdiques. Comme s'il se fichait de tout. Il buvait beaucoup, et il emmerdait tous ses potes. Enfin, le peu qu'il lui restait…

– Revoyait-il ses anciens copains de l'armée ?

– Pas que je sache.

– Certains membres de l'équipage du blindé, peut-être ?

– Il n'en parlait jamais. Je ne l'aurais pas su, de toute façon, mais pour être franche, je n'écoutais plus vraiment ce qu'il racontait. Il était devenu bizarre les dernières années. Il disait pas mal de bêtises. Juste avant sa mort, il est venu me dire qu'il allait tout arranger. Il rabâchait qu'il allait bien s'occuper de moi et des gosses. Je n'en ai jamais parlé à Owen, d'ailleurs. Il aurait pété un câble.

Cette fois, Holland ne put résister à la tentation de lancer un coup d'œil à Stone.

– Vous a-t-il dit comment il comptait s'y prendre pour tout arranger ? Parlait-il d'argent ?

– Oui, je pense, il avait toujours un plan plus ou moins foireux en vue. Il n'arrêtait pas de dire qu'il allait se renflouer. Quelle andouille…

– Parlez-nous de sa mort, Shireen.

Un petit garçon passa la tête par le passe-plat et demanda à boire.

Shireen sourit, puis raconta à Holland et Stone la mort de son ex-mari tout en pressant une orange.

– Alcool et comprimés, dit-elle. Il a avalé deux bouteilles et deux boîtes dans une petite chambre miteuse au coin de la rue. On ne l'a trouvé qu'au bout d'une semaine parce que ce pauvre gars ne manquait à personne alors.

– Il n'a pas laissé de mot expliquant son geste ?

– Non…

– Vous n'avez jamais trouvé bizarre que Ian se suicide ? demanda Stone. Lui qui disait justement qu'il allait changer de vie.

Shireen Collins les regarda sans ciller, et Holland crut lire la question muette sur son expression troublée. Il se dit que le fait qu'elle ne leur ait à aucun moment demandé pourquoi, un an après la mort de son ex-mari, ils venaient lui poser des questions sur lui en disait long sur la façon dont elle menait sa vie. Et aussi que si Hadingham était aussi costaud et bagarreur qu'elle le disait, alors il n'avait pas dû être facile pour celui qui l'avait tué de le forcer à avaler ces comprimés. À moins qu'il n'ait été bourré avant que ça arrive…

Soudain, d'autres enfants réclamèrent à boire et son attention. Une demi-heure avait été une estimation optimiste.

– Excusez-moi, dit-elle. Vous pourriez peut-être repasser…

Ils étaient venus de la gare en taxi. Stone demanda s'ils pouvaient en appeler un ou s'il y avait une station à proximité. Elle leur indiqua où se trouvait une agence de minicabs à cinq minutes de marche.

– Puis-je vous demander ce que vous avez fait des affaires personnelles de Ian ? demanda Holland en remettant son pardessus.

– Je m'en étais débarrassée bien avant sa mort. J'ai donné ses vêtements et ses CD à une assoce caritative. J'ai jeté beaucoup de choses, pour tout vous dire.

– Avait-il des cassettes vidéo ? demanda Stone.

Cette question parut la désarçonner.

– Nous avions des... cassettes vierges. On s'en sert encore, je crois, pour enregistrer des matches de foot, ou des épisodes de *Coronation Street*...

– Et les affaires que Ian avait emportées en partant ?

– Non, on m'a donné tout ce qu'il y avait dans la chambre où on l'a trouvé. Toutes ses affaires.

– Vous ne vous rappelez pas avoir vu une cassette vidéo ?

Elle parut gênée, tout à coup. Elle parla plus bas, et essaya de regarder Stone dans les yeux, mais sans succès.

– Un porno, vous voulez dire ?

– Aucune importance, vraiment, dit Holland, tendant à Stone son blouson. Ce n'est rien...

Dehors, il ne pleuvait plus, mais à en juger l'aspect du ciel, ce ne serait qu'une accalmie, aussi firent-ils en sorte que leur marche de cinq minutes dure encore moins de temps.

– Elle va finir par apprendre ce qu'il a fait, dit Stone.

– Ça ne dépend pas de nous.

– Je ne pense pas que ça l'anéantisse, de toute façon...

– On ne sait pas. Pour ses enfants, peut-être.

– C'est vrai. Je suppose que ça va salement entacher la mémoire de leur vieux. Faire exploser le mythe du héros de la guerre.

– Un peu quand même...

– On est en plein dans le putain de chantage. C'est sûr. Hadingham lui a pratiquement dit qu'il allait gagner du fric.

– Ouais. Je regrette seulement qu'on n'ait rien de plus que ce qu'il lui a dit, selon elle.

– Tu es devenu très difficile à satisfaire depuis que tu es sergent, dis-moi.

– On espère toujours qu'on trouvera… je ne sais pas… la photocopie de la lettre de chantage qu'il a envoyée à celui qui l'a buté. Un miracle, quoi…

– Le témoignage de son ex-femme confirme cette thèse, non ?

– Ce n'est qu'une preuve indirecte. Bon, ça nous est utile, je ne dis pas le contraire. C'est une autre pièce du puzzle. Une pièce importante. Mais c'est beaucoup trop tard pour avoir une preuve matérielle, une expertise légale ou autre, alors, je ne vois pas comment le mettre sur le dos du gars quand on l'arrêtera.

– Et la cassette ?

– Il l'avait peut-être emportée, ce qui serait logique s'il comptait la monnayer, et son assassin l'aura prise. Ou bien il n'en a jamais eu, ce qui ne colle pas si l'on s'en tient à la thèse du chantage. Ou il l'a perdue…

– Ou il l'a laissée chez son ex quand il a déménagé, et le nouveau mec de sa femme aura enregistré un match par-dessus.

– Tu vois, c'est une des nombreuses raisons pour lesquelles je suis sergent et toi non.

– Conneries !

La pluie se mit à tomber d'un coup, soufflant sur eux par rafales, trempant leur dos et l'arrière de leurs cuisses. Stone n'arrêtait pas de pester, et même s'ils n'étaient plus très loin de l'agence de minicabs, il se mit à courir.

Holland, lui, continua de marcher, regardant Stone disparaître au loin. Il avait la flemme de le rattraper.

26

Thorne essaya en vain de trouver une position confortable sur le seuil d'une boutique de souvenirs miteuse dans Carnaby Street. Une demi-douzaine d'endroits de ce genre proposaient des Doc Martens de toutes les couleurs et des T-shirts beaucoup trop chers pour cette rue qui n'était plus branchée depuis des lustres.

Il se souvenait de l'époque où Londres donnait le ton. Où la ville pouvait encore tout se permettre, et se déhancher sans faire penser à un père d'élève dans une soirée disco à l'école. Deux ou trois fois à l'époque, ses parents l'avaient emmené en ville faire du shopping, et s'ils évitaient les rues comme Carnaby Street et fonçaient tout droit dans les grands magasins, Thorne se rappelait avoir vu des jeunes femmes en robes vaporeuses et des hommes en vestes militaires rutilantes. Ou était-ce seulement l'effet de son imagination ? Il savait que la mémoire pouvait jouer de tels tours. Peut-être remplissait-il les vides avec des images de Terence Stamp et de Julie Christie…

Peut-être parce qu'il était né dans les années soixante, Thorne avait assisté au mouvement « Cool Britannia » des années quatre-vingt-dix avec une certaine dose de cynisme. Union Jacks à toutes les sauces, sur les robes, les voitures et les pochettes d'albums : cette mode s'était vite transformée en un train du marketing que tout le monde prenait en marche, de Marks & Spencer au New Labour. Thorne admettait toutefois que les groupes avaient au moins redécouvert les guitares, que le tourisme avait grimpé en flèche et que ç'avait été une étincelle de créativité pour beaucoup de jeunes de l'âge de Spike et de Caroline.

Restait à savoir si les touristes afflueraient vers le West End encore longtemps. Sous la légende « La Dernière Victime », une photo de Terry Turner plus jeune et en meilleure forme dominait la une du *Standard*. Il était bel et bien officiel que le quartier des théâtres s'était transformé en champ de bataille.

Thorne se demanda si le tueur avait vu le journal. Savait-il déjà qu'il n'avait pas tué le bon ?

Avant de s'installer pour la nuit, il s'était rendu à Marble Arch et était descendu dans le métro pour voir s'il trouverait Spike et Caroline. Il n'avait eu guère plus de succès auprès d'Ollie qui, tout au plus, l'avait regardé d'un air encore plus méfiant et plus hostile que la première fois.

– Je cherche mes potes, lui avait dit Thorne, pointant le doigt vers l'endroit où Spike et Caroline et lui avaient dormi la nuit de l'avant-veille.

Le vieil homme avait levé les yeux de son livre, l'air pas jouasse.

– Cherche ailleurs…

Thorne ne s'attendait pas forcément à les trouver là. Il savait que Spike et Caroline avaient des horaires décalés. Il savait ce qui les tenait éveillés et ce qui les faisait dormir.

Sur le seuil du magasin, il se redressa et sortit les bras de son sac de couchage. Il regarda la vitrine éclairée de l'autre côté de la rue, écouta la dance music qui dérivait d'un des appartements au-dessus.

Il se demanda une fois de plus d'où avait pu provenir la fuite. Il était bien obligé d'envisager McCabe, n'en déplaise à Brigstocke. Qui d'autre savait précisément où il dormait ? Il était inconcevable que l'information soit venue d'un de ses proches. Ce qui le rongeait, c'était sa certitude de détenir déjà la réponse. Il ne devrait pas être trop compliqué de remonter jusqu'au responsable ; c'était un puzzle de deux pièces des plus simples. Bien sûr, d'autres sans-abri savaient où le trouver, mais ils n'avaient pas la deuxième pièce. Aucun d'eux ne savait qu'il était policier. Du moins, il le supposait. Les certitudes, sous n'importe quelle forme, étaient un luxe auquel il avait renoncé avec les autres le jour où il avait pris la décision de dormir dans la rue.

Veux-tu que je te dise combien de coups de pied auraient pu tuer Terry Turner sur le coup ? Combien d'os différents ont été brisés... ?

Avec Brigstocke, il avait minimisé la situation. Bien obligé. Mais à présent, il ne servait à rien de faire comme si ce qui lui nouait l'estomac et lui coupait le souffle n'était pas la peur. Il l'avait ressentie depuis la seconde où, dans le métro, il avait appris la mort de Terry T, et elle s'était installée en lui. Elle avait très vite fait comme chez elle, tapant l'incruste et prenant ses aises...

Thorne avait peur de plus en plus souvent. Depuis quelques semaines, quelques mois, il éprouvait une vague appréhension qu'il n'aurait su expliquer, une peur irrationnelle à des moments précis. Il était devenu nerveux dans la foule ; soudain, il craignait d'emprunter un escalator, il avait le vertige ; il avait développé une prudence maladive au volant. Il avait entendu dire que plus on voyageait par avion, plus on avait peur de le prendre, et il se demandait s'il ne subissait pas un phénomène similaire.

Ou alors, cette sensibilité à la peur sous toutes ses formes était peut-être un signe du vieillissement. Son père avait peur de toutes sortes de trucs bizarres. Thorne se demanda s'il ne lui ressemblait pas de plus en plus, tout bêtement. Il savait que cela arriverait tôt ou tard, mais ce processus n'aurait-il pas connu une accélération à la mort de celui-ci ? C'était comme s'il était un terme d'une équation cosmique faussée. Il avait l'impression de changer pour combler le vide laissé par la disparition de son père.

C'était là l'autre hic : le tour que vous jouait la mort d'un parent. La mort du dernier parent, quand on devient orphelin. Le rideau qui tombe...

Pour la première fois de sa vie, Thorne appréhendait la souffrance de ne pas avoir d'enfant ; il ne la ressentait pas encore tout à fait, mais il la comprenait. Il savait à présent pourquoi ceux qui désiraient désespérément avoir un enfant en parlaient comme d'un vide devant être comblé. Il commençait à ressentir ce vide en lui, de plus en plus béant, mais encore caché jusqu'au moment où tomberait le voile qui le recouvrait. Il s'était demandé si avoir des enfants seulement pour mettre un terme à la souffrance de ne pas en avoir était une raison suffisante. Était-ce la raison pour laquelle la plupart des gens devenaient parents ? En tout état de cause, il soupçonnait maintenant la douleur que Caroline devait endurer d'être à la fois mère et sans enfant.

Perdre des parents, perdre des enfants...

Les pensées de Thorne se tournèrent vers l'homme qui tenait la caméra. Celui qui avait filmé la mort de quatre hommes ; de quatre pères, peut-être.

Comment pourraient-ils le coincer s'ils ne retrouvaient pas Ryan Eales ? Le point de départ le plus évident serait l'armée. Elle pourrait, au moins, les éclairer sur le profil des personnes qui se trouvaient là-bas. Sur le genre d'hommes qui avaient pu se trouver sur ce sable noir, imbibés d'ombre et de pluie de pétrole, en même temps que l'équipage de ce blindé. Il serait difficile d'approcher l'armée, évidemment ; maintenant qu'on lui avait caché une certaine preuve matérielle. Au pub, Brigstocke avait confié à Thorne que taire l'existence de cette vidéo était une décision qu'il commençait à regretter.

Thorne avait fait de son mieux pour le rasséréner.

– Nous sommes tous des Sherlock Holmes après coup, mec. Ne bats pas trop ta coulpe.

– Si nous n'obtenons pas de résultats, il y en aura beaucoup devant moi dans la file...

La musique venant de l'appartement d'en face avait cessé, remplacée par les voix discordantes de trois fans de foot qui, sortant du Shakespeare's Head, venaient dans la direction de Thorne en chantant à tue-tête. Il s'enfonça un peu plus sur le seuil du magasin et les regarda passer.

Ils ne le virent pas. Ou, en tout cas, s'en fichèrent...

Pendant ces brefs moments de lucidité d'avant le sommeil, Thorne pensa à quelqu'un à qui il pourrait peut-être s'adresser, quelqu'un qui pourrait bien avoir une idée sur ce qui s'était passé en ce 26 février, près de quinze ans plus tôt. Bien entendu, il lui faudrait procéder avec prudence, mais personne n'avait rien de mieux à proposer.

Il se laissa gagner par le sommeil, se disant qu'il avait eu de plus mauvaises idées que celle-là ; pensant que la carte de visite était toujours dans son portefeuille au *Lift*. Espérant qu'il n'aurait pas tout oublié à son réveil.

27

Le sergent Sam Karim, dont ce genre de choses relevait de la responsabilité, terminait, pour la énième fois, de réagencer les éléments figurant sur le tableau blanc.

Au centre, il y avait toujours la photo fournie récemment par le personnel des armées : Chris Jago, Ian Hadingham, Ryan Eales et Alec Bonser. Les portraits de quatre jeunes recrues pris lorsqu'ils avaient été affectés à la 12e division blindée.

Holland regardait l'état des lieux de l'affaire à ce jour. Il était difficile d'assimiler ces quatre visages frais – tout beaux tout propres, l'ombre d'un sourire – avec ceux dissimulés sous les lunettes de protection striées de pluie et les *shamags* sales, en sueur et crispés, les yeux fermés très fort au moment du coup de feu.

Et tout autour, sur le tableau...

La liste des victimes assassinées seulement pour détourner de la vraie nature du crime : Hayes, Mannion, Asker.

Terry Turner, assassiné, semblait-il, par erreur ; n'ayant rien de commun, hormis ses initiales, avec l'homme avec qui le tueur l'avait confondu.

Le nom des personnes en marge de l'enquête : Susan Jago, Shireen Collins.

Celles qui avaient fourni des informations, soit en faisant une déposition, soit autrement : Spiby et Rutherford du Bureau des relations publiques ; Brendan Maxwell ; le commandant Stephen Brereton ; Poulter et Cheshire de la 12e blindée. Un nom avait été supprimé du tableau et de la liste communiquée à tous les policiers : Paul Cochrane.

On se passait des services du profiler de la Faculté nationale de la criminalité depuis que le mobile des crimes était devenu évident pour tout le monde.

– Et dernier, mais non des moindres...

Karim tira un gros trait noir jusqu'à une case qui contenait l'unique point d'interrogation restant sur le tableau. Il était largement symbolique : la représentation élémentaire de leur principal suspect, l'homme derrière la caméra qui, selon eux, était la raison de leur présence à tous ici.

Karim recula et examina son travail. Qui, bien sûr, était loin de contenir toute l'histoire...

Un pan de l'enquête ne pouvait être ni représenté par des lettres capitales, ni circonscrit par des aimants et des stylos-feutres : la contribution de Thorne, les informations venant de lui ou de sources proches de lui. Il en allait de même de celles fournies par la petite opération de surveillance venant d'être lancée sur l'inspecteur-chef McCabe et plusieurs autres policiers de la Brigade d'assistance aux personnes sans abri. Brigstocke n'avait divulgué à personne hormis au noyau dur de son équipe qu'il avait reçu le feu vert. Comme pour toute enquête interne, il y avait de bonnes raisons à cela : quelqu'un connaissait toujours quelqu'un...

Karim s'éloigna, et Holland s'approcha du tableau.

– Tu es un artiste, Sam.

– Et moi, un pisse-copie, dit Stone, revenant des toilettes.

Jason Mackillop leva la tête de son ordinateur, hilare. Stone traversa la salle dans sa direction, se marrant à sa propre vanne.

Ça faisait un bail que le tableau blanc aurait dû être remplacé. Depuis de nombreuses années, un nombre incalculable de meurtres avaient été représentés sur sa surface. Dans les quelques espaces blancs restants, Holland distinguait les anciens tracés, les boucles et les traits de feutre tout juste visibles sous le métal éraflé et piqueté. La mort, terrible et indigne ; la fureur, la perte, le chagrin réduits à des griffonnages, à des noms et à des chiffres effacés depuis longtemps et remplacés au fur et à mesure. Holland humecta le bout de son index, et frotta un de ces noms fantômes. Un nom qui se refusait à disparaître complètement…

– Dave ?

Holland sursauta légèrement et s'empressa de retirer son doigt. Il ne s'était pas rendu compte qu'Yvonne Kitson l'avait rejoint. Il se tourna vers elle pour la saluer, puis reporta les yeux sur le tableau.

Tous deux le regardèrent un moment.

Ils contemplèrent son étendue, la manière dont certains étaient pris au piège par les vrilles qui serpentaient depuis ses racines vénéneuses. Les noms de tous ceux qu'il avait touchés, les innocents, les coupables et les morts. Mais un nom sortait du lot à présent.

– Comment faire pour localiser Eales ? demanda Kitson.

Holland réfléchit à la question.

– Dispose-t-on de médiums au ministère de l'Intérieur ?

La chance qu'ils avaient eue de retrouver Ian Hadingham rapidement était plus que neutralisée par l'absence totale de progrès dans leurs recherches sur Ryan Eales.

Une « recherche grande ampleur » avait été lancée. Les bases de données et du CRIS et de la CRIMINT avaient été passées au crible à plusieurs reprises, en pure perte. Des enquêtes de retraçage avaient été menées via le Registre électoral national, la Direction de la sécurité sociale, le registre d'immatriculation des véhicules et tous les bailleurs sociaux du pays. Les fournisseurs de téléphones mobiles ainsi que les organismes de crédit à la consommation avaient été contactés et étaient rappelés régulièrement, sans succès. Hormis un numéro de permis de conduire, un numéro de sécurité sociale et un dernier domicile connu également caduque, la recherche grande ampleur n'avait, jusqu'à présent, rien donné.

La première conclusion, en se basant sur le fait que les personnes décédées depuis peu sont relativement faciles à localiser, était que Ryan Eales devait probablement être encore en vie. La seconde conclusion était moins réjouissante.

– Il ne veut pas qu'on le retrouve, dit Kitson.

Holland partageait cette opinion. Et était d'avis que si Eales se faisait discret, c'est qu'il avait d'excellentes raisons pour cela.

– Il se cache pour échapper au tueur.

– C'est probable. S'il lit la presse, s'il a été en contact ces dernières années avec les autres ou leurs familles, il y a fort à parier qu'il sait qu'au moins deux des trois autres sont déjà morts. Auquel cas il aurait toutes les raisons de craindre d'être le prochain sur la liste.

– Et il a très bien pu déduire que nous savons pourquoi…

Si Eales se doutait que la police le recherchait, il pouvait supposer que celle-ci était en possession de la cassette vidéo, et ne devait pas être particulièrement pressé de se faire connaître et d'affronter ce qui s'était passé en 1991.

– C'est encore une chose en laquelle ils excellent, dit Holland.

– Qui ?

– Les ex-militaires. Grâce à leur entraînement, ils sont mieux lotis que la moyenne pour survivre dans la rue, comme Bonser et Jago, mais aussi pour se rendre invisibles si le besoin s'en fait sentir.

– Comme être derrière les lignes ennemies, dit Kitson.

Holland eut une idée. Il s'approcha du tableau et pointa un nom. « Poulter ».

– Tu te souviens de ce qu'il nous a dit quand on est allé à Taunton ? Que si Eales a servi au SAS ou dans une autre unité d'élite, il serait d'autant meilleur à ce petit jeu-là. Ce qui expliquerait pourquoi nous ne trouvons aucune trace de lui…

Ils regardèrent de nouveau la photographie du vice-caporal Ryan Eales.

Son visage était un de ceux dont un sourire adoucissait l'expression. Il avait les mâchoires carrées, de grands yeux bleus et un nez camus parsemé de taches de rousseur. Ses cheveux blond-roux se prolongeaient de deux rouflaquettes consciencieusement taillées, rectangles parfaits sous le béret bordeaux.

– Moi, j'ai l'impression qu'il lui manque une case, dit Kitson.

– Ils ont tous l'air un peu bizarre, dit Holland. Mais c'est peut-être parce que nous les regardons après coup, nous savons ce qui s'est passé par la suite.

– Je pense qu'il faut déjà être un peu spécial à la base pour s'engager.

– Il y en a qui n'ont pas trop le choix, dit Holland.

Kitson haussa les épaules, lui concédant ce point.

– Un peu comme ceux qui veulent devenir flics, je suppose.

– Au moins, les militaires, ils voient du pays.

– Pourquoi as-tu voulu entrer dans la police, Dave ?

Derrière eux, Stone terminait de raconter à Mackillop la même vanne un tantinet choquante qu'il racontait depuis des jours. Le constable auxiliaire rit au moment voulu.

– L'émulation intellectuelle, je présume, répondit Holland.

– Ne me dites pas. C'est pour la rencontre Spurs-Arsenal.

– Ah, puisque vous en parlez...

– Vous voulez des billets pour le match de ce week-end.

Perspective qui semblait plus amuser que contrarier Alan Ward.

– Je crois me souvenir de vous avoir dit que vous pourriez compter sur moi.

– Ce n'est pas pour cette raison que je vous appelle. En fait, je voulais juste connaître votre avis sur un point. Vous avez une minute ?

– Ravi de m'échapper de ce foutu montage, pour tout vous dire. Ne quittez pas...

En fond sonore, Thorne entendait la voix enregistrée de Ward, puis, couvrant la bande-son, il l'entendit s'adresser à quelqu'un : dire qu'il n'en aurait pas pour longtemps, qu'il serait dans le couloir en cas de besoin.

Thorne avait marché jusqu'à Holborn, puis continué à pied jusqu'à la City. Dépassé le marché des viandes de Smithfield et pénétré le cœur sclérosé du quartier de Barbican. C'était la seule zone résidentielle de la City. Presque pas de passants ni de voitures, d'immenses tours reliées par une série de passerelles en hauteur. Malgré le centre d'art, les musées et les rares boutiques et restaurants branchés, l'endroit dégageait une atmosphère étrangement hostile, les vertigineux murs de béton se dressant à chaque coin de rue semblaient pulser sous de mauvaises vibrations.

– Ça y est, dit Ward, je suis à vous.

Thorne s'enfonça dans l'ombre, dégoulinant d'eau sous un auvent. Plaqua le téléphone contre son oreille. Les banalités d'usage furent des plus insipides et des plus brèves. Tous deux se dirent très occupés sans entrer dans les détails. Ward déclara avoir vu Steve Norman très récemment, et demanda si Thorne l'avait croisé. Thorne lui répondit que non, puis ils parlèrent football pendant une ou deux minutes.

– Je voulais vous parler de la guerre du Golfe, dit Thorne. L'aviez-vous couverte ? La première…

– Oui, j'y suis allé. J'étais un bébé reporter à l'époque. Et bébé, je ne l'étais plus, loin de là, à mon retour…

– Oui, j'imagine.

– C'était assez lourd, voyez. Je n'avais encore jamais été impliqué dans quelque chose de ce genre. Oh, je n'ai pas fait grand-chose à part minauder devant une caméra, mais, évidemment, on voit des trucs…

– C'est de ça que je voulais vous parler, justement. Pas de choses que vous auriez pu voir personnellement, mais dont vous auriez pu entendre parler.

Il y eut un silence.

– Est-ce lié aux meurtres des S.D.F. ?

Thorne avait vu juste : il lui faudrait manœuvrer avec la plus extrême prudence. Ward était perspicace ; pire, c'était un journaliste. Il n'avait pas fallu grand-chose pour piquer sa curiosité professionnelle. Il avait dû tout de suite flairer qu'il y avait anguille sous roche ; dès qu'il avait pris l'appel et qu'un policier qu'il n'avait vu qu'une fois s'était rappelé à son bon souvenir.

– Qu'est-ce qui vous fait dire ça ? demanda Thorne.

– Rien de particulier. Je supposais que vous travailliez sur cette affaire puisque nous nous sommes rencontrés après le point presse.

Ce fut au tour de Thorne de la jouer pro.

– Je suis sûr que vous comprendrez que je ne puisse commenter une investigation en cours.

– Bien sûr. Mais je suis intrigué à l'extrême...

Ward rit, et Thorne ne demeura pas en reste.

– Au cours de la période que vous avez passée dans le Golfe, avez-vous entendu parler de crimes de guerre ou d'actes de barbarie ?

– Des actes de barbarie ?

– Perpétrés par notre armée...

Autre silence.

– Une affaire est sortie il y a quelques années, dit Ward. Dans un magazine américain – le *New Yorker*, si ma mémoire est bonne. Un incident – un prétendu incident – s'est produit sur la route reliant le Koweït à Bassora quelques jours après le cessez-le-feu, quand des colonnes irakiennes qui battaient en retraite se sont fait attaquer par des Apache et des blindés. On l'a appelé la bataille de Rumailah, mais ce n'était ni plus ni moins qu'un massacre. Un « tir au canard », comme a dit le magazine. Il y avait des civils dans les camions, un bus scolaire plein de gamins...

– Bon Dieu...

– Il y en avait eu un autre juste avant le cessez-le-feu : quatre cents soldats irakiens cernés par une section d'éclaireurs. Certains, blessés, étaient transportés dans des camionnettes de l'hôpital. On les a réunis, nourris, tout ce que vous voulez, puis, selon des rapports, une autre unité est arrivée dans des blindés Bradley et les a tous fusillés. À la mitrailleuse. On l'a su sur la foi de témoignages de soldats qui étaient sur les lieux, mais je ne pense pas que des poursuites aient été engagées.

Thorne se déplaça pour se remettre au soleil. Il leva les yeux sur un jet qui vrombissait dans le ciel. L'avion apparut et disparut entre les tours avant d'émerger de nouveau dans un ciel boueux et de virer vers City Airport.

– Qu'en est-il des troupes britanniques ? demanda Thorne.

– En termes de crimes de guerre, vous voulez dire ?

– Avez-vous eu vent de quoi que ce soit ?

– Des bruits ont couru, comme toujours. Beaucoup de soldats ont longtemps été basés à Dubaï. J'y suis moi-même allé ensuite. On pouvait acheter des séries de photos dans des échoppes, vous savez ? Des soldats posant près de cadavres, tenant des bras ou des jambes. Des trophées…

– Mais vous n'avez jamais entendu parler d'incidents précis ?

Ward parut sur la défensive tout à coup. Une prudence non dénuée d'amusement teinta sa voix, comme si Thorne avait changé le rythme de leur danse.

– Je crains que vous ne deviez vous-même être un peu plus précis…

Thorne savait qu'il devrait peut-être s'aventurer sur ce terrain-là, et, pendant une ou deux secondes, il se demanda si cela valait le coup de plonger dans les ténèbres. Il connaissait à peine Alan Ward, et ne pouvait être sûr d'avoir grand-chose à gagner avec cette conversation.

Mais il n'était pas sûr non plus d'avoir grand-chose à y perdre…

– Avez-vous entendu parler de faits impliquant l'équipage d'un blindé britannique ? demanda Thorne, tout en observant un couple qui, sur la passerelle au-dessus de lui, semblait en pleine dispute.

Le silence se prolongea.

Quand Ward finit par répondre, sa voix, réduite à un murmure, vibrait d'excitation.

– Qu'avez-vous découvert ?

– Comme je vous l'ai dit, je ne peux…

– Bon, d'accord, je comprends. Écoutez, des bruits ont couru. Rien de plus, pour autant que je m'en souvienne.

– Au sujet de l'équipage d'un blindé ?

– Oui… je crois bien.

– Et si quelqu'un d'autre, n'appartenant pas à ce groupe de quatre hommes, était impliqué, qui cela aurait-il pu être ?

Il leva de nouveau les yeux. Le couple s'étreignait.

– Je vois, dit Ward. Eh bien, quasiment n'importe qui. Vous restez un peu trop dans le flou.

– Un cinquième homme, présent lors de l'incident.

– Un cinquième soldat, vous voulez dire ?

– Je suppose…

– Où nous situons-nous, au juste ?

– Je ne le sais pas vraiment. Nous devons envisager que c'est hors des sentiers battus.

– Tout était hors des sentiers battus, mec, dit Ward. Vous voulez dire que, géographiquement, cet incident s'est produit dans un endroit isolé, c'est ça ?

Là, Thorne avait au moins une certitude.

– Oui.

– Donc, nous parlons de quelqu'un qui aurait eu accès à un véhicule. Un officier supérieur, par exemple ?

Peut-être, songea Thorne. C'était assurément un homme qui pouvait donner des ordres à ces quatre hommes. Ordres auxquels ils avaient obéi.

Peut-être…

En l'état actuel des choses, ils ne pourraient aller au-delà de cette déduction.

– Je dois vous demander une faveur professionnelle, à ce stade, dit Ward. Pourriez-vous faire en sorte que je sois le premier sur le coup si jamais ça sort ?

Thorne fut légèrement décontenancé. L'ambition de Ward n'avait rien à envier à sa perspicacité. Cela étant, Thorne l'ayant sollicité, ce renvoi d'ascenseur était une demande assez légitime.

– Je crains de ne pouvoir vous certifier que j'aurai mon mot à dire, pour être franc…

– Moi, je l'ai bien été, Tom. Plus sérieusement, s'il vient le moment où ce sur quoi vous m'avez sollicité est rendu public, j'ose espérer que vous ne m'oublierez pas. Comme je vous l'ai dit, je suis extrêmement intrigué.

– Entendu…

– Je suis à votre entière disposition, Tom. Mais il va sans dire que les sources restent confidentielles. Pas de noms !

– Compris.

– Et il y a des avantages en nature, bien entendu.

– En nature ?

– Vous voulez assister au match du week-end ou non ?

Rien n'aurait pu faire plus plaisir à Thorne. Maudissant sa malchance et le temps qui jouait contre lui, il expliqua à Ward qu'il aurait adoré accepter l'invitation, mais qu'il serait bien trop occupé pour en profiter.

La perspective d'une conversation avec Steve Norman mettait Russell Brigstocke dans la même disposition d'esprit que celle d'une visite chez le dentiste : c'était nécessaire, mais plutôt désagréable. On pouvait la repousser encore et encore, mais on n'y coupait pas.

Et il fallait se rincer la bouche après coup…

La nature de l'enquête impliquait que Brigstocke avait été obligé d'endurer des contacts beaucoup plus fréquents que d'habitude avec l'officier de presse. Les médias ne les lâchaient plus depuis la première conférence de presse de Jesmond, et Norman – quoi qu'on puisse penser de lui par ailleurs – avait fait preuve d'une efficacité redoutable dans son travail. Il avait assouvi l'appétit d'informations des médias, et obtenu des faveurs de journalistes quand c'était nécessaire. Ce qui, à présent, était indiscutablement le cas.

Utiliser la presse les avait menés, indirectement, à Chris Jago. La traque de Ryan Eales n'ayant rien donné à ce jour, faire de nouveau appel aux journalistes pourrait fort bien être le dernier espoir pour l'équipe d'obtenir des résultats. Ils avaient déjà publié une photo de Eales à quinze ans dans le *Standard* – dans les pages intérieures du numéro où celle de Terry Turner figurait à la une –, décrivant le soldat comme étant quelqu'un « que la police souhaiterait interroger comme principal témoin lié à… ».

Les appels arrivaient, mais ils avaient besoin de plus, plus vite.

– Je pense pouvoir décrocher de nouveau *Crimewatch*[1], avait dit Norman.

– Ce soir ?

1. Émission où des appels à témoins anonymes sont lancés dans le cadre d'affaires criminelles.

Au téléphone, la voix de l'officier de presse s'était faite encore plus nasillarde, plus irritante encore que face à face.

– Ça demeure une enquête prioritaire, Russell, alors je pense que ça devrait être faisable. Ils repousseront un autre sujet à la semaine prochaine…

Ils avaient tourné une reconstitution du meurtre de Paddy Hayes que BBC1 avait diffusée en direct le vendredi soir, un mois plus tôt, et un autre appel à témoins avait été lancé après le meurtre de Robert Asker. En soi, cela avait été perçu comme un gros coup. Les programmateurs avaient la réputation d'être impressionnables, et dégoûtés par tout ce qui était trop cru. La sensibilité des spectateurs devait demeurer leur première préoccupation. Le meurtre était acceptable, mais seulement s'il était commis avec goût, et n'effrayait pas trop.

Diffuser une affaire dans ce genre d'émission était en général le dernier recours, mais un grand nombre de gradés considéraient que le jeu en valait la chandelle. C'était de la télé, et quand on demandait leur aide, les gens réagissaient un peu comme lors d'un jeu téléphonique : beaucoup de réponses fausses, mais une forte participation.

– Alors, qu'en pensez-vous ?

– C'est formidable, Steve, avait répondu Brigstocke. Merci.

Cette platitude avait crissé dans son crâne comme la plainte d'une roulette de dentiste.

– Juste une actualisation rapide, d'accord ? Une annonce dans les flashes « avis de recherches urgents » en fin d'émission.

– C'est tout ce dont nous avons besoin.

– Nous passerons la photo de Eales à l'antenne le plus longtemps possible. Attendez-vous à ce que le standard explose.

– Espérons-le…

– Bah, même s'il n'en sort rien de concret, il est bon de montrer qu'on fait le maximum, hum ?

Brigstocke mourait d'envie de raccrocher à ce stade. De se rincer et de recracher.

– Bon, je dois en discuter avec le superintendant en chef. Il faudra sans doute nous montrer côte à côte…

– Votre uniforme est propre ?

Dans la foulée, Brigstocke était allé voir Trevor Jesmond pour lui parler image, message et budget. Ensuite, il avait téléphoné chez lui et demandé à sa femme de programmer le magnétoscope. À présent, comme il entrait dans la salle des enquêteurs, il demanda le silence. L'appel à témoins lancé à la télévision générerait de très nombreux coups de téléphone. Quelques givrés ne manqueraient pas de sortir du bois, mais il faudrait les écouter et transcrire leurs informations comme si elles étaient paroles d'Évangile, et chaque piste, aussi incertaine qu'elle paraisse, devrait être exploitée.

– C'est la routine, bonnes et mauvaises nouvelles, comme d'habitude, annonça-t-il. La plupart d'entre vous peuvent dire adieu à leur week-end. Pêche, foot, jambes en l'air et virées chez Ikea avec madame. On oublie !

– C'est la bonne ou la mauvaise nouvelle ? cria quelqu'un du fond de la salle.

– Mais les heures sup seront payées ! cria Brigstocke pour dominer les rires.

Thorne se sentait plus à l'aise, plus sûr de lui et de son environnement, à mesure que le bruit de la circulation augmentait, que plus de gens bougeaient dans toutes les directions et qu'il pouvait sentir le goût des vapeurs d'essence. S'éloignant de l'atmosphère angoissante du quartier de Barbican, il remonta l'ancienne Grub Street[1], et repensa à la conversation qu'il avait eue avec un homme dont la profession, par ses pires excès, en était venue à être associée à ce nom.

Il n'y avait pas eu d'éclair de génie ; rien qui accélère le pouls. Mais ça donnait tout de même à réfléchir. Thorne avait déjà envisagé la possibilité que l'homme derrière la caméra soit un officier supérieur. L'hypothèse était raison-

1. Ancien nom de Milton Street, connue au XVIIIe siècle pour abriter les plumitifs de l'époque. *To grub* signifie fouiner.

nable, mais c'était toujours intéressant de l'entendre de la bouche de Ward ; que cette idée soit validée par quelqu'un ayant connu la réalité du terrain. Il n'y avait pas de place pour plus de quatre hommes dans un char de combat Challenger. Le cinquième homme avait dû se rendre sur place par ses propres moyens. Si Brigstocke pouvait arracher d'autres informations à l'armée, il serait intéressant de savoir quels gradés avaient un véhicule à leur disposition.

Autre chose intéresserait l'inspecteur-chef : *« Des bruits ont couru, comme toujours... »*

Si la presse avait eu vent de rumeurs d'actes de barbarie, il était logique de supposer que l'armée aurait été au courant. Thorne avait la conviction qu'elle l'était tout autant quinze ans plus tôt. Si l'armée savait, au moins en partie, ce qui s'était passé le 26 février 1991, cela expliquerait l'appel de la Branche d'investigations spéciales de la Police militaire royale.

Il ne lui déplairait pas d'annoncer à Brigstocke qu'il n'était pas complètement parano...

La lumière changea devant lui sur le trottoir. Thorne leva la tête et vit que le ciel s'assombrissait rapidement. Il regarda le doigt effiloché d'un nuage pointer vers l'arrière d'une tour de verre de Farringdon Road, et il suivit cette direction vers le West End.

28

– Gentil de ta part d'avoir fait un effort, dit Thorne.

– Hein ?

Thorne jaugea Hendricks, l'air très sérieux.

– Ta panoplie de glandeur…

– Enfoiré !

– Sérieux, c'est sympa de ta part d'essayer de te fondre dans la masse. Tu devrais peut-être jeter toute ta « légisterie » aux orties, et travailler en sous-marin toi aussi. Tu as le don, c'est évident.

– Je suis ravi que l'un de nous deux l'ait.

À part l'arrière-goût métallique des burgers en promo, ils auraient pu tout aussi bien être en train de se détendre autour d'un plat à emporter du Lancier du Bengale. S'il n'y avait eu la pluie, et la vue imprenable sur des tas de sacs-poubelle, ils auraient pu se trouver dans le salon de Thorne à regarder la télé ; à se disputer à propos du football tels un Gary Lineker et un Alan Hansen[1] au crâne rasé et aux multiples piercings.

En l'occurrence, ils étaient adossés à un mur dans Great Queen Street, sous un passage couvert qui courait le long du temple de la Grande Loge unie d'Angleterre. Ils échangeaient des vannes et des silences complices en buvant la bière apportée par Hendricks.

Celui-ci tapota avec sa cannette la façade du bâtiment au fronton orné de symboles maçonniques.

---

1. Ancien footballeur anglais et ancien footballeur écossais devenus l'un et l'autre commentateurs sportifs à la télévision.

– Sans doute qu'un certain nombre de flics viennent traîner leurs guêtres ici, tu ne crois pas ? À faire les andouilles en portant des tabliers en peau de chèvre et en remontant une jambe de leur fute…

– En parlant de ça, tu as vu Brigstocke à la téloche ?

– Il est franc-maçon ?

Thorne haussa les épaules.

– Ça ne m'étonnerait pas, dit-il. Je sais que Jesmond l'est.

– J'ai trouvé Brigstocke très télégénique. Détendu, tu vois. Le look du mec aux commandes, mais sympa. On a envie de faire tout ce qu'on peut pour l'aider.

– Il est bon dans ce numéro. Il a suivi des stages.

– Je ne sais pas s'il y a eu des réactions.

– Tu penses bien que oui.

Holland avait appelé Thorne une heure après le début de l'émission. L'original de la photo de Eales avait été diffusé, ainsi qu'une image de lui vieilli par traitement numérique afin de donner aux téléspectateurs de *Crimewatch* une idée de ce à quoi il pouvait ressembler vingt ans plus tard. Les appels ne s'étaient pas fait attendre.

– Je me demande si le tueur regardait, dit Hendricks. En diffusant l'image de la tête que peut avoir Eales aujourd'hui, on l'aide peut-être à le retrouver.

– À ta place, je ne m'en ferais pas. Il n'a pas eu besoin d'aide jusqu'à présent.

Hendricks marmonna son approbation et but une gorgée de bière.

– Je repensais à la cassette… Tu crois que Hadingham l'avait avec lui quand il a été tué ?

– Absolument. Cette cassette, c'était sa force. Il la gardait forcément à portée de main. Le tueur l'a prise après l'avoir gavé de comprimés ; et je pense qu'il a aussi pris celle de Bonser, après l'avoir roué de coups de pied. On ne l'a pas trouvée dans ses affaires personnelles ni chez sa famille après son identification.

– Et s'il n'a pas pu récupérer celle de Jago, c'est parce qu'il l'avait laissée chez sa sœur.

– Autrement dit ?

– Autrement dit, Chris Jago voulait sûrement tirer un trait sur cette partie de son passé, et peut-être, poursuivit Hendricks en dépit des signes de tête négatifs de Thorne, que Susan Jago ne nous a pas raconté de conneries. Peut-être que celui qui ne voulait pas participer et qui s'était opposé aux autres, c'est son frère.

Que ce soit vrai ou non, Thorne n'était pas sûr que cela fasse une grande différence.

– Chacun d'eux a eu une cassette, Phil, parce que, en dehors de celui qui tenait la caméra, tous étaient impliqués. Le fait qu'ils en possèdent tous une copie était l'assurance du silence de chacun.

– Jusqu'à ce que Hadingham rompe les rangs, ce qui a entraîné leur mort.

– Exact.

Thorne leva sa cannette et fit tourner le fond de sa bière comme si c'était un excellent cognac dans un verre en cristal.

– Exact. Et on peut juste supposer que Ryan Eales détient la dernière copie...

Rares étaient les voitures et les piétons qui passaient. Les marcheurs avançaient plus vite que la normale tandis que les véhicules se traînaient comme des corbillards sous la pluie. Ils étaient assis suffisamment près pour entendre les vrombissements et les vibrations de la circulation sur Kingsway, encore dense en ces toutes premières heures du samedi, qui allait soit vers le sud en direction d'Aldwych et du fleuve, soit vers le nord en direction de Holborn, Bloomsbury et au-delà.

– Que comptes-tu faire en ce qui concerne Spike et sa copine ? demanda Hendricks.

Thorne lui avait déjà dit qu'il s'inquiétait à leur sujet, qu'il n'avait revu ni l'un ni l'autre depuis que Terry T avait été tué. Il s'était renseigné et n'avait rien appris qu'il ne sût déjà. Spike et Caroline Un-Jour étaient bouleversés par l'assassinat de Terry T. Ça leur avait fait très mal, selon Saint Joe. Une pensée étrangement morbide avait alors traversé l'esprit de Thorne. Cela leur aurait-il fait aussi mal si c'était lui qui avait été tué ?

– Je vais devoir attendre de voir s'ils reviennent, répondit Thorne.

– J'en suis sûr.

Thorne n'en doutait pas, mais il savait aussi comment les toxicomanes pouvaient réagir face aux mauvaises nouvelles, à tout ce qui dérangeait leur routine. Il pouvait juste espérer que lorsque Spike et Caroline réapparaîtraient, ce ne serait pas sous la forme de deux noms sur la longue liste des victimes de la drogue.

Tu me fais d'abord, d'accord ? Va te faire, je me fais d'abord, et je te fais après.

Vinaigre, jus de citron et une dose de trop dans un carton qui ne ressemblait déjà que trop à un cercueil…

– Tom ?

– Je t'écoute.

– Je disais « j'en suis sûr ».

– Je sais, dit Thorne avec un sourire.

– C'est… impressionnant que la perte de quelqu'un puisse autant affecter des gens dans leur situation, hein ?

Les effets de la bière commençaient à se faire sentir dans la voix de Hendricks.

– Que des rapports aussi profonds puissent se nouer, je veux dire. Brendan m'en parle tout le temps, mais je n'en avais jamais été témoin avant ces meurtres. À quel point les sans-abri forment une vraie communauté.

– Brendan a raison, dit Thorne. Petite et plus zarbi tu meurs, c'est sûr, mais c'est une communauté pareille à toute autre.

– Survivra-t-elle à ça, à ton avis ? Je veux dire, comment veux-tu que ces gens se serrent les coudes dans l'adversité ?

– C'est justement l'adversité qui les rapproche.

– Oui, sans doute.

– Ils la surmonteront.

En le disant, Thorne ressentit une certitude qu'il n'aurait pas éprouvée quelques semaines auparavant. Il visualisa les visages de ceux qu'il avait rencontrés depuis qu'il vivait dans la rue. Il y avait vu la honte, parfois, mais aussi la colère. Il y avait côtoyé la maladie, le désespoir et une soif de trop de choses dangereuses. Mais il avait aussi constaté la résilience, ou, pour le moins, la force qui pouvait naître de la résignation.

– Beaucoup d'entre eux sont tués chaque jour, dit-il. À petit feu…

Hendricks prit la poche en plastique et en sortit deux autres cannettes.

– Ce genre de merdes nous rend plus fort, dit Thorne. Nous nous rapprochons les uns des autres, nous veillons les uns sur les autres.

Il surprit le regard de Hendricks.

– Quoi ? demanda-t-il.

Hendricks lui tendit une bière, incapable de réprimer un sourire un peu nerveux.

– Tu as dit « nous ».

Thorne prit la cannette. Il en avait déjà bu trois, mais trouvait qu'il avait les idées plus claires que jamais. Il se demanda si toutes ces Special Brew – une bière qu'il avait juré, sur tout ce qu'il y avait de plus sacré pour lui, de ne plus jamais toucher – avaient augmenté sa tolérance aux boissons moins alcoolisées. Il tira sur la languette.

– Ce machin-là doit être plus fort qu'il n'y paraît, dit-il.

Quand on se plantait à un jeu vidéo, personne n'y trouvait à redire. On pouvait toujours recommencer. Il était facile de revenir en arrière et de tenter de franchir une nouvelle fois le niveau.

Lui, il ne se plantait pas ; ça lui arrivait très rarement, car il ne manquait pas d'entraînement. Mais les gens – les vrais, en chair et en os, les déchets de l'humanité – n'étaient pas aussi prévisibles que ceux qu'il se faisait une joie de dégommer sur l'écran. Les vrais se déplaçaient, ne se trouvaient plus là où ils étaient censés être. Et ils avaient la fâcheuse habitude de se ressembler dans l'obscurité d'une foutue porte à trois heures du matin…

Selon son plan, il aurait dû être parti depuis longtemps. Dans un endroit ensoleillé et cher, où les gens sentaient bon et où les seuls à dormir dehors s'étaient allongés sur la plage car ils ne retrouvaient pas le chemin de leur hôtel. Ça, c'était l'idée de départ. Faire disparaître Thorne de la circulation aurait dû être une sorte d'apothéose, mais le sort en avait décidé autrement.

Après avoir atteint le niveau, il éteignit la PlayStation et éjecta le jeu. Il s'activa dans sa cuisine pour se faire du thé. Il était important de décompresser, de laisser retomber l'adrénaline assez longtemps pour pouvoir dormir un minimum. Il s'assit, en sous-vêtements, fixa la bouilloire et attendit. Essayant de visualiser la mer. De l'imaginer transparente comme le verre, d'entendre le clapotis des vagues contre le sable, de s'y voir, allongé, doré par le soleil et heureux comme un poisson dans l'eau, tous ses ennuis disparaissant dans le lointain. C'était une chose pour laquelle il était devenu doué au fil des années : il avait développé la capacité de s'égarer et de se voir réapparaître ailleurs ; là où tout était calme et sûr. Mais la bouilloire se mit à siffler, l'eau salée à bouillonner et la mer à se démonter. Les vagues, de plus en plus grosses, se fracassaient sur la plage, le forçant à bouger. Trempant le sable...

L'heure de la détente n'avait pas encore sonné.

Il prit son thé dans sa chambre et se coucha.

Dès qu'il avait vu le journal – la photo d'un jeune homme du nom de Terry Turner sous le gros titre à sensation – il avait compris qu'il n'avait pas assuré. Su, au fond de lui, qu'il n'irait nulle part pour le moment. C'était chiant de devoir tout reconsidérer, mais partir n'aurait pas été la solution. Il savait que s'il l'avait fait, il n'aurait jamais pu se détendre.

Il n'attachait plus beaucoup d'importance à quoi que ce soit, mais il croyait toujours dur comme fer aux vertus du travail bien fait.

29

Il n'y avait plus de cannettes dans le sac en plastique.

Thorne, pour autant qu'il pouvait en juger, avait autant bu que Hendricks, mais il n'allait pas vraiment mieux. Il était toujours vanné, effrayé, perdu. Mais pour le moment du moins, il n'était pas seul, et il bénissait la vision claire que, grâce au hasard ou à la bière bon marché, il avait de la place qu'il occupait dans le monde. Ce n'était pas une place confortable, ni dans la vie qu'il faisait semblant de mener, ni dans celle qu'il vivait dans la réalité. Cette vie à laquelle, tôt ou tard, il devrait retourner. Qu'il devrait affronter.

Sa place dans deux mondes...

– Je pense que je vais bouger, dit Hendricks.

Thorne grommela, attendit, mais il semblait que pour le moment, son ami ne passerait pas à l'acte. La pluie avait cessé, mais de l'eau coulait du toit qui couvrait le passage pour piétons, tombant autour de lui toujours adossé au mur.

Il voyait clairement autre chose, une chose que la plupart des gens – même s'ils savaient que c'était vrai – préféraient ignorer. Il voyait la facilité épouvantable avec laquelle la frontière entre deux mondes pouvait se fissurer. Il avait choisi de la franchir de son plein gré, et il lui était possible de revenir en arrière, alors que pour ceux qui n'avaient pas le choix, il le savait, la traversée était à sens unique.

– Nous ne sommes tous qu'à deux feuilles de paie de la rue, dit-il.

Hendricks tourna la tête vers lui.

– Ouais…

– Deux feuilles de paie. Deux mois. Voilà tout ce qui sépare beaucoup d'entre nous du statut de sans-abri.

Brendan l'avait dit à Thorne, aussi celui-ci supposait-il que Hendricks l'avait, lui aussi, entendu plus d'une fois. Cependant, il ne parlait pas pour faire réagir Hendricks, qui, allongé à côté de lui, semblait d'ailleurs ne pas demander mieux que de l'écouter.

– Évidemment, tout dépend de la situation de chacun, reprit Thorne. Si on a la famille qu'il faut, ou, au contraire, celle qu'il ne faut pas. La question, c'est être ou ne pas être soutenu quand on en a le plus besoin. Tu vois ce que je veux dire ? On gagne suffisamment pour payer son loyer, ou les traites de son emprunt immobilier, hein ? On se fait assez de fric pour manger, et avoir une vie sociale. Pas de quoi avoir un capital, mais on accumule les dettes grâce à sa carte Visa et ses autres cartes de fidélité, sans compter la voiture qu'on paie à crédit. On a un délai de deux mois, et on est baisés. Eh ouais, ça paraît incroyable, mais on pourrait facilement se faire baiser jusqu'au trognon. On peut ne pas s'en rendre compte tout de suite, mais toute votre vie peut partir à vau-l'eau en huit semaines. C'est pas du fantasme, Phil. Plein de gens vivent ainsi. Et je ne te parle même pas des pauvres, des toxicos ou des poivrots. Ces gens-là, la télé ne fait pas de reportages sur eux. Je te parle de la moyenne des gens. Souvent, ce sont des familles ordinaires qui, en deux temps trois mouvements, peuvent se retrouver à la rue. À vivre en foyer ou en centre d'hébergement d'urgence. Deux mois de délai. Période de préavis normale. Alors, oui, la municipalité peut t'aider à payer ton loyer, mais avant que cet argent arrive, ton proprio t'a foutu dehors parce qu'il en a ras le bol d'attendre son fric, hein ? La mairie peut t'aider à payer les intérêts de ton emprunt immobilier, mais la limite dépend de la générosité des pouvoirs publics, et les banques s'excitent très vite quand ton compte commence à être dans le rouge. Deux mois… Tu dois toujours du fric sur des cartes de crédit qu'on t'a confisquées, et tu perds ta bagnole vite fait parce que t'assures plus tes remboursements, et il faudra encore des semaines avant que tu touches quelque chose du chômage. Ainsi, peu à peu, tu perds tout : ton travail, ta voiture, ta maison et ta solvabilité. Ta femme et tes gosses, si tout part vraiment en couilles. Soit tout t'échappe, soit on te l'enlève de force. Si tu as des amis ou de la famille proche qui sont à tes côtés quand ça t'arrive, tant mieux. Tu te tireras sûrement de ce mauvais pas. Tu ne tomberas pas trop bas, ça ne fera pas trop mal. Mais dans le cas contraire… J'ai rencontré des gens, Phil… Beaucoup d'entre eux n'ont pas encore touché le fond. Tu serais étonné de la rapidité à laquelle les amis proches peuvent devenir de vagues connaissances. À laquelle les parents proches ne sont plus que des gens qui portent le même nom que toi. Si tu n'as pas de chance, tu découvres qu'être du même sang ne veut strictement rien dire quand on est dans la merde. Quand tu pues l'échec.

Entendant des bruits de pas, Thorne tourna la tête et vit un jeune homme passer à l'autre bout de la rue, tenant à la main un cône de signalisation à rayures orange. Il le regarda s'appuyer contre une vitrine, porter le cône à sa bouche et se faire sa propre éclate du vendredi soir en imitant des sons de trompette.

Thorne regarda sur sa droite et s'aperçut que Hendricks avait fermé les yeux.

– Tu es fatigué ou je t'ennuie ? demanda-t-il.

Un sourire s'étala peu à peu sur le visage de Hendricks, puis, dans un sursaut d'énergie caractéristique des hommes sous l'influence de l'alcool, il bondit sur ses pieds et tapa dans ses mains.

– Bon, je rentre…

– Tu rentres comment ?

– Je prendrai un tax. Super trompettiste, hein ? ajouta-t-il en regardant l'autre extrémité de la rue. Il faudra qu'on le refasse, poursuivit-il. Enfin, pas ça, mais à ton retour, tu sais, une vraie sortie un soir. Nous quatre, peut-être. Toi, moi, Brendan et Dave. Brendan aime bien Dave. Pour tout te dire, je crois qu'il le trouve pas mal du tout, même s'il s'en défend.

– Ouais, ce serait sympa, dit Thorne.

Hendricks était sur le point de partir. Il jeta un coup d'œil à droite et à gauche, hésitant.

– Kingsway, dit Thorne, pointant vers la droite.

– Kingsway, répéta Hendricks.

Il se retourna et mit le cap sur la rue principale, marchant vite, comme un homme en faisant trop pour paraître sobre.

– À la tienne, Phil ! lui cria Thorne.

L'homme ivre au cône de signalisation jouait à présent un air vaguement reconnaissable, encore que Thorne soit incapable d'en retrouver le titre. Se demandant si le trompettiste virtuel jouait les airs à la demande, Thorne envisagea de l'interpeller pour lui demander s'il connaissait la partition des cuivres de *Ring of Fire*.

Il sortit son sac de couchage et commença à s'installer pour la nuit. En face, l'homme au cône gagnait en assurance et en technique. Il interpréta *Mack the Knife*, puis *When the Saints Go Marching In*.

Au bout de cinq minutes, Thorne se leva et lui gueula de se casser.

Il ouvrit les yeux d'un coup et vit une silhouette au-dessus de lui : une forme surgissant de l'ombre. Thorne cria et, d'un soubresaut, s'éloigna du danger en se rencognant contre le mur.

– Qu'est-ce qui te prend, t'es givré, mon gars ? dit l'homme.

Thorne avait le cœur au bord des lèvres. Tout juste s'il ne le sentait pas battre contre ses dents.

– Putain, ce que t'es nouille !

Le souffle que Thorne retenait jaillit de sa bouche.

– Oh, bon Dieu, c'est toi !

Jim Thorne pouffa de rire.

– Tu as cru que j'étais le tueur, hein ?

– Ça t'étonne ? s'écria Thorne en colère en gesticulant vers son père. Tu es là dans le noir…

– Je suis là dans le noir et je pisse de rire à te voir apeuré comme une gonzesse.

Thorne n'avait toujours pas repris son souffle. Il se poussa d'un côté. Son père s'avança et s'assit à côté de lui, gémissant sous l'effort quand il se baissa vers le béton.

– En tout état de cause, fiston, je suis le seul dont tu peux être sûr qu'il n'est pas le tueur, pas vrai ? Tu n'as pas pigé grand-chose jusqu'à présent, mais ça, j'espère au moins que tu l'as compris. Oui ?

Se sentant comme un gosse, il répondit bien gentiment, le sarcasme paraissant puéril et acrimonieux.

– Oui, ça, je le sais...

– Tu sais toutes sortes de choses. Toutes sortes de choses. Tu sais qui est réellement le tueur, pour commencer.

Thorne accusa le coup. Le visage de son père était impassible.

– Ça ne va pas mieux depuis que tu es mort.

– Tu connais son nom, fiston.

– Dis-le-moi...

– Pas si vite. Amusons-nous.

Thorne le voyait venir.

– Oh non, je t'en supplie, pas un putain de quiz.

– Ne sois pas aussi rabat-joie. Bon, fais la liste de tous ceux qui pourraient l'être. Tu as tous les noms là-dessous, ajouta-t-il en tapotant le crâne de son fils.

– Je suis fatigué, dit Thorne.

– Allez, je te donne les deux premiers pour commencer...

Thorne écouta son père lui dire le premier nom, marquer une pause, puis lui en donner un deuxième. Il s'impatienta. Il ne put s'empêcher de lui poser la question, tout en sachant que son père ne dirait rien tant qu'il n'y serait pas disposé.

– L'un de ces deux hommes était-il derrière la caméra ? L'un d'eux est-il le tueur, papa ?

Le vieil homme sourit, jouissant de son secret. Il continua de citer des noms, et à chacun d'eux, Thorne se sentait sombrer de plus en plus dans le sommeil...

Puis, retour vers la conscience. Le temps qu'il se réveille, la tête lourde, tremblant, il lui fut impossible de se souvenir d'un seul.

30

Rien de tel qu'une ou deux morts atroces pour remettre les choses en perspective.

Holland, assis à son ordinateur, se connecta et jeta un coup d'œil au bulletin du jour. Chaque matin, il faisait la même chose : parcourir les rapports sur les actes criminels commis pendant la nuit. Toujours utile de voir le travail des collègues, bien sûr ; de savoir en avant-première ce dont pourrait hériter sa propre équipe. D'avoir un rappel sans concession – dès le début de la journée – que, tout bien considéré, la vie pourrait être tellement pire...

Parfois, la nuit avait été calme, pas de quoi s'exciter, mais, en général, il y avait toujours quelque chose : un corps, trop souvent, ou une personne disparue qui, sous peu, deviendrait un corps. Quelque chose qui permettait à Holland d'oublier ses quelques kilos superflus, l'affront – plus ou moins imaginaire – qu'il avait subi, ou sa dispute de la veille au soir avec Sophie.

En général, le bulletin du samedi matin était le meilleur, ou le pire, de la semaine. Selon que l'on voulait réellement se distraire ou que l'on tenait à garder son petit déjeuner.

Ce vendredi soir-là avait été du meilleur cru...

Un homme, âge et origines impossibles à déterminer : pieds et poings liés et grillé genre barbecue, à l'arrière d'une Nissan Micra dans Waltham Forest.

Deux ados, un Blanc, un Indo-Pakistanais : le premier tué, le second entre la vie et la mort à l'hôpital après une bagarre au couteau devant une boîte à Wood Green.

Une femme, trente-quatre ans : retrouvée à son domicile par son petit ami après qu'elle se fut embroché le cou sur un couteau à découper qu'elle avait au préalable fixé au bord de la table grâce à du gros Scotch.

Deux meurtres, peut-être trois, voire même quatre. La Division enquêtes criminelles avait déjà dû prendre en charge le meurtre de Waltham Forest. On attendrait de voir si le jeune tailladé à Wood Green allait s'en sortir. Et sûrement s'intéresser de très près au type dont la petite amie était censée s'être suicidée si ingénieusement…

Le sergent Samir Karim, passant à hauteur de Holland, brandit un café.

– Je serai opérationnel dès que j'aurai avalé ça…

Holland acquiesça, puis consulta la liste des visites qu'on lui avait assignées pour la matinée et en lança l'impression tout en lisant les détails sur l'écran. Noms, adresses et remarques particulières ; tout le temps conscient de ces autres détails, toujours là dans la fenêtre du bulletin du jour, réduite, inactive et partiellement masquée.

Pendant que certains passaient leur vendredi soir à faire joujou avec du gros ruban adhésif, à laver leurs mains couvertes de sang ou à se débarrasser de quelques bidons d'essence, d'autres étaient restés tranquillement chez eux devant leur télévision, écœurés mais divertis par les versions light que *Crimewatch* donnait de tels crimes, avant de décrocher leur téléphone – pour quatre cent douze d'entre eux – et d'entrer dans la danse…

– Comment se fait-il qu'on n'ait jamais droit à ceux de la nuit, nous ? gémit Andy Stone qui enfilait son blouson et venait vers lui.

Holland se dit que Stone avait de bonnes raisons d'être fumasse. Manifestement, un grand nombre d'appels reçus après l'émission provenaient de la périphérie de Londres. Aussi, pendant que ceux du bureau assuraient la liaison avec les forces de police locales concernées, des membres de l'équipe avaient été envoyés sur place aux petites heures du jour. Des policiers étaient déjà en route pour Exeter, Aberdeen, Birmingham et une demi-douzaine d'autres villes. Holland était de ceux qui n'auraient pas dit non à une nuit loin de chez lui, histoire d'avoir un peu de temps pour lui et de donner un coup de pouce à ses notes de frais.

– C'est la courte paille, mon gars, dit-il.

– Tu n'aurais pas pu arranger ça avec l'inspecteur-chef ?

Holland se dit qu'il l'aurait probablement pu. Se demanda pourquoi, alors qu'il ne demandait qu'à passer du temps à l'extérieur, il n'avait même pas essayé. Sophie lui aurait sûrement proposé de l'aider à faire sa valise...

– Alors, tu pars avec qui ?

– Je me tape Mackillop, dit Stone. Super Couillu et moi allons perdre notre temps à Hounslow, Lewisham et Finchley, ajouta-t-il, brandissant sa liste de noms et d'adresses. Rien que des endroits glamour.

– Nous devons vérifier tous les témoignages oculaires, Andy.

– Je sais. Je plaisantais. Et toi ?

Holland désigna Karim qui leur fit coucou et jeta le restant de son café à la poubelle.

– Sam et moi faisons dans le haut de gamme.

– Eales se cache à Mayfair, c'est ça ?

– Une femme affirme l'avoir vu promener un chien dans Hampstead High Street.

– Pourquoi tant de ces appels proviennent-ils de femmes ? s'interrogea Stone en s'éloignant.

Holland se dit que c'était sûrement parce que les femmes étaient plus observatrices et plus disposées à répondre aux appels à l'aide. En un mot comme en cent : plus enclines à bouger leur cul et à faire un effort. Si l'adjudant stagiaire n'avait pas fourni le petit effort supplémentaire, ils n'auraient toujours pas le nom de Eales.

Voyant Karim venir vers lui, sur le départ, Holland rassembla ses affaires, songeant qu'il passerait la plus grande partie de la journée à penser au Lieutenant Sarah Cheshire et à des nuits passées hors de chez lui dans des hôtels chics.

– Je l'ai installé dans une pièce à l'étage, dit Maxwell.

Thorne approuva d'un signe de tête.

– Je te suis...

Maxwell avait alpagué Thorne à la cafétéria et lui avait expliqué que, à son arrivée pour ouvrir le centre, Lawrence Healey avait trouvé Spike inconscient sur les marches.

– Ce n'est pas inhabituel, dit Maxwell, précédant Thorne vers les bureaux. Leur perception du temps est totalement irrationnelle. Il leur arrive de se pointer en pleine nuit pour petit-déjeuner, et de s'endormir.

Ils gravirent l'escalier de pierre en colimaçon. Thorne regarda le visage d'un jeune sur une affiche de prévention contre la drogue ; la noirceur de la bouche à l'intérieur du sourire. Il voyait que la résilience dont il avait parlé à Hendricks était aussi passagère que le trip.

– Healey a cru que Spike faisait une overdose, poursuivit Maxwell. Pendant vingt minutes, il l'a fait marcher en le giflant pour qu'il reprenne conscience. Pour la peine, ajouta-t-il tout sourires, il s'est pris une mandale.

– Ça ne m'étonne pas de Spike.

– Mais vu l'état dans lequel il est, je dirais que ce n'est qu'une question de temps...

Ils arrivèrent devant un bureau marqué « PRIVÉ. AIDE PSYCHOLOGIQUE. SÉANCE EN COURS. » Maxwell frappa et ouvrit la porte.

– Je te laisse. Appelle-moi quand tu en auras terminé.

– Merci, Bren.

Maxwell commença à s'éloigner, puis se retourna, souriant.

– Oh, je n'ai rien pu tirer de cohérent de Phil ce matin. Il avait un mal de tête carabiné, je me demande bien pourquoi. Mais il a quand même réussi à me dire qu'on allait faire une sortie à quatre, avec toi et Dave. Je m'en réjouis d'avance...

Spike baissait la tête. La fumée de sa cigarette lui montait droit au visage. Il était assis sur un canapé crème défraîchi, copie conforme de celui de la pièce où Thorne et les autres avaient visionné la vidéo. Regardant autour de lui, Thorne se rendit compte que, excepté l'absence d'un magnétoscope, et la présence de prospectus d'information sur la lutte contre le sida posés sur la table basse en lieu et place de programmes de télévision et autres revues, cette pièce était identique à l'autre.

– Moi qui pensais m'être débarrassé de toi, dit Thorne en guise d'entrée en matière.

Il se laissa tomber dans un fauteuil, inclina le buste vers l'avant et, du bout des doigts, tambourina contre le bord de la table.

Spike releva la tête, se marra et écarta les bras ; articula d'une voix rauque un salut enjoué qui tourna court. Il portait un treillis et son vieux bomber en simili-cuir. Son T-shirt était noir de crasse au cou, et quand il laissa retomber sa tête, Thorne vit la petite compresse maintenue par du sparadrap.

– Que t'est-il arrivé ?

– Un abcès a éclaté. Ça puait, je te dis pas, tous aux abris.

Le plus mauvais enquêteur du monde aurait vu que Spike planait très haut. Thorne ne pouvait qu'en conclure qu'il avait son matos sur lui ; qu'il s'était arrangé pour se faire un fixe depuis que Healey l'avait ramassé sur les marches ; que, depuis qu'il ne l'avait plus revu, Spike avait passé chaque heure aussi défoncé qu'il l'était à présent.

– Où étais-tu ? lui demanda-t-il.

Spike porta les mains à ses cheveux qui semblaient mouillés, plaqués contre son crâne. Il les réunit entre ses doigts et tenta en vain de les redresser.

– J'ai zoné. Et toi, t'étais où ?

– Je me doute bien que ce qui est arrivé t'a bouleversé.

– Qu'est-ce qui est arrivé ?

– Ce qui est arrivé à Terry. Je me doute bien que vous deux, ça vous a bouleversés.

– Je suis allé voir ma sœur.

– Peu importe où tu étais. Je suis heureux que tu sois entier.

– Elle m'a donné des espèces…

C'était comme parler avec quelqu'un sous l'eau, en suspension sous la surface d'un liquide qui s'épaississait à mesure qu'ils essayaient de communiquer. Qui se figeait au-dessus d'eux.

– En fait, en un sens, Terry m'a un peu aidé, dit Spike.

– Comment ça ?

– Il me fallait de la came, c'est sûr, et pas qu'un peu. À tous les deux, il nous en fallait. Durs comme la pierre, ces fumiers, quoi qu'on leur dise. Mais y a deux ou trois dealers qui ont compris que ce serait bon pour leur bizness à long terme. S'ils me dépannent une fois, ils savent bien que je reviendrai le lendemain… Alors, j'en ai rajouté un max, quoi. Je leur ai dit que mon pote s'était fait tuer, bordel, et que j'avais besoin de plus. Je leur ai dit qu'il me fallait vraiment un petit extra, quoi, parce que ça m'avait complètement trop tué. Tu vois ? C'est simple…

Thorne se contentait d'écouter, incapable de combler les blancs qui s'étiraient de plus en plus entre les phrases. Il regarda Spike lever un bras et tendre le doigt. Le tourner, dessinant un petit cercle dans le vide.

– Donc, Terry meurt, et moi il me faut de la came… et je me procure de la dope parce que je dis à tout le monde que ça m'a trop cassé… et je me déteste, dit-il, prenant soin de dessiner des guillemets imaginaires. Du coup, il me faut encore plus de came… et ainsi de suite et ainsi de suite et merde…

Thorne attendit d'être certain que Spike en avait terminé. Se demandait s'il avait conscience de ses larmes, et de sa cigarette réduite à l'ombre d'un mégot entre ses doigts.

– Où est Caroline ?

– Le mec, il va appeler la police parce que je l'ai frappé ?

– Healey ?

– Elle est à Camden…

Thorne éclata de rire. Ça lui rappelait une des émissions favorites de son père – *Two Ronnies*. Ronnie Barker avait pour spécialité de ne pas répondre à la dernière question posée, mais à la précédente.

– Pourquoi, à Camden ?

– Chez le dealer, répondit Spike en tiraillant un fil du coussin à côté de lui.

– Elle y est depuis combien de temps ?

– Deux jours.

Il attira le coussin contre lui et le serra entre ses bras.

– C'est moi qui l'ai emmenée là-bas, ajouta-t-il.

Et ainsi de suite et ainsi de suite et merde…

Thorne comprit que Spike et Caroline avaient tous les deux craqué. Qu'ils avaient, chacun à leur façon, trouvé le moyen d'obtenir autant qu'il leur en fallait.

– Allons la retrouver, dit-il.

Spike grommela et fit non de la tête.

Thorne se leva et s'approcha de lui. Il souleva la main de Spike, la tira jusqu'à ce qu'elle soit au-dessus de la table, et la serra jusqu'à ce qu'il finisse par lâcher le mégot éteint qui tomba dans un cendrier.

– D'où êtes-vous exactement ? demanda Stone.

Le barman, qui replaçait un bouchon-doseur, se retourna.

– De Wellington.

– Vous avez des papiers d'identité sur vous ?

Le barman soupira, se mit à fouiller dans son portefeuille.

– J'ai mes cartes de crédit…

Stone lança un autre coup d'œil à la photo qu'il trimballait, un montage de la photo de Ryan Eales jeune et sa version numérique vieillie. Il reporta le regard sur l'homme derrière le comptoir.

– Laisse tomber, mec. C'est bon…

Il rejoignit Mackillop assis à une table. La femme à côté de lui, qui avait appelé pour dire que le barman de son pub local pourrait bien être l'homme qu'ils recherchaient, leva un regard avide.

– Il a quinze ans de moins, et il est néo-zélandais, dit Stone. Il a un accent à couper au couteau.

La femme, qui, elle, avait quinze ans de plus qu'elle ne l'aurait souhaité, fut loin de s'en réjouir.

– J'ai jamais dit que je lui avais parlé, je vous ferais remarquer !

Elle resta immobile quelques secondes, puis attrapa son sac à main.

– Bon ! Je suppose que c'est moi qui vais me payer à boire, alors...

Mackillop et Stone la suivirent des yeux tandis qu'elle gagnait le bar.

– On pourrait en profiter pour manger ici, dit Mackillop. C'est bientôt l'heure de déjeuner.

Stone consulta sa montre et se leva.

– En fait, j'ai un rencard, on va se séparer pendant une petite heure.

– D'accord, dit Mackillop, baissant les yeux.

– Si on enchaîne en allant à Finchley, tu peux me déposer à Willesden en chemin et je te retrouverai là-bas.

– Pas de problème.

Il suivit Stone vers la porte. Lewisham, l'autre endroit figurant sur leur liste, était plus proche, mais Mackillop n'allait pas discuter. D'autant moins qu'il venait de comprendre la façon dont Stone comptait passer sa pause-déjeuner.

Ils achetèrent des boissons fraîches et un quotidien chez un marchand de journaux, puis traversèrent la rue jusqu'à leur voiture.

– Putain de Nouvelle-Zélande, dit Stone.

Il accrocha son veston à l'arrière de la Volvo, puis brancha la radio sur la station Capital Gold, tandis que Mackillop attendait le moment de pouvoir s'engager dans le trafic.

– Alors, tu vas passer une petite heure dans un café ou autre, c'est ça ?

– Je m'achèterai peut-être juste un sandwich, répondit Mackillop.

– Amuse-toi bien. Je te retrouve à l'adresse de Finchley, à deux heures. Deux heures et quart au plus tard.

– Comment vas-tu t'y rendre depuis Willesden ?

– J'appellerai un taxi.

– En remontant la North Circular, je dirais. Les doigts dans le nez à cette heure-là.

Ils passèrent par London Road, traversèrent Brentford et tournèrent vers le nord le long de Gunnersbury Park.

Stone chantait avec Eric Clapton, index et pouce joints comme s'il tenait un médiator pendant le solo de guitare.

– Si tu arrives là-bas avant moi, gare-toi et attends-moi, dit-il. Je t'appellerai pour savoir où tu es.

– Ce ne serait pas plus simple si je t'accompagnais à ton déjeuner professionnel ? demanda Mackillop, s'efforçant de ne pas rire.

– Va te faire foutre, dit Stone. Remarque, je suis sûr qu'elle ne dirait pas non.

31

Thorne casqua pour deux tickets de métro, puis Spike et lui se tapèrent les cinq ou six stations qui les séparaient de Camden Town. Spike s'endormit, ou tout comme, tandis que Thorne était surveillé du coin de l'œil par une jeune maman qui rappelait ses deux marmots à l'ordre dès qu'ils faisaient mine de s'éloigner d'elle. Quand elle se leva pour descendre, elle lui sourit, mais Thorne remarqua la fermeté avec laquelle elle agrippait ses enfants par la taille.

Spike traînait les pieds et se laissait facilement distraire tandis qu'ils marchaient dans Camden Road en direction de la ligne aérienne. Il s'arrêtait pour regarder des vitrines ou parler à des inconnus, dont très peu semblaient perturbés à l'idée d'engager la conversation avec un junkie et un clochard. Camden était vraiment un quartier à part.

En dépit des efforts déployés par Thorne pour accélérer le mouvement, Spike s'assit à côté d'un pote à lui qui faisait la manche devant l'immense magasin Sainsbury's. Thorne s'écarta d'eux et regarda son reflet dans la vitre des portes automatiques. Ses cheveux et sa barbe poussaient beaucoup plus vite que d'habitude. Il se demanda s'il fallait y voir un effet de son exposition plus prolongée à l'air, frais ou non. Ses bleus avaient presque disparu, de même que le reste de son visage. Les marques étaient à peine visibles sur la peau, comme de très vieilles taches de thé refusant obstinément de s'effacer d'une nappe en coton blanc. Il avança petit à petit jusqu'à se trouver en plein milieu des portes ; pour jouer à être coupé en deux dès que quelqu'un entrerait ou sortirait.

Un vigile le surveillait du coin de l'œil. Thorne décida de lui faciliter la tâche. Il s'éloigna, attrapa Spike par le col de son blouson et le força à se lever. Son copain voulut s'interposer, mais, croisant le regard de Thorne, se ravisa.

– Il est temps d'aller retrouver Caroline, dit Thorne, prenant Spike par les épaules.

Ils s'éloignèrent de la rue principale et du marché, à seulement quelques minutes à pied de l'appartement de Thorne dans Kentish Town. À mi-chemin entre les maisons de plusieurs millions de livres de Camden Square et les logements plus modestes de la prison Holloway, ils s'arrêtèrent. Spike secoua la tête, comme si on allait lui arracher des dents à vif, et montra du doigt un immeuble délabré de trois étages en retrait de la rue.

– En haut, dit-il.

Ils fixèrent la porte d'entrée verte pendant une ou deux minutes, les balcons marron et le linge de toutes les couleurs qui séchait sur les balustrades.

– Tu veux que j'attende ici ? demanda Thorne.

– Que t'attendes quoi ?

Thorne commençait à perdre patience face à la mauvaise volonté de Spike, à la came et au manque qu'elle provoquait. Il avait envie de le secouer comme un prunier, de lui dire de monter chez son dealer et d'agir. De sortir Caroline de là ou de tout casser, ou de se mettre à genoux devant ce pauvre mec qui sautait sa nana pour qu'ils puissent se shooter un peu plus. N'importe quoi, mais qu'il agisse...

– Je ne sais pas, dit-il.

Spike s'appuya contre un parcmètre. Sa respiration était sifflante, irrégulière.

– Tu pourrais peut-être monter et attendre en haut de l'escalier, genre.

– Allez, viens...

Ils traversèrent la rue comme deux vieillards, Spike parlant tout seul, puis crachant en direction d'une Astra dont le conducteur klaxonnait non-stop, furieux d'avoir dû piler. Au pied d'un petit immeuble, sur des pavés ornés de crottes de chiens et de pissenlits, un gamin en skate-board fixa

Spike comme s'il l'avait déjà vu, et Spike lui rendit son regard.

Au moment où ils s'engageaient dans la fraîcheur et les odeurs âcres de la cage d'escalier, Thorne se retourna et vit le gamin sortir un téléphone portable et donner, d'un coup de pied, de l'impulsion à son skate pour s'éloigner.

– C'est toujours utile de savoir que quelqu'un arrive, dit Spike. Ce petit enculé se fait assez d'espèces pour se payer ses autocollants de foot. On est tous accro à quelque chose, ajouta-t-il, plaquant doucement sa paume sur la rampe à la peinture cloquée et précédant Thorne vers le dernier étage.

Tandis qu'ils gravissaient les marches, Thorne observait Spike qui essayait maladroitement, comme au ralenti, de s'arranger un peu. Il tripota ses cheveux et s'arrêta pour resserrer les lacets de ses baskets. Il rajusta son blouson, rentra son T-shirt dans son pantalon et, alors qu'ils débouchaient sur le balcon en ciment, Thorne en était toujours à se demander pour qui il faisait ces efforts.

Une porte s'ouvrit vers le fond, à une quinzaine de mètres d'eux. Un homme apparut : la trentaine, petit, cheveux bruns et barbe de trois jours. Il portait des sandales, et un pantalon gris à pli sous un polo.

Spike s'immobilisa et lui fit signe de la main. L'homme redressa le menton.

– C'est Mickey, dit Spike. Il vient de Malte, alors il a des boulettes de brune...

Thorne vit l'homme s'avancer pour regarder par-dessus la balustrade.

Spike se pencha vers lui, hilare, tenta une vanne.

– Des boulettes brunes comme ses couilles, normal, c'est un Maltais.

Il regarda autour de lui, lui adressa un autre signe de la main.

– Ouais, j'ai des couilles, ouais, dit Mickey avec un sourire. Et j'aime pas qu'on me les casse...

Spike s'avança à petits pas vers Mickey, faisant un, deux petits signes de tête à Thorne.

– C'est OK, mec, ça va aller.

– Ton ami cherche quelque chose ? demanda Mickey.

– Non, il est cool, cria Spike.

Thorne n'aurait su dire si le dealer parlait de drogue ou d'ennuis. L'homme semblait disposé à lui fournir l'un comme l'autre.

– Je t'assure, c'est bon maintenant, dit Spike.

Il pivota lentement, marchant par moments à reculons, bloquant partiellement la vue de Thorne, et celui-ci aperçut une autre silhouette qui sortait par la porte verte. Thorne se poussa sur le côté pour mieux voir. Pour croiser le regard de Caroline.

Elle paraissait aussi contente de le voir que son regard mort le lui permettait. Elle tira le dealer par son polo, puis désigna Thorne du doigt.

– Il aime tabasser les flics, dit-elle.

Le dealer sourit. Laissa courir ses doigts sur le bras de la fille.

– Ça me plaît bien. Je lui offre un trip gratis s'il veut.

– Franchement, tu peux partir maintenant, dit Spike.

Il semblait ne plus savoir sur quel pied danser, être gêné que Thorne soit encore là.

– Tout baigne. Pour tous les deux. Pas vrai, Caz ?

Caroline passa ses ongles dans ses cheveux, puis retourna dans l'appartement comme si elle avait oublié quelque chose. Thorne regarda Spike s'éloigner lentement vers le dealer. Le dealer presser son poing contre celui de Spike et regagner son appartement.

– On se voit au *Lift* tout à l'heure, alors ? demanda Thorne.

Spike attrapa un coin du sparadrap, détacha de sa nuque la compresse ensanglantée et la jeta par-dessus la balustrade. Au moment où il suivait le dealer à l'intérieur, il brandit son pouce sans se retourner, exactement comme Hendricks la veille au soir.

Thorne attendit trente secondes, puis avança jusqu'à la porte fermée. Un rideau était tiré à l'unique fenêtre, et aucun bruit ne provenait de l'intérieur. Il fit demi-tour et s'engagea dans l'escalier.

En descendant, il saisit son portable. Il l'avait senti vibrer quand Spike et lui étaient sortis du métro. Il trouva un texto de Phil Hendricks, une autre blague sur l'éventuelle « sortie à quatre » avec Brendan et Dave Holland...

Thorne se figea et fixa l'écran.

Jusqu'à présent, il l'avait ressenti comme un truc agaçant, mais sans importance ; un truc coincé entre les dents qu'on n'arriverait pas à atteindre. Qu'on poussait jusqu'à épuiser sa langue et laisser tomber. Soudain, il sut précisément ce qui le travaillait. Et pourquoi.

Tu sais toutes sortes de choses...

Il se souvenait de la voix d'un de ses rêves, et aussi d'autres voix. Et de ce que Hendricks lui avait dit :

Brendan aime bien Dave. Pour tout te dire, je pense qu'il le trouve pas mal du tout, même s'il s'en défend...

Et de ce que Maxwell lui avait dit au *Lift* à peine une heure plus tôt. Et, surtout, de ce qu'il lui avait dit huit jours plus tôt...

Il appela Brendan sur son portable, si surexcité qu'il en avait presque la nausée.

– Bren, écoute, c'est Tom. Tu te rappelles m'avoir dit qu'un policier m'avait demandé. La semaine dernière ?

– Heu, je suis en réunion...

– Ce n'était pas Dave Holland, n'est-ce pas.

Plus une affirmation qu'une question.

Il y eut un silence. Thorne entendait des voix en fond sonore.

– Excuse-moi, Tom, je ne te suis pas, dit Maxwell, parlant plus bas.

– Deux jours avant que Terry Turner se fasse tuer. Tu m'as dit qu'un policier me cherchait, et que tu lui avais indiqué le théâtre, oui ?

– Oui...

– Je sais que Holland est venu, parce qu'il n'arrivait pas à trouver, alors j'ai supposé...

– Dave est passé le lendemain, je crois. Si c'était de lui que je parlais, je te l'aurais dit, tu penses bien, je le connais. L'autre, c'était la première fois que je le voyais.

– Ouais. Et parce que je suis un sacré imbécile, je viens seulement de le comprendre.

– C'est important ?

Thorne reprit sa descente.

– Comment sais-tu que c'était un flic ?

– Je peux te rappeler ?

– Accorde-moi seulement une minute, Bren…

Maxwell soupira.

– Il s'est présenté, m'a montré sa carte. Je ne suis pas débile à ce point-là.

– Tu te souviens de son nom ?

Autre silence.

– Non. Beaucoup trop de noms à mémoriser.

Thorne s'élança rapidement dans la volée de marches suivante, pestant à chaque pas.

– Excuse-moi, dit Maxwell.

– Comment est-il entré pour te voir ?

– Comme tout le monde, je pense. La réception m'a prévenu et l'a fait entrer.

– Donc, il aura signé le registre ?

– Oui, certainement. Ils sont très scrupuleux en matière de santé et de sécurité. Tu veux que j'aille voir ?

– Je serai là dans une vingtaine de minutes…

Thorne descendit les marches restantes deux à deux, chaque pas l'élançant et le brûlant en bien trop d'endroits. Il eut conscience que le skateur le suivait des yeux tandis qu'il sortait de l'immeuble bien plus vite qu'il n'y était entré.

Rosedene Way était une route tranquille, à cinq minutes de la station de métro et à un saut de puce du club de golf de Finchley. La Volvo ne dépareillait pas parmi les Saab et les Audi ; les jardinières de fleurs bien entretenues étaient dix fois plus nombreuses que les antennes paraboliques aux fenêtres de ces coquettes maisons des années trente.

Mackillop avait tourné vingt minutes à la recherche d'un endroit sympa où déjeuner, et fini par renoncer. Il s'était pris un sandwich au Marks & Spencer de Tally Ho Corner, et l'avait mangé dans la voiture. Et maintenant, il était ridiculement en avance au rendez-vous avec Andy Stone, mais ravi d'être en compagnie de l'autoradio et d'un journal, ici comme ailleurs.

Il leva la tête vers le dernier étage de la maison où ils devaient se rendre ; ça avait tout l'air de combles réaménagés. Il baissa le regard sur le rez-de-chaussée, où habitait la personne qu'ils devaient interroger, puis le tourna sur la gauche où une femme l'observait pendant que son chien se soulageait dans le caniveau. Samedi après-midi, beaucoup de gens étaient de sortie. Il sourit à la dame, qui se baissa avec grâce, un sachet en plastique à la main, prête à tout nettoyer.

Mackillop pensa à ce que faisait Andy Stone. À quand remontait la dernière fois qu'il en avait fait autant. Il avait largué sa petite amie quatre mois plus tôt, et un pelotage avec une constable à l'Oak autour de quelques verres bus après l'heure légale de fermeture était la seule forme de sexualité non solitaire qu'il avait connue depuis. Sans compter, bien sûr, celle, par personne interposée, quand Stone se pointerait et, comme toujours, ne se lasserait pas de passer en revue les moments forts de ses prouesses.

La dame au petit chien lui lança un regard appuyé quand elle passa à hauteur de la voiture, avec l'air de toujours sentir la merde dans le sac en plastique.

Mackillop se rendit compte qu'il n'avait plus pensé au paramètre samedi quand il avait indiqué à Stone l'itinéraire le plus court. De grandes chances que ça bouchonne sur la North Circular. Il n'avait pas vraiment le choix, de toute façon, c'était un trajet de cauchemar en métro, avec, au moins, deux correspondances entre Willesden Green et West Finchley…

Il espérait qu'il ne lui restait pas trop longtemps à attendre…

Quand la radio se mit à diffuser de la country ringarde, il s'empressa de changer de station. Puis, il ouvrit *The Express* à la page des mots croisés, la plia sur le volant et chercha un stylo dans sa poche.

32

Maxwell trouva la bonne page et fit glisser le registre du centre d'accueil vers Thorne, lui indiquant la date et la signature qui l'intéressaient.

Le nom, griffonné à la va-vite, était tout de même lisible.

– Sergent Morley, lut Thorne. T. Morley...

– Comme je te le disais au téléphone, il avait une carte de police...

Ils étaient seuls dans un débarras contigu à la buanderie ; l'heure de pointe du déjeuner du samedi battait son plein, et les locaux étaient noirs de monde, aussi bien des usagers que des membres du personnel. Thorne était regonflé à bloc, mais malgré ce qui s'était passé, il était toujours tout aussi important, surtout ici, de sauvegarder l'intégrité de la mission d'infiltration.

Du moins, ce qu'il en restait...

– Qu'a-t-il dit exactement ? demanda Thorne.

Maxwell s'assit sur un carton marqué « Domestos ». La petite pièce sentait l'encaustique et les produits détergents.

– Putain... « exactement », je ne suis pas sûr de pouvoir te le répéter...

– A-t-il cité mon nom ?

– Je suppose que oui. C'était de toi que nous parlions, aucun doute là-dessus.

– De moi nommément ?

– Ouais, pour autant que je m'en souvienne...

– Mon nom ? Mon prénom ?

– Je crois qu'il connaissait ton prénom. Je crois...

– La question, c'est de savoir s'il me recherchait moi, ou seulement « le policier infiltré ». Tu comprends la différence ? La question, c'est ce qu'il savait au juste.

Thorne regarda le nom sur la page, prit son téléphone et appela Scotland Yard.

– Il en savait assez, dit Maxwell.

Thorne déclina son identité et son numéro de carte de police, et informa la constable du Service d'information qu'il lui fallait tous les renseignements disponibles sur un policier.

– Nom : Morley, dit-il. Initiale du prénom : T. Grade : sergent.

La femme prit note et dit à Thorne qu'elle le rappellerait au plus vite.

– Vous avez une idée du temps que ça va prendre ?

– Vous savez comment c'est, répondit-elle. Il faut d'abord que je prenne des renseignements sur vous avant d'aller plus loin.

Avec celle-là, Andy Stone pensait que tout était clair, qu'il y avait un accord tacite entre eux, mais elle l'avait réellement étonné. Il avait cru que ce n'était que pour le sexe, qu'elle voulait seulement un rapide cinq à sept, comme d'habitude. Alors, il s'était arrangé pour passer à l'heure du déjeuner. Il avait calculé qu'il aurait le temps d'y aller, de lui donner ce qu'elle voulait, puis de rejoindre Mackillop à temps pour l'interrogatoire suivant. Ça, c'était la théorie, mais ça ne s'était pas tout à fait passé ainsi. La femme lui avait carrément préparé un repas ; elle voulait réellement déjeuner avec lui. Non qu'elle n'ait pas l'intention d'aller aussi au lit ; elle lui avait clairement fait comprendre que ses spaghettis à la bolognaise n'étaient pas la seule chose prévue au menu. Le problème, c'est qu'il n'avait pas pu s'y mettre tout de suite. Pas après avoir ingurgité cette platée de pâtes. Donc, vingt minutes de déjeuner, un quart d'heure de conversation le temps que ça descende, puis une bonne demi-heure entre les draps. Et maintenant, il lui était impossible d'arriver à Finchley à temps.

Assis sur le bord du lit, il remettait ses chaussettes le plus vite possible et parlait de tout et de rien, regardant sa montre à la dérobée pour ne pas vexer la dame, songeant qu'elle commençait à s'attacher un peu trop à lui. Le plan déjeuner signifiait peut-être qu'elle voulait accélérer les choses entre eux. Il allait devoir y réfléchir sérieusement.

Merde : il n'avait toujours pas réservé de taxi. Il demanda à la femme si elle avait le numéro d'un centre d'appels, et se leva tandis qu'elle se glissait vers lui, nue, pour aller chercher une carte. Au passage, elle lui mit la main au paquet, caressant ses testicules à travers son slip ; il fit un bond en arrière en lui disant qu'il serait super en retard, et ramassa son pantalon dans un coin.

Elle prit la carte dans son sac à main et lui cria le numéro. Stone se laissa retomber sur le lit et appela en la regardant entrer dans la salle de bains et se pencher pour faire couler un bain...

Quinze, peut-être vingt minutes de retard... s'il avait de la chance. Il réserva le taxi, puis chercha ses chaussures, décidant de n'appeler Mackillop qu'une fois qu'il serait en route.

Le vrombissement rythmique passa à la vitesse supérieure quand l'une des machines à laver de la buanderie contiguë lança son programme essorage.

– On parle du tueur, là, hum ? demanda Maxwell. Tom ?

– Il y a toutes les chances.

– Mais comment se fait-il qu'il savait qu'il devait venir ici, et qu'il m'a parlé comme s'il te connaissait ?

Thorne n'avait toujours pas la certitude que le tueur ne le connaissait pas. Il regarda Maxwell, détachant les yeux du téléphone qui s'obstinait à ne pas sonner.

– C'est ce que j'essaie de comprendre, dit-il.

Mais la cohérence de l'affaire lui échappait encore. Le tueur connaissait peut-être, mais peut-être pas, le nom du policier infiltré – information qui, après les indiscrétions de Thorne à la suite de son interpellation, circulait sans aucun doute. Mais même si la fuite venait de McCabe ou d'un de ses hommes – voire si le sergent T. Morley était l'un d'eux –, Thorne ne voyait pas comment le tueur avait pu faire le rapprochement avec le *Lift*.

– Ça me fait froid dans le dos de penser que j'ai parlé à ce salaud, dit Maxwell.

– On s'habitue.

– Devrai-je témoigner au procès si vous l'arrêtez ?

– Peut-être. Phil te briefera sur l'oreiller…

Maxwell sourit, mais il n'en menait pas large.

– Le problème, c'est que je ne sais pas si l'image que j'ai en tête est exacte ou pas. Je ne sais plus si je me souviens de ce type ou si je ne fais que l'imaginer. Maintenant que je sais ce qu'il a fait, tu comprends ?

– Il va falloir que tu ailles au poste le plus tôt possible. Pour qu'on essaie d'établir un portrait-robot.

– Si je ne lui avais pas parlé, Terry Turner serait encore en vie.

Thorne détourna le regard.

– J'aurais dû y voir clair beaucoup plus tôt, Bren.

– Si je ne lui avais pas dit où tu étais censé dormir…

Le téléphone sonna dans la main de Thorne.

La constable du Service d'information lui signala qu'il y avait deux T. Morley dans la Met.

– J'ai donc contacté le service du personnel de leurs secteurs respectifs.

– Merci, dit Thorne.

– Procédure standard. L'un est à la brigade criminelle de Wimbledon. L'autre est sergent instructeur à Barnet. Lui, il a un dépôt de plainte dans ses états de service. Trevor Morley…

– Une plainte ?

– Il a repris le travail depuis peu. Il s'est fait agresser dans le parking d'un pub il y a trois mois. Méchamment. Fracture du crâne…

Elle n'avait pas besoin d'en dire plus : Thorne avait déjà compris que l'agresseur n'avait jamais été arrêté, et que, entre autres choses, la carte de police du sergent instructeur Trevor Morley avait été volée lors de cette attaque. Et il n'avait pas besoin de lui dire que la carte de police était le mobile de cette agression.

Il remercia la constable pour son aide. Elle l'informa qu'elle transmettrait un rapport à son chef de service qui le contacterait peut-être. Thorne lui répondit qu'il se tenait à sa disposition, et coupa la communication.

– Ce n'est pas un vrai policier, dit-il. Il se sert d'une carte de police volée.

Brendan Maxwell ne parut pas plus détendu pour autant.

– Sa photo y figurait, dit-il.

– Facile de la coller. Tu as regardé de près ?

Maxwell secoua la tête. Pas de plus près qu'on ne regardait le reste.

– Que tu te souviennes réellement de son visage ou que tu l'imagines, nous devons te convoquer pour une déposition. J'appelle quelqu'un.

– Je ne sais pas si je pourrai donner beaucoup de détails.

Thorne chercha le numéro de Brigstocke dans le répertoire de son portable.

– Commence par les généralités, dit-il. Taille, corpulence, couleur des cheveux…

– Il était grand. Plus d'un mètre quatre-vingts, et bien bâti. Il avait l'air de quelqu'un qui soigne sa forme.

– Cheveux ?

– Mi-longs, je dirais, bien coupés. Il portait la barbe. Pas roux, mais blond tirant sur le roux. Teint clair… les yeux bleus, je crois… et quelques taches de rousseur, tu vois ?

Thorne voyait tout à fait.

Il éprouva la rare, mais reconnaissable, excitation. Un frisson, comme si une araignée marchait sur sa nuque entre la base de ses cheveux et le col crasseux de son manteau gris.

– Vous faites le tri des ordures ménagères ?

Maxwell parut déconcerté.

– Euh… oui.

– Où ?

– Dehors, à côté des conteneurs à roulettes.

Maxwell faillit dire autre chose, mais Thorne s'était déjà levé et se dirigeait vers la porte.

33

Temps de merde et fouille-merde. Jason Mackillop se disait qu'on n'aurait pu faire plus british.

C'était un de ces étranges après-midi du début d'un automne qui n'arrivait pas à se décider : soleil, vent et pluie alternaient dans le désordre toutes les demi-heures. À présent, il crachinait, et Mackillop regardait à travers le pare-brise zébré de pluie l'homme avec des sacs en plastique qui avait dépassé la voiture puis s'était retourné avec une curiosité évidente.

Stone avait appelé quelques minutes plus tôt pour dire qu'il serait en retard. Mackillop avait perçu un sourire dans sa voix, l'implication qu'il fallait mettre tout ça sur le compte de son endurance phénoménale. Mackillop en était quitte pour poireauter comme un idiot une vingtaine de minutes encore…

L'homme aux sacs en plastique dépassa de quelques mètres l'adresse de la cible, puis s'arrêta et revint sur ses pas. Il fixa Mackillop jusqu'à croiser son regard. Il resserra ses paumes autour des poignées de ses deux sacs, et se dirigea vers la voiture.

Mackillop appuya sur le bouton de commande automatique de la vitre, et la fit descendre de façon que l'eau ne pénètre pas dans l'habitacle.

– Je peux vous aider ? demanda l'homme.

Mackillop avait failli lui poser la même question. Il lui présenta sa carte.

– Non, tout va bien, merci.

L'homme hocha la tête, marmonna une réponse mais ne montra aucun signe de vouloir partir.

– Vous habitez ici ? demanda Mackillop.

– Oui.

Il se retourna vers la maison, puis de nouveau vers Mackillop.

– Il y a quatre appartements, en fait, dit-il.

– Je sais.

– Je trouve que leur aménagement, c'est du bon boulot.

– Ah ouais...

L'homme regarda de nouveau la maison.

– Je ne vis pas ici depuis très longtemps, remarquez.

Mackillop se dit que ça ne coûterait rien de glaner quelques informations de base en attendant que Stone daigne se pointer. L'homme semblait tout disposé à coopérer.

– Vous connaissez un M. Mahmoud ?

– Je ne vois pas...

Mackillop pêcha sa page de notes sous le journal posé sur le siège passager.

– Asif Mahmoud...

– Il ressemble à quoi ?

– C'est le locataire du rez-de-chaussée.

L'homme se pencha plus près de la vitre de la voiture. De sombres éclaboussures de pluie mouchetaient son pardessus et sa casquette de base-ball.

– Celui qui se came ? On la sent quand on rentre tard, des fois.

– Ouais, merci.

Si l'homme disait vrai, les chances que leur visite soit une complète perte de temps montaient en flèche.

– M. Mahmoud nous aide sur un coup, c'est tout.

L'homme sourit et regarda des deux côtés de la rue.

– Je peux savoir quel est votre appartement ? demanda Mackillop.

– Le D, le plus près des dieux. Tous ces étages, ça maintient en forme, je ne vous dis que ça...

– Dernier étage ?

Quand l'homme se rendit compte que Mackillop le dévisageait pour la première fois, il sourit encore et déglutit.

Puis il devint brusquement sérieux et demanda à Mackillop dans quelle branche de la police il travaillait précisément, et où il était basé. Mackillop lui donna calmement toutes les informations qu'il demandait.

– Un bleu, hein ? Un peu comme un interne en médecine ?

– Tout juste.

– Comme si vous faisiez vos classes, quoi ?

– Écoutez...

L'homme recula pour permettre à Mackillop d'ouvrir sa portière.

– Je suis Ryan Eales, dit-il.

Il brandit ses sacs en plastique.

– Il faut que j'aille ranger mes courses...

Thorne et Maxwell franchirent une issue de secours et émergèrent dans une cour de service couverte à l'arrière du bâtiment. Les poubelles – une demi-douzaine, chacune pleine de verre, de plastiques ou de journaux – étaient alignées à côté de trois gros conteneurs à roulettes. Tout sentait la pisse de chat et la laine mouillée, et chaque centimètre carré du briquetage des murs était couvert de graffitis très élaborés et en grande partie illisibles. Thorne s'agenouilla jusqu'à ce qu'il identifie la poubelle qui l'intéressait, puis il se mit à en sortir des piles de vieux journaux.

Maxwell s'éloigna jusqu'à la limite de la partie couverte et tendit la main sous la pluie.

– Je suppose que tu m'expliqueras ce que tu fais quand tu le jugeras opportun.

– J'espère que nous pourrons nous passer du portrait-robot.

– Et les *Sun* de la semaine dernière vont le permettre ?

– Si ça se trouve, c'est une connerie. Je suis peut-être complètement à côté de la plaque.

– D'après ce que j'ai entendu, c'est là-dessus que je parierais.

Entre le personnel et les usagers, le *Lift* veillait à satisfaire tous les goûts en matière de lecture. Thorne fouilla parmi des dizaines de tabloïds, journaux sérieux, gratuits et magazines jusqu'à ce qu'il trouve quelque chose d'intéressant.

Il attrapa un exemplaire froissé du *Standard*, dont le gros titre le mit aussi mal à l'aise que la première fois qu'il l'avait vu : « MEURTRES DES S.D.F. UN POLICIER INFILTRÉ. »

– C'est le jour où le secret a été divulgué, dit Maxwell qui lisait par-dessus l'épaule de Thorne.

Thorne ouvrit le journal, et se mit à lire.

– C'est comme ça qu'il l'a su...

– Su quoi ?

– Tu te demandais comment il savait qu'il devait venir ici pour poser des questions ? Je ne pense pas qu'il le savait précisément, mais il a dû se dire que ce serait une bonne idée de venir dans des endroits comme celui-ci, parce qu'on le lui a dit, putain ! Écoute...

Il lut un extrait de l'article :

– *« Selon nos sources, la police est en liaison avec une organisation qui travaille auprès des sans-abri afin que le policier infiltré puisse s'intégrer à cette communauté le plus discrètement possible. »*

Maxwell retourna vers l'immeuble, et s'adossa à la porte.

– Oh, les cons ! soupira-t-il.

Thorne poursuivit sa lecture, de plus en plus furieux. Non seulement l'article révélait sa présence, mais en plus, il fournissait au tueur le moyen de remonter jusqu'à lui.

– Donc, après avoir lu ça, dit Maxwell, il en a conclu que quelqu'un devait savoir quelque chose.

– Ce n'était pas sorcier, remarque. Quelqu'un dans l'un des asiles, l'un des abris, l'un des centres d'accueil. Crisis, Aquarius ou ici. Il lui aura suffi de les répertorier. Il s'est rendu dans chacun d'eux, a présenté sa carte de police volée et posé de vagues questions dans l'espoir que la chance lui sourie et de tomber sur quelqu'un « en liaison ». Tu as pu être le premier ou le quarantième à qui il s'est adressé. Ce n'est pas vraiment important...

– Alors, même s'il connaissait ton nom, il y a des chances qu'il ne te connaisse pas personnellement ?

– Va savoir... sans doute que non. Nous pouvons être à peu près certains qu'il a eu ses infos par ce journal, et non d'une autre source... plus proche de moi.

Thorne avait encore beaucoup d'incertitudes, entre autres la façon dont le tueur connaissait son identité, mais tout semblait indiquer que l'implication de la police dans cette série de meurtres se résumait à une carte volée. Il serait peut-être plus prudent de lever la surveillance de McCabe et compagnie à Charing Cross.

– Je ne sais toujours pas d'où est venue cette fuite, dit-il en brandissant le journal avant de le jeter sur la pile qu'il avait déjà triée.

Puis il se remit à fouiller dans le reste du tas.

Il n'avait toujours pas trouvé le journal qui l'intéressait.

L'appartement de Eales était petit, mais coquet et hyper bien rangé. Un étroit escalier en colimaçon recouvert de fibre de coco menait à un salon-chambre où une arche, d'un côté, donnait sur une cuisine minuscule, et une porte, de l'autre côté, s'ouvrait, supposait Mackillop, sur la salle de bains.

Eales rangeait ses courses dans des placards sous le regard de Mackillop qui, assis sur une chaise, n'en revenait toujours pas d'être aussi verni.

– Je sais, ce n'est pas grand, cria Eales de la cuisine, mais je n'ai pas beaucoup de trucs…

Mackillop était au comble de la surexcitation. Il avait l'impression de faire partie de la police depuis de nombreuses années. Il lui tardait de voir la tête que ferait Stone quand il finirait par se pointer ; quand il comprendrait lequel des deux avait vraiment eu un déjeuner de rêve.

– Mais si je vous disais le montant du loyer, vous ne me croiriez pas…

– C'est sympa, dit Mackillop, qui le pensait.

Son appartement à lui, qui se trouvait dans un immeuble moderne, était plus grand, mais strictement fonctionnel. Ici, il aimait le parquet, les poutres apparentes et les carreaux teintés sur la porte de la salle de bains.

– Il ne me déplaît pas, dit Eales.

– Je m'en contenterais…

– Ça tombe bien que je vienne de faire des courses. Le café sera prêt dans une seconde.

Il tendit à Mackillop un paquet de biscuits et retourna à la cuisine.

– Si votre collègue en a encore pour un moment, autant vous mettre à l'aise…

En attendant le café, Mackillop continua d'examiner la pièce. Eales avait déclaré ne pas posséder grand-chose, mais Mackillop remarqua au moins l'objet qui, sans aucun doute, avait le plus de valeur pour l'ancien militaire : le magnétoscope sous le petit téléviseur en face du lit, et plusieurs cassettes empilées dessus. Mackillop ne put s'empêcher de se demander si…

– Pourquoi ne nous avez-vous pas contactés, monsieur Eales ?

Eales revint, tendit un mug à Mackillop et s'assit au bord du lit.

– Je n'ai rien fait de mal, dit-il.

– Vous saviez pourtant que nous essayions de vous localiser ? Vous ne paraissiez pas surpris de voir un policier devant chez vous.

– Un peu, tout de même.

– Il était évident que vous saviez qui je recherchais.

– Je ne savais rien du tout avant de le voir à la télé l'autre soir. Ça fait un bail que je ne lis plus les journaux. Je sors à peine de chez moi.

Mackillop prit un biscuit dans le paquet posé par terre, le brandit.

– Sauf pour aller faire des courses.

– Tous les deux ou trois jours. Faut bien s'approvisionner. Mais quand j'y vais, je ne traîne pas.

– Vous préfériez adopter un profil bas.

– Quelque chose comme ça.

Mackillop savait pourquoi, et pour cause. Même menacé de mort, Eales ne devait pas déborder d'enthousiasme à l'idée de se présenter à la police, d'expliquer pourquoi il était le suivant sur la liste du tueur. Il savait aussi que, en l'interrogeant, il outrepassait largement le cadre de ses attributions. Jusqu'à présent, la chance lui avait souri, mais la voix de la raison l'incitait à se demander jusqu'où il pouvait la forcer.

– Je suppose que l'appartement n'est pas à votre nom, dit-il.

– À un nom dont je me sers parfois, répondit Eales en buvant bruyamment une gorgée de café. Je paie mon loyer, et c'est tout ce qui compte, apparemment.

– Vous ne vous servez plus de votre vrai nom depuis longtemps, hein ?

Eales se leva pour prendre quelques biscuits, puis retourna s'asseoir.

– Ah non ? dit-il.

– Je le sais parce que nous avons cherché. Partout.

– Je ne pensais pas que vous étiez venu m'arrêter parce que je n'avais pas rempli correctement quelques formulaires.

– En effet, dit Mackillop. Mais il est naturel de se demander pourquoi vous désiriez tant rester dans l'anonymat.

Il regarda Eales avaler le restant de son café en deux ou trois gorgées rapides ; impressionné, tandis que son propre mug était toujours trop chaud au toucher.

Eales se leva.

– Je vais en reprendre, dit-il en montrant sa tasse.

Mackillop le suivit à la cuisine.

– Monsieur Eales…

– J'ai pas mal bourlingué ces dernières années, dit Eales qui, dos à Mackillop, prenait du café et du sucre dans le placard, puis sortait le lait du réfrigérateur. J'ai fait quelques petits boulots bizarres, voyez ? Bossé pour un ou deux individus un peu louches…

– Louches, c'est-à-dire ?

– Louches, c'est-à-dire top secret. Je fais ce pour quoi ils me paient, je me barre et je ferme ma gueule. Pas le genre de boulot qu'on vous apprend à l'école de police, voyez ?

Mackillop en conclut que Eales parlait d'être mercenaire. Il regarda la carrure de l'homme sous son sweat-shirt. Eales ne semblait pas encore avoir décidé de se retirer des affaires.

– Nous ne nous intéressons pas à ce que vous avez fait, dit-il. En vérité, nous vous recherchions pour votre bien. Mais je pense que vous le savez, non ?

Eales se retourna, le regarda.

Les tergiversations de cet homme commençaient à agacer Mackillop. Voilà quelqu'un qui avait participé à un crime de guerre ; leur seul espoir d'arrêter celui qui perpétrait d'autres atrocités quinze ans plus tard.

– Savez-vous pourquoi nous vous recherchions, monsieur Eales ?

Eales commençait à présenter des signes de nervosité. Il prit son mug et baissa la tête pour boire une gorgée. Mackillop attendit quelques secondes, puis sortit son portable, se disant que le moment était peut-être bien choisi pour savoir si Stone était encore loin…

Eales s'avança vers lui avec suffisamment de brusquerie pour renverser du café par terre. Pour que Mackillop fasse un bond en arrière.

– Remontrez-moi votre carte de police, tout de suite, s'il vous plaît.

Mackillop obtempéra. Observa Eales à qui il fallut quelques instants pour se contrôler et se ressaisir.

– Je suis désolé… désolé pour ça, dit-il. Vous devez savoir que j'ai toutes les raisons d'être un peu nerveux, alors on ne va pas se la raconter, hein ?

Il attrapa un torchon sur le plan de travail, le jeta sur ce qu'il avait renversé et frotta avec le pied tout en parlant.

– Je savais que Ian Hadingham s'était foutu en l'air l'an dernier, hein ? Enfin, soi-disant foutu en l'air. Et je savais que Chris Jago avait disparu étant donné que j'ai essayé de le contacter. Alors ça, en plus de Hadingham, c'était suffisant pour me rendre nerveux. Là-dessus, il y a trois semaines, j'ouvre un journal, et je vois la tronche d'un mort qui ressemble beaucoup à Alec Bonser. Je vois sa photo, et je vois une photo de ça…

Il retroussa son sweat-shirt. Il avait plusieurs tatouages : une rangée d'idéogrammes chinois, deux anneaux celtiques, une tête de lion – mais le plus important était au-dessus des autres, juste sous l'épaule.

Des lettres délavées assorties au bleu de ses yeux.

O+
S.O.F.A.

– Je ne sais pas du tout s'il a ou non tué Chris Jago, mais le quatrième membre de ce groupe, c'est moi, et je tiens à rester en vie le plus longtemps possible, merci. Je ne me prends pas pour le grand héros de la Grande-Bretagne, je n'étais qu'un bidasse con comme un manche, mais ça m'a paru une bonne idée de me faire discret. Comme vous disiez, j'ai adopté un profil bas, et je m'en suis tiré. Jusqu'à maintenant, en tout cas.

Il haussa les épaules, souffla sur son café.

– Vous autres, vous avez peut-être envie de me parler, mais aux dernières nouvelles, pour moi, il n'y avait pas urgence.

Mackillop avait la sensation qu'on le ligotait très serré au niveau de la poitrine. La gorge sèche, il ravala ses mots qu'il tenta de reformuler en une question qui s'imposait. Vous ne savez pas du tout *qui* a tué Chris Jago ?

Pourtant, il ne dit rien. Sa crainte de ne plus mener la barque s'était soudain muée en une affreuse certitude. Il avait l'impression d'être revenu à l'école de police, d'être dans un jeu de rôle alambiqué. Comme si Eales était un de ses formateurs, que ce moment constituait le point d'orgue de la validation de ses acquis. L'épreuve qui pouvait tout faire foirer s'il ne se montrait pas extrêmement prudent. Mackillop avait conscience que l'occasion lui était donnée de poser la question capitale, mais aussi que ce moment revenait, de droit et au nom de la hiérarchie, à d'autres…

Eales, d'un signe de tête, montra le mug dans la main de Mackillop.

– Je vous en sers un autre ?

Le plus intelligent, le plus approprié, serait de mettre de la distance. De s'asseoir et d'attendre patiemment l'arrivée d'Andy Stone. Mackillop tendit son mug et retourna dans la pièce principale.

34

LA TOUTE DERNIÈRE VICTIME, LA PREMIÈRE PHOTO…

Le journal était un peu humide. Taché par endroits par un liquide brun et visqueux qui avait coulé et formé une flaque au fond de la poubelle. Mais le gros titre était toujours aussi frappant ; le visage du jeune Terry Turner toujours aussi plein d'espoir, aussi pathétique.

– Ça fait bizarre, il a l'air si jeune, dit Maxwell. Sans son foutu cadenas…

Thorne feuilleta vivement le journal jusqu'à la bonne page ; la photo d'un autre jeune homme, en uniforme celui-ci, qui fixait l'objectif ; yeux écarquillés et demi-sourire, comme s'il se fichait pas mal de ce qui l'attendait.

– Regarde, dit-il, pliant le journal et le tendant à Maxwell.

Ce dernier fixa la photo quelques secondes, l'appel à témoins qui figurait au-dessous, puis se tourna vers Thorne. Son expression indiquait clairement qu'il ne savait pas trop ce qu'il était censé regarder, ou voir.

– Ça pourrait être lui ? demanda Thorne.

Maxwell reporta le regard sur la photo.

– Ce gars-là ?

– Pourrait-il être notre sergent Trevor Morley ?

– À quand remonte cette photo ?

– Regarde-le bien, Bren…

Maxwell s'exécuta. Exhala un long et lent soupir…

– Elle a été prise quand il s'est engagé à la fin des années quatre-vingt, dit Thorne, s'approchant pour regarder avec lui.

Se souvenant alors de la version vieillie numériquement diffusée la veille à la télévision, et que Hendricks disait avoir vue, il ajouta :

– Tu n'as pas regardé *Crimewatch* hier soir ?

– Je suis sorti.

– Merde…

– J'étais dans la rue, je faisais mon boulot, putain ! Ça te va ?

– Essaie de l'imaginer avec vingt ans de plus, d'accord ? Il friserait la quarantaine, les cheveux plus longs, probablement, une barbe. D'après ce que tu dis, la couleur est la même, hein ?

– Blond-roux, un peu de gris. Et les taches de rousseur sont plus foncées, mais je suppose que c'est ce qui arrive…

– Regarde la bouche. Le sourire doit sûrement être le même.

– Peut-être. Ouais… ça pourrait être lui.

– Ça pourrait ou c'est ?

– Bon Dieu, j'aurais dû la regarder attentivement la première fois. J'ai lu l'article sur Terry, c'est tout. Je n'ai pas vraiment prêté attention à la photo.

– Eh bien, profite de l'occasion. Allez, Bren...

Maxwell examina intensément la photo.

– C'est ce visage mais en un peu plus rond, et plus ridé. Enfin, pas ridé, marqué. Tu vois ? Buriné.

Thorne en avait assez entendu.

Il comprit qu'ils avaient commis une énorme erreur ; qu'ils auraient au moins dû envisager cette éventualité et ne pas l'écarter trop vite. Certes, tout désignait l'homme derrière la caméra, mais ils avaient pris le problème à l'envers.

– C'est moi…

– Quoi ?

Maxwell se tourna vers Thorne, pensant qu'il s'adressait à lui, mais il vit qu'il parlait au téléphone.

– Nous avons été idiots, Russell. Ryan Eales n'est pas le suivant sur la liste. C'est lui qui l'a établie.

Ryan Eales s'adossa au mur voûté qui séparait la cuisine de la pièce principale.

– Une chance que je sois rentré à ce moment-là. Que vous ayez été là, dans votre voiture, devant chez moi.

– Nous serions montés frapper à votre porte, de toute façon.

– Je n'aurais peut-être pas ouvert.

Ce qui, songea Mackillop, aurait été compréhensible. Finalement, le hasard avait bien fait les choses. Il y avait de fortes chances, s'il n'avait pas ouvert et que le locataire du rez-de-chaussée ait été le fumeur d'herbe que Eales disait, que personne n'ait pris la peine de revenir. Mackillop rit.

– Alors, disons que nous pouvons nous réjouir que vous ayez été à court de biscuits.

– Ouais…

Le temps avait de nouveau changé brusquement. La lumière du soleil entrait à flots vers la salle de bains par la grande bay-window et un petit vasistas, éblouissante là où elle embrassait les murs blancs et le vernis miel du parquet. De là où il se trouvait, près de l'escalier, Mackillop aperçut la lueur de deux paires de rangers, cirées à l'extrême, et posées côte à côte entre le lit et la penderie. Il vit des magazines empilés avec soin sous la table de chevet, et des chemises fraîchement repassées bien pliées sur une chaise à côté de la porte de la salle de bains.

– On voit que c'est un ancien militaire qui habite ici, dit-il.

– Comment ça ?

– Les rangers. La façon dont elles sont posées, dont tout est ordonné. Rien ne dépasse, quoi.

– C'est qu'on nous apprend à faire les choses comme ça.

– Ça doit quand même demander beaucoup d'efforts.

– Pas vraiment, dit Eales. On se comporte d'une certaine façon parce que c'est logique. Être organisé, avoir de l'ordre, ça facilite les choses.

Mackillop réfléchit à la question.

– Moi aussi, j'ai envisagé de m'engager dans l'armée avant d'entrer dans la Met. Mais pas longtemps.

– Vous auriez fait un bon soldat.

– Vous croyez ?

– Sûrement, si vous êtes un bon policier.

– Je m'y emploie.

Mackillop, se sentant rougir, regarda de nouveau autour de lui.

– Ouais, dit-il, pas de doute, l'appart d'un militaire…

Eales sourit.

– Regardez donc sous le lit.

Mackillop lança un coup d'œil dans cette direction, puis, encouragé par un signe de tête de Eales, se leva et s'en approcha. En se baissant, il vit que le pied du lit était en fait un tiroir. Il le tira et eut sous les yeux toute une collection de souvenirs militaires : un uniforme de cérémonie, repassé et plié ; un masque à gaz ; des insignes et des médailles alignés dans des coffrets vitrés ; des liasses de photographies. Et des armes : des grenades, des revolvers, des couteaux, une baïonnette rutilante…

– Oh, putain !

– Ne vous inquiétez pas, les revolvers sont neutralisés, dit Eales. Les percuteurs enlevés, et les barillets fraisés.

Mackillop tendit la main vers un revolver.

– Je peux ?

– Je vous en prie. Le plus petit est un Browning 9 mm. Modèle irakien.

La main de Mackillop hésita au-dessus du revolver. Il se demanda s'il avait appartenu à l'un des soldats qu'il avait vus à genoux dans le désert. Si on le lui avait pris avant de lui en plaquer un autre contre la nuque. Il prit la baïonnette à la place.

– C'est très coupant, dites donc.

– Et comment.

Mackillop se redressa, tendant la baïonnette devant lui. Dans le mince miroir de sa lame, il distinguait le reflet de la porte de la salle de bains, de la télé et du magnétoscope, et le fil noir qui serpentait sur le sol depuis la PlayStation jusqu'à la manette.

– Chouette, hein ? dit Eales.

– Je vais peut-être vous paraître morbide, voire un peu ringard, mais...

Mackillop tourna la garde, lançant un éclat de reflet de soleil sur le visage de Eales.

– ... cette chose a-t-elle déjà... tué quelqu'un ?

Eales s'avança et lui prit la baïonnette des mains.

– Ça ? dit-il.

Il examina la lame comme s'il la voyait pour la première fois, inclina le buste vers l'avant et la planta dans le ventre de Mackillop.

– Non, pas jusqu'à présent.

Les mains du policier s'élevèrent jusqu'à la garde de la baïonnette, s'enroulèrent avec force autour de celle de l'ancien militaire ; des mains plus grosses, plus puissantes et plus sèches. Il essaya de le repousser, et quand il ouvrit la bouche, il n'émit qu'un son semblable à celui d'une bulle qui éclaterait.

– Prêt ? demanda Eales. On y va !

Il hocha la tête en comptant posément, et, à trois, il tourna la baïonnette et la leva de toutes ses forces, déchirant les muscles et le sternum.

Mackillop expira, puis inhala aussitôt, comme s'il venait de poser le pied dans un bain trop chaud ou de toucher un plombage sensible.

Ensuite, on n'entendit plus qu'un bruit de respiration laborieuse, entrecoupée de gargouillements, et le gémissement des lattes du parquet sous leurs pieds qui remuaient, tandis que leurs doigts devenaient de plus en plus glissants autour de la garde.

– La chance finit toujours par nous abandonner, dit Eales.

Il ne le quitta pas des yeux, pas un instant. S'accrochant à la lueur qui brillait encore dans le regard de Jason Mackillop et qui parut s'intensifier juste une ou deux secondes avant de s'éteindre. Comme le dernier point lumineux d'un écran de télé fond au noir, rétrécissant tout un monde à une tête d'épingle.

Puis, à rien.

QUATRIÈME PARTIE

AU BOUT DE LA CHUTE

35

Sur le coup, raconta-t-il aux autres plus tard, il s'était dit que Mackillop en avait eu marre de l'attendre et qu'il s'était barré…

Quand le taxi d'Andy Stone, se frayant un chemin dans la circulation du samedi après-midi, avait fini par arriver à l'adresse de Asif Mahmoud, il n'avait vu la Volvo nulle part et Jason Mackillop ne répondait pas à son téléphone. Stone s'était présenté à l'appartement du rez-de-chaussée. M. Mahmoud lui avait dit que, s'il n'avait vu aucun policier, il avait entendu des allées et venues. Quelqu'un était entré dans la maison peu de temps auparavant, puis était reparti assez vite. Stone était allé frapper aux trois autres appartements – dont, bien entendu, celui du dernier étage –, mais sans obtenir de réponse.

Perplexe et furieux, il avait décidé de retourner à Becke House, et pris le chemin de la station de métro. Ce n'est qu'une demi-heure plus tard, en sortant du métro à Colindale, qu'il avait eu le message au sujet de Ryan Eales…

– À ton avis, Stone l'a raté de combien ? demanda Thorne.

– Impossible à dire avec certitude, répondit Holland qui sortait des papiers de sa serviette. De peu, en tout cas. Hendricks situe la mort entre une heure et demie et deux heures et demie…

– J'ai appelé Brigstocke juste après deux heures, dit Thorne. On aurait dû agir plus vite. Moi, j'aurais dû agir plus vite.

Lorsque, une heure plus tard, le constable auxiliaire Jason Mackillop restait toujours injoignable, on avait envoyé une équipe à West Finchley. Pendant que la voiture – retrouvée dans une rue transversale derrière la gare – était remorquée, des témoins déclarèrent l'avoir vue garée devant la maison de Rosedene Way. Une femme qui promenait son chien donna un signalement très précis de Mackillop, et un homme qui habitait en face affirma avoir vu le conducteur de cette voiture parler avec quelqu'un.

D'autres policiers s'étaient rassemblés, sérieux et mal à l'aise, tandis que la journée du samedi touchait à sa fin. Une unité d'élite armée prit position dans la rue. Les habitants furent évacués et le quartier sécurisé, et finalement – cinq heures après l'arrivée de Mackillop sur les lieux – la porte de l'appartement du dernier étage du 48 fut défoncée et Jason Mackillop découvert…

Thorne n'avait jamais rencontré le stagiaire assassiné. Il n'aurait su dire si cela lui facilitait la tâche de travailler sur sa mort, mais il lui était certainement plus facile de l'idéaliser comme victime. Thorne ignorait s'il avait un sale caractère, s'il avait la grosse tête, s'il était proche ou non de sa famille. Il ne l'avait jamais fréquenté au travail, il ne s'était jamais engueulé avec lui, il ne l'avait jamais entendu parler de choses importantes. Il savait seulement que c'était un naïf, zélé et ridiculement jeune. De ce fait, Jason Mackillop lui semblait plus anonyme que d'autres victimes. Mais pour autant, la chape de plomb de la culpabilité qui s'était abattue sur tous les autres ne pesait pas moins lourd.

– Il n'aurait jamais dû monter seul, dit Holland.

Thorne semblait épuisé de fatigue et de colère.

– Ça n'aide en rien.

– C'est ce que Andy Stone pourra toujours se dire.

Lundi après-midi : surlendemain de l'assassinat de Jason Mackillop par Ryan Eales qui avait pris la fuite. La police, qui poursuivait son enquête sur les meurtres des S.D.F. dans le West End et ses alentours, avait réquisitionné une pièce du *Lift* afin de mener des interrogatoires, dont celui d'un sans-abri que l'on ne connaissait que sous le prénom de Tom.

Thorne et Holland faisaient le point.

– Il a dû se barrer dans une sacrée précipitation, dit Holland. Pas d'argent chez lui, mais apparemment, il a laissé tout le reste.

Ils étaient dans un coin isolé des bureaux paysagés des services administratifs : un petit canapé et un fauteuil, un ordinateur poussiéreux sur un bureau et plusieurs piles de chemises cartonnées. Le ciel était gris derrière la vitre couverte de givre de l'étroite fenêtre. Thorne prenait les feuilles de papier à mesure qu'on les lui tendait.

– Après ce qu'il avait fait, il savait que ça n'avait plus d'importance qu'on mette la main sur ses affaires. Ce n'est pas comme si nous risquions d'y découvrir son nom, hein ?

Holland lui donna les photocopies de documents retrouvés chez Eales. Tout indiquait que, si Eales avait tué les trois autres membres de l'équipage du blindé, ainsi que Radio Bob, Terry T et les autres, il travaillait avec quelqu'un. Ou plutôt pour quelqu'un…

L'homme derrière la caméra.

On avait informé Thorne de ces éléments quelques heures après la fouille de l'appartement de Eales, mais c'était la première fois qu'il les avait sous les yeux. Tout en écoutant Holland, il feuilletait les relevés bancaires et les reçus de cartes de crédit.

– Six comptes à quatre noms différents, et il a réussi à les vider tous sauf un avant de s'évanouir dans la nature. Importantes sommes portées au crédit de l'un ou l'autre compte quelques jours après la mort de Jago et le « suicide » de Hadingham. De l'argent déposé après chaque meurtre.

– Toujours en espèces ?

– Toujours en espèces, absolument pas traçable. Il a été bien payé.

– Il faut dire que c'était du travail de pro.

Holland piocha une autre feuille de papier dans sa serviette et la tendit à Thorne.

– Vite fait bien fait, et ni vu ni connu…

Thorne prit la feuille et commença à la lire.

– Je voulais t'en parler, puis comme tout s'est précipité samedi après-midi, j'ai pensé que ça pouvait attendre. Voilà pourquoi personne ne l'a su. On se demandait ce qu'ils avaient fait des corps des soldats irakiens. Quand on est allés à Tauton, on nous a parlé des journaux de guerre, et, sur le moment, j'ai pensé que ça ne valait pas la peine de creuser de ce côté-là, car nos soldats n'auraient été signalés que s'ils avaient été blessés ou décorés…

Thorne comprit où il voulait en venir.

– Tu déconnes…

– J'ai vérifié deux fois.

Thorne lut à voix haute :

– « Code 40 du détachement sous le commandement du caporal Ian Hadingham, affrontement et destruction d'un char ennemi, tuant les quatre membres de l'équipage… »

– L'équipage irakien s'est rendu, dit Holland, ou a été capturé, puis, après qu'ils les eurent tous assassinés, Eales et les autres ont remis les corps dans le char et ont tout fait sauter. Quant à savoir si ça s'est su ou pas…

– Ils ont été décorés ?

Thorne, pour une raison ou pour une autre, paraissait être au bord des larmes.

– Autre chose qu'on vient enfin de recevoir, dit Holland qui fouillait de nouveau dans sa serviette. Les conclusions du labo californien : ils ont pu restaurer le son de la vidéo.

Thorne prit les documents sans les regarder et les posa sur le bureau avec le reste. Il attrapa le fauteuil pivotant derrière lui et se glissa dessus maladroitement.

– D'autres boucles bouclées, et c'est tant mieux, je suppose…

– Mais aucune ne nous mène nulle part, hein ?

Le silence qui s'étira entre eux pendant quelques secondes fut une réponse assez éloquente.

– Sinon, comment ça se passe au poste ?

– On est tous sur les dents, répondit Holland. Remontés, tu t'en doutes, mais…

– Dans le flou.

– L'Intel passe tout au crible dans l'espoir que la paperasse fournira une adresse, l'endroit où Eales pourrait se terrer.

Thorne en doutait.

– Il s'est barré depuis longtemps.

Holland ne le contredit pas. Il soupçonnait qu'en haut lieu, on avait déjà pris la décision de réduire la surveillance des ports et des aéroports.

En fait, la mort de Mackillop et la fuite de Eales avaient sapé le moral des troupes, et ils en avaient tous conscience. En d'autres circonstances, ç'aurait pu unir l'équipe et lui redonner de l'élan, mais là, ça la cassait plus que ça ne la motivait. S'ils avaient tous envie d'arrêter Eales plus que jamais, ils devaient se faire une raison : pour le moment du moins, les chances de le retrouver étaient infimes. De plus, malgré ce qu'ils savaient à présent, il était fort peu probable, sans Eales, qu'ils puissent mettre un nom sur l'homme qui avait financé au moins six meurtres en un peu plus d'un an. Les rallonges budgétaires étaient toujours des facteurs déterminants, de même que les coupes d'effectifs et les contraintes de temps, mais si une équipe n'avait plus la niaque, alors tout le reste devenait secondaire.

– Qu'en dit Brigstocke ? demanda Holland.

Il avait bien sa petite idée, et se demanda s'il ne franchissait pas la limite en posant la question. Mais il ne se trompait pas en supposant que Thorne avait oublié depuis longtemps, s'il ne s'était pas toujours fichu de le savoir, où se trouvait cette limite.

– Il m'a avisé « officiellement » que mon infiltration touchait à sa fin. Que je serais bien inspiré de rentrer chez moi et de m'offrir un bon bain…

Thorne faisait mine de le prendre à la légère, mais Holland ne savait trop s'il devait s'en réjouir ou non.

– Quand ?

– Je vais encore dormir dehors cette nuit, je pense.

– D'accord…

– Il y a des gens à qui je dois dire au revoir.

– Et ensuite ?

– Ensuite, un bon curry, une bonne nuit de sommeil et sans doute un chat qui me fera la gueule…

– Ce n'est pas ce que je voulais dire.

– Je sais bien.

Brigstocke avait appelé Thorne la veille au soir, une fois que la tempête soulevée par le meurtre de Mackillop s'était un peu calmée. Il avait clairement établi qu'il ne tolérerait aucune contradiction sur le fait que Thorne quitte la rue, aussi ce dernier n'avait-il pas perdu de temps pour en discuter. Eales était en fuite. Il n'y aurait plus de meurtres. Sa présence ne se justifiait plus. Sur la question de ce que Thorne ferait à son retour, Brigstocke s'était montré nettement moins dogmatique. Peut-être parce que la décision n'avait pas encore été prise, mais peut-être aussi parce que Brigstocke n'avait pas eu le cœur d'en remettre une louche.

Si ce devait être une prolongation de sa mise au vert, Thorne s'y plierait sans faire de vagues. La perspective de retrouver l'équipe et les choses telles qu'elles étaient avant le rendait nerveux. Il avait l'impression de s'être égaré pendant un marathon ; comme s'il titubait, à des kilomètres de distance dans la mauvaise direction. Il ne pouvait rien faire d'autre avant d'avoir achevé l'épreuve, aussi risible que soit son finish. Il savait qu'il n'était plus dans la course, pourtant il lui fallait franchir la ligne d'arrivée…

– « Je ne sais pas » serait la réponse la plus simple, dit Thorne. Je ne sais pas ce qu'ils veulent. Je ne sais vraiment pas ce que je veux.

Holland profita du silence qui suivit pour prendre son manteau.

– Tu crois que Eales a parlé à celui qui le paie avant de prendre la fuite ? Pour le prévenir ?

– Peut-être, mais je ne pense pas que ce soit pour le prévenir, dit Thorne en montrant les documents sur le bureau. Il n'y a rien là-dedans qui incrimine quiconque. Je pense que Eales sait se taire. Garder des secrets.

– Ce qui vaut sans doute mieux. Quand on pense au nombre de personnes qui sont mortes parce qu'un connard trop gourmand n'a pas su garder le sien.

Thorne fit pivoter doucement son fauteuil, d'un côté puis de l'autre.

– On s'est tellement attaché à serrer Eales, pensant qu'il nous dirait le nom de l'homme qui tenait la caméra. En fait, je ne suis pas certain que ça nous ait servi à grand-chose.

– Tu penses qu'il l'aurait pas lâché ?

– Eales est toujours un soldat. Nom, grade et matricule, hein ?

Holland prit sa serviette et gagna la porte.

– Tu restes un peu ici ? Je dois repasser au poste…

Thorne grommela ; il ne donnait pas l'impression d'avoir envie d'aller où que ce soit.

Holland se revit traverser la cafétéria en venant. Il avait aperçu le toxico avec qui Thorne passait le plus clair de son temps. Il était assis en compagnie de sa copine, dont Holland ignorait le nom. Il songea à ce que Thorne avait dit un peu plus tôt, se demanda s'il trouverait difficile de faire ses adieux à certains de ces gens-là.

– Ton pote Spike en bas…

Thorne hocha la tête, comme s'il savait déjà.

– On doit faire un billard.

– On peut faire une partie plus tard, si tu veux.

Holland s'attarda sur le seuil.

– Plus tard dans la semaine, peut-être ? Le pub près de chez toi a une table, non ?

– Je t'appellerai, Dave. Quand j'aurai repris le dessus.

Il resta là quelques minutes après le départ de Holland, et se laissa porter par ses pensées. Malheureusement, en dépit de sa bonne volonté, elles ne le menèrent pas très loin.

Faute de mieux, il prit les documents posés sur le bureau et les feuilleta. Décidément, on en revenait toujours à la paperasse, à la fin. Rangée dans le tiroir d'un classeur au Registre Général. Il avait bien l'impression que cette affaire n'allait pas tarder à prendre le même chemin ; pas tout à fait classée, mais tout comme. Elle serait, en l'état, transmise à la Section Homicides, ou à la toute nouvelle Section de la lutte contre la grande criminalité organisée style FBI : les unités spécialisées pour traquer et interpeller les suspects en fuite. Thorne était à peu près certain que Eales était déjà à l'étranger ; qu'il ne se laisserait pas repérer facilement. Le monde devenait plus petit de jour en jour, mais il était encore assez vaste.

Il regarda les relevés de comptes ; les versements dont chacun représentait un homme tué par Ryan Eales. Il lut les montants et ne put empêcher son côté pervers de faire le calcul de tête : dans les mille cinq cents livres par coup de pied…

Il repensa à l'affaire sur laquelle il travaillait au printemps de l'année précédente : la traque d'un homme qui avait choisi le meurtre comme profession ; encadré par deux incendies à vingt ans de distance. Les morts : une jeune fille et un vieil homme. À présent, Thorne avait endossé le manteau de ce vieil homme et était rongé par les décisions qu'il avait prises. Par une série de jugements, réfléchis ou non, d'un incendie à l'autre.

Il prit la copie de la transcription de la vidéo, la parcourut. La conversation entre les soldats et les descriptions étaient dignes d'un scénario de film d'une redoutable efficacité. Des images de la vidéo lui revinrent instantanément en mémoire au fil de sa lecture : le rassemblement des hommes, la pluie frappant le sable semblable à de la cire de bougie noircie et l'horreur aussi lumineuse que les yeux d'un chat dans le noir.

Un soldat agitant des documents pris aux prisonniers irakiens. Aucun signe de ce qui se préparait. « *Ça, on garde.* (Plus fort.) *Tu comprends ?* »

Pendant que des décisions – y compris celles concernant son avenir – étaient prises, Thorne se demanda si la Met avait pris celle de transmettre la vidéo à l'armée. Et si, en dehors des prises de bec entre la Met et la Police militaire royale qui s'ensuivraient immanquablement, les militaires eux-mêmes seraient surpris. Eales et ses coéquipiers avaient-ils brouillé les pistes efficacement en 1991 ?

« *Où tu l'as eu ?*

Tu dis ?

(Plus fort.) *Où tu l'as eu ?*

Ça ? (Le soldat brandit des tranches de bacon.) *Je l'ai apporté.* »

Et cette citation dans le journal de guerre, n'était-ce ni plus ni moins qu'un exercice pour balayer cette merde sous le tapis ?

Ça me rappelle, je donnerais tout pour un bon petit déj qui tue…

Ce machin, ça pue un max, Ian...

Thorne lut la ligne suivante...

Et fixa, le souffle coupé, la page. Cinq mots, prononcés hors champ. Une phrase qui lui dit tout.

Il savait qui était l'homme derrière la caméra.

Thorne ferma les yeux et s'adossa au fauteuil, plongé dans la surexcitation et la terreur de n'avoir, soudain, plus aucun doute. C'était une sensation qu'il avait presque oubliée : l'écœurement et l'exaltation de savoir.

Puis, aussi rapide et douloureuse qu'un coup de poing, Thorne eut une autre certitude : celle que l'homme qui avait payé Ryan Eales pour commettre ces meurtres s'en sortirait toujours aussi sûrement que Eales y était parvenu jusqu'à présent. Thorne avait beau être certain de l'identité de cet homme et de ce qu'il avait fait, il n'avait absolument aucun moyen de le prouver.

Cinq, dix minutes passèrent tandis que Thorne prenait la mesure de la situation.

Il regarda ses pensées en face, jusqu'à leur cœur chauffé à blanc, et finit par prendre plusieurs décisions. Chacune dépendrait de celles que prendraient d'autres que lui, mais tandis que Thorne se levait et rassemblait ses affaires, il se sentait plus énergique que jamais. Il se pourrait qu'il ne puisse toujours pas la franchir, mais maintenant, au moins, il avait localisé la ligne d'arrivée.

Il sortit du bureau et descendit vite vers le rez-de-chaussée. Si Spike était encore là, ils pourraient discuter en jouant au billard. Ils auraient beaucoup de choses à se dire.

Thorne avait décidé que s'il devait quitter la rue, il fallait que ce soit la tête haute... à plusieurs niveaux. Il allait tout dire à Spike.

36

Il entendit l'homme venir bien avant de le voir.

Les pas étaient hésitants ; la démarche, reconnaissable à cent lieues à la ronde, de quelqu'un qui ne connaissait pas le réseau de tunnels. Il avait entendu ces échos bien des fois : le clic-clac de talons ralentissant, puis reprenant du rythme au gré de la confiance retrouvée, le raclement de semelles de cuir sur le ciment quand quelqu'un se retourne pour se repérer et décider dans quelle direction continuer. Voire s'il faut continuer…

Quand il vit enfin l'homme tourner à l'angle du couloir, Spike se leva. Il s'adossa au mur et attendit ; s'efforça d'arborer un air détaché à mesure que la distance qui les séparait diminuait, que l'homme avançait vers lui à travers des flaques d'eau et d'ombre.

– Je suis au bon endroit ? demanda l'homme, encore à six ou sept mètres de lui.

La peur aurait de toute façon coincé sa voix dans sa gorge, mais comme le son portait sans effort dans l'air du sous-sol, Spike avait tout juste besoin de chuchoter.

– Tout dépend, dit-il, si vous avez une chiée de billets dans une de vos poches…

Quand l'homme s'immobilisa, il n'était plus qu'à quelques pas de Spike. Il regarda autour de lui, vite. Prit la mesure de l'environnement.

– Sympa ici, dit-il.

Spike garda le silence.

L'homme fit un signe de tête vers le grand carton derrière Spike, à sa droite, contre le mur.

– C'est là que tu dors ?

– C'est toujours mieux que certains endroits.

Les coins de la bouche de l'homme se soulevèrent, mais sans pour autant que se dessine un sourire.

– Raconte-moi comment tu t'es procuré la cassette.

Apparemment, la fin des mondanités avait sonné.

– Je te l'ai dit au téléphone…

– Tu m'as dit que dalle. Tu m'as raconté beaucoup de conneries, j'ai eu plusieurs jours pour y réfléchir.

– Qu'est-ce que ça peut foutre ? Tu la veux ou tu la veux pas, quoi ? Moi, ça m'est égal. Pourtant, tu semblais plutôt intéressé au tél…

– Raconte.

Le silence n'était jamais total dans le métro. On entendait les vrombissements étouffés de la circulation dans les rues, le bourdonnement des néons, le tempo angoissant de l'eau qui tombait goutte à goutte. Il n'y eut que ça pendant quelques secondes.

Spike se frotta le visage avec ses mains. Les passa dans ses cheveux.

– Qu'est-ce que tu veux que je te dise ?

Il avait parlé d'une voix rauque ; tremblante de nervosité et de convoitise.

– Tu veux que je te dise que je suis un accro de toxico ? Que je ferais n'importe quoi pour un shoot ? Que j'ai tellement besoin de thune que je suis prêt à trahir un pote ?

– Là, tu commences à me convaincre.

– Thorne m'a dit que le flic, c'était lui, quoi. Qu'il avait infiltré la rue à cause de ces meurtres. Il m'a parlé de l'affaire, il m'a dit pourquoi ils avaient tous été tués.

L'homme ne cilla pas.

– Il m'a tout dit, poursuivit Spike. Sur ce qui s'est passé y a des années dans ce putain de désert. Il m'a dit qui tu étais, et il m'a parlé de la cassette.

– Pourquoi ?

Spike haussa les épaules.

– Va savoir. Parce que c'était sa dernière nuit, je suppose, et que ce connard a pensé que ça n'avait plus d'importance. Il m'a dit que le mec qui avait vraiment commis les meurtres s'était tiré, et que personne pouvait plus rien y faire...

L'homme mit les mains dans les poches de son manteau et serra les bras contre ses flancs. Il commençait à faire très froid aux petites heures du jour.

– Donc, tu t'es replié ici, tu as réfléchi à tout ça et tu y as vu un moyen facile de te faire une poignée de livres.

– Plus qu'une poignée, mec...

– Ne fais pas le malin.

C'était un ordre, ni plus ni moins. Énoncé avec calme et avec la froide assurance née de l'habitude de donner des instructions et d'être obéi.

– Écoute... ça m'a gonflé qu'il me prenne pour un con, dit Spike. Qu'il nous fasse tous passer, ma copine, moi et les autres, pour des idiots. Ç'a été une bonne façon de le lui faire payer.

L'homme ne paraissait pas convaincu.

– Surtout de me faire payer.

– Ouais, ouais, c'est sûr. Étant donné ce qu'il m'avait dit, c'était sûr que cette cassette avait de la valeur. Que t'allais raquer un bon prix pour la récupérer. Quand il m'a dit qu'il l'avait sur lui, j'ai commencé à cogiter, quoi. J'ai pensé à un max d'héro et autres. Et aussi à un appart pour moi et ma copine.

Spike rigola et tapa le poing contre sa cuisse, comme s'il repensait à tout ça.

– Elle veut qu'on vive ensemble, quoi.

– Et donc, tu as pris la cassette ?

– Pendant qu'il dormait, j'ai tiré ses affaires et je me suis barré. Je sais qu'il me cherche, mais je suis assez doué pour me faire tout petit, tu sais ?

– Il t'a dit si c'était la seule copie ?

Spike fit les yeux ronds.

– Ce Thorne, c'est un taré, carrément, je te dis. Vivre dans la rue, ça a pas dû l'arranger, ça a dû lui donner une vision des choses un peu tordue, quoi. Il l'avait plus ou moins taxée, si j'ai bien compris. Il a persuadé un autre flic qu'il connaît de la lui passer en douce.

– Pourquoi aurait-il fait ça ?

– J'en sais rien, moi. Il arrêtait pas de dire qu'il allait la montrer à quelqu'un. L'utiliser pour je ne sais quoi.

L'homme parut y réfléchir.

– Écoute, dit Spike, j'ai pas vraiment envie d'en savoir plus, d'accord ? Comme tu disais, je fais ça que pour le fric.

– Ah, ça, je le comprends, dit l'homme. C'est de là que tout est parti.

Spike retroussa une de ses manches et essuya sa transpiration.

– Tout part toujours de là, mec. C'est juste que certains en ont plus besoin que d'autres...

L'homme scruta Spike avec curiosité et dégoût, comme s'il fixait une tache de sang restée sur la chaussée après qu'on eut débarrassé les débris d'un accident.

– Une chance pour moi, en l'occurrence...

Spike glissa la main dans sa poche intérieure d'où il sortit un sac en plastique qu'il replia sur son contenu.

– La cassette, dit-il.

L'homme ne parut pas vouloir la prendre.

– Tu sais que si tu te me doubles, je te retrouverai. Tu es peut-être doué pour te faire tout petit, seulement moi, je paierai quelqu'un qui saura te dénicher.

– Thorne m'a dit ce qu'il y a avait dessus.

Spike secoua le sac. La cassette brinquebala à l'intérieur.

– Je ne l'ai pas regardée, mais je sais ce que tu as fait. Je sais ce qui s'est passé à l'époque, et ce qui s'est passé plus tard avec des voitures, des comprimés et des rangers, alors je sais de quoi tu es capable.

Il fixa l'homme dans les yeux et soutint son regard.

– Je suis peut-être un junkie, un menteur et un putain de voleur, mais je suis pas idiot.

L'homme parut impressionné. Quand il retira la main de sa poche, il tenait une enveloppe en papier kraft pleine à craquer.

– Bon, comment fait-on ?

Spike tendit le sac en plastique à bout de bras. Il tremblait dans sa main. Il laissa retomber son bras et inspira ; s'efforça de paraître cool.

– Tu veux que je te la lance ou quoi ?

L'homme fit un brusque pas en avant et continua d'avancer tandis que Spike reculait hors de sa portée. Quand Spike fut contre le mur, l'homme lui prit tout doucement le paquet de la main. Dépassant Spike de quinze centimètres, il baissait les yeux sur lui et plaquait l'enveloppe contre la poitrine du garçon.

– Il y a pas mal là-dedans, dit-il. Il y a de quoi t'en mettre beaucoup dans les veines…

En un instant, le regard de l'homme glissa vers le carton et, au même moment, il recula. Aux bruits soudains ; au mouvement…

La semaine précédente, au *Lift*, pendant qu'ils jouaient au billard en discutant de la façon de s'y prendre, ç'avait été le moment où Spike s'était tordu de rire. Avant que Thorne en réfère à Brigstocke, et Brigstocke à Jesmond. Avant que Jesmond en réfère en haut lieu à celui sur qui cette responsabilité retomberait. C'était ce qu'ils avaient appelé le « moment du rat ».

« Sûr qu'il croira que c'est un rat, avait dit Spike. Un putain de gros rat, quoi. Sûr qu'il va chier dans son froc, le mec… »

La réaction de l'homme lorsque Thorne surgit de l'intérieur du carton en se levant avec agilité fut moins spectaculaire que Spike ne l'avait prévu, mais Thorne vit que son apparition causait une énorme surprise.

– Je suppose que les billets pour le match, ça ne tient plus ? demanda-t-il.

37

Alan Ward remonta ses lunettes, puis porta la main à sa nuque et attrapa une poignée de cheveux, comme si c'était son seul moyen d'arrêter de secouer la tête. Il avait reculé pendant que les côtés et le haut du carton s'écartaient de toutes parts, et à présent, il fixait Thorne et Spike, séparé d'eux par les deux ou trois mètres et quelques de largeur du tunnel.

Thorne lança un coup d'œil sur sa gauche.

– Ça va ?

Spike acquiesça, sans quitter Ward des yeux.

– Voilà qui est… intéressant, finit par dire Ward.

Il regarda des deux côtés du tunnel.

– Même pas en rêve, dit Thorne.

– Parce que… ?

– Parce qu'il y a des policiers à chaque sortie. Pourquoi croyiez-vous que c'était si calme ici, ce soir ?

– Le con, dit Spike.

Le lent hochement de tête de Ward se mua en signe d'assentiment, et Thorne crut voir une sorte de jouissance luire dans le regard du journaliste. Aussi anxieux qu'il soit – les muscles de son visage et de son cou saillaient –, il y avait aussi un grand calme dans sa voix et dans ses mouvements, comme si, en quelque sorte, cette tension le décontractait.

Il foudroya Spike du regard.

– Ce petit enfoiré porte un micro, hum ?

Spike se contenta de sourire.

– Ou vous l'avez installé dans le carton ?

Thorne fit un signe de tête vers le plafond du tunnel, vers l'un des mini haut-parleurs qui se trouvaient plus ou moins au-dessus de la tête de Ward.

– Le micro et la caméra sont là. Il nous a semblé approprié de filmer cette scène-là aussi sur vidéo.

– Vous n'avez que dalle...

– Vous savez qu'on en a suffisamment.

Ward inclina la tête comme s'il pesait le pour et le contre. Puis, d'un geste désinvolte, il laissa tomber le sac en plastique par terre et le piétina. Le bruit du boîtier en plastique de la cassette broyé se répercuta d'un bout à l'autre du tunnel.

Thorne laissa passer quelques secondes.

– Bravo, dit-il. Vous venez de détruire un film de Jim Carrey.

– Je ne vous crois pas...

– De toute façon, on aurait pu vous relier à ces derniers meurtres sans la cassette, mais pensiez-vous vraiment qu'on n'en avait qu'une copie ?

Ward, furieux, se tourna vers Spike.

– Allez croire à la parole d'un junkie ! éructa-t-il.

Ward s'était départi de son calme imperturbable. Thorne ne voyait plus que montée d'adrénaline et agitation chez l'homme devant lui. Et au-delà de cette nervosité : la rage qu'il avait du mal à contenir face à cette situation désespérée.

Il n'y avait rien à y gagner, pourtant Thorne éprouva le besoin de le cuisiner. De se glorifier, et de faire en sorte que Ward le voie jouir de son impuissance.

– Alors, chance ou malchance, à l'époque ? demanda-t-il. Le jour où vous avez croisé la route de ce blindé ? Qu'en pensez-vous, Alan ?

Ward sembla trouver la question amusante.

– Pour moi ou pour ces Irakiens ?

Il lut la réponse dans le regard de Thorne.

– Une chance pour moi, c'est sûr, dit-il. Une grande chance. Et celle-ci, on peut la provoquer jusqu'à un certain point, mais c'est ce qu'on en fait qui change tout.

– Que fichiez-vous là-bas ?

– Je roulais en voiture, j'écoutais les transmissions radio, et j'ai entendu l'appel annonçant qu'ils avaient déchenillé.

Ward s'adossa au mur et regarda durement Thorne. Il ne lui racontait pas ses souvenirs, il faisait son éducation.

– La maintenance leur a dit que les techniciens ne pourraient arriver sur place avant deux heures, et comme je n'étais pas loin, j'ai décidé d'aller voir ce qui s'était passé. Le temps que j'arrive, le blindé irakien s'était pointé et les soldats s'étaient rendus. Ils avaient ouvert l'écoutille et agité des foutus drapeaux blancs...

– Très bête de leur part.

– Pour moi, c'était jour de chance, et, normalement, ça aurait dû en rester là. Si tout ce que je voulais, ç'avait été de pointer ma petite caméra sur un groupe de nos soldats faisant quelques prisonniers. Mais là, c'était beaucoup plus. Parce que j'avais envie de beaucoup plus que quelques plans sans intérêt qui, peut-être ou peut-être pas, me donneraient un peu de poids la prochaine fois que j'irais demander une augmentation.

– Alors, vous les avez... encouragés ?

Ward était calme et concentré, ses yeux ne cillaient pas dans la lumière artificielle. Quand il reprit la parole, il fut évident pour Thorne qu'il ressentait profondément ce qu'il disait. La passion dévoyée que cet homme mettait dans ses propos démentait la froideur et le mépris vis-à-vis de la vie qui, Thorne le savait, formaient le cœur de sa personnalité.

– Vous est-il déjà arrivé de penser que vous alliez mourir ? demanda Ward. Ou alors que vous étiez à deux doigts d'ôter une vie ? Avez-vous déjà connu ces émotions-là ?

Thorne n'avait nullement l'intention de répondre, et Ward encore moins celle de lui en laisser le loisir.

– Je suppose que, à cause de ce que vous faites, vous l'avez ressenti de manière plus aiguë que la plupart des gens, et permettez-moi de vous dire que j'ai beaucoup d'admiration pour ce que vous faites. Vraiment. Peut-être vous êtes-vous déjà trouvé dans la situation que je décris, mais pouvez-vous ne serait-ce qu'imaginer éprouver cela pendant des jours, des semaines d'affilée ? Constamment. Pouvez-vous imaginer que cela devienne votre quotidien ?

Il braqua le regard sur Spike, lui cracha les mots à la figure.

– Cette sensation… intense dans tout le corps devient quelque chose de mille fois plus puissant que n'importe quelle drogue. Et quand on redescend, je peux vous dire que la chute est très longue et très dure.

– Putain, qu'est-ce que tu sais de tout ça ? dit Spike.

Ward esquissa un sourire et reporta son attention sur Thorne.

– Ces garçons étaient entraînés dans ce but… et c'étaient des petits garçons, émotionnellement, du moins. On les y préparait, on les galvanisait chaque jour au point que, finalement, ne voir aucun combat était devenu bien pire que d'y participer. Ils avaient besoin de triper, on peut le comprendre, non ? On les avait envoyés là-bas pour un boulot, et certains n'ont jamais eu l'occasion de le faire. Il y avait des gars qui s'en prenaient les uns aux autres. Il tiraient sur les foutus chameaux. N'importe quoi pour… kiffer.

– Mais vous aussi, vous en aviez envie, non ?

Les yeux de Ward s'agrandirent.

– J'étais… frustré, oui, admit-il. Alors cette situation et moi, on était idéalement faits l'un pour l'autre. Ils s'y attendaient, Hadingham, Eales et les autres. On les avait prévenus que l'ennemi était proche, qu'ils risquaient d'engager le putain de combat à tout moment. Là-dessus, la mécanique les lâche, et ils ne peuvent que regarder leurs potes disparaître dans le lointain. Et sentir leur trip disparaître avec eux.

– Qu'avez-vous fait ?

– Moi ? Pas grand-chose. J'ai servi de catalyseur, tout au plus. Il leur fallait juste quelqu'un pour les pousser dans la bonne direction, leur expliquer que ce qu'ils envisageaient de faire, ce qu'ils mouraient d'envie de faire, était parfaitement compréhensible. Qu'il n'y avait rien de mal à ça.

Sa voix était devenue plus calme, plus intense, et, quand il se tut, son souffle trembla. Il fit un signe de tête vers le sac en plastique aux pieds de Thorne, vers les restes de la vidéo qu'il contenait.

– Je ne sais pas ce que vous pensez avoir vu sur cette cassette, mais je peux vous assurer que même ceux qui, au départ, n'étaient pas très pour, ceux qu'il a fallu persuader un peu, ont pris le plus grand pied de leur vie ce jour-là. Ryan Eales, par exemple, a passé le restant de sa vie à essayer de retrouver cette sensation.

– En tuant pour vous ?

– Pour moi, entre autres. C'était un pro.

– La plupart du temps...

Ward approuva de la tête.

– Oui, vous avez tout à fait raison, bien sûr. La plupart du temps.

Thorne sentit Spike se crisper.

– Pour se planter, il s'est bien planté, dit Ward. Quand il s'est agi de vous éliminer...

Là, on arrivait au concret. Il ne s'agissait plus de remuer les braises de l'affaire pour sa satisfaction personnelle. C'était quelque chose que Thorne avait très envie de savoir.

– Comment avez-vous su que c'était moi ? demanda-t-il.

Ward ne dit rien, mais dans le rictus qui déformait ses traits, Thorne vit soudain où exactement l'homme face à lui avait obtenu son nom. La source de la fuite lui sauta aux yeux. Thorne classa cette information dans un coin de sa tête. Il s'en occuperait le moment venu.

La réaction de Spike au sourire de Ward fut complètement différente, et plus spectaculaire. Il se propulsa en avant, ses grommellements sourds se muant en un cri presque sauvage tandis qu'il s'élançait à travers la largeur du tunnel.

Tout se passa très vite, sans que Thorne puisse faire autre chose que crier :

– Spike !

Spike perdit l'équilibre et donna des coups de poing avant même d'avoir atteint sa cible, et, quand ses mains et celles de Ward s'immobilisèrent, tous deux s'étreignaient dans une prise maladroite, contre le mur.

Spike avait un couteau sous la gorge.

À présent, Thorne voyait le vrai désespoir, le vrai danger dans le regard de Ward. Pour lui, la situation était sans issue, il n'avait plus rien à perdre. Thorne savait que c'était dans de tels moments que les vies étaient le plus facilement, et le plus inutilement, sacrifiées.

– Il vaut mieux que vous posiez ça, et vous le savez, dit-il sans quitter la lame des yeux.

Il vit la pression exercée par la lame contre le cou de Spike et se demanda si Ward pensait à l'étape suivante ; à tuer un jeune garçon qui valait moins que rien à ses yeux ; à saisir cette dernière occasion de faire ce trip.

– Je ne vois pas trop ce qui vaut le mieux pour moi.

– Je vais appeler des policiers et ils vont vous emmener sans faire d'histoires ni de conneries. On est d'accord, Alan ?

Thorne fit prudemment un pas vers eux.

– Vous savez que c'est la meilleure chose à faire, non ?

Mais ce ne fut pas Ward qui lui répondit…

Quand Spike prit la parole, Thorne se rendit compte de la présence d'un élément dans le tableau vivant bizarre auquel il n'avait pas prêté attention jusque-là. Le détail le plus crucial. Contre sa jambe, serrée délicatement dans sa main droite, Spike tenait une seringue pleine de sang.

J'ai toujours une arme sur moi…

Thorne avait pensé que Spike faisait allusion à un couteau.

Spike écarta doucement le pan du manteau en cuir et plaqua l'aiguille contre la cuisse de Ward. La frotta sur le tissu du pantalon.

– Ça se répandra dans tes muscles tout aussi vite que tu bougeras ton couteau, articula Spike, la bouche plaquée contre la joue de Ward. J'en ai rien à foutre, vraiment. C'est toi qui vois, mec. T'as envie que du sang contaminé de junkie coule en toi ? Te salope tout ? Qu'est-ce que tu dirais de ce trip-là ?

Thorne profita que Ward était concentré sur l'endroit où il sentait l'aiguille pour s'approcher un peu plus.

– Lâchez ce couteau, et on pourra régler ça.

– Tu veux le sida ? chuchota Spike.

– Putain, on se calme, dit Thorne. Tous les deux.

– Ça te dirait ?

– Tais-toi, Spike…

Sans bouger le couteau, Ward écarta le plus possible son visage de celui de Spike.

– S'il te plaît. Ne fais pas ça…

– Pourquoi ? Je pense que ça devrait t'éclater, dit Spike. Et sûr que ça, ce serait un trip que tu connaîtrais chaque jour de ta vie. Mais pas très longtemps, quoi.

– Non !

– Pourquoi ? Parce que tu me tueras si je le fais ? Ou parce que tu fais dans ton fute ?

– Lâchez le couteau, laissez-moi faire venir des policiers, cria Thorne.

– Mais fais-les venir ! Appelle-les tout de suite, il peut rien faire.

Spike bafouillait, il parlait fort d'une voix suraiguë, le souffle court, les yeux fixés sur Ward.

– Il fera que dalle, parce qu'il est mort de trouille. Parce que c'est un lâche. Un putain de lâche qui fait faire le ménage par un autre, qui paie quelqu'un pour tuer à coups de pied des mecs endormis. Il fera rien parce qu'il ne fait que parler. Parce qu'il veut triper, mais qu'il a pas de couilles pour faire ce qu'il faut pour ça. J'en ai connu des tas comme lui. Ils aiment s'en approcher, jouer avec cette idée, mais quand vient le moment de se shooter, ils ont peur de l'aiguille. Ils en ont une trouille bleue. Comme lui a peur de celle-là. Alors, fais venir les autres. Il fera rien.

Spike pencha la tête vers Ward et lui cria à la gueule :

– Fais-les venir !

Lorsque l'écho s'éteignit, Thorne avait pris sa décision. Il savait que ses collègues étaient, depuis le début, suspendus à leurs lèvres. Que, si ce n'était la disposition des tunnels qui empêchait de s'approcher sans être vus, ils se seraient jetés sur Ward depuis longtemps. Il savait que des policiers armés se tenaient prêts. Qu'il n'aurait pas besoin de le dire deux fois…

Il leva la tête vers le micro et donna l'ordre, sans avoir besoin d'élever la voix.

– Descendez…

Aussitôt, des voix résonnèrent au loin, puis des bruits de pas, Thorne se retourna et vit Holland, Stone et six autres policiers se précipiter dans le couloir dans leur direction. Ils criaient en courant. Indiquant leur présence à Ward, lui intimant de lâcher le couteau et de se coucher par terre.

Ward obéit au doigt et à l'œil, exactement comme Spike l'avait prédit. Il lâcha le couteau et se jeta au sol dès que Spike s'écarta de lui. Mais à peine son visage touchait-il le ciment que Spike se jeta de nouveau sur lui, le retourna, s'agenouilla sur sa poitrine et pointa l'aiguille à un centimètre de son œil.

Thorne cria à l'intention de Spike.

Holland rugit un avertissement.

Les autres étaient à moins de dix mètres et s'approchaient très vite… Impossible de dire lequel arriverait le premier, mais Spike ne leur en laissa pas le loisir : il projeta un jet de sang dans les yeux de Ward puis, inclinant légèrement le poignet, le dirigea sur ses lèvres et dans sa bouche qu'il avait ouverte pour crier.

– Ça, c'est pour Terry, dit-il. Pour Bob et tous les autres…

À la seconde où Spike jeta la seringue et bougea, Ward fut immobilisé et retourné sur le ventre. Un policier s'apprêta à empoigner Spike, mais Thorne s'interposa et éloigna le jeune garçon vers le bout du tunnel où il le plaqua contre le mur.

– Bon Dieu… qu'est-ce qui t'a pris ?

Spike ne dit rien. Il reprenait son souffle, tournant la tête vers Ward qu'on remettait debout, mains menottées derrière le dos. Incapable d'essuyer le sang qui coulait sur son visage et son menton.

Thorne, lui aussi, regardait.

– Ce dont tu l'as menacé, dit-il à Spike. Tu es… ?

– Bien sûr que non, putain. On fait le test tous les mois, Caroline et moi. Mais ça, il ne le sait pas, hein ?

Thorne observait, écoutait Ward qui suppliait les policiers de lui donner un mouchoir en papier, un chiffon, un bout de papier, n'importe quoi.

– Non, tant que personne ne lui dit rien, répondit-il.

Spike avait recouvré son calme.

Et son fameux sourire.

– Ça fait des semaines qu'on est tous morts de trouille. Au tour de ce salopard d'avoir des sueurs froides…

38

La mer, là-bas, n'était pas vraiment transparente comme du verre, mais au moins, l'eau était bleue. Ça faisait du bien d'entendre son silence, de sentir la chaleur du soleil, et Ryan Eales était, l'un dans l'autre, heureux. Il s'allongea et s'en imbiba. Sentit, pour la troisième ou quatrième fois de la journée, qu'il commençait enfin à se remettre. Ça faisait quinze jours qu'il avait dû prendre la tangente. Normalement, il lui aurait fallu moins de temps pour récupérer et se détendre, mais il faut dire qu'il avait dû détaler ventre à terre…

Prendre la tangente…

Il avait dû réfléchir si rapidement en arrivant et en voyant la bagnole devant chez lui, que, jusqu'à l'instant où il avait repensé à la baïonnette sous le lit et avait eu cette idée, il s'était demandé si d'avoir admis qui il était et fait monter le gars chez lui était la décision la plus intelligente ou la plus bête qu'il ait prise de toute sa vie. Même une fois fait, une fois le flic débroché de la lame, il savait que l'autre était en route. Qu'il devait filer, et fissa.

Il ne lui avait fallu que quelques minutes pour boucler son sac et se barrer, et il était fier de son efficacité : évoluant très vite dans l'appartement, mais rien n'échappant à son regard ; dressant un inventaire mental tandis qu'il faisait le tour de sa chambre, ne prenant que le strict minimum. Passeports et papiers ; quelques fringues et toutes les espèces. Tant qu'il avait du fric, il pourrait toujours recoller les morceaux.

Bien sûr, ce n'était pas la première chose qu'il avait faite. Il avait tout de suite compris qu'il lui fallait avant tout déplacer la bagnole ; qu'il était primordial de gagner du temps. Il avait fouillé les poches du flic et trouvé les clés ; avait garé la Volvo dans une rue transversale et était remonté chez lui. Il était toujours en train de rassembler ses affaires quand le second flic avait frappé. Il s'était figé ; s'était approché de la porte sans faire de bruit et avait tendu l'oreille jusqu'à ce qu'il entende les pas décroître dans l'escalier.

– Fais attention...

Une famille avec enfants s'était installée à l'autre bout de la piscine. Il entendit un ballon rebondir vers lui et un gamin courir sur le carrelage. Eales leva la tête, attrapa le ballon et le lança. Le garçon lui sourit. Lui dit « merci », quand sa mère le rappela à l'ordre.

– Mais de rien, lui répondit Eales.

Enfin, il commençait vraiment à se détendre...

Il sentit un chatouillement, regarda, et vit des gouttes de sueur rouler sur les lettres indigo à son épaule. Il pensa, comme il le lui arrivait souvent – avant même que Ward l'ait contacté pour lui proposer ce contrat – aux trois autres hommes dont les corps avaient porté le même motif. Ils n'auraient pu se douter, en cette soirée alcoolisée où ils étaient entrés, titubants, dans le salon de tatouage et s'étaient soumis à l'aiguille, anesthésiés par de la bière allemande forte, à quel point ils étaient destinés à être liés les uns aux autres.

Ils vivraient et mourraient en groupe de combat.

Tant d'années plus tôt dans le désert, un ou deux d'entre eux n'auraient pas voulu que les choses aillent aussi loin. Mais ça n'avait jamais rien remis en cause. Quelle ironie, vraiment, et quelle tristesse tout de même, que ceux qui n'avaient pas tiré ce jour-là aient fini par payer le même prix que les autres, à cause d'un crétin trop gourmand.

La preuve, pensait-il, qu'il valait mieux parfois que les autres prennent les décisions à votre place...

Ryan Eales se rallongea et essaya de dormir.

Un point blanc – la persistance rétinienne du soleil, à la verticale au-dessus de lui – fila sous ses paupières comme une balle traçante ; comme le point lumineux qu'il avait vu deux semaines auparavant dans les yeux du policier, scintillant avant de rétrécir.

Il bougea les yeux, le regardant danser sur le noir.

L'ascenseur l'emportait vers le dernier étage du poste de police de Colindale. Les bureaux de l'inspecteur-chef et de la brigade des cambriolages se trouvaient au premier, ceux de la justice criminelle et du ministère public au deuxième, mais, pour une fois, Thorne allait ailleurs.

Il laissait le carton vide qu'il tenait à la main cogner contre son genou ; imagina Spike battant le rythme sur ses cuisses, ou tambourinant du bout des doigts sur une table de McDonald's...

Encore que ce soit très éloigné de toute politique officielle, Thorne avait persuadé Brigstocke de dénicher de l'argent pour Spike. Il existait une caisse pour régler des informateurs, pour rembourser les frais de ceux qui donnaient de leur temps pour aider les opérations policières, aussi semblait-il raisonnable de récompenser Spike de ses efforts. Il l'avait sûrement bien mérité dans ce couloir de métro.

Il y avait eu, bien entendu, l'affaire du sang, et une fois le tunnel dégagé, Thorne avait pesé de tout son poids pour empêcher l'arrestation de Spike. Il s'était échiné à convaincre l'équipe que Spike avait été provoqué, tout en reconnaissant que le jeune garçon avait, effectivement, dépassé les limites prévues...

– Je me demande de qui il a bien pu s'inspirer, avait lancé Brigstocke.

C'était loin d'être une fortune, mais les fonds que Thorne avait réussi à réunir pourraient suffire pour la caution et le premier mois de loyer d'un appartement. Il n'était pas naïf au point de s'imaginer que Spike se sentirait moins coupable de la mort de sa sœur pour autant, ou que Caroline récupérerait son fils, et il était d'autant moins naïf après la leçon que lui avait donnée quelqu'un qui connaissait ces réalités beaucoup mieux que lui.

– C'est une étape importante, lui avait dit Maxwell. Il y en a qui passent de la rue à un appartement et se plantent direct. Ils invitent tous leurs potes, laissent des junkies et des alcoolos saloper les lieux, et, en quelques semaines, ils se retrouvent de nouveau jetés dehors.

Thorne ne pouvait qu'espérer que Spike et Caroline-Un jour aient leur gros frigo américain et en profitent un peu plus longtemps.

Les portes de l'ascenseur s'ouvrirent et un homme en costume gris chicos s'écarta pour laisser sortir Thorne et son carton.

Le bureau se trouvait au bout du couloir moquetté. Thorne ne prit pas la peine de frapper.

– Thorne… ?

Si ce fut le seul mot que Steve Norman prononça en levant la tête de son bureau, son expression en disait bien plus long : des jurons, surtout ; de ceux qui nous échappent quand on est particulièrement inquiet.

Thorne se dirigea vers le bureau et, avant de l'atteindre, jeta le carton vide sur Norman.

Norman se leva d'un bond, rattrapant maladroitement le carton qui renversa une photo encadrée et fit voler des stylos.

– Mais qu'est-ce qui vous prend ?

– Il devrait être assez grand, répondit Thorne. Et c'est uniquement pour les affaires personnelles. Je ne veux y voir aucune agrafeuse de la Met, compris ?

– Je ne sais pas ce que vous voulez, mais…

– Je veux que tu te grouilles. Ta lettre de démission, tu l'écriras plus tard.

Norman plissa la bouche à laquelle il parvint à donner la forme d'un sourire.

– J'avais entendu dire que vous n'aviez plus toute votre tête, dit-il.

Thorne s'avança vers lui si calmement que Norman fit un pas en arrière et se retrouva contre le mur.

– Alan Ward n'a pas encore commencé à parler, dit-il. Pas de certaines choses, en tout cas. Sans doute parce qu'on ne lui a pas encore posé les bonnes questions. Qu'en penses-tu ?

Norman, qui donnait l'impression de penser à beaucoup de choses, ne répondit pas.

– Évidemment, ils veulent avant tout boucler l'enquête criminelle, poursuivit Thorne qui s'appuya au mur, son visage à trente centimètres de celui de Norman. C'est de bonne guerre, tu ne crois pas ? On peut comprendre que savoir où Ward a obtenu certaines informations ne fasse pas partie des priorités. Il y a même une chance que le sujet ne soit pas abordé...

– Serait-ce une menace ?

– Tu te poses la question ?

– Je vous demande une réponse...

Le regard de Thorne glissa jusqu'au carton.

– Vide ton putain de bureau...

Norman fixa les cercles de couleur qui serpentaient sur l'écran de son ordinateur, puis ses mocassins à bout fleuri cirés à l'extrême. Il soupira, agacé, comme si cette histoire n'était qu'un contretemps sans importance, puis s'avança et ouvrit les tiroirs de son bureau.

Thorne gagna la fenêtre et regarda la vue sur le musée de la Royal Air Force et la M1 au-delà.

– Si je pensais que vous l'aviez fait pour de l'argent, dit-il à Norman sans se retourner, c'est vous qui finiriez dans ce carton, vous comprenez ? Mais je pense que vous vouliez juste l'impressionner. Je l'ai compris le jour où je vous ai rencontrés tous les deux sur le parking, là en dessous. Vous étiez comme un gosse trop solitaire qui veut montrer à tout le monde qu'il a un nouveau meilleur ami. Je suppose que, après avoir appris de vous qu'un flic avait infiltré la rue, Ward a de nouveau pointé le nez pour essayer d'obtenir d'autres infos. De déterminer ce que vous saviez au juste. Alors, on a voulu se faire mousser...

– Je pensais qu'il recherchait un sujet, dit Norman. C'est tout. Un scoop. Je ne pouvais pas m'imaginer ce qu'il voulait réellement, bon Dieu...

– Il a dû vous flatter, hein ? Vous dire que vous étiez sa source la plus précieuse, que, tous les deux, vous formiez une bonne équipe. Il vous a valorisé. Ça vous a fait bander, Steve ?

– Il m'avait promis de ne rien en faire avant que tout soit résolu...

– Et du coup, vous lui avez donné mon nom ?

Thorne vit le petit mouvement reflété dans la vitre : un acquiescement.

– Il ne devait l'utiliser que pour un grand dossier, une fois l'enquête terminée. Écoutez, j'ai merdé, ça vous va ? Thorne... ?

Thorne se retourna et pointa le doigt sur les dossiers que Norman avait sortis des tiroirs et posés sur le bureau.

– Dans le carton. Vous avez cinq minutes.

Norman obtempéra.

– Je devrais peut-être me réjouir que votre plantage ne se soit pas soldé par ma mort. Quelle chance pour moi de n'avoir pas été tué à coups de pied. Mais quelle malchance pour vous, parce que je suis toujours là et que je vais faire en sorte que vous répondiez de la mort de l'homme qui a été tué à ma place.

– Terry Turner.

– Ce n'est pas parce que vous connaissez son nom que vous allez me faire croire que vous en avez quelque chose à foutre.

Norman accéléra le mouvement. Pour la première fois, son visage trahissait la peur que Thorne ne l'agresse physiquement. D'un revers de main, il fit glisser les stylos et les trombones sur le bureau et les déversa dans le carton, puis s'immobilisa et leva les yeux.

– Vous vous trompez sur un point, dit-il. Ce n'est pas moi qui, le premier, ai révélé à la presse qu'un policier avait infiltré la rue. Je ne suis pas à même de prendre ces décisions-là, et vous le savez. C'est venu d'en haut, d'un gradé de votre camp.

Thorne sut que Norman disait vrai. Ça se tenait. Certains avaient cru, quand Thorne s'était fait embarquer et qu'il avait ouvert sa gueule, que l'opération était vouée à l'échec. Qu'une fuite de plus ne nuirait pas.

– Nous avons dû faire face à beaucoup de critiques, dit Norman. À énormément de pression. Le nombre de victimes ne cessait d'augmenter, et nous n'avions toujours obtenu aucun résultat. Quelqu'un a décidé que ce serait une bonne idée que les gens sachent qu'on ne restait pas les bras croisés à ne rien faire.

Quelqu'un a décidé.

Jesmond…

Thorne regarda par la fenêtre, vit que la fin d'après-midi d'octobre virait au beau, et, après quelques instants de réflexion, décida de sortir en profiter. À la porte, il se retourna et regarda Norman laisser tomber la photo encadrée et les stylos dans le carton puis se rasseoir lourdement dans son fauteuil.

– J'en resterai peut-être là, dit Thorne. Je ne me suis pas encore tout à fait décidé. Il se peut que je laisse les choses en l'état. Mais bon, si demain, je me réveille de mauvaise humeur, il se peut aussi que j'en réfère en haut lieu. Nous verrons comment je me sens, Steve. Il y a toujours une chance pour que je décide d'attendre un peu, quelques semaines, deux ou trois mois, disons, puis que je surgisse à l'improviste un soir. En coup de vent, quand vous ne vous y attendrez pas, avec une masse ou une batte de base-ball. Pour voir si ça boume…

Il n'attendit pas la réaction de Norman. Il s'éloigna dans le couloir en songeant à ce que Spike avait dit dans le tunnel.

Au tour de ce salopard d'avoir des sueurs froides…

Thorne se regarda, flou et déformé dans le métal terne des portes de l'ascenseur. Plus de barbe. Il n'avait pas seulement rasé la longueur gagnée à la sueur de la rue, mais la totale, révélant la cicatrice droite et blême qui barrait son menton. Il n'avait pas eu les cheveux aussi courts depuis longtemps. Il avait perdu un peu de poids, aussi, trouvait-il.

Il avait fait nettoyer le manteau de son père, ce qui l'avait débarrassé des odeurs importunes. Et même s'il aurait préféré un vêtement plus court, et peut-être moins lourd, il trouvait qu'il lui allait bien. On annonçait un refroidissement, aussi il se pourrait qu'il doive le porter souvent, peut-être tout l'hiver. Il en aurait besoin tous les jours, si ça se trouve.

Ensuite, aux premiers beaux jours, il le remettrait dans la penderie. Il le suspendrait, le regarderait peut-être le jour où la température baisserait de nouveau ; penserait à le ressortir l'année suivante. Ce n'était pas vraiment son style, après tout. Il verrait bien comment il le sentirait.

Il verrait bien comment il sentirait beaucoup de choses...

L'ascenseur s'arrêta au premier étage, et un policier que Thorne connaissait entra. Ils avaient travaillé ensemble cinq ou six ans plus tôt, sur une affaire dont il se souvenait à peine.

L'homme parut ravi de le voir. Il le salua d'un signe de tête en appuyant sur le bouton, puis se retourna vers lui, souriant, tandis que les portes se refermaient.

– Tom ! Mais tu as l'air en pleine forme...

Remerciements

J'ai commencé à écrire ce livre en septembre 2003, huit mois avant la parution de certaines photographies, le renvoi d'un directeur de publication de Fleet Street et le scandale entourant le traitement de prisonniers irakiens par des soldats américains. La réalité ne dépasse pas toujours la fiction, mais parfois, il s'en faut de peu...

D'après les études menées par la fondation *Crisis* et d'autres centres d'aide aux S.D.F., entre un sur trois et un sur cinq sans-abri ont servi dans les forces armées. L'enquête la plus récente révèle que jusqu'à 30 % des usagers des foyers d'hébergement, centres d'accueil et soupes populaires, et 22 % des sans-abri sondés à Londres en un soir sont des ex-militaires. Malgré les efforts de plus en plus soutenus de ceux qui travaillent pour venir en aide à la communauté des sans-abri et la conscience de plus en plus aiguë de ce problème, rien ne laisse penser que ces chiffres aient évolué dans le bon sens.

Il y a, bien sûr, de nombreuses personnes sans lesquelles je n'aurais pu écrire ce roman. Qui m'ont consacré du temps, de l'énergie, m'ont transmis leur savoir et leurs conseils, que j'ai fait travailler... comme des chiens.

Terry Walker, vétéran de la guerre du Golfe et auteur de *The Mother of All Battles* ; Rick Brunwen, de l'ex-ESAG ; Sinead Hanks et Scott Ballantyne, co-auteurs de *Lest We Forget,* le rapport de la fondation *Crisis* sur les ex-militaires sans-abri. Et, par-dessus tout, je tiens à remercier Neil, Anna et les jeunes gens à la rue qui ont bien voulu me parler.

À l'armée de terre britannique, je suis extrêmement reconnaissant à Simon Saunders ; au lieutenant-colonel Peter Dick-

Peter (RTR[1]), services des relations publiques, Londres ; au commandant Alex Leslie (RTR) ; au commandant Ian Clooney (RTR) ; au commandant Tim David et à tous ceux du 1er régiment du Royal Tank à Warminster.

À mon groupe de soutien : Sarah, Susannah, Alice, Paul, Wendy, Peter, Mike, Hilary.

Et, encore et toujours et par-dessus tout, à Claire.

1. Royal Tank Regiment.

Composition réalisée par PCA

Impression réalisée par
CPI BRODARD ET TAUPIN
La Flèche
en mars 2009

Imprimé en France
Dépôt légal : 04/09
N° d'édition : 01 – N° d'impression : 51811